W0197423

Helga
Schütz
Heimliche
Reisen

 aufbau

Helga Schütz
Heimliche Reisen

aufbau

ISBN 978-3-351-03892-2

Aufbau ist eine Marke der Aufbau Verlage GmbH & Co. KG

1. Auflage 2021
© Aufbau Verlage GmbH & Co. KG, Berlin 2021
Einbandgestaltung zero-media.net, München
Satz Greiner & Reichel, Köln
Druck und Binden CPI books GmbH, Leck, Germany
Printed in Germany

www.aufbau-verlage.de

Ich bin's nicht, wir alle sind in den Räumen des Textes erfundene Figuren.

H. Sch.

Ausflüge und Stationen

Heimkind

In diesen Tagen lebten wir immer noch hochgestimmt in einer Art Gewinnerlaune.

Zum rauschhaften Mauerfall war nun auch noch das Frühjahr gekommen, der liebliche Mai, begleitet von lauthals jubelnden Nachtigallen. Der Flieder blühte. Die S-Bahnen ratterten wieder kreuz und quer durch Berlin.

Der gründlich zugemauerte Grenzhaltepunkt Griebnitzsee hatte bereits die Haupttore offen. Jeder Tag ein Feiertag. Es hieß, das sei nun das Ende des Krieges. Wir, die Verlierer, seien das glücklichste Volk auf der Welt.

Um sich das Leben noch schöner zu gestalten, ging man nicht durch den Haupteingang in den Bahnhof, man lief am liebsten quer über das ehemalige Akademiegelände, kletterte durch selbstgemachte Mauerlöcher, stieg über Gleise, kroch durch Gestrüpp über einen zugeschütteten Tunnel. Immer geradeaus zum provisorischen Bahnsteig, wo auf einer schwarzen Tafel Abfahrtszeiten angezeigt wurden. Mit Kreide die nächste. Man konnte sich darauf verlassen.

Einmal hatte sich mir auf diesem Schleichweg ein Student angeschlossen, ich kannte ihn vom Sehen, er galt in der Seminargruppe meines Kollegen als eigenbrötlerischer Typ, jetzt aber hielt er sich gesellig an meiner Seite. Er reichte mir die Hand, so kletterten wir über die Böschung, er plaudernd, ich etwas atemlos hinter ihm her. Ich erfuhr brühwarm, wie sein grade fertiggestelltes Romanmanuskript, sein zweiter Versuch, von den Verlagsleuten in Berlin begrüßt worden war. Man habe sich die Kapitel aus den Händen gerissen, aus jeder Bürotür habe man begeistertes Lachen gehört. Man muss sich das vorstellen. Ein Verlagskorridor einhellig heiter. Toller Roman über tolldreiste Zeiten. Ich freute mich mit ihm, so war die Stimmung, und ich konnte mir einbilden: Ich bin dabei gewesen, unter meinen Augen war ein bleicher Student zum Dichter geworden.

In dieser Laune, eigentlich aus reiner Reiselust und Neugier, bestieg ich die wunderbar durchfahrende S-Bahn Richtung Ostbahnhof, also quer durch Berlin.

Der frisch Gekürte hatte im Abteil Freunde getroffen. Ich hörte ihn erzählen. Von seinem Verlag, vom Lachen aus jeder Bürotür.

Mit mir war ein Junge zugestiegen. Etwa neun Jahre alt. Er setzte sich mir gegenüber. Er blinzelte mir zu. Am linken Unterarm bis zum Daumen hütete er stolz einen ziemlich schmutzigen Gips. Er trug saubere Jeans, einen blauen Pullover und Schuhe mit praktischem Klettverschluss, man musste keine Schleife mehr lernen. Ich roch, im übertragenen Sinne, aber auch direkt mit meiner Nase, dass er aus dem Kinderheim kam. Ein Gemeinschaftsküchengeruch, dazu Desinfektionslösung, Bohnerwachs und deutlich Fliederduft. Das Kinderheim befand sich im ehemals abgesperrten Grenzgebiet in einer Villa am Ufer des Griebnitzsees, also ganz in der Nähe des Bahnhofs. Von zwei mächtigen Büschen, die das Portal des Vorgartens überwucherten, hatte ich kürzlich ein paar schöne lila Dolden abgebrochen. Mein zusätzliches Extra- und Sondervergnügen, im Grenzgebiet Flieder klauen. Der Duft schien jetzt mit uns zu fahren. Urwüchsig, süß, grenzenlos.

Der Junge verzog das Gesicht, es sollte ein freundliches Lächeln sein, jedenfalls eine gute Miene zum Start seiner Reise. Ich grinste wie ein Komplize zurück. Das kannte er. Diese gewinnende einvernehmliche Art, damit war er vertraut und gewarnt. Er würde wachsam sein müssen.

Beherzt startete er das Gespräch.

Ich fahre jetzt zu meiner Mama.

Da freust du dich, das ist doch sehr schön.

Er nickte, er runzelte die Stirn. Ich weiß, sagte er.

Wir schwiegen.

Ich wühlte in meiner Tasche, einem Taschenrucksack, einer Rucksacktasche. Er beobachtete meine Hände. Nie fand ich, was ich suchte. Reißverschlüsse, Seitenfächer, Schirmfach, ein Schlüsselbund und ein Kamm. Ich hatte nichts bei mir, keine Bonbons, keinen Kaugummi, nichts. Ich sah seine Enttäuschung und seine Einsicht, so ist das Leben, es schenkt selten, es gibt von alleine nichts her.

Deswegen hatte er sich auf den Weg gemacht.

Er war unterwegs.

An den Fenstern zog der Westen vorbei, das bis vor Kurzem noch unzugängliche Westberlin, Grunewald, Häuser, die Avus. Autos flitzten. Der Junge kannte sich aus, Opel, Volvo Amazon, Volvo P130, Mercedes 126.

Er hatte wohl aus verschiedenen Quellen allerlei von den überraschenden Umstürzen gehört.

Das da draußen, das ist jetzt wieder eine Kugel, erklärte er mir, die ganze Erde ist eine Kugel und dazu noch ein Planet. Die Erde ist ein Planet. Er runzelte die Stirn, weil er sehr überzeugt war.

Alles sei nun ein Planet, jetzt könne man ohne Ende rundrum laufen, früher wäre das überhaupt nicht möglich gewesen, wegen der Mauer.

Nun sei die Mauer weg.

Fuck, sagte er. Wir sind wieder ein runder Planet.

Er gab mir zu verstehen, dass die Sache auch für mich ihr Gutes hätte.

Auch rückwärts, in die andere Richtung, könne ich gehen. Man brauche nicht mal einen Ausweis.

Es war nur klug, die Stunde zu nutzen.

Keinen Ausweis, und er hatte gewiss keine Fahrkarte, viele fuhren ohne Fahrkarte in diesen Zeiten. Kontrollen musste man nicht fürchten, Kontrollen jeder Art waren in diesen Zeiten verpönt.

Seine Augen hingen an einem kleinen Hund, der wie hingeworfen im Gang zu Füßen eines Mannes lag. Er musterte das T-Shirt. NEW YORKER mit Herz. Doch er durfte mich nicht aus der Obacht verlieren. Er musste mein Vertrauen hüten. Darin suchte er Schutz. Er suchte Schutz in meinem Glauben an seine Wahrheit. So schaukelten wir im Rädertakt auf der Erde, die nun wieder Planet war, sanft hin und her. Glauben und Wahrheit, Zweifel und Lüge. Ich machte mich leicht, meiner Stimme gab ich einen kumpelhaften Ton.

Wo ist denn deine Mutti?

Auf dem Alexanderplatz. Sie arbeitet jeden Tag auf dem Alexanderplatz-Bahnhof.

Was macht sie denn?

Mama bestimmt. Sie sagt: Abfahrt. Dann fährt der Zug los. Dort triffst du dich mit ihr?

Er setzte sich gerade und nickte. Kühn und gelassen. Er spielte gut. Er saß in der S-Bahn, er fuhr von Station zu Station und hatte sogar ein Ziel. S-Bahnhof Alexanderplatz.

Alle Mitfahrenden waren damit einverstanden, keiner zweifelte, niemand schaute neugierig oder gar strafend, alle waren gut und dachten schöne Sachen von der Welt. Während einer friedlichen Revolution, wo kein Blut geflossen war, gab es weder Gewalt noch Strafen.

Ich schloss die Augen, ich musste ihn nicht ansehen.

Mir gegenüber saß ein Ausreißer. Möglicherweise ein Taschendieb oder jemand, der keine Eltern mehr hatte, vielleicht lebten die Eltern im Westen, waren ohne ihr Kind rausgekauft worden, waren nun, unter den neuen Umständen, wo so viel ungeklärt in der Luft hing, auf verzweifelter Suche nach ihm, oder der Junge war von Vater und Mutter verlassen worden, niemand scherte sich um ihn. Ein Heimkind, in dessen Kopf noch eine andere Welt geisterte, ein richtiges Leben, das wahre. Man musste nur schlau genug sein, so wie er, eigentlich musste man nur das mit Flieder überwachsene Tor aufmachen, wenigstens einen Spalt, und über die Straße rennen, den Zug besteigen, kerzengrade dasitzen und die richtigen treuen Augen machen, dann war man schon ein Stück drin in diesem richtigen und eigenen Leben.

Die S-Bahn querte den früheren Kontrollpunkt Friedrichstraße. Der Fluss mit Schiffchen drauf, das war ein Stück von der Spree, ein Flussarm. Das große mit Sprüchen besprühte Gebäude nahe am Wasser, das war der Tränenpalast. Wenn du nicht ertrinken willst, musst du wie verrückt träumen und lügen.

Wie heißt du denn?

Rainer, nein, Ringo.

Wie denn nun?

Ringo. Ich heiße Ringo.

Er sah mich giftig an. Die neugierige Alte.

Vielleicht war im Kinderheim am Griebnitzsee das Fehlen eines Kindes noch nicht aufgefallen.

Ich muss unbedingt mit ihm reden. Junge, kehr um. Komm, die nächste Bahn ist unser.

Ich würde mit ihm zurückfahren. Ich könnte ihm versprechen, dass es keinen Krach geben wird. Ich würde mit dem Leiter der Einrichtung verhandeln, damit sein Fall stillschweigend im Sande verläuft. Keine Angst, Kumpel. Ich begleite dich. Ich weiß Bescheid, ich kenne das Leben und habe Macht und Befugnisse wie einer der sechs Gnadenengel. Ich bin Terathel persönlich, also der Engel, der für Freiheit und Bildung zuständig ist. Engel Terathel zur rechten Hand Gottes. Alles wird gut.

Aber wenn er mir auf dem Bahnsteig, statt mit mir in den Rückzug zu steigen, einen Tritt versetzt, mir, dem Engel, zack mit dem Absatz gegen das Schienbein. Und verschwindet.

Sollte ich gleich die Behörden benachrichtigen? Die Fahndung nach dem Kind mit Unterarmgips kann eingestellt werden, der Flüchtige sitzt fest dank einer wachsamen Bürgerin. Wenn das Kinderheim einigermaßen gut geführt wurde, gab es ein System, eine Kontrolle, man hatte das Verschwinden registriert, hatte unterdes die zuständigen Organe informiert. Oder war es in diesen Tagen möglich, dass niemandem im Heim die Lücke auffiel?

Ein Ausreißer, ein Abenteurer, ein mutiger Kerl. Jedenfalls keine Schlafmütze. Sollte ich einen Mitfahrer, den mit dem NEW-YORKER-T-Shirt, ins Vertrauen ziehen zum Wohle des Kindes, auf dass es auf schnellstem Wege und ohne Aufsehen und Seelenschmerz zurückgelangte unter die Aufsicht geschulter Erzieher? Ich würde ihn festhalten, ihn in ein Gespräch verwickeln, der NEW YORKER würde so schnell wie möglich einen kinderfreundlichen Polizisten rufen. Der NEW YORKER nickte mir verschwörerisch zu.

Mein Abenteurer kratzte das Handgelenk unter dem rauen bröckelnden Gips. Tut nicht mehr weh.

Gebrochen?

Runtergefallen.

Kein Wort zuviel. Runtergefallen, mehr sagte er nicht. Wenn er mir jetzt erzählt hätte, dass er von der Wippe gekracht war, dann wäre ich ihm womöglich ganz auf die Schliche gekommen.

Auf dem Spielplatz des Kinderheims gab es Schaukeln und eine lange über einem Holzklotz ausbalancierte Leiter, die den Mutigen als Wippe diente. Ahnte er meine Gedanken? Er war frei, er blieb auf der Hut.

Vielleicht träumte er vom tapferen Elias im Film vom zerstörten Spiegel oder von Südafrika oder Australien wie Robert im sowjetischen Film »Die Kinder des Kapitän Grant«, der seinen verschollenen Vater, einen vermissten Helden, wiederfinden wollte. Vielleicht würde das große Abenteuer genau am Alexanderplatz anfangen. Rolltreppen, Brunnen, ein Hochhausfahrstuhl. Eine goldene Brücke. Im Tierpark Friedrichsfelde. Gehege mit wilden Tieren. Oder im Treptower Hafen. Die festen Schuhe mit Klettverschluss waren gut für eine lange Wanderung auf einem runden Planeten.

Ich hatte mich nicht eingemischt in seine Träume, ich hatte ihn nicht zur Rede gestellt, obwohl mir die Sache von Anfang an spanisch vorkam. Er hatte gelogen wie gedruckt. Er hatte mich zum Steinerweichen treuherzig angesehen. Oder giftig, je nach Strategie, denn er war ein ziemlich gewiefter Stratege, ein blauäugiger, mit hellen Augenbrauen, wenn es ernst wurde, gruben sich drei kleine misstrauische Furchen in die Stirn, die schnell über der Nase zu einem grimmigen Dreieck werden konnten. Mama ist die Bestimmerin, sie sagt, wann der Zug abfährt. Sie ruft durch einen Lautsprecher. Ihr Menschen alle, beeilt euch, steigt ein. Ganz schnell muss das gehen, weil gleich der nächste Zug angerast kommt. Glaube mir, das muss ganz schnell gehen. Das glaubst du wohl nicht?

Aber ja, das weiß ich, das ist ein super Job, so eine Fahrdienstleiterin oder wie immer es jetzt richtig heißen mag, so eine Bahnhofs-Managerin hat ziemlich viel Stress, sag deiner Mama bitte einen Gruß von mir. Vergiss nicht, von mir einen Gruß, sie freut sich sicherlich, dass du kommst.

Da hatte er mich aus seinen blauen Augen erleichtert angestrahlt.

Wir hatten zu dieser Stunde während der Fahrt auf dem Planeten, der wieder rund und offen war, eine Geschichte angefangen, die nach einem gelungenen Start eine glückliche Fortsetzung suchte.

Ich war mit ihm zusammen am Alexanderplatz ausgestiegen, und er war auf der Stelle verschwunden. Im Aufsichtsbereich rund um den Glasturm kein blauer Kinderpullover, kein etwa neunjähriger Junge, keine Mama. Nirgends eine herzliche Umarmung zwischen einer Mutter und einem Kind.

Ich trieb mich lange auf dem Alexanderplatz herum, trank zwischendurch im U-Bahnbereich am Kiosk, wo die Züge nach Friedrichsfelde abfuhren, einen Kaffee. Ich verfolgte ihn in Gedanken, jetzt könnte er schon bei den Flamingos auf der Flamingowiese sein. Im Tierpark Friedrichsfelde konnte man ziemlich leicht ohne Ticket herumspazieren, einfach dünne-machen, im Zaun gab es genug Schlupflöcher. Die Hoch-hausbewohner brauchten das grüne Gelände für ihre Abend-spaziergänge. Jetzt spielte Ringo mit den Flamingos, oder er unterhielt sich mit den Papageien an der Hauptallee oder mit der weißen Eule im Gehege der Märchenvögel.

Ringo, Matrose Ringo, auf einem Schiff der Weißen Flotte, das unterwegs war vom Treptower Hafen in Richtung Müg-gelsee, eine Nachtfahrt mit Musik. Eine offene Gesellschaft, mehrere offene Gesellschaften, so dass ein kleiner Junge mit einem dreckigen Unterarmgips leicht zwischen den angesäu-selten Leuten verschwinden konnte.

Man trifft sich am kalten Buffet, eine junge Frau mit vielen klirrenden Armreifen ist dem Jungen behilflich beim Auflegen der zappelnden Götterspeise. Sie hält den Teller.

Sahne?

Und ganz viel gelbe Soße.

Das bengalisch beleuchtete Schiff kreuzt im offenen Wasser. Der Fahrtwind streift die erhitzten Gesichter, flatternde Tü-cher, knatternde Fähnchen, Wellen, die schwarze Nacht mit dem Mond.

Der Junge steigt die Mitteltreppe zum Oberdeck hinauf, dann die schmale Eisenstiege und die Leiter. Von ganz oben kann man direkt auf das Wasser schauen, wo sich der Himmel spiegelt, der zappelnde Mond, türkisch, abenteuerlich, als wäre die Sichel ein silberner Fisch.

Na du, ist es nicht bisschen spät für so einen kleinen Scheißer? Wie heißt denn dein Papa?

Der heißt Franz.

Und weiter.

Beckenbauer.

Beckenbauer Franz, den kenne ich, den Mann, sagt der Mann.

Der Junge duckt sich. Er kriecht in die finsterste Ecke, wo es am stärksten nach Diesel stinkt. Dort bleibt er reglos. Dort bleibt er in dieser Nacht. Auf See und im Hafen der Treptower Weißen Flotte.

Erst am nächsten Tag gegen Mittag schaltet sich die Polizei ein.

Systematisch durchsucht man das Schiff und das Hafengelände. Dort ist er nicht mehr. Die Suchhunde schlagen zwar an, doch sie kapitulieren. Ein Kellner von der Mitropa, dem ein Junge aufgefallen war, gibt zu Protokoll: Etwa neun Jahre, kurze Haare, Pullover, Jeans und einen Arm in Gips, wenn ich nicht irre, war es der rechte, oder der linke.

Genau, den Lümmel habe der eine und der andere gesehen, und mancher behauptete, er habe mit ihm gesprochen.

Der Junge ging mir nicht aus dem Sinn. Ringo, so hatte er sich in der Not und Eile und auf der Flucht vor dieser anhänglichen Frau genannt. Auf dem Bahnsteig Alexanderplatz war es Sekundensache, der Junge hatte sich sofort in Luft aufgelöst.

Die Frau sah schon recht alt aus, jedenfalls in den Augen eines Kindes, das, versteckt hinter dem Kiosk, beobachtete, wie sie suchend hin und her ging, wie sie herumrannte, nur um ihn zu finden und wahrscheinlich zu fassen, weil sie wahrscheinlich bevollmächtigt war.

Man wusste nie, sie wusste es selber nicht, welche Entscheidung sie treffen, in welche Richtung sie gehen würde, ob sie Täter oder Opfer war. Oder wieder einmal beides, jedenfalls schuldig. Klar bin ich selber schuld.

Die Tage nach der Berlin-Fahrt drückte ich mich gelegentlich in der Nähe der Villa am Ufer des Sees herum. Ich schob mein Fahrrad vorbei. Ich versuchte, durch die Hecken zu spähen. Der Volleyballplatz, die Sandkiste, die Wippe, von der er in meiner Vorstellung heruntergefallen war. Ich habe den Ausreißer nicht entdeckt. Ich habe nicht gefragt, ob sie einen Jungen vermissen, ob sie eine Fahndung veranlasst haben. In den Tagen, wo so viel geschah, wo man sich versöhnte oder zerstritt und nicht wusste, was wichtig oder unnötig war. Man konnte manches nicht mehr unterscheiden, weil es kein Schwarz und kein Weiß gab, alles bunt und in Bewegung. Man musste sich ummelden und anmelden und versichern und hatte keine Ahnung, wo und auch warum. Eigentlich war das ein Ding mit verschiedenen Namen: Sparkasse oder Bank oder Huk oder Allianz. Es war einerlei, und doch machte man Fehler.

Unterdessen galoppierten die Lebensjahre wie nie. In einem fort war Weihnachten, dann schon wieder Geburtstag.

Später wurde das Kinderheim aufgelöst, denn das Haus am See sollte rückübertragen werden. Das Haus hatte einen Erben bzw. eine Erbengemeinschaft und somit einen früheren Besitzer, der in einem Grundbuch eingetragen war. Die Nachbarn redeten, es stünde gewiss unterdes zum Verkauf, bei

Erbengemeinschaften würde meist verkauft und man müsse auf einen potenten Käufer warten. Das Gartentor war mit einem Fahrradschloss abgesperrt worden, die Sträucher am Zaun hatte man sauber bis zum Stammholz heruntergeschnitten. Man hatte jetzt einen freien Blick bis zum See, bis ans Gegenufer.

Ein Kind zwischen neun und elf Jahren, so würde ich ihn beschreiben, Pullover, Jeans, auffällig ein schmutziger Gips am Unterarm, dunkelblonde Haare, Augen oft niedergeschlagen, manchmal mit geradem selbstvergessenem Blick. Ich wusste nichts über seine Herkunft, noch wusste ich, was in den Tagen nach unserer Begegnung geschehen und später aus ihm geworden war. Meine Gedanken hatten ihn in den Tierpark Friedrichsfelde geführt. Ich kannte das Gelände in seinen Winkeln und Möglichkeiten, das war ein guter Ort für Abenteuer, dort konnte man ohne Weiteres ein paar Tage und Nächte verbringen, wenn man so ein pfiffiger Geselle wie Ringo war. Der hätte dort eine gute Zeit haben können. Jedenfalls in meiner Vorstellung.

Meine Phantasie hatte ihn auf ein Ausflugschiff der Weißen Flotte verfrachtet.

Ich wusste vom Hörensagen, dass die Polizei erst gegen Mittag auf Außendienst geht, immer erst gegen Mittag. Man würde handeln, aber nichts überstürzen.

Ohne Hast, ausgeschlafen und satt vom Abendbuffet, konnte Ringo nach märchenschöner Fahrt unterm Sternenhimmel das Schiff und die Hafengegend verlassen. Er spazierte unter frischgrünen Platanen entlang. Zeit der unbegrenzten Möglichkeiten.

Würde er rechts oder links abbiegen?

In den frühen neunziger Jahren hatte sich im Stadtviertel Treptow ein Großunternehmer niedergelassen. Er hatte mit Zuschüssen aus einem Sonderfonds, neben anderen Großvorhaben mit noch größerem Volumen, auf dem Gelände einer ehemaligen Kleingartenkolonie ein Riesenrad projektiert. Es begann zügig mit einem Bauwagen, einer blauen Trockentoilette und einem haushohen Transparent, das den Riesenradplan und verschiedene beteiligte Firmen wie SINUS und ZWARG und GRAWZ der Öffentlichkeit bekanntgab. Unter dem Transparent parkten Autos, hinter dem Transparent agierten während der Wochentage Abrissmaschinen und Walzen. Recht schnell war eine planierte Fläche entstanden, ein schwarzbraunes Niveau, das dem Normalspiegel der Stadt entsprach.

An einem Monatsende wurde der Bauarbeiterwagen mit einem Traktor vom Platz gezogen.

Die blaue Trockentoilette war über Nacht verschwunden. Geklaut oder abgeholt.

Ein kleiner agiler Greifer schuftete in der Ferne, er drehte, hob und warf immer noch Erde, doch dann kurvte auch dieser letzte Eiferer in einer flotten Wende davon. Es wurde still, kein Klirren, kein Heulen, keine Bewegung. Keine parkenden Pkw. Wer vorüberfuhr, sah einen Bagger, starr, gelb, schräg vor einer Grube.

Aus zusammengeschobenem Gerümpel und Mutterboden ragten hinter dem Plateau ein paar Schrebergartenlauben und Obstbaumkronen hervor.

Niemand ließ sich blicken.

Langfristige Verträge und Konkursverhandlungen blockierten oder hüteten das Gelände.

Das aus Stahlrohr geschweißte Gerüst mit dem Transparent des Meta-Ressorts hielt sich unverwüstlich am Straßenrand. Es verhieß den Vorübereilenden immer noch recht glaubhaft einen Aufschwung im Osten. Der einsame gelbe Bagger versank allmählich.

Die Jahreszeiten zogen über die Brache.

Ausdauernde Wurzeln und Flugsamen aus allen Himmelsrichtungen hatten das Plateau begrünt, eine bunte artenreiche Pionierflora war heimisch geworden. Eine schöne Oase mitten in der Stadt. Tatsächlich eine blühende Landschaft.

In den Lauben, die nicht zerquetscht worden waren, hatten ohne behördliches Aufsehen junge Leute eine Unterkunft gefunden. Die Wasserleitung funktionierte. Die tief verlegten Elektrokabel standen weiterhin unter Strom.

Dieser Unterschlupf blieb nicht geheim, aber niemand durfte, wollte oder konnte einschreiten. Verschwommene Zuständigkeiten schützten das Terrain. Der Raum, mal ohne die vierte Dimension der Zeit gedacht, ist die große Beruhigung der zu nichts gedrängten Dinge. So ging das Leben weiter.

Ich versuchte herauszufinden, ob es einem Kind möglich wäre, allein in einer Großstadt zu überleben. Und wie? Gesund? Ohne Schaden zu nehmen für sein späteres Leben, sogar mit Chancen. Könnte es einmal wie du und ich ein geselliger Mensch sein?

Ich lauschte, wie man unbewusst alten Kümmernissen nachlauscht, hörte manchmal ein Echo, gestaffelte Rufe, Posaunen von Jericho, eine Hirtenflöte, eine ratternde S-Bahn, Bahnhofsgeräusche. Kinderstimmen.

Eine Mitarbeiterin der Jugendhilfe, neben die ich in einer Geburtstagsrunde platziert worden war, fragte ich direkt.

Ein Junge, neun Jahre alt, Tag und Nacht allein in Berlin, das sei so gut wie unmöglich. Die Bürger seien in diesen Dingen wachsam. Die Meldebereitschaft sei groß. Behördliche Aufsicht oder Tod, das seien die Alternativen.

Die schlimmere Alternative würde man aber doch gewiss aus der Zeitung erfahren?

Gewiss. Meine Tischnachbarin wollte nicht weiter darüber reden. Es lag nicht in ihrem Interesse. Sie lauschte nun mit beiden Ohren einem Bericht über einen Tornado in den USA, den einer der Gäste überlebt hatte, in einem Mietauto sei er wie ein Segelflieger in einem Tabakfeld gelandet.

Auf der Hauptpost hatte ich beim Schlangestehen einen jungen beinahe echten Obdachlosen kennengelernt. Er wartete hier, um sich nach postlagernden Briefen zu erkundigen, denn er hatte keine Adresse, nur seinen Namen, für ein persönliches Postfach wollte er kein Geld ausgeben. Nachdem wir in geduldiger Wartegemeinschaft über verschiedene Sachen ins Reden gekommen waren, stellte ich ihm die plumpe Frage. Ob sich ein Kind, auf sich selbst gestellt, in diesen Zeiten behaupten könne.

Der fast echte Obdachlose, er hieß Hans, meinte, einer, der im Mutterbauch zärtlich gedämpfte Musik gehört habe, könne nirgends ganz verloren sein.

Hans roch nach Benzin, nach Erdbeerkaugummi, am kräftigsten nach Tankstellen-WC. Chlor.

Er, Hans, könne sich an vorgeburtliche Töne einer Vogtland-Gitarre erinnern. Basquiat habe Violinen gehört.

Basquiat, wer ist denn das?

Hans klärte mich über Jean-Michel Basquiat auf. Und Al Diaz. Jungs, die im südlichen Manhattan ihren Spaß mit ganz vielen Spraydosen hatten. Das Sprühen war Spaß oder eine Leidenschaft.

Jean-Michel hatte Sauerkrauthaare, braune Haut, die Eltern stammten aus Jamaika. Er hatte, wie es heißt, sein familiäres Umfeld verlassen und auch die Schule. Er besaß ja die Farben, dazu Häuserwände und andere Herausforderungen. Sein kurzes Leben lang war er Kind geblieben. Ein süchtiges Kind, süchtig nach Farben und Stoff. Er musste nicht stehlen, um seine Sucht zu bedienen, denn er war reich, richtig schwerreich. Und wenn er nicht gestorben wäre, dann wäre er dieser Tage noch reicher, denn seine Bilder sind inzwischen versteigert worden für ziemlich viele Millionen. Die Zahlen kennt nicht einmal die New York Times. Als Ausreißer hatte er zusammen mit Freund Al Diaz unter dem Zeichen SAMO Wände besprüht, später auch Leinwände und Pappe. Am liebsten mit einem freundlichen Schwarz. Er hat auch gerne gesungen. Manchmal zum Spaß zusammen mit Madonna.

You know Madonna?

Alles zum Spaß, zum ernsten, zum schließlich tödlichen Spaß. Er war jung, als er starb. Siebenundzwanzig, in dem Alter hocken bei uns die meisten noch in einem warmen Hörsaal, da hat Basquiat ins Gras gebissen. Ich weiß nicht, warum man das so sagt. Ist es ein Sprichwort? Ich wollte mal ein Gedicht schlichtweg »GRAS« nennen, da hat der Mann von der Kulturbeilage gesagt, nee, das kannste nicht machen, bei dem Wort würde niemand an eine Wiese denken, den Titel »Grasharfe« würde heute kein Redakteur akzeptieren. Es sei denn, es geht um Gras. Es geht oft um Gras, aber nicht in solchen Kreisen, wo überhaupt kein Geld ist, deswegen gibt's im Osten weniger Probleme mit Gras. Ringo ist ein seltsamer Name. Wahrscheinlich hat er sich selbst so genannt.

Das waren die Nachdenklichkeiten von Hans, dem Obdachlosen, während er auf postlagernde Briefe wartete.

Was heißt obdachlos? Ich habe zwar keine Adresse, aber ein Dach über meinem Kopf habe ich schon.

Er krieche nachts in eine Hütte im Wald, auf dem russischen Schließplatzgelände in Seeburg.

Ob er den Ort bei Dallgow meine, mit den vielen Kasernen noch aus Kaisers Zeiten, erst Preußen, dann Russen, später Grenztruppen? Er wickelte einen Kaugummi aus, Erdbeere, die Hälfte für mich. Wir kauten.

Ich erzählte ihm, dass ich die schöne Gegend ziemlich gut

kenne, damals verlief dort die Grenze, die deutsch-deutsche Betonmauer zu Westberlin.

Der Beton sei verschwunden. Aber die Störche seien noch da.

An die Störche konnte ich mich gut erinnern, drei Nester. Jetzt sogar vier, sagte er.

Kommen Sie halt mal in Seeburg vorbei, rief er mir nach, als ich überraschend an den Schalter vortreten sollte. Man hatte meine Fehlsendung in der Fehlsendungskiste gefunden.

An der Tramhaltestelle dachte ich an Hans mit dem Dach über dem Kopf und an die Störche in Seeburg. Ich dachte an ihre Beständigkeit. War es ein Wunder, während des Wartens an der Straßenbahnhaltestelle an die Beständigkeit und vor allem an die Pünktlichkeit der Störche in Seeburg zu denken?

Wir glotzten in eine Richtung, wo nichts zu sehen war, wir fluchten.

Auf Störche ist Verlass.

Jedes Jahr am 30. April stand der erste im zerzausten Nest auf dem Schornstein der stillgelegten Bäckerei. Er schüttelte den Reisestaub aus den Federn und fing gleich an, Nester zu reparieren, seins und auch die bedürftigen der anderen. Eine Woche später kamen die Nachzügler aus dem Süden. Mit ihnen die Partnerin des fleißigen Pioniers. Man fand die gerichteten Nester und verbrachte einen guten froschreichen Sommer in Seeburg.

Das Echo ist der Beweis für das Rätsel der Erinnerung.

Mein nächstes Studienobjekt war ein gepflegter Typ in saloppteuren Klamotten, dazu auf kränkliche Blässe gestylt, leicht entzündet die Augenlider.

Er wollte besitzlos existieren. Ein Habenichts aus Gründen einer Konfession. Er lebte, um die Welt zu prüfen. Deswegen trat er als Schnorrer auf. Er trieb sich auf Bahnhöfen herum, steuerte auf die Reisenden zu und murmelte, er brauche was für einen Automaten, oder er brauche mal eine Zigarette. Niemand erwartete einen Schein im Wechsel gegen das Kleingeld. Er hatte nichts, er dankte den Spendern mit einem sympathischen Lächeln. Die Zigaretten steckte er in seine geräumige Jackentasche.

Auf dem Bahnsteig herrschte Verdruss. Verspätungen wurden angesagt. Mich kümmerte das wenig, denn ich hätte meine kurze Strecke mit dem Bus fahren, sogar laufen können.

Er trat nicht zu nahe an mich heran.

Bisschen Kleingeld, Madam?

Ich sah die gepflegten Hände, er trug ein wirklich weißes Hemd zu einem schwarzen lässigen Leinenanzug. Sein schwarzes Haar war so geschnitten, dass er ungekämmt aussah, edel zerzaust. Ein Kopf, hergerichtet von einer perfekten und teuren Schere.

Ich fand meine BahnCard, andere Cards. Schlüssel. Ich musste bedauern, er drehte sich um, ich hatte ihn mit meinen leeren Taschen wahrscheinlich brüskiert. Ich ging ihm nach, denn ich hatte doch noch Bares in einer Jackentasche gefunden.

Er zeigte mir seine wiegende Faust, verschwörerisch, die Geste der Landstreicher oder Bettler. Statt Gott vergelte, sagte er: Hey.

Jetzt war auch ich eine, die das Leben kannte.

Auf den beiden Gleisen fuhren die verspäteten Regionalzüge ein und rasch wieder aus. Der meuternde Bahnsteig war mit einem Streich leer. Der noble Bettler und ich waren übrig geblieben.

Typisch, zwei Irrläufer, sagte er.

Eine Putzkarre steuerte breit, feucht, in einem Nachwisch über die freien Fliesen.

Wir hüpften zur Seite.

Ich lud ihn ein. Wohin? Er meinte, in der Wilhelmgalerie könne man ganz gut sitzen und zum Beispiel Tee trinken.

Tee, das war dann auch unser erstes Thema. Man könne aus Hanf einen Aufguss machen. Er erzählte mir, wie er Cannabis in einem kleinen Baumarktgewächshäuschen angebaut habe, in seiner Wohnung, einer Gemeinschaftsbleibe am Mexikoplatz, und ich konnte mit Kenntnissen aus meiner Gärtnerinnenzeit aufwarten, konnte erzählen, dass es männliche und weibliche Hanfpflanzen gebe und dass der Laie die Pflanzen gerne verwechseln würde, die weiblichen Pflanzen seien meist größer, dass man den Hanf in manchen Gegenden, in Schlesien zum Beispiel, Galgenkraut nannte, denn der Galgenstrick sei aus Hanf gedreht worden, früher, man hechelte früher in Schlesien die Ernte über einen Kamm. Wenn wir Kinder nicht gehorchten, hieß es: Nu pariere, a suste guckstde durch a Hanffansterle.

Kannst du dir denken, was ein Hanffenster ist?

Die Schlinge am Galgen.

Er hielt das Teeglas mit seinen schlanken Händen, er wippte elegant mit dem Fuß. Das Gesetz erlaube 7,5 Gramm Tetrahydrocannabinol, ob ich mit meinen Biokenntnissen wisse, wie viel Kraut er also ungestraft haben dürfe.

Er zog ein graues Handtelefon aus der Hosentasche, auf diesem Gerät rechneten wir, die Köpfe über die erleuchteten Zahlen gebeugt, mit dem guten alten Dreisatz. Wir kamen auf reichlich dreihundert Gramm. Er nickte mir zu, anerkennend oder vielmehr gerührt. Mir, der lebenstüchtigen Alten.

Er hatte sich inzwischen mit Namen vorgestellt. Er nannte sich Prunus. Ich hatte ergänzt: Laurus nobilis, Prunus laurus nobilis, der Lorbeerbaum. Der Tee hatte ihn gesprächig gemacht. Er trank viel Tee, schließlich auch gern ein Glas Weißwein, er erzählte von seiner Familie.

Seine Eltern seien meist in Afrika für die europäische Wirtschaft tätig, beide, Vater und Mutti, schwer beschäftigte Professoren mit Verbindlichkeiten und Verpflichtungen hier und dort. Sein Bruder sei in ein Lebenshilfecamp nach Moçambique übergesiedelt. Manchmal helfe er, manchmal werde ihm geholfen. Die Existenz verlange nach einer Einsicht in die Grundtatsachen des Lebens und dann vor allen Dingen nach einer Möglichkeit der Überwindung dieser leidhaften Einsicht, man weiß das ja.

Um seinen Bruder müssten sich der Vater und Mutti echt Sorgen machen, er, Prunus, zeige sich meist zuversichtlich und pflegeleicht, er melde sich bei Vater und Mutti nur mit guten Nachrichten.

Wir fuhren gemeinsam mit der S-Bahn. Ich stieg am Griebnitzsee aus. Er fuhr weiter bis Mexikoplatz, zu den gleichgesinnten Mitbewohnern und zum Hanf. In eine beruhigend stille, grüne Gegend.

Er hatte mir erzählt, was er für die Wohnung monatlich warm und mit Nebenkosten zahle, dass die Eltern pünktlich und anonym überwiesen. Die Geldüberweisungen seien keine Störfaktoren seiner Konfession. Er sei ein unorthodoxer Typ.

Ich ging durch den ausgebaggerten Fußgängertunnel, dann an der frisch getünchten Universitätsfassade entlang, quer durch das Wäldchen. Ich dachte an besorgte Eltern in einem fernen afrikanischen Land und an die junge Generation in meiner Nähe. Prunus laurus nobilis.

Es war gut, dass ich seine Eltern nicht kannte, dass ich gar keine Möglichkeit hatte, sie zu trösten, denn ich lüge nicht gern und wenn, dann wahrscheinlich nicht besonders geschickt. Es ist, weil ich das Richtige und das Falsche nicht korrekt unterscheiden kann. Ich erkenne die Katastrophen nicht, ich ahne sie nur. Das Zaudern ist wahrscheinlich angeboren, wie ich auch nicht gut singen kann. Mir fällt es schwer, meinen Ton zu halten. Ich übernehme sofort die andere Stimme neben mir, die zweite oder die dritte. Im Chor kann ich zwischen den anderen Stimmen nicht hören, welcher Ton aus meinem Mund kommt. Ich habe die Kontrolle meiner Ohren nicht. Wenn ich die Kontrolle meiner Ohren nicht habe, schweige ich lieber. Ich singe nicht laut, denn ich könnte ja, ohne es zu merken, falsche Töne von mir geben. Damit mich keiner hört, singe ich leise in mich hinein.

Es war gut, dass ich mir keine Trostworte oder Ratschläge ausdenken musste.

In Sachen Hanf war ich zuversichtlich, weil ich wusste, dass Hanf in Blumentöpfen am Fensterbrett nicht gedeiht. Das Grünzeug würde bestimmt bald vertrocknen. Ich hatte meinem Sohn und seinen Freunden in dieser Richtung nichts verboten. Nicht die Anbauversuche und nicht die kleine Blechbüchse mit dem geschnittenen süßlich riechenden Kraut, kurze Zeit der süßliche Qualm und ihre wahrlich kindischen Lachanfälle.

Mehr noch als mit schlesischem Hanf waren es die Erfahrungen mit schlesischem Mohn, die mich nachsichtig stimmten. Schlesischer Mohn und die schlesische Großmutter. Erfahrungen meiner Kindheit.

Immer zur Mohnerntezeit ging es damals in meinen Träumen kunterbunt zu, blumenbunt, aber nicht wie auf einer Sommerwiese, sondern geometrisch und trichterförmig, haltlos, bodenlos, dabei schmerzlos, wahrscheinlich hatte ich Flügel in dieser aus der Luft gegriffenen Welt, ich fühlte die Großmutterhand, ich hörte ihre Stimme.

Die beste Erntezeit war mittags um zwölf.

Wir stiegen hoch, der heißen Sonne entgegen. Steppl, so nannten wir das Feld, so nannte man auch den Schädel des Riesen Rübezahl. Steppl, dort wuchs über Sommer Papaver orientale, der Mohn. Wind kämmte durch die Halme, die Mohnkapseln klapperten, raschelten, riefen. Großmutter spricht: Wenn de flennst, kimmt da Moo.

Immer waren die Geister ganz nahe, sie hausten oben oder unten oder unmittelbar im Berg in einer finsteren Teufelsküche, der Moo, die Roggenmuhme oder ein schlecht gelaunter Rübezahl.

Männer trugen die Kiepen auf dem Rücken den Hohlweg hinunter in die luftig offene Tenne, man übte Geduld, bis die Mohnköpfe, die Kapseln, die Häupter des Mohns, schlesisch die Hetla, mit dem blauen Samen knochentrocken geworden waren, denn nun war es ein Leichtes, die Mohnhetla zu kappeln, zu köppeln oder zu köpfen.

Es geschah an heißen Spätsommerabenden in einer Runde von Tanten und Nachbarinnen, auf Schemeln und Bänken, in der letzten Sonne und mit Gesang. Wir kauten, malmten den süßen Mohn, grießkörnchenfeine Samen. Die Frauen klopften die Kapseln in die Schüssel, aus den Schüsseln floss die blaue Flut in einen Leinensack, dann wurden die Säcke zugebunden.

Wie schlafende Zwerge, die etwas Freches träumten, so hockten die Säcke mäusesicher auf einem Brett.

Die Arbeit, das Mohnköpfeln, ging weiter. Bis zum Feierabendlied. Wir zeigten uns blaue Zungen und rannten in der Tenne durch aufgewirbelten Staub, wild, wie losgelassen, denn so konnten wir die Strahlen der Abendsonne mit beiden Händen fangen. Ringsherum blitzte, spritzte das Gold. Niemand dachte sich damals mehr dabei, als dass es eine reiche Ernte gewesen war und ein sangesfreudiger Abend. Vielleicht dachte man noch, ach, Herr Jesses, die Kindla, und die Großmutter lachte, die Kindla sann bei den lieben Gänsla im Stroh.

Wo seid ihr, wo seid ihr?
Hier, hier, rief das Echo.

Du bist die Älteste

Hinter dem Haus der Garten, eigentlich nur ein Wald, denn man konnte nichts ernten, höchstens Kienäpfel, die von den Kiefern krachten, aber wozu waren die zu gebrauchen, im Kamin verfeuern sollte man sie nach neuer Feinstaubverordnung nicht, als Bastelmaterial für Totensonntag oder als Weihnachtsschmuck hatten wir schon zwei volle Säcke im Keller und unsere Nachbarn auch. Unter den Bäumen wuchs kein Gras. Wir sprachen trotzdem von einer Wiese, manchmal sogar von einem Rasen. Rasenmähen war wenn nicht notwendig, so doch Mode, man streute Rasendünger und stellte Rasensprenger auf. Auch wir zogen zweimal im Jahr mit einem Rasenmäher ausgeklügelte Bahnen, mal im Kreis, mal grade von West nach Ost und zurück.

Zwischen den Kiefern breitete sich ein grüner Teppich, aber keiner wie in besagten, englisch geprägten Anlagen aus Poa pratensis oder Festuca-Gräsern, sondern einer aus niederen Sporenpflanzen, Sternmoos, Bechermoos, ein Teppich aus Wehrloser Trespe, Brachsenkraut, dazwischen viele Sämlinge des Ahorns, der Linde und der beiden Buchen, auch winzige Birkensprösslinge stifteten Grün.

Zwei Kiefernstämme boten sich an für die mexikanische Hängematte. Sie war ein Geburtstagsgeschenk von mir für Laura, damals wurde meine Enkelin drei Jahre alt, Jakob war ein Baby von sechs Monaten.

Sommer für Sommer baumelte die Hängematte zwischen den Bäumen, sie hatte sich in den Jahren bewährt und war unterdes Allgemeingut geworden.

In diesem Jahr hatte Jakob zum Geburtstag einen Nintendo

bekommen, nun musste er nicht mehr seine Schwester anbetteln oder heimlich mit Lauras elektronischem Silberschatz spielen. Er war mit einem roten SL sein eigner Herr geworden.

Und ich war in den Jahren zum Schussel mutiert, zu einer Alten, die sich verzählte, wenn es um die Jahre ging, die eigenen und die der Enkel. So um die siebzig, das konnte bei mir hingehen, Teeny, das passte für Laura. Jakob musste mich verbessern. Nicht mehr sechs, schon sieben und nun bald acht.

Mensch, sage bloß, schon wieder gleich ein Jahr vergangen. Ich habe dich doch vor Kurzem noch im Kinderwagen herumkutschiert. Soll ich dir deine Nuckelflasche zeigen, die steht noch bei mir im Küchenschrank hinter den Tassen.

Ich hatte die Flasche aufgehoben, für alle Fälle, wenn die Schlafgeschichte allein nicht in den Schlaf hineinhelfen wollte. So ein Kakaofläschchen, das eigentlich nicht mehr statthaft war, wirkte Wunder.

Wir schaukelten in der Hängematte und dachten über das Leben nach. Wer höher springt, ein Grasfrosch oder ein Moosfrosch, ob Kröten echt goldene Augen haben. Es war endlich Sommer geworden. Nun plötzlich sogar einer von der heißen, südlichen italienischen Art. Unsere Blicke hingen in den mächtigen Kiefernkronen, wo Tauben mit den Flügeln klappten oder schlugen. Sollte das da oben zwischen den beiden Vögeln ein Streit werden? Nadeln rieselten herab. Noch weiter oben zog ein Abendflugzeug. Es pinselte einen Strich in den Himmel, eine Pilotenbotschaft aus der Ferne oder aus der Zukunft, ein Zeichen aus einer anderen Welt.

Es wurde still, es knisterte in der Luft, vielleicht arbeitete irgendwo ein Gewitter. Bei uns wird leider wieder kein einziger Tropfen fallen. Ich werde nachher die Pflanztöpfe gießen. Wenigstens die unter der Dachtraufe. Die Dürre machte dem

Terrain zu schaffen, besonders den sogenannten Moorbeet-kulturen. Die Hortensien ließen traurig die Blätter hängen. Die trockene Fuchsie sah mich hilfesuchend an. Die Blaulilien litten.

Die arme Natur. Mein träger Seufzer klang dramatisch genug.

Der Achtjährige neben mir in der Hängematte schwieg, dann murmelte er in die knisternden Kiefernkronen hinein, auch er werde bald ein sehr schweres Leben haben.

Ach, sagte ich, ach, so ein Quatsch. Ich wollte ihm nicht zeigen, wie betroffen ich war, erschrocken, sprachlos, aber auch neugierig. Du, ein schweres Leben?

Ja, sagte er, dabei brachte er die Hängematte mächtig in Schwung. Ab Montag fängt mein schweres Leben an. Ab Montag wird bei uns in Mathe bis Tausend gerechnet.

Wir schaukelten vor und zurück, er kniff bekümmert die Augen zu. Ein Kiefernzapfen fiel frech gezielt genau auf meinen Bauch. Es gab nichts zu lachen, es war ernst.

Gnadenlos, ein schweres Leben. Ab Montag bis Tausend. Ab Montag gehen alle Rechnungen bis zu drei Stellen hinter der Eins.

Das Leben war schwer.

Und schnell.

Es eilte in Richtung Montag.

Wir schauten in den Himmel, der ohne Flugzeug einfach nur abendblau und sehr hoch war. Jakob grübelte über Zahlen, über die Zeit und über Fristen.

Vielleicht wirst du hundert Jahre alt, murmelte er.

Ich weiß nicht, ob ich mir das wünschen soll. Ich wüsste allerdings gerne, was aus euch einmal wird. Ich würde gern eure Familien kennenlernen, deine Frau und deine Kinder.

Jakob gab der Hängematte neuen Schwung.

Ich werde keine Familie.

Wie kommst du denn darauf?

Weil ich nicht weiß, wie ich das machen muss.

Was weißt du nicht?

Wie ich das machen soll. Ich muss ja dann Vater sein in der Familie.

Das braucht man nicht alles auf einmal zu lernen, ab Montag rechnest du erst mal bis Tausend. Und dann geht es weiter, es kommen noch viele Zahlen im Mathematikunterricht. Nicht nur natürliche Zahlen, sondern auch gemeine Brüche. Eins nach dem anderen. Plötzlich kannst du Wurzeln ziehen und alleine dein Fahrrad reparieren. Schlauch wechseln. Luft aufpumpen kannst du ja heute schon.

Ich baue mir eine Hütte. Im Wald.

Dort besuche ich dich.

Ich habe schon mal einen Maikäfer gesehen.

Ich habe hundert, sogar tausend Maikäfer gesehen. Als ich so alt war wie du, in Schlesien, dort gab's vor der Haustür eine Winterlinde. Die haben wir manchen Abend geschüttelt, es regnete Maikäfer. Sie lagen unter dem Baum wie gesät. Braune Bäcker und mehlgraue Müller.

Hast du die Käfer eingesammelt?

Nein. Unsere Hühner kamen sofort angerannt. Im Nu waren die Maikäfer aufgefressen.

Mir fiel der Schuhkarton ein, das Rascheln, die Löcher im Deckel. Lindenblätter. Moos. Dass der Karton am andern Tag leer war. Ein Rätsel, wer den Deckel geöffnet hatte. Ein Engel, die Großmutter oder die Hühner.

Die Hängematte stand still. Die roten Fensterläden am Haus leuchteten in der Abendsonne. Feuerwehrrot.

Du bist die Älteste bei uns im Haus, sagte Jakob.

Stimmt, sagte ich.

Du stirbst zuerst.

Stimmt hoffentlich.

Wenn du das nächste Mal Geburtstag hast, kommt die Altersschwäche.

Sofort? Fragte ich.

Nicht sofort.

Die Hängematte schwang.

Wir schaukelten und schauten den Tatsachen ins Auge, dazu sind die Abendstunden in der Hängematte da. Wir erzählten uns Geschichten. Wahr oder auch nicht. Lügengeschichten, man muss nicht alles glauben. Tausend Maikäfer von Hühnern aufgepickt.

Wo war ich denn grade, als ihr nach dem Kalten Krieg den schulfreien Tag der Deutschen Einheit gemacht habt?

Noch nicht auf der Welt.

Und wo war ich, als du das Auto gekauft hast. Laura sagt, du hast den VW in der Burg vom Wolf abgeholt.

In Wolfsburg habe ich das Auto gekauft. Das war vielleicht ein Theater. Du warst noch nicht da, das weiß ich.

Habe ich grade in Mamas Bauch gesteckt?

Noch nicht, das Auto ist ja schon zwölf Jahre alt. Es hat nun schon einen neuen Auspuff und neue Bereifung. Rechne mal selbst, du bist viel jünger als der VW.

Wo bin ich denn grade gewesen?

Nirgends.

Der Himmel sieht aus wie eine große blaue Schüssel, nachts ist er schwarz, mit Sternen besetzt, oft wandert der Mond zwischen den Kiefern, mal als Hörnchen, mal als halbrunde, mal als gelbe Zitronentorte. Wenn der Mond nicht am Himmel steht, hat er sich eine Weile verkrochen. Hinter einer Wolke oder im Schatten der Erde.

Habt ihr euch geärgert, dass ich wieder mal nirgends war?

Und wie! Ich dachte, wie lange dauert denn das noch, so ein Enkel wäre doch schön, es wäre super, wenn mein Enkel jetzt hier bei mir wäre, wenn der im Kindersitz hinten im Auto sein Froschlied singen oder losbrüllen würde, das wäre prima, das wäre wirklich mal gut. Das habe ich oft gedacht, wenn ich mit dem Auto unterwegs war oder wenn ich Holz gehackt oder den Komposthaufen umgesetzt habe, da dachte ich, der Enkel würde sich bestimmt für Maikäfer und Hirschkäfer interessieren, ich könnte ihm jetzt die Engerlinge zeigen, die ich aus der Erde gegraben habe, die wunderlichen Puppen, wo man schon unter der weißen Haut einen prächtigen Hirschkäfer erkennen kann. Ich habe was gefunden, würde ich rufen, mein Lieber, komm schnell mal her. Hier kriecht ein Hirschkäfer aus der Pupa libera, komm schnell.

Mein Schaukelkumpan zweifelte heimlich, er wusste es besser. Er versteckte sich ja gern unter dem Bett oder hinter dem Mond. Dort hockte er immer, wenn wir glaubten, dass er nirgendwo wäre. Dort hätten wir ihn jederzeit finden können. Generationen vor unserer Zeit. Manchmal blinzelte er mir auf dem Kinderfoto von Onkelbruder Gerd entgegen. Meine Mutter hatte gerufen, als sie das winzige neue Jaköpple zum ersten Mal sah: Jesses, das ist ja genau unser Gerdla.

Gerdla, der 1943 im ukrainischen Donezbecken abhandengekommen war. Siebzehnjährig, als toter Krieger in Hitleruniform.

Der Goliathkäfer ist aber noch größer.

Wie groß denn?

Wie eine Tafel Ritter Sport, ich meine, eine Familientafel, mindestens.

Ich wusste doch längst, dass du dich eines Tages ziemlich gut auskennen würdest. Ich musste nur geduldig warten, so lange, bis du endlich ein Weltkind bist.

Es gibt eine Million verschiedene Käfer. Ich kenne noch nicht mal fünfzig.

Du hast ja noch Zeit.

Wir schaukelten, wir flogen. Jakob hatte drei Methoden, die Hängematte in Schwung zu bringen. Wenn sie tief genug hing, stemmte er die Füße mit ganzer Kraft gegen die Erde. In höherer Lage schwang er sein Hinterteil wie ein Pendel, oder er zog am Haltestrick, der am Baumstamm festgemacht war, zog kräftig, als würde er eine Glocke läuten, die größte, Gloriosa, wir schaukelten so schräg wie möglich, immer möglichst schräg.

Wenn das so weitergeht, riskieren wir einen Überschlag, eine volle Rolle wie die Kanuten im wilden Colorado River. Ein Looping wie Surfmeister Roger Wayne in der Röhre einer Riesenwelle. A giant wave.

Du musst dich festhalten, Großmutter. Keine Angst.

Ich habe aber Angst. Dein Papa sagt jeden Tag, wenn ich das Fahrrad aus dem Holzschuppen hole, stürze uns bloß nicht auf die Nase, das fehlte noch, dass du dir den Hals am Schenkelknochen zerbrichst. Das bedeutet drei Wochen Krankenhaus und vier bis sechs Wochen Reha. Und niemand ist da, die Kinder von der Schule abzuholen, und wer füttert die Hasen und den Kater. Also, halt ein, Bube, denk an meine morschen Knochen.

Was morsch ist, konnte ich ihm an einem abgebrochenen Ast demonstrieren, der Ast hatte schon eine Weile unter der Buche gelegen, er war armdick, doch das Holz bröckelte wie Pfefferkuchen. So was, mein liebes Kind, ist ein morscher Knochen. Unter der Rinde hatte sich ein Birkensämling angesiedelt, er steckte fest, er zeigte schon Blätter, erstes Grün. Zerfall und Wachstum.

Jakob schaukelte nun eine Weile sanft.

Morsche Knochen. Den Alten hing vielleicht noch ein Lied in den Ohren. Stiefeltritte und Männerkehlen: *Es zittern die morschen Knochen … wenn alles in Scherben fällt, denn heute da hört uns Deutschland und morgen die ganze Welt.*

Das Echo der Stiefel und der Männerkehlen ist verhallt.
Morsch ist ein Adjektiv.
Morsch, besonders durch Fäulnis, auch durch Alter,
Verwitterung o. Ä. leicht zerfallend, sinnverwandt: alt,
altersschwach, baufällig, brüchig, schrottreif.

Ich dachte über das Auto nach. Auch das war nicht mehr jung. Es fing an, zu rosten.

Um Rabatt zu schinden, hatte ich es ab Werk gekauft. Ich lebte als Einzelmensch in Vorgroßmutterzeiten und war als solcher nach Wolfsburg gefahren, um das Auto zu holen. Ich erinnere mich noch, wie ratlos der Clerk die schwarze Mappe und die Schlüssel hielt, wo bleibt denn der Gatte? Er wusste nicht, wem er die Papiere sowie Präsente und den Restaurantbon überreichen sollte. Zwei Menüs extra für Kinder inklusive Enkel, also für familiären Anhang unter vierzehn. Schulpflichtige konnten für die Automobilabholung in Wolfsburg einen Tag beurlaubt werden. Ich sah gespannte, sogar angespannte Gesichter. Väter mit aufgeregt zitternden Händen. Künftige Fahrzeughalter.

Ich hatte ganz gegen die Sitte die Essenbons verfallen lassen, den Fahrzeugbrief, die schwarze Mappe mit dem schwarzen Kugelschreiberpräsent in meinen Stadtrucksack verstaut, an der Zapfsäule noch auf Werksgelände ohne jede Hilfe vollgetankt und eigenständig mit Karte bezahlt.

Hinter dem Tor und einer letzten auf Grün springenden Werksampel endete der sanfte Erlebnisbereich, mein Herz klopfte, ich befand mich richtig, aber viel zu schonungslos, wie aus dem Nest geworfen, auf der achtspurigen Autobahn Hannover – Berlin. Rasen, Tosen, ein Rausch. Ich im Rudelrennen mit den schnellsten Tieren der Welt.

Ich ahnte, warum die anderen so grimmig und kopfschüttelnd, oft mit zänkischer Lichthupe an mir vorübersausten, ich galoppierte denen mit meinen neunundneunzig Kilometern pro Stunde wahrscheinlich nicht schnell genug. Ich äugte eselsstur in den Rückspiegel und in den linken Seitenspiegel, ich blieb in der Spur.

Ich war sehr stolz, als ich das neue Auto auf der Straße genau in einer Lücke ordentlich eingeparkt hatte. Jetzt wusste ich wieder einmal, der Mensch kann alles.

Ich darf nur nicht feige sein.

> *Echonachrichten, die über Kanten gelaufen sind,*
> *ergeben einen Spannbaum.*

Das Haus an der Mauer

Eine Fensterreihe, darüber ein Dach, das Haus war klein, aber solide gebaut, eine breite Treppe führte zu einer blauen, ziemlich massiven Haustür. Ein Korsett aus wilden Weinranken hielt es aufrecht. Von der Straße her konnte man denken, das ganze Haus habe Wurzeln geschlagen, es klammerte sich an die Erde wie der Nistplatz eines Bodenbrüters.

Das Nest war leer.

Das Haus lag unbewohnt, das Vorgartengitter verschlossen, auch ringsherum war der Zutritt verboten, denn es lag dicht am Eisernen Vorhang zwischen Ost und West, es lag im Grenzgebiet, in einer Sperrzone, zwischen hohen Kiefern und Birken, direkt am Ufer eines tiefen Sees.

Das Haus hatte schon vor der Grenzgebietszeit manchmal leer gestanden, weil es als Sommeraufenthalt gebaut worden war. Man konnte seine Räume mit einer Luftheizung oder mit Hilfe eines Kaminfeuers trocken halten und ein wenig wärmen. Für einen richtigen brandenburgischen Winter taugte es nicht. Kachel- und Kanonenöfen, die während und nach dem Krieg notdürftig aufgestellt worden waren, machten den eingewiesenen Flüchtlingen die Bude nicht warm.

Trotz Wohnungsnot, das Gemäuer war niemandem zuzumuten. Der Kamin war verrottet, Ofenrohre, die von Raum zu Raum unter der Decke hingen, waren vom Brandschutz verboten worden. Es gab unterdes Gesetze, Bestimmungen, Gesundheitsvorschriften. Die Kanäle der Warmluftheizung waren eingebrochen, Lüftungsschächte zugewachsen.

Als Letzter hatte in den Nachkriegsjahren ein Augenarzt in dem Haus praktiziert.

Er war noch vor 1961, vor Stacheldraht, Wachtürmen, Grenzhunden und Mauer, mit Sack und Pack quer über den Glienicker See, also in den Westen, gerudert. Er hatte nur seine Frau und seinen wohlerzogenen Sohn, den stets fröhlichen, aber nicht schulfähigen Hansi, hiergelassen. Die Zuständigen im Gemeindeamt hatten Mutter und Hansi eine heizbare Unterkunft in der Nibelungenstraße zugewiesen.

Seit der scharfen tödlichen Teilung des Sees in ein West- und ein Ostufer, wobei in politisch Westberlin die Sonne aufging, wohnte niemand mehr in diesem Haus im Sonnenuntergangsosten.

Es hatte ein überspringendes Dach, es war mit roten Schindeln gedeckt. Die Schilder, die längs der Straße bis hinunter ins Dorf streckenweise direkt am Ufer des Sees aufgestellt worden waren, drohten in drei Sprachen: Sperrgebiet. Betreten streng verboten.

Eine Katze ging einfach vorbei, sie kroch durch die Büsche, immer weiter in das Verbot hinein.

Hinter dem Zaun konnte man noch die Umrisse und Zeichen eines Gartens erkennen, ein Rondell, eingefasst von glasierten Tontafeln, wie sie Fürst Pückler und Peter Joseph Lenné für den Babelsberger Schlosspark hatten anfertigen lassen, Wegplatten, eine krumme Zuckerhutfichte. Inzwischen wuchsen im Gelände Birken und Kiefernschösslinge, Binsen siedelten in der Dachrinne und in den Spalten der Treppe, die zu der massiven Haustür führte. Rastlose Natur breitete sich überall aus. Der Wein von der Hausmauer besetzte nun auch die Treppenwinkel und den trockenen Streifen unter der Traufe.

Hansi zog per Fahrrad die Straße entlang, auf dem Gepäckträger stolz ein Fischernetz mit sieben echten Lederbällen. Er grüßte das Gemäuer im Sperrgebiet.

Gegenüber auf der anderen Straßenseite lag der sogenannte grenznahe Raum, früher ein Park, jetzt ein naturbelassenes, also verwildertes Wäldchen, wo sich manchmal Russen, Rotarmisten auf der Flucht in die Heimat, versteckten. Ahnungslos, dass sie hier Richtung Osten in eine Falle liefen, hier an der Mauer, hier am Stacheldraht war die Welt fast zu Ende. Es gab besagtes Wäldchen, die Russenfalle, und einen Platz, groß genug für sieben Bolzmannschaften und ein Tor. Hier verteilte der stolze Ballbewahrer Hansi die Bälle an sein untertänig bettelndes Volk. Bitteschön, liebe Kinder, jedes bekommt einen Ball. Ich habe ja genug.

Ein stiller, in Kiefernduft gebetteter Ort, zwischen den Kriegen eine Sommerfrische für die Großstadt Berlin.

Das Haus wurde in den zwanziger Jahren gebaut.

Es war die Zeit, als man Vermögen gerne in Sachwerte, am besten in Grund und Boden, anlegte, es war die Zeit, da man Feld und Wald rings um Berlin zu Bauland erklärte. Schlaue Bauern mit Trockenwiesen und schlechtem Weideland konnten lachen. Grundstücksmakler rieten zur Eile.

Ein Berliner Zahnarzt hatte sich um das Grundstück an der sanft abfallenden Endmoräne des tiefen, fischreichen Sees beworben. Westuferlage. Morgensonne strahlte über das Wasser.

Nur eine knappe Autostunde zum Brandenburger Tor, etwa dreißig Kilometer, lag zwischen See und Stadtwohnung am Kurfürstendamm. Ein Katzensprung.

Doktor Abraham bekam den Zuschlag, er bestellte den künstlerisch am Bauhaus orientierten Richard Oppenheim und den jungen Architekten Otto Block, er nahm Verbindung auf zu den Gartengestaltern Karl Foerster und Hermann Mattern, einem Team, das unlängst nicht weit von Sanssouci, in Bornim, gemeinsam Büro und Gärtnerei eröffnet hatte. Hermann Mattern wurde in Fachkreisen der Hügel-Hermann genannt, weil nach seinem Gefühl zu einem idealen Garten ein kleiner Berg oder wenigstens etwas Schräges, Hügelartiges gehören sollte.

Das sanft abfallende Ufergrundstück war für einen Mattern-Garten genau das richtige Gelände. Solide Trockenmauern aus Rotsandstein, solide Treppen, gepflasterte Plateaus, Staudenbeete mit Irisbepflanzung, Primeln, Phlox, Herbstastern aus Karl Foersters Zuchtbetrieb und Birken, Birken, jung und schön.

Doktor Abraham war nicht unbedingt reich. Er hatte eine Erfindung gemacht, daran glaubte er, darauf setzte er.

Es sollte nur ein Sommerhaus werden, allerdings ein schönes. Er verlangte genaue Rechnungen. Er wünschte gediegenes Material, aber keinen Luxus. Keine Baumodenschau. Die Dachrinne sollte eingeschalt werden, das kostete zwar etwas mehr, aber es wirkte schlicht, wie aus dem Kasten. Bauhausartig. Die Firma konnte Material von der Umgestaltung am S-Bahnhof Mexikoplatz abzweigen, gebrannte dunkelblaue und seegrüne Kacheln. Die Kacheln machten sich gut als Kaminsims und als Umrahmung der blauen Haustür.

Obwohl der aus Tonerde und anderen Ingredienzien schlau zusammengemischte Zahnzement inzwischen gutes Geld brachte, ABRACS war ein anerkanntes Patent, sollte sich das Gemäuer den dörflichen Gegebenheiten anpassen. Zur Straßenseite hin schmuck, aber schlicht. Schmale Fenster, durch Schmiedekunst verziert. Oder vergittert. Schutz und Schönheit. Gedrehte vierkantige Stabeisen, sonnengelb und rot gestrichen. Farblich ein Architektenakzent. Die Haustür zierte ein rechteckiger Glaseinsatz mit eingefügten Sprossen. Die Messingstäbe brachten drei Buchstaben zur Geltung. Dreimal A. Wie im Namen Abraham.

So weit der Blick von der Straße zum Haus.

Schon Ende der zwanziger Jahre hatte die Dorfstraße ab Kirchplatz, wo die Sommerhäuser anfingen, einen neuen Namen bekommen. Dieser Teil hieß nun Seepromenade.

Noch in der Vorkriegszeit wuchs der Ort weiter in Richtung Königswald, Römerschanze bis zu den Senken, wo früher die Ziegeleien den Ton abtrugen, den nachmaligen Karpfenteichen, bis in Sichtnähe des geschützten tonhaltigen Sacrower Sees. Berliner Siedlungsgenossenschaften parzellierten, verpachteten oder verkauften.

Autobusse schufen die Verbindung zwischen dem grünen Ring und dem städtischen Zentrum. Das Zentrum hieß Spandau. Man fuhr zum Einkaufen und zum Vergnügen nicht nach Berlin oder Potsdam, man fuhr zum Ursprung, zur Wiege von Brandenburgs bewegter Geschichte, man fuhr nach Spandau.

In St. Nikolai zu Spandau hatte sich Kurfürst Joachim samt seiner Mark Brandenburg zum reformierten Christenglauben des Dr. Martin Luther bekannt. Unweit, in der Zitadelle, fand man noch Zeichen der Wohnburg, die sich Albrecht der Bär als Herrschersitz hatte bauen lassen.

Das war die Mitte, dort lag der Anfang.

Unsere Geschichte begann im April 1962.

Ich wohnte damals mit meinem dreijährigen Sohn in einem Zimmer zur Untermiete in einem großen Stadthaus an der donnernden Hauptverkehrsstraße im Industriegelände von Babelsberg. Wir würden nächstens Zuwachs bekommen, denn ich war schwanger.

Der werdende Vater hatte Lust, mit mir und dem Buben einen Ausflug zu machen.

Frühlingsluft schnappen, das war eine beseligende Verheißung, herrlich, dazu taugte der Königswald, dort gab es Wanderwege und einen See, Schwäne, Enten, mit dem Auto dreißig Minuten, immer der Nase nach Richtung Norden.

Die Schwäne waren zwar fortgeflogen, aber sonst, die Frühlingsluft, die liebe Sonne, alles war da, das Auto ließen wir im Wald neben dem Institut für Volkseigene Fischerei, der Steg für die Angler war repariert worden, neue sichere Bretter, ein neuer Pfosten.

Dort saßen wir mit den Füßen im Wasser. Robi lag auf dem Bauch, er tunkte eine Schnur hinunter zu den großen und kleinen Fischen. Schwärme wechselten die Richtung, zogen hin und her. Ein wunderbarer Frühlingstag, ich dachte kein bisschen ängstlich an die Zukunft, obwohl ich eigentlich hätte ängstlich sein müssen. Die Zeitungen schrieben von Raketen mit Atomsprengköpfen, die Rede ging, dass die Russen ihre Raketen wahrscheinlich hier in Krampnitz verstecken würden. Ich hatte kein Geld, keine ordentliche Bleibe, ich hatte meinen Jungen, war schwanger und hatte an meiner Seite einen verheirateten Gefährten, dem in einer Kleinstadt im Gebirge eine katholische Frau angehörte, ich hatte nach dem Studium leider keine Arbeitsstelle bekommen, denn ich hatte auf dreißig Seiten frech einen Sitzenbleiber gegen ein hilfsbereites Kollektiv verteidigt und damit ein schlechtes Examen absolviert. Ich stand in Unehren auf der Straße des Lebens. Auf meinem Gewissen türmten sich Schimpf und Schande, sehr viel Schuld. Es war nur gerecht, dass ich nun zusehen musste, wo ich blieb. So außerhalb der geordneten Bahn.

Eine Nachtigall sang, es war die erste in diesem Jahr, sie sang, schlug, flötete, es war die erste, die ich überhaupt in meinem Leben hörte.

Lieber Bub, das ist, glaube ich, eine Nachtigall. Eins zwei drei vier fünf sechs sieben. Wenn sie siebenmal schlägt, hat sie sich ihren Namen verdient.

Liebes Bürschchen, nun brauchst du schon den Daumen und zwei Finger, um abzuzählen, wie alt du bist. Du bist ja bald auch der Große, freust du dich auf ein Schwesterchen? – Hm, na ja. Ein Bruder wäre besser.

Es war schön am See. Wir wollten nun noch den Freund meines Gefährten besuchen. Wir brauchten das Auto nicht, wir konnten hinlaufen, quer durch den Wald, auf Sandwegen, Robi die Taschen voll Kienäpfel. Er sagte: Munition.

Munition? Wieso Munition, wozu brauchst denn du Munition, das sind Kiefernzapfen zum Basteln, da kann man Kühe draus machen und Igel und Schweine und lange Ketten oder sieben Zwerge.

Robi warf einen schrägen Blick, er hob einen Zapfen auf. Er kniff ein Auge zu, um zu zielen. Zack, gegen den Baumstamm. Ein Treffer. Der ist nun tot.

Mein Gefährte lief voraus, er trug die Schuhe in der Hand, er ging gerne barfuß über Wiesen oder im Sand.

Ich grüßte zwei patrouillierende Grenzsoldaten. Wir befanden uns in Grenznähe, aber noch nicht im Grenzgebiet. Hier durften wir wandern. Ich grüßte. Im frischen grünen Wald. Schon wieder die Nachtigall, oder waren es sogar zwei oder drei?

Die Freunde lebten, wie ich es mir erträumte, mit eigener Badewanne, zwei Kindern, einer Großmutter und einem Hund. Mann und Frau, ein verheiratetes Paar. Nani arbeitete als Laborantin in der Nähe, in der Siemens-Villa, heute Heinrich-Heine-Sanatorium. Wir blieben zum Abendessen. Die Kinder spielten im Garten. Robi brav mit den beiden Freundesknaben und dem Hund. Wir lachten viel, die Gastgeber hatten den Tisch bulgarisch gedeckt, Geschirr, Mitbringsel von der vorjährigen Urlaubsreise, Gerichte, wie sie es gelernt hatten unterwegs. Reisen bildet. Weil ich die Fahrerlaubnis inzwischen gemacht hatte, durfte mein Gefährte trinken. Mavrud, roten Wein, aus Keramikbechern. Nani und ich gingen hinaus zu den Kindern, wir brachten die Schaukeln in Schwung. Nani machte sich Sorgen um ihren Jüngsten, der lässt sich alles gefallen, der haut nie zurück, wahrscheinlich waren die Schwangerschaften zu dicht hintereinander. Sie versprach mir das Laufställchen, aber ich hatte bei Bruno Bettelheim gelesen, Ställchen nimmt man heute nicht mehr. Man sperrt kleine Kinder nicht mehr hinter Gitter, weil das den Charakter verdirbt.

Als wir wieder ins Haus kamen, hörte ich, dass die beiden Freunde schon bei der Sache waren, wir waren nämlich nicht nur zum Rotweintrinken gekommen. Wir hatten einen Traum.

Ein kleines leer stehendes Haus in einer Laubenkolonie bei Rehbrücke. Das Richtige für uns, aber fern, so fern. Wir waren keine richtige Familie, mein Gefährte galt als verheirateter Erzgebirgler, als solcher hatte er hier kein Wohnrecht, und ich konnte als Alleinstehende keine Arbeitsstelle nachweisen. Zwischendurch, meist nachts, wenn wir uns in den Armen hielten, dachten wir, vielleicht gibt es doch einen Weg. Vielleicht braucht man nur einen Rat, ein paar Hintergrundinformationen, Glück, Beziehungen, um dem Schicksal eine Nase zu drehen.

Wir mussten es schlau anfangen, uns durfte kein Fehler unterlaufen. Die Sache musste man still und von oben angehen. Am besten man meldete sich gleich bei einem Bürgermeister. Man müsste den Bürgermeister persönlich kennen, man müsste mit ihm befreundet sein. Du kennst doch euren Bürgermeister, vielleicht kennt euer Bürgermeister den Bürgermeister von Rehbrücke. Wir ließen uns Wasser und Wein nachgießen.

Der Freund stimmte zu. Genauso muss man es anfangen. Nicht erst an eine Amtstür klopfen, so was muss über persönliche Beziehungen laufen, über die Betriebsgewerkschaft oder über Bürgermeister.

Es war Abend geworden, Finsternis und erste Sterne, wir fuhren trotzdem noch alle zusammen mit dem Auto des Freundes ins Dorf hinunter zum Bürgermeister. Er kam vom Fernseher zum Gartentor. Unser Freund erklärte die Sache. Ein kleines leer stehendes Haus in Rehbrücke.

Da sagte der Bürgermeister: So ein leeres Haus habe ich auch.

Er quetschte sich mit uns ins Auto, wir atmeten nicht mehr, wir fuhren die Dorfstraße und dann die Seepromenade entlang, der Bürgermeister signalisierte unserem Freund, wo er anhalten sollte.

Unser Freund stellte das Auto quer auf die Straße und schaltete sein gelbes Fernlicht an.

Angestrahlt wie im Theater, lag, von hohen Kiefern gekrönt, wolkig eingebettet von weiß blühenden Büschen, ein schönes zierliches Haus.

Grenzgebiet, sagte unser Freund.

Es ist leider nicht heizbar, sagte der Bürgermeister.

Wir blieben stumm. Ich war überwältigt, zwei Fensterlein, eine Tür, im Dach eine Luke für den nächtlichen Mond, wenn man sich in der Hinterfront das Gleiche dachte, zweieinhalb Zimmer, Küche, und wenn das Glück perfekt sein sollte, steckte hinter dem kleinsten Fenster sogar eine Badewanne.

Andere wohnen auch im Grenzgebiet, sagte der Bürgermeister, für Einwohner gibt es Genehmigungen, Passierscheine oder Stempel im Personalausweis. Die Heizung im Haus, das ist das große unlösbare Problem.

Im Grenzgebiet kann euch dann aber kein Schwein besuchen, sagte unser Freund.

Bis zum Gartentor kann jeder kommen, sagte der Bürgermeister. Wir stehen hier mit dem Auto zum Beispiel ganz legal. Zwar falsch, verkehrswidrig, aber legal.

Was meinst du? Fragte mein Gefährte.

Es ist wunderschön, murmelte ich.

Der Bürgermeister verwaltete die Schlüssel, er kümmerte sich um zeitlich befristete Passierscheine. Eine Woche später waren wir zur Stelle. Wir besichtigten die beiden Zimmer rechts und links der Haustür, Blick zur Straße, dann ging es eine gewundene Treppe hinunter in den großen offenen Teil des Hauses. Küche, noch ein Zimmer, Saal und Terrasse. Von hier aus sah man den See und am Ufer die verzurrten Stacheldrahtrollen. Die festgemachte Grenze.

Das ist der Westen, sagte der Bürgermeister. Eigentlich müssten wir auch Westen sein. Die Alliierten haben seinerzeit nach Kriegsende einen Tausch gemacht. Die Engländer brauchten den Flugplatz Gatow, der in der Russenzone lag. Als Gegenstück haben die Russen die Hälfte unseres Ortes auf der hiesigen Seite des Sees zugeteilt bekommen. Die erste Zeit machte uns die neue Bestimmung wenig aus, man ging rüber, wenn man wollte, zum Beispiel nach Spandau, aber jetzt. Klappe zu. Grenztürme. Soldaten mit scharfer Munition.

Es ist ein recht großes Sommerhaus, äußerte ich mit gepresstem Herzen.

Ja und leider nicht zu beheizen, beschied der Bürgermeister.

Nirgends ein Ofen oder ein Heizkörper. Er wies auf schachbrettartige Gitter in Wand- und Fußbodenecken, auf die Überbleibsel einer Warmluftanlage. Die Kanäle waren verrottet, die zentrale Feuerstelle war tot. Vielleicht hat die Vorsorge für kühle Sommerabende nie funktioniert.

Die Bude ist leider auf warme Sommersonne angewiesen.

Normale Heizanlagen mit Heizrippen unter den Fenstern wie beim Bürgermeister, wie bei unseren Freunden in den Siedlungshäusern, die stammten noch von früher vor dem Krieg, die baute heute keiner mehr. Die volkseigenen Installationsbetriebe waren ausgerüstet für Schulen, Krankenhäuser und andere kommunale Einrichtungen, Kulturhäuser zum Beispiel. Für ein Häuschen, in dem nur eine Familie wohnte, hatte im ganzen Bezirk, soviel man wusste, im ganzen Land noch niemand eine Feuerstelle gebaut. Einen Kachelofen, das schon, Ofensetzer-Genossenschaften hatten wir reichlich im

Bezirk. Kacheln hätte man quartalsabhängig aus Velten besorgen können, doch für Ofenheizung fehle es im Sommerhaus an zwei Schornsteinen mit mehreren Zügen.

Aus der Traum, so die Stimmung der Männer.

Der Freund wiederholte auf seine Art tröstend, denkt daran, es ist Grenzgebiet, und das wird sich nie ändern, nie, eher im Gegenteil.

Mein Gefährte machte ein finster fragendes Gesicht.

Das wird wie im alten China, erklärte der Freund, eines Tages steht hier und quer durchs Land eine dicke Mauer.

Der Bürgermeister runzelte die Stirn. Wer soll denn die bauen? Sieh dir unsere Straßen an, ein Schlagloch am anderen. Kein Material, keine Maschinen, keine Leute.

Eben darum. Weil es so ist. Der Stacheldraht ist erst der Anfang.

Der Freund meines Gefährten hatte gut reden, denn der hatte es gut in seinem Häuschen und auch sonst. Er drehte Puppentrickfilme in einem Atelier, das in der Küche des Babelsberger Schlosses untergebracht war. Lauter Märchenfilme. Das tapfere Schneiderlein. König Drosselbart. Blöde Könige, listige Untertanen. Mein Gefährte prophezeite zwar, auch das wird bald schiefgehen. Spätestens wenn der hässliche König an seinem Bart oder an seinem Strohhut als ein Heutiger mit Namen und Funktion erkannt wird. Ein Märchenfilm, in dem eine Dornenhecke vorkommt, ist jetzt schon tabu. Dornröschen, das Märchen kannst du vergessen.

Ein paar Tage darauf war ich, da die Passierscheine zwei Wochen galten, noch einmal allein mit dem Bus zum Bürgermeister gefahren. Er tat mir den Gefallen, er führte mich geduldig durch die Räume, er ließ mich eine Weile allein. Ich stand unten im Saal am großen Fenster, beobachtete eine Katze, wie sie geschickt durch den Stacheldraht stieg, vom Land zum Wasser.

Schade, dachte ich. Schade um das Haus und um den See und um das Land, die Bäume, schade um die Nachbarschaft mit Nani. In Gedanken sah ich die Kinder Federball spielen, schaukeln, die Kaninchen füttern. Ich setzte mich auf das fremde Fensterbrett, unten gingen Grenzsoldaten mit einem Hund. Tapete hing in schlappen Fetzen, der Kleister hatte sich von einer dunkel getäfelten Wand gelöst. Eine andere Wand verlief trapezförmig vom schwarzen Boden bis zur Saaldecke. In Kniehöhe eine Sitzbank aus grünen Kacheln. Ein Kamin. Auch der groß, viel zu groß, schade. Ein Haus zum Verlaufen. So viele Türen. Fenster. Flure und Treppenstufen. Von der Küche aus konnte man ins Freie treten, auf einen Hof mit Sickergrube und Teppichstange. So ein Duft, so viel Birkengrün und schon wieder eine Nachtigall, nur wenige Schritte von mir entfernt in einem Fliederbusch, der grüne Spitzen zeigte und Dolden, die bald aufbrechen würden, weiß. Weißer Flieder und Nachtigallen.

Ein viel zu großes Haus in einem Gebiet, wo nur Grenzsoldaten spazieren gingen, wo man jeden Tag vor Augen hatte, dass die Welt kaputt war, mit Stacheldraht notdürftig zusammengeflickt, manche meinten geteilt, auch das war richtig, geteilt oder geflickt, jedenfalls schrecklich. Ein schrecklicher Nachkrieg. Siebzehn Jahre Nachkrieg. Siebzehn Jahre Frieden. So viel Frieden gab es noch nie. Doch, sagen die Alten, zwischen den beiden Kriegen zwanzig, also bleibt uns noch ein Rest. Und nun kam ich mit einem zweiten Kind. Freut euch gefälligst. Ich dachte an meinen Gefährten, ich liebte ihn sehr. Ich wollte alles tun für ein Nest. Was zu groß war, würde ich kleiner machen, Tapeten abreißen, Holz hacken, ich würde altmodisch das Laufgitter von Nani im großen Saal aufstellen, damit das Kleine sicher war vor dem Stacheldraht und vor den gefährlichen Minen, von denen die Leute redeten. Minen unten am Ufer, wo die Katze herumschlich.

Ich ging durch den Saal, stieg die geschwungene Treppe hinauf, der Bürgermeister wartete vor der Haustür.

Na?

Ich überlege noch. Ich denke nach, muss noch eine Nacht drüber schlafen.

Der Bürgermeister blickte von oben auf meinen Bauch. Ich lasse Ihnen den Passierschein und den Schlüssel, drei Tage haben Sie Zeit.

Ich hatte eine Vision. Ich dachte an die Straße in der Nachbarschaft des Babelsberger Krankenhauses, ein Materiallager, der nüchterne Ort erschien mir im Strahlenkranz. Ich sah Rohre, Eisen, Rost, keinen schlechten, sondern guten Rost, gestapelte lange Stangen, die von einer Kreuzung zur nächsten reichten. Auf dem Weg zum Kindergarten marschierten wir, mein Kleiner und ich, jeden Tag dort am Zaun entlang, hinter schützendem Maschendraht die edelrostigen Rohre. Über das Jahr steckten sie unter Laub, dann unter Schnee, gehütet, verwaltet, nach Durchmesser sortiert und gestapelt. Bestes Baumaterial.

Zu der großen Lagerstätte gehörte eine kleine Baracke, auf dem Dach ein Schild: VEB Großanlagenbau Babelsberg Nord.

Als ich das Gelände betrat, kamen mir zwei Männer in blauen Arbeitsanzügen entgegen.

Ich suche einen Chef, denn ich habe mal eine Frage.

Die Männer sahen sich an, als müssten sie sich entscheiden.

Der bin ich, sagte einer.

Das ist mir recht, sagte ich.

Gut, dann gehen wir mal ins Büro.

Wir gingen in das kleine Gebäude, dann durch eine Tür mit der Aufschrift Betriebsleitung. Der Chef schob mir einen Stuhl neben den Schreibtisch. Durchs Fenster sah ich, wie sein Kollege in einen betriebseigenen Lkw einstieg. VEB Großanlagenbau, Kombinat Großprojekte.

Ich saß auf dem Stuhl und sagte: Ich brauche eine kleine Zentralheizung.

Wann? Fragte der Chef.

Ich strich über meinen Bauch, sank in mich zusammen, richtete mich aber sofort wieder auf. Gleich, sagte ich.

Wo?

In einem Haus, so ungefähr mit drei oder vier Zimmern, eins davon ziemlich groß, ein Saal eigentlich, mit recht großen Fenstern, Türen, Treppen, einem Dach und Keller. Er unterbrach mich.

Ist das Objekt projektiert, und haben Sie einen Kessel? Haben Sie die Genehmigung vom Schornsteinfeger? Er zählte, eigentlich nicht unfreundlich, eins nach dem anderen auf. Kokskontingent. Antrag auf Baustelle.

Noch nicht, gab ich erst vorsichtig, dann forsch zurück. Ich fügte jedes Mal schnell hinzu: Das dürfte aber bestimmt keine Schwierigkeiten machen, oder: Die Formalität reiche ich nach, baldmöglichst zu Ihren Händen.

Während ich Stimmung machte, lief parallel meine Angst, wann sagt er denn nun: Schluss der Vorstellung, daraus wird nichts. Sinnloses Theater. Sie wissen doch ganz genau, dass wir keine Heizungen für alte baufällige Sommerhütten bauen. Wir sind ein Volkseigener Großbetrieb.

Dazu kam es nicht.

Die Befragung lief weiter, und am Ende hatte ich dem großen VEB, der zu einem größeren Bezirksbaukombinat gehörte, einen Auftrag erteilt.

Einbau einer Zentralheizung, Adresse Seepromenade. Es gab einen gefährlichen Stopp, als ich zugeben musste, dass das Objekt im Grenzgebiet lag. Ich sagte, ich würde mich mit Unterstützung des Bürgermeisters um Sondergenehmigungen für die Handwerker kümmern.

Herdin, sagte der Chef.

Genau, das war der Name des Bürgermeisters.

Der Chef lächelte. Es war ein schöner Zufall. Das ist ein Onkel von meiner Frau, sagte er.

Wir leisteten Unterschriften, er gab mir die Papiere und ein paar gute Ratschläge. Manches musste, weil sie im Kombinat grade eine freie Spitze hatten, sehr schnell gehen.

Ich pendelte ein paarmal am Tag mit dem Bus zwischen Bürgermeister und Anlagenbau hin und her.

Die Projektierung sollte auf Empfehlung des Chefs ein junger Mann übernehmen, der grade sein Ingenieurstudium in Magdeburg beendet hatte, die Rechnung müsse allerdings über mein Konto laufen, denn auf dem Konto des Sommerhauses läge null Komma nichts, wir brauchten später, so die Worte des Bürgermeisters, eine Zeit lang keine Miete an das Sperrkonto des Hauses zu überweisen. Wir könnten die Auslagen in den kommenden Jahren sozusagen abwohnen.

Der Bürgermeister konnte viel versprechen, denn er glaubte längst noch nicht daran, dass die Heizungsanlage mit Niederdruckkessel Wirklichkeit werden würde. Er nickte und unterschrieb mit an Kummer gewöhnter Zuversicht.

Ich unterstütze alles, aber unverbindlich, falls es schiefgeht. Und es wird schiefgehen. Ich meine, wird schon schiefgehen. Mit diesem Zuspruch klopfte er mir auf die Schulter. Ich drücke uns beiden beide Daumen.

Mein Gefährte schlief unterdes ruhig in einer Hafenstadt an der polnischen Ostsee, wo er mit dem Drehstab Außenaufnahmen machte, er ahnte nichts von meiner großen Hoffnung, nichts von der Lawine, die ich wahrscheinlich losgetreten hatte. Geld, dachte ich, das können wir uns bestimmt von jemandem borgen. Wir könnten das Auto verkaufen oder mein Bild von Querner, das Stillleben »Abgelegte Arbeitshose über einem gelben Küchenstuhl«. Ich wusste, das Albertinum in Dresden würde es nehmen.

Der Schornsteinfeger hatte für sämtliche Grenzobjekte einen Dauerpassierschein. Er vermaß die vorhandene Baulichkeit, die Züge, Querschnitt, Höhe. Er stellte recht schnell eine Bescheinigung aus. Der Bürgermeister setzte in Gemeindeverantwortung einen Stempel darunter.

Der junge Diplomingenieur erwies sich als ganzer Kerl, als echter Kumpel, er brauchte nur Bandmaß, Zollstock, Schreibzeug und Tageslicht. Er spurtete durch das Haus. Es machte Spaß, es war eine Freude. Ich half, wo ich konnte, hielt das Bandmaß, notierte Zahlen und passte auf, ob die Grenzsoldaten unten am Ufer ruhig ihre Zigaretten rauchten, ob der Hund neben ihnen schlief, denn der junge Mann war illegal im Haus, ohne Schein, allein weil er helfen wollte, vielleicht auch weil er das Geld brauchte. Als ich eine Woche zuvor mit meinem Anliegen bei ihm vor der Wohnungstür aufgekreuzt war, trug er ein Baby auf dem Arm. Mama hatte Vorlesung. Während wir verhandelten, lag das muntere Baby zwischen uns auf dem Sofa. Ein Aspirant verdiente wenig. Das Geld für seine unerschrockene Tätigkeit im Grenzgebietshaus war eine schöne Stütze für die junge Familie.

Er maß die Räume mit großen schnellen Schritten, er kroch in die Winkel.

Manchmal fragte er mich, meist entschied er selbst, wohin mit dem Heizkörper, welche Größe und wie viel. Wenn er meinen ängstlichen Blick während des Messens gewahrte, sagte er: Kein Problem, wir legen ein T-Stück unter die Decke. Neben der Tür wird noch ein Durchbruch gemacht.

Mein Gefährte war ziemlich erschrocken, froh erschrocken und stolz auf mich, zwischendurch schimpfte er mit mir. Grade jetzt. Er hatte seinen ersten eigenen Film angefangen zu drehen, in eigener Regie, mit Drehorten in Dresden und im Hafen von Szczecin. Eine heikle Geschichte, die im Schulmilieu und bei der Armee angesiedelt war. Drei Ministerien:

Kultur, Volksbildung, Verteidigung, redeten mit. Eine Scheidungsgeschichte, wo am Ende ein hochnäsiger Marineoffizier den Kürzeren zieht. Das sollte aber in den Ministerien niemand so richtig merken. Deswegen Breitwandformat, klassisch Schwarz-Weiß, oft lange Brennweite und Handkamera.

Mein Gefährte hatte familiäre Verpflichtungen im Erzgebirge, finanzielle, und hinfahren wollte er auch manchmal.

Wie sollte das alles gehen.

Unser Märchenfilmfreund räumte uns einen Kredit ein. Er pumpte uns fünf Riesen, also fünftausend Mark.

Vertreter der drei Ministerien hatten sich im Studio zur ersten Mustervorführung angesagt.

Mein Gefährte arbeitete nach dem Drehtag noch bis in die Nacht hinein im Schneideraum. Er bastelte eine Rohschnittfassung, legte pro forma futuristische Geräusche, dazu flotte Musik unter rasant geschnittene Turnübungen. Sportunterricht in einer überstrahlten Schulturnhalle. Der Offizier machte am Rande in seiner Uniform eine stattliche Figur. Er wurde vom Darsteller des Ernst Thälmann gespielt, unvergessen, Sohn und Führer seiner Klasse, damals ein Film in Farbe, jetzt vermeintlich bescheiden in Schwarz-Weiß, jetzt begleitet von lateinamerikanischen Huapango-Rhythmen, vorläufig für die Mustervorführung geborgt aus der »West Side Story« von Lenny Bernstein. Die Vertreter der Ministerien sahen Eigensinn und Zuversicht, sie waren überwältigt. Eine neue Handschrift, ein neuer Stil. Ein Festivalfilm für Karlovy Vary. Der Filmminister umarmte meinen Gefährten.

Der Bürgermeister hatte den drei Rohrlegern Passierscheine für das Grenzgebiet besorgt.

Eigentlich hätte mich der Chef vom Anlagenbau loben müssen, auch er hätte von mir Lob und Dank verdient. Wir machten unerhörte Sachen.

Ich war inzwischen nach Brandenburg gefahren, in der Kesselfabrik hatte ich einen 300er-Niederdruckkessel aufgetrieben. Er sollte noch in diesem Quartal, also nächste Woche, geliefert werden. Ich hatte mir in einer Fertigungshalle verschiedene Gussteile angesehen, man hatte mir Anschlussstutzen für das Verbindungsrohr zum Schornstein gezeigt. Zum Schluss die Auslieferungshalle, sie war riesig und leer gefegt.

Am Rande standen holzverschalte Kisten, Öfen von menschlichem Maß.

So einer wird es sein. Ich war gerührt.

Ein Lagerverwalter gestand mir, dass sie nur noch ein paar Stück kleine Kesselöfen hätten und gar keine Formate mehr für Krankenhäuser und Schulen, der Betrieb werde noch in diesem Quartal auf Futteranlagen für die Schweinemast umgestellt.

Wahrscheinlich war ich ein Glückspilz.

Der Kessel wurde geliefert. Nach Auftrag bis zum Gartentor, so stand es auf dem Frachtschein, der unter dem Holzdeckel steckte. An einem Draht festgemacht, der Anhänger mit der Adresse. Seepromenade, dazu mein Name.

Ich bin ein Glückspilz.

Unser Märchenfilmfreund vermittelte mir einen richtigen Arbeitsvertrag. Ich sollte ein Exposé für einen Kinderfilm zum Thema Verkehrserziehung schreiben, einen Puppentrickfilm. Ich war gerettet. Und der Bezirk Potsdam hatte einen Schandfleck weniger. Ich war der einzige arbeitslose Hochschulkader, überhaupt der einzige Arbeitslose im Bezirk gewesen, eigentlich eine Asoziale. Mit dem Auftrag für das Filmexposé bekam ich im Stadthaus eine Versicherungs- und Steuernummer. Nun war ich ordentlich als selbstständiger Handwerker registriert, im Karteikasten hinter den Schornsteinfegern, ein Schriftsteller.

Ich wusste schon einen Titel und die Anfangsszene für den Film. Meine Schreibmaschine stand bereit. Bevor ich richtig loslegte mit dem Exposé, fuhr ich zu meinem Objekt in der Seepromenade. Es war ein schöner Sommertag, ich hatte Badesachen mitgenommen, den blauen Anzug, wo mein Bauch noch hineinpasste, vielleicht würde ich mal einen Schlenker machen zum See mit dem Anglersteg und den Schwänen, rein ins Wasser und wieder raus, dafür war es vielleicht schon warm genug.

Als ich mit Schlüssel und Passierschein vor dem Gartentor ankam, fand ich die Haustür nur angelehnt. Es waren keine Halunken, die sich im Haus zu schaffen machten, es waren die Handwerker vom VEB Großanlagenbau Babelsberg Nord, zwei Rohrleger, ein Maurer.

Sie hatten das geräumige Zimmer mit Blick über den Stacheldraht und den Grenzsee, dass ich inzwischen wegen seiner Größe Walhalla nannte, zur Werkstatt gemacht. Mörtelwanne, Schweißgeräte, Biegevorrichtungen. Die Materialvorräte des Großbetriebes lagerten nun hier. So sah das aus. Rohre, Fittinge, Winkel- und T-Stücke. Säcke mit Zement in einem Stapel. Sandhaufen. Schubkarre, Schaufeln. Ein langes Rohr wippte auf dem Biegebock. Funken flogen, der Maurer hatte bereits Löcher gestemmt, trockener Ziegelbruch, roter Staub lag daneben.

Ich trat näher. Helfen konnte ich nicht. Ich konnte nichts mehr ändern. Das Rohr polterte in zwei Teilen auf die zarten Sommerhausdielen. Ich hörte einen Fluch. War ich schuld? Ich blickte schräg aus dem großen Fenster, draußen war eine weiße Rose aufgeblüht, ein gelber Busch leuchtete am Hang zum Nachbarhaus.

Im Fauchen des Schweißbrenners vernahm ich hinter mir die Stimme des Bürgermeisters.

Er kam in die Mitte, er hob grüßend beide Hände. Es sah aus, als segnete er den Ort. Die Männer redeten miteinander. Ich stand stumm irgendwie am Rande. Es ging um einen Wasseranschluss und dann um tote Muffen. Sie lachten laut. Die Stimmung war gut, der Bürgermeister hatte an Zuversicht deutlich gewonnen, also konnte auch ich ruhig bleiben und guter Dinge sein.

Später sagte unser Märchenfilmfreund: Du musst den Leuten mal einen Kasten Bier hinstellen. Es war ein wichtiger Hinweis, ich hätte selbst darauf kommen können. Ich musste nur abwarten, wann ich das Auto an einem Nachmittag nehmen konnte. Robi abholen, dann einkaufen.

Erst trug ich die Bierflaschen, danach die Holzkiste, schließlich stand das volle prächtige Budweiser-Gebinde zwischen feierabendlich aufgeräumtem Handwerkszeug mitten im Saal. Ein gefälliges Bild. Es hing schon ein großer eiserner Heizkörper an der Wand neben dem Riesenkamin mit den Schwimmhallenkacheln.

Deutliche Fortschritte, Rohre für den Vorlauf und für den Rücklauf, eiserne Klammern, unverwüstliche Schellen. Zugemauerte Löcher.

Den echten Effekt macht der Maler, hatte Nani gesagt, der bringt dann den wohnlichen Schliff.

Ich beschloss, keine Gardinen vor die Fenster zu hängen. Die Birken und Kiefern, die Reste vom Uferwald, sollten jederzeit meine Gesellen sein.

Robi hatte sich einen Flitzebogen gebaut. Er rannte fröhlich um das Haus. Er wusste schon, dass er oben am Haus bleiben musste. Am See knäuelte meterhoch Stacheldraht, es konnte sein, dass dort unten Minen steckten. Es knallte manchmal.

Komm, mein Kleiner, jetzt nehmen wir das Badezeug.

Drüben, am anderen Ufer, politisch im Westen, von der Himmelsrichtung her im Osten, konnte man, von der goldenen Nachmittagssonne beschienen, die Westler in unserem See herumspringen sehen. Man konnte sogar hören, wenn sie einander beim Namen riefen.

Es war warm genug. Es war Badezeit. Saison.

Komm, mein lieber kleiner Robin Hood.

Wir wanderten durch den duftenden Kiefernwald zum See, der dir und mir und dem Osten gehörte.

An unserer Badestelle waren die Schwäne wiedergekommen. Vater und Mutter mit fünf grauen Schwanenkindern. Robi sprach mit meinem Bauch, hör mal zu, Bruder, die Schwäne sind da, und am Abend erzählte er es unserem von einem erfolgreichen Drehtag erfüllten Gefährten.

Fünf kleine Schwäne, die hatten gar keine Angst.

Und du?

Ich hatte auch keine Angst. Robi faltete die Hände. Er betete am Abendbrottisch. Er ging in den evangelischen Oberlin-Kindergarten, dort wurde gebetet. Wir fanden, beten kann nicht schaden. Sie machten im Kindergarten auch andere Sachen, singen und spazieren gehen, sie hatten eine eigene Küche, sogar einen Küchengarten, es gab Obst und Gemüse.

Robi betete, wenn er nicht ins Bett gehen wollte.

Was machst du denn jetzt noch?

Ich spreche mit dem lieben himmlischen Vater. Wie der Hirtenknabe auf der Postkarte mit dem Veit-Stoß-Altar der Krakauer Marienkirche saß er am Tisch, ein Engel schwebte geduldig über ihm, während ich gereizt und gerührt ziemlich gottverlassen an morgen dachte.

Mein Exposé für den Kinderfilm, Thema Verkehrserziehung, wurde nicht akzeptiert. So nicht.

»Die Straße ist nicht grün«, das ist schon ein komischer, wenn nicht gar irreführender Titel.

Wie ist denn die Straße?

Rot, sagte ich, gefährlich für Kinder.

Rot ist also eine gefährliche Farbe?

In diesem Falle ja.

Du gibst der Farbe Rot eine Symbolik, die sie nicht haben sollte. Rot ist Leben, Blut, Liebe, Arbeiterfahne.

Ich stritt nicht lange.

Der Film hieß ab sofort: »Die Verkehrsampel«. Untertitel: »Erkenne die Farben. Rot, Gelb und Grün«.

In zwei Tagen war der Text fertig und abgenommen.

Ich habe mit der Stoffentwicklung zum Glück nichts zu tun, sagte unser Freund, der Märchenfilmregisseur, das machen die Dramaturgen, ich muss nur als Chef der Abteilung Aufträge verteilen und unterschreiben. Besorg dir bei der Sparkasse ein Konto für die Erfolgsrate, die wird direkt überwiesen.

Der nächste Auftrag war ein Exposé für einen populärwissenschaftlichen Film über Kirchenglocken mit richtigen Glockengießern am originalen Schauplatz in der Glockengießerei in Apolda. Die Regisseurin wusste, was sie wollte. Sie hatte Verwandte in Apolda, sie kannte einen Metallformer, seit ihrer Kindheit war sie mit dem Arbeitsablauf vertraut. Sie hatte damals schon viel fotografiert. Sogar gefilmt. Lina überließ mir ihre Fotos aus der Gießerei. Mach dir keine Sorgen, sagte sie mit Blick auf meinen Bauch. Schon war sie unterwegs. Die unerschrockene Frau, nur fünf Jahre älter als ich. Sie ging einfach voran. Von der Schmelze bis zu ersten Klangproben. Sie wollte nicht warten. Etwa bis zur Produktionsfreigabe. Sie wollte mit Kamera und Ton von Anfang an dabei sein. Still, ungestört, ungeleitet. Erst danach überflog sie die Liste mit den Vorgaben und Empfehlungen der stoffführenden Dramaturgen. Genau das habe ich im Kasten. Sie war davon überzeugt oder auch nicht. Mein Exposé bedachte sie mit einem freundlichen Wort. Sie habe es gern zur Kenntnis genommen.

Mir zum Vergnügen hatte ich die letzte Fassung des Textes wie ein Gedicht in freien Rhythmen aufgeschrieben, vivos voco, ich rufe die Lebenden.

Es war schön, mit Lina im Schneideraum zu sitzen. Wir blieben nicht beim ersten Versuch, auch nicht beim nächsten. Wir beide und der Film, wir waren ein Team, wir und die mitbestimmenden Bilder. Leider hatte Lina fortwährend eine Zigarette und das Feuerzeug in der Hand. Bitte nicht rauchen. Sie entschuldigte sich, ich vergesse deinen Bauch, ich fürchte, ich würde meine Kinder vergessen, wenn ich welche hätte.

Das glaube ich nicht. Du nicht. Du würdest dein Kind bestimmt nicht vergessen.

Wir starteten die erste, zweite und siebente Rohschnittfassung, Originalton und Bild, unverdrossen, mit wachsendem Vergnügen am Schneidetisch.

Die Szenen brauchten eigentlich keinen Kommentar. Hände, die den Glockenrohling nach dem Probeanschlag berührten. So viel Ruhe, so viel Klang. Ich lauschte dem singenden Metall, das zart aus der Ferne rauschte, dann in einer langen Einstellung wie ein brausender Flusslauf allmählich in eine Quelle zurückfiel. Stille. Der Augenblick vor der Geburt. Lina unterstrich eine Zeile nach der anderen in meinem Exposé.

Deinen Text lasse ich von einer Kinderstimme sprechen. Sie klopfte mir auf die Schulter. Sie war glücklich. Eine Rauchpause musste jetzt sein. Lina ging in die Kantine. Ich lief zum Kindergarten. Tante Erna stand mit Robi an der Hand vor der Tür. Er war wieder das letzte Kind, das abgeholt wurde. Heute machte mir Tante Ernas Strafblick nichts aus.

Ich bedankte mich zweimal. Ich revoltierte mit kniefallartiger Höflichkeit. Es war Viertel vor sechs. Ich fischte aus der Kühltruhe im Konsum zwei Waffelklötzer Moskauer Eis. Es schmeckte wie süße gefrorene Butter. Robi rülpste, ich fühlte mich wie eine Löwin, satt, stark und auch reich. Spätestens nächste Woche würde die letzte Rate für das Exposé fällig sein, dann bin ich noch reicher.

Anderntags war mir immer noch speiübel von der süßen Butter, wahrscheinlich außerdem von der Busfahrt in der Ziehharmonika oder, wie die Kinder sagten, im Schlenki, ich kam in der Seepromenade grade zurecht, um die allererste Feuerprobe mitzuerleben. Herr Freitag, der hiesige Kohlefahrer, hatte eine Kiepe Briketts vorbeigebracht. Die drei Handwerker standen mit dem Bürgermeister im Keller vor der offenen Kesseltür. Das Hölzchen war gezündet, die Späne brannten.

Nun dauert es eine Weile, sagte einer. Jedenfalls die Wassersäule steht seit einer Woche wie eine Eins, sagte ein anderer. Der Bürgermeister legte Holzscheite und die ersten Briketts auf.

Es lummert. Er nickte und schloss feierlich die Ofentür. Ich wankte, der Magen, die Umstände, nun wankte ich wahrscheinlich auch noch vor lauter Freude, Luft, dachte ich, ich brauche frische Luft.

Ich gehe mal nachsehen, ob der Schornstein schon raucht. Ich rannte hoch.

Die Rohrleger, der Maurer kamen neugierig hinter mir her.

Ich hielt meinen Bauch, atmete tief. Wir standen auf der Wiese vorn an der Straße, oben aus dem Schornstein flatterte ein weißes Fähnchen.

Wer sagt's denn. Das sieht gut aus. Jetzt kann der Winter kommen.

Erst mal mein Kleines. Mir kamen die Tränen. Der größere Kerl umarmte mich. Wir guckten nun alle zum Schornstein. Es war ein sehr schönes Bild, weißer Rauch gegen blauen Himmel. Eigentlich ein Idyll.

Das vollgerüstete uniformierte Bürschchen war still aus dem Minengelände ins Andachtsbild getreten, ein zweites ließ sich an der Hausecke blicken. Schattenlos, schüchtern.

Wir haben leider keinen Sekt, sonst würden wir euch was anbieten. Der Scherz des Maurers verpuffte.

Die beiden Grenzer stellten sich vor uns auf, sächsisch gewissenhaft, mit kindlich roten Ohren. Grenzkontrolle.

Wir kramten alle unsere Passierscheine aus den Taschen. Es wurde eine Weile nicht mehr gesprochen, weder laut noch leise. Der Bürgermeister trat aus unserer Mitte, er nahm beflissen das Wort. Das habe seine Richtigkeit, das sei mit der Kommandozentrale abgesprochen. Sein Passierschein wurde von den beiden Grenzposten wortlos geprüft, danach korrekt gefaltet zurückgereicht. So war es wahrscheinlich Dienstpflicht. Zum Schluss vorschriftsmäßig Guten Tag.

Halleluja. Und das Herz ist froh erschrocken.

Der Rauch stieg. Die Handwerker prüften von oben nach unten in den Räumen alle Heizkörper und Rohre. Die Ventile waren dicht. Wärme breitete sich im Haus aus.

Morgen hauen wir ab, wir räumen die Baustelle.

Wunderbar, morgen gibt es Sekt, morgen geht es mir hoffentlich etwas besser.

Wir hatten zwei Flaschen mitgebracht, mein Gefährte musste erst zur Spätschicht zum Drehort, Robi musste nicht in den Kindergarten.

Heute wollten wir mit den Arbeitern anstoßen, Prost auf den Winter, die Zukunft, das Leben, aber wir kamen zu spät, die Baustelle war schon geräumt.

Walhall zeigte wieder lichte, ungemütliche Weite. Zwei Bierkästen mit leeren Flaschen wirkten wie ein letzter Gruß. Die Dielenbretter hatten ziemlich gelitten. Schrammen. Weiße Mörtelkleckse. Brandstellen von den Funken des Schweißgerätes. Unsere Freunde, bald unsere Nachbarn, hatten sich diesen Vormittag freigenommen. Sie pirschten sich hinten durch die offene Küchentür ins angewärmte Grenzgebietshaus.

Der Freund meinte: Warum habt ihr denn so irre dicke Rohre genommen und so klotzige Heizkörper. Er merkte außerdem an, dass der Maurer unnötig große Löcher durch die Wände gedonnert hätte und durch die Dielen. Wie in einer Fabrikhalle, solche unverschämten Löcher.

Die Männer beurteilten weitere bauliche Einzelheiten. Den Wasserfleck an der Decke, ob alt oder neu. Nani hatte sich dem Hausrundgang angeschlossen. Man hätte den Handwerkern viel mehr auf die Finger gucken müssen. Ohne Aufsicht machen Handwerker, was sie wollen. Viel Pfusch.

Ich nahm Robi mit in den Keller. Ich zeigte ihm den eisernen Ofen. Das Ofenloch, ein Drachenmaul.

Unter dem Rost lag noch das Aschehäufchen vom Testlauf. Hier machen wir im Winter mit Holz und Koks jeden Tag Feuer, dann wird es im ganzen Haus warm. Wir sind alle faul wie die Murmeltiere. Das Baby schläft. Du gehst nicht in den Kindergarten, wenn der nächste Sommer vorbei ist, kommst du hier im Dorf in die Schule. Dann bist du ein Schulkind.

Muss ich in der Schule Milchhaut essen?

Das musst du nie.

Robi lehnte sich an meinen Bauch. Ich kannte die Welt nicht.

Doch, ich muss, flüsterte er so leise, dass ich aufhören konnte zu lügen.

Wir stiegen die Treppe hinauf. An uns vorbei trabte die Katze, die wir manchmal unten am Stacheldraht gesehen hatten. Sie wohnte jetzt hier, sie war als Erste in das Haus eingezogen. Oben wartete sie auf uns. Von nun an wartete sie immer auf uns. Sie wartete am Gartentor, sie tigerte mit uns ins Haus.

Im Märchen heißt es zum Schluss:

Und wenn sie nicht gestorben sind, dann leben sie noch heute.

Claudia lebt heute nicht mehr. Sie wäre heute fast fünfzig. Sie starb mit zwölf Jahren. Sie wurde kurz nach unserem Einzug in das Haus an der Seepromenade im Städtischen Krankenhaus geboren. Um euch da draußen in der Welt das Wunder zu verkünden, wurde mir ein Telefon auf das Kopfkissen gelegt. Ich höre noch meine gesalbte Stimme, ein hemmungslos stolzes Jauchzen. Soeben hat Claudia das Licht der Welt erblickt. Genau in dieser Minute legte ein Hospitant sein Lehrbuch beiseite. Er durfte unter den Augen der Ausbildungsschwester den Nabel des Säuglings versorgen. Es war sein erster Nabel. Dem äußeren Ablauf nach machte er es gut, doch er hatte in der Aufregung vergessen, die Hände zu waschen. Ein Infekt schlich sich über den Nabel in die Blutbahn. Erst unter die winzigen Fingernägel, dann, verborgen, versteckt, über Wochen weiter bis hinter die Stirn.

Das Kindergrab befindet sich auf dem Dorffriedhof ganz nahe an der Feldsteinkirche.

Ich sehe vor mir die tiefe Grube, die offene Erde. Lehm. Ich höre mein Schaufeln, das Poltern. Ein kleiner Hügel.

Ich gehe gern hin.

Ich bin über die Jahre, Jahrzehnte immer gern hingefahren.

Im Hochsommer gaben die Mauern der Kirche bis in den späten Abend ringsherum Wärme, man saß wie am Kachelofen, am Morgen waren die Mauern nächtlich kühl. Geräusche krochen durch das Gebüsch über die gehegten Gräber, blecherne Gießkannen, plätscherndes Wasser, in den Holunderbüschen raschelten Amseln. Die Kolonie letzter Gärtchen, ein wohnlich belebter Ort.

Die Luft in der Höhe dagegen war still, so dass man das Ächzen der Kirchturmuhr hörte, das Rücken der Zeiger. In Abständen die klaren Stundenschläge.

Das war über die Jahrzehnte die Ehre von Malermeister Erwin, das Funktionieren der Kirchturmuhr, präzise, auf die Minute genau, wenn schon, denn schon. Er säuberte jährlich das Zifferblatt, strich die Zeiger mit schwarzem Eisenglanz, er kannte sich dort oben aus. Zuzeiten hatte im Turmgebälk ein Wanderfalkenpaar gebrütet. Erwin erzählte von vier braun gesprenkelten Eiern in einem recht liederlichen Nest. Die Hühner- und Taubenhalter wollten ihn dazu bewegen, das Nest zu vernichten, aber auf dem Ohr war Erwin taub. Ich glaube, die sind schon gar nicht mehr da. Wanderfalken nisten ganz selten für länger in einem Kirchturm.

Er hatte damals nach dem sensationellen Heizungsbau im Grenzgebietshaus die Malerarbeiten übernommen. Zu seinem Kummer alles weiß, in meinem Zimmer eine einzige grüne Wand. Er baute mein Bücherregal und den schmalen Schreibtisch am Fenster. Dort sollte meine Schreibmaschine stehen, mein wichtigstes Umzugsutensil.

Erwin erzählte von früher. Er war schon vor 45 in diesem Haus gewesen. Er zeigte mir die Eisenstäbe über dem Fensterchen an der Haustür. Drei A. Abraham. Der habe das Gemäuer in den zwanziger Jahren gebaut.

Aber in unserem Mietvertrag heißt das Gebäude nicht Abraham, es heißt Wintermantel.

Die Wintermantels sind später gekommen, nach 33.

Eine Berliner Familie?

Sommerfrischler, erklärte Erwin. Am Seeufer stand ein Badehaus, die Liegestühle musste ich aufstellen, das war eigentlich ganz einfach, und ich durfte die Sickergrube auspumpen, die funktionierte als Anlage nur in der Theorie. Plötzlich war Krieg. Eine Militärstation zog im Haus ein. Dann kamen die

Russen. Das Gebäude wurde für ein paar Jahre Kommandantur. Es habe später leer gestanden, wegen der Heizung, die taugte nicht. Die habe wie die Sickergrube nie was getaugt, von Anfang an nicht. Wer dann drin wohnen musste, sei schnell wieder raus. Einer habe Tapeten an die Wände gekleistert, aber niemand habe mal die Fensterrahmen gestrichen.

Erwins Frau Gertrud half mir nach den Malerarbeiten, die Fenster zu putzen, die großen Scheiben des riesigen Fensters in Richtung See, die Türen, den Holzboden, die Fliesen, die Treppe. Während Gertrud drinnen weitermachte, riss ich draußen ein paar Bäume aus. Wildwuchs, Birken, die sich auf der Treppe und in der Dachrinne angesiedelt hatten.

Gertrud bekam einen Passierschein für das Haus im Grenzgebiet. Es war ein Sonderpassierschein, befördert durch mehrere Instanzen. Weil mein kleines Mädchen krank war, das hatte ein Arzt bestätigt. Nicht kindergartenfähig, muss betreut werden, braucht Zuwendung, Liebe, braucht Gertruds Aufsicht.

Lina im Filmstudio bat mich um Mitarbeit an einem Film über das Konzentrationslager Ravensbrück. Schreibe mir wenigstens ein paar Gedanken für den Kommentar auf. Lina war inzwischen eine Autorität geworden, sie hatte mehrere Preise bekommen, für den Glockenfilm sogar etwas Goldenes in San Remo. Gertruds Passierschein wurde verlängert. Trotzdem habe ich den Kommentar nicht geschrieben. Ich hatte keine Ruhe im Schneideraum, ich konnte Claudia nicht mit Gertrud allein lassen. Vielleicht mal zwei, drei Stunden, aber nicht länger. Claudia brauchte Medikamente, sie konnte schlecht schlucken, sie hustete, sie röchelte, bekam keine Luft, besonders wenn ich nicht da war. Gertrud tat alles, aber sie half der Kleinen nicht entschlossen genug. Am besten, wir atmeten zusammen, in einem Rhythmus, ich zog ihr ohne das Sauggerät ganz sanft den Schleim aus dem Mund. Ich blieb am liebsten zu Hause.

Die unerschrockene Lina traute sich nicht zu mir ins Grenzgebiet. Wir berieten manchmal per Telefon. Wie weiter? Was tun?

Robi ging in die Dorfschule.

Er hatte viele Freunde. Sie kampierten als Räuberbande im Wald. Schon wieder wurde ein neues Baumhaus gebaut. Hämmer, Sägen verschwanden. Im Sommer sausten auf dem Wagnerplatz immer gleichzeitig mehrere Bälle in das doppelt bewachte Tor. Hansi sorgte für Nachschub. Im Winter taugte die Senke über der Straße für pure Lust. Robi blieb bis in die finstere Nacht, bis ich lauthals nach ihm rief. Einmal gefiel mir einer seiner Freunde nicht. Immer hängst du an Lolle. Mutter, meine Freunde suche ich mir selber aus. Das sollte ohne zänkisches Widerwort einfach nur künftig klar sein.

Er war ohne Mühe ein guter Schüler, er malte Bäume und Häuser und die Apollo 11, er berechnete den Weg zum Mond, er machte eigensinnig folgsam mit, bei der Schulköchin musste er keine Milchhaut essen. Aber die Schule lag im Grenzgebiet, in den Pausen spielten die Kinder auf dem Gelände, das zum See hinunterführte. Inzwischen war das Ufer mit dreifachem Stacheldraht abgesperrt worden. Grenzschutzausbau. Dort unten stand nun auch der Wachturm mit Schießscharten und Ausblick nach allen Seiten. Von da aus war höchstwahrscheinlich der Schuss, ein sogenannter Querschläger, losgegangen. Offiziell hieß es, das Kind sei vom Klettergerüst heruntergefallen. Den Eltern und den Ärzten im Krankenhaus wurde Schweigen auferlegt. Die Staatssicherheit hatte die Operation überwacht und das Projektil beschlagnahmt.

Ich hatte manchen Anlass, mit dem himmlischen Vater zu reden. Ich hatte Grund, ihm diese und jene Frage zu stellen.

Robi betete nicht mehr. Jedenfalls sah ich ihn nicht mehr

mit gesenktem Kopf die Hände falten. Den Engel über ihm, den konnte ich immer noch klar erkennen. Der himmlische Vater tat sein Werk. Er sorgte für umgängliche Lehrer, die nicht nur mit patriotischer Erziehung befasst waren, sondern auch für ihre Hühner Futter besorgen mussten.

Ich betete für Claudia. Ich bat um Schutz und Hilfe für das kranke Kind. Ich saß im Wartezimmer des Berliner Krankenhauses, ich wartete auf die Ärzte. Man erkenne auf dem Röntgenbild nun auch noch eine Schädigung im Areal des Großhirns.

Ich wollte versinken, wenigstens hinfallen, auf dem Boden zerfließen, ich war eine Tränenpfütze und fand doch für einen Augenblick Worte – an die Fachkräfte einen trockenen Dank und Gruß. Ich rannte durch die Krankenhausflure, hob unsere Prinzessin Goldhaar aus dem Krankenhausbett. Wir fuhren nach Hause. Es war ein Doppelstockzug. Claudia freute sich, wir saßen in Fahrtrichtung oben am Fenster, man sauste wie ein Riese, man war so groß wie die Bäume im Wald, auf einem grünen Feld stand reglos in der Mitte ein Reh.

Mein Gefährte kam manchmal nicht nach Hause. Er drehte auswärts. Manchmal lag der Drehort weit entfernt, einmal in Krakau. Er blieb über Wochen fort. Ich war traurig und auch neidisch, weil Krakau eine faszinierende Stadt sein musste, wunderbares Osteuropa. Brieflich erhielt ich eine Anfrage, ob ich ein Drehbuch schreiben möchte über einen polnischen Dichter, Adam Mickiewicz. Aus seinen Werken, aus Büchern über das alte Litauen, Petersburg und Warschau formte sich allmählich in meinem Kopf eine schattenhafte Figur. Ich wollte wohl, aber ich konnte nicht. Es fehlte Farbe und inspirierende Landschaft. Ich schob solche fremden, fernen Geschichten von mir.

Claudia saß in ihrem Stühlchen, viel buntes Zeug lag um

sie herum, sie konnte nicht herausfallen, sie war mit Sofakissen und einem Gürtel gesichert. Ich lauschte auf ihren Atem. Die Schreibmaschine stand vor mir auf dem von Erwin fest eingebauten Tisch. Erwin war inzwischen ein gesuchter Spezialist für Kirchturmuhren.

Ich hatte drei Kurzgeschichten geschrieben und einen kleinen Roman.

Als mein Gefährte nach Hause kam, war er beglückt, er war beglückt, dass wir im Haus waren, dass die Sommerastern blühten und die Sonne brannte. Es war südlich heiß. Er setzte sich in die pralle Sonne auf die Terrasse und blätterte in meiner Mappe, über zweihundert Seiten, mein Manuskript. Er holte sich einen Stift und las, während ich aufgeregt in der Küche und in seiner Nähe hantierte, ich sah, wie er manches ausstrich. Wir wanderten mit den Kindern durch den Wald bis zum Sacrower See, immer wieder kam er auf meine Geschichte, in ihr lebe ein verlorener, daher ein poetischer Raum. Er wisse nicht, ob er je so etwas Seltsames gelesen habe. Er umarmte mich, er war wirklich gerne wieder einmal zu Hause, Robi spielte freiwillig und flüssig »Für Elise« auf dem Klavier, Claudia ging es den Umständen entsprechend gut. Die Sonne brannte.

An meinem Schreibtisch war es in der Morgendämmerung noch kühl. Das Fenster stand offen. Ich schlug die Mappe auf, ich radierte manchen Strich, den mein Gefährte gemacht hatte, wieder aus. Ich radierte unparteiisch heiter, allein der Geschichte zuliebe.

Über Nacht hatte ich für meinen kleinen Roman ein Motto gefunden, es stammte von Adam Mickiewicz, der hatte es von Jean Paul übernommen. Ich las in diesen Monaten oft in Jean Pauls Romanen. Das Motto lautete:

Schlage nicht das ganze zerrissene Buch der Vergangenheit auf, bist du noch nicht traurig genug?

Das Grenzgebietshaus war ein Nest. Man konnte darin lieben und manchmal ruhig sein.

Vor dem großen Fenster stand jetzt eine große Mauer. Die Katze hatte sich noch am alten Stacheldraht ein Auge ausgerissen. Sie lebte jetzt bei uns, sie kannte die Schlupfwinkel des Hauses und trug ihre Jungen zu Claudia ins Bett. Einmal wurde ein Autor vom Berliner Ensemble bei uns verhaftet. Er war ohne Passierschein zu einem Arbeitsgespräch gekommen. Er dachte, er genieße Immunität, als Nationalpreisträger absolutes Vertrauen. Er wurde in einem Jeep abtransportiert. Ebenso erging es einem Team von der Kulturredaktion der ARD, die hatten aus anderen Gründen falsch kombiniert. Man würde Westler doch schlecht unter Fluchtverdacht stellen können. Immer dachten die Westler, sie würden die Welt kennen, weil sie in Freiheit lebten und einen Überblick hatten. Auch der ARD-Besuch wurde gebeten, in einem Jeep Platz zu nehmen. Wohin die Fahrt gehen würde? Keine Auskunft. Wir entdeckten später, dass in der Nähe des Kontrollpunktes Dreilinden eine Art Kurzknast installiert worden war.

Ein Cheflektor besuchte mich mit ordentlichem Passierschein. Er trank die teure Cognacflasche meines Gefährten ohne gehörige Andacht recht schnell leer, danach hatte ich nur noch eine Flasche Ungarwein anzubieten. Das Wort Schlesien in meinem kleinen Roman stand zur Debatte. Ob man die verlorene schlesische Landschaft nicht einfach nur Gebiet oder Gegend nennen könnte. Schöne Gegend Probstein.

Ich schrieb einen zweiten und dritten Roman. Claudia saß in ihrem Stühlchen, Robi hatte Freunde mitgebracht, sie hatten einen alten Fensterrahmen gefunden, nun brauchten sie nur noch ein Dach und eine Tür für das geheime Baumhaus. Mein Gefährte hatte sich in sein Auto gesetzt, wenn er nicht drehte, fuhr er manchmal für ein paar Stunden zur Motivsuche oder in den Schneideraum.

Er wollte wahrscheinlich einfach mal raus.

Claudia hustete, ich hörte ihren röchelnden Atem. Das geht so nicht, sagte der Arzt, sie braucht Sauerstoff. Vielleicht kommen wir mit einem besseren Absauggerät ums Punktieren drum rum.

Er bestellte ein Krankenauto. Die Sanitäter schimpften mit mir. Die blauen Lippen, seit wann hat sie denn so blaue Lippen.

Claudia hatte oft blaue Lippen. Im Krankenhaus in der Aue bekam sie rosige Wangen, ihre Augen leuchteten. Das machte der Sauerstoff, sie schlief in einem Zeltbett und war umgeben von tüchtigen Kinderschwestern, die immer gute Laune hatten und Späße machten. Die Küchenschwester brachte Wunschkost, nachmittags eine Banane. Ich durfte bleiben, so lange wie ich bleiben wollte, mein Mädchen blinzelte, ein Lächeln zuckte um ihren Mund. Ich berührte mit meinen Lippen die liebliche Stirn, die Haare. Sauerstoff macht müde, erklärten die Kinderschwestern, auch das Medikament hat eine beruhigende Wirkung. Im Flur traf ich den Stationsarzt, also den Mann, der hier alles bestimmte. Er blieb stehen. Na, sagte er freundlich. Wie geht's? Ich sank an seine Brust. Danke, es geht gut.

Zu Hause auf dem Küchentisch lag Post. Ein Telegramm aus Berlin und aus Zürich ein Brief. Eine besondere Sache, Ost und West wollten eine Neuerscheinung von mir gemeinsam auf der Frankfurter Buchmesse präsentieren. Ein Titel, zwei Ausgaben, die sich in der Ausstattung unterschieden. Aber, wie nur ich wusste, auch im Inhalt, es gab die zensierte Ostfassung und die andere, die ich dem Züricher Verlag in einem Gemisch von Mut und Faulheit überlassen hatte. Ich hegte die Hoffnung, niemand, weder Rezensenten noch unsere Zensoren, würde den Unterschied merken.

Mein Cheflektor, auch die Kulturhauptverwaltung legten Wert auf die Veranstaltung in Frankfurt am Main. Sie sahen darin etwas Politisches. Eine Entspannung in Europa. Das sogenannte Leseland mit den schönen Büchern präsentiert zusammen mit der Schweiz, dem sauberen Land mit den herrlichen Bergen, eine gemeinsame Neuerscheinung.

Der Cheflektor besuchte mich. Er hatte sich gleich in die Klinik chauffieren lassen.

Als er kinderfreundlich unter einem chinesischen Sonnenschirm das Krankenzimmer betrat, hatte der Stationsarzt schon eine Weile mit mir an Claudias Bett gesessen. Ich wunderte mich, denn der junge Doktor hatte eigentlich selten Zeit, jetzt spielte er Cat's Cradle mit Claudia. Ein zusammengebundener Wollfaden wurde kreuzweise über die Hände gelegt und dann abgenommen. Es gab verschiedene Figuren, Wiege, Matratze, Fluss. Der Arzt hatte zwischen Daumen und Zeigefingern ein Flugzeug gezaubert. Daraus hatte Claudia ein Kreuz gemacht. Es war abgekartet. Lektor und Arzt hatten einen Plan.

Claudia freute sich über die Geschenke, den chinesischen Schirm, den Schokoladensandmann.

Der Arzt sagte: Finden Sie etwa nicht, dass es Claudia gutgeht bei uns?

Die Männer wechselten einen Blick, ich war in ihren Augen hier die Patientin, ich brauchte Beistand oder Zuspruch, der Arzt nickte mir zu.

Grüßen Sie schön das Taunusgebirge, wenn ich mich recht an meinen Geographieunterricht erinnere, liegt der Taunus zwischen Main und Neckar.

Der Cheflektor war älter, Kriegsgeneration, und von Berufs wegen ein hervorragendes Lexikon, er wusste, der Neckar liegt auf der anderen Seite vom Rhein.

Mein Herz klopfte. Ich stand fest, aber nur, weil ich von Drähten gehalten wurde. Die Drähte hoben meine Hände, die Füße, sie öffneten meinen Mund.

Die Teufel tanzten um mich herum. Ich sollte im Frankfurter Rathaus ein Kapitel aus meinem Buch vorlesen. Es war lächerlich.

Mein Gefährte sagte kein Wort. Auch auf dem Bahnsteig blieb er stumm, er ließ mich in den Zug einsteigen. Ich stellte den Koffer hin, als ich mich zum Abteilfenster umdrehte, war er fort.

> *Echoisches Gedächtnis — man hört die Stimme*
> *wie ein Echo im Kopf erst später.*

Jemand hatte meinem Kind ein frühlingsgelbes Kleid angezogen. Es war viel zu kalt. Kalt. Ich konnte sie nicht mehr wärmen. Ich war zu spät gekommen. Claudia war eingeschlafen, für immer eingeschlafen, so wurde gesagt. Jemand trat zu mir, um die letzten Umstände zu erklären. Atemstillstand, sie atmet nicht mehr. Kerzen waren angezündet worden. Eine Tüte mit Sachen stand auf einem Stuhl, der chinesische Sonnenschirm, grüne Wolle. Ich legte den zusammengebundenen Faden um ihre Hände. Die Wiege, das Nest, das Kreuz. Ich durfte nur eine bestimmte Zeit bleiben.

Jetzt ist Feierabend, sagte ein Mann. Ich fuhr nach Hause. Es war dunkel im Haus. Robi schlich zu mir. Wir saßen im dunklen Raum.

Mein Gefährte kam spät am Abend, er schaltete überall das Licht an. Stumm gingen wir in der Nacht durch taghell erleuchtete Räume.

Mein Gefährte wurde vor Kummer krank. Wir fuhren zu einem Arzt, der in Berlin an der Charité arbeitete, er stammte aus Wien und wohnte jetzt in unserer Nähe in Caputh. Wir verbrachten mit seiner Frau und den beiden Töchtern einen Nachmittag in seinem Haus.

Wir hatten Robi mitgenommen. Allgemeine Lebensdinge

74

wurden beredet, auf Freundlichkeit und Ernst wurde geachtet. Gemeinsam machten wir einen Gang durch die Kirschgärten, die kilometerweiten Obstplantagen, der Verstand, die Beine gehorchten. Man ging dem Frühling entgegen. Auf der Heimfahrt wusste ich nicht, ob von unseren Kümmernissen die Rede gewesen war.

Der Doktor hatte wahrscheinlich unmerklich Diagnosen gestellt, er hatte unter der Hand Therapievorschläge gemacht, das Unbewusste hervorgeholt und mobilisiert, das Bewusste von der Seele gekratzt.

Doch es half nicht. Der Gefährte ging mir mit Kummergesicht aus dem Wege. Er litt, weil ich nicht inständig genug an sein Leiden glaubte, auch an Dr. Sigmund Freud glaubte ich eigentlich nicht. Tiefenschwindel, so verstieg ich mich in Gedanken. Mein Herz war inzwischen ein Stein geworden.

Die sogenannte Andere hatte lange in Demut gewartet. Sie hatte ihn getröstet, denn er hatte Sorgen mit mir. Er hatte ihr immer gut erklären können, dass es für ihn keine ehrliche und anständige Möglichkeit gäbe, das Grenzgebietshaus mit seinen Einwohnern zu verlassen. Er sei Schutz, Stütze, der beste Papa, darüber könne man einmal reden, man kann das Schicksal beklagen, aber nach dieser Aussprache, dem reinigenden Gewitter, muss man es stehen und gelten lassen, denn ändern würde sich daran nichts.

Niemals.

Nun hatte sich alles geändert.

Wir lebten im Nest, das keines mehr war. Das Bettchen stand leer unter dem großen Fenster. Grenzsoldaten patrouillierten. Der Grenzhund brachte sich bellend in Erinnerung, er wartete vergeblich auf Knochen, denn ich kochte nicht mehr. Wir hockten jeder an seiner Statt, ich oben am Schreibtisch, der Gefährte unten im Walhall am langen Tisch aus gezinkten Buchenbrettern, so warteten wir auf nichts. Gertrud legte

Einkäufe in den Kühlschrank, sie zog den Regulator auf. Der Perpendikel blieb bald wieder stehen. Festina lente, schwarze Buchstaben auf weißer Emaille.

Robi fütterte die Katze. Er ging am Morgen allein in die Schule, wahrscheinlich hatte er nicht gefrühstückt.

Die Andere gab ihrer Demut eine Frist. Über kurz oder lang. Wenn die Zeit meine Wunden geheilt hätte, dann sei ich endlich reif genug für die Wahrheit.

Ich war gestählt, mir hätte das Schicksal längst noch viel mehr zumuten können, aber meinem Gefährten? Einem Mann, tagtäglich von Kummer gebeugt?

Sein Leiden ein eisernes Hemd.

Sehr geehrter Dr. Freud, was ist mit mir geschehen, ich glaube meinem Gefährten den Jammer um den Tod unseres Kindes nicht. Er scheint vielmehr in einer scheußlichen Zwangslage zu stecken. Man erwartet jetzt von ihm eine Entscheidung. Lieber Dr. Freud, vielleicht gefällt ihm die Andere gar nicht so sehr, vielleicht möchte er mich nie und nimmer verlieren. Ist das dann Liebe? Ich weiß es nicht.

Jeden Tag erschrak ich über die Leere oder meine Freiheit. Auf halbem Weg kehrte ich um, auf halbem Weg fiel mir ein, dass ich mich nicht mehr beeilen musste. Also kehrte ich wieder um, also lief ich in den Wald, oder ich fuhr in die Stadt.

Lieber Dr. Freud, es ist die schmutzige Politik, die uns hilft. Aufführungsverbote. Ablehnungen. Anweisungen. Hörspiele, die nicht gesendet werden.

Unsere Zungen wurden locker, aber auch scharf. Dummheit und Zensur, wir nannten die Hintergründe erbost beim Namen.

Uns half der Hunger des Landes nach Devisen und Sachen, die für das Wettrüsten notwendig waren, zum Beispiel Datenspeicher, Disketten.

Plötzlich stand die Mauer nicht nur unten am See, sie stand zwischen uns.

Mein Gefährte drehte von nun an Filme im Westen. Um seinen Platz in unseren Herzen, im Haus und bei der DEFA nicht zu verlieren, schickte er jeden Monat Westgeld an die Künstleragentur, die rieb sich die Hände, sie wechselte unbürokratisch das Westgeld in weiches, aber nützliches Ostgeld. Mit Dauerpass konnte der Gefährte jederzeit zu uns kommen. Er kam gerne nach Hause. Es gefiel ihm in Walhalla und auf der Sonnenterrasse. Er genoss die Ruhe, denn niemand konnte stören. Eine Oase im Grünen.

Robi angelte einen Havelzander, er fing Krebse und köstliche Maränen. Er erzählte Kuriositäten aus der Oberschule, die gar nicht so sehr zum Lachen waren. Auch die Sache mit dem Klavier war nicht zum Lachen. Weil die Freunde nun alle über vierzehn Jahre waren, durften sie nicht mehr ohne Passierschein zu uns ins Grenzgebiet kommen, also wurde der alte Kasten, das Klavier, aus dem Haus durch den Garten über die Straße gehievt. Bergab im grünen Gelände lag die Pferdekoppel. Hier startete am Nachmittag, meist mit Einverständnis der Anwohner, die sogenannte Koppelfete. In der Mitte stand auf Brettern das Notwendigste von unserem Klavier, die tongebenden Innereien, ringsherum andere Instrumente, Robi mit Gitarre. Dazu Brot, ein Schmalztopf, Bier, Limo und unzählige Freunde der Beatles und der Rolling Stones. Der Rhythmus lockte. Grenzsoldaten blieben eine Weile am Koppelzaun stehen, gegen ein Bier hatten sie nichts einzuwenden. Hansi mit seinem Ballnetz, die Töchter des Bürgermeisters, alle waren gekommen, sogar der ABV hatte sich kurz blicken lassen. Drei Tage später wurde mir gegen Unterschrift von unserer Postfrau der Brief mit der Anzeige ausgehändigt. Ruhestörung und schwere Gefährdung der Sicherheit im grennahen Raum. Vorladung. Anhörung. Verhandlung. Strafe. Fünf Tage Freiheitsentzug oder fünfhundert Mark.

Wir lachten gemeinsam, lauter schrecklich banale Geschichten.

Die ersten Stunden taten wir alles, den gebeutelten Gefährten liebevoll zu empfangen. Wir hörten von den harten Arbeitsbedingungen, die drüben im Westen herrschten. Ich schüttelte den Kopf über das biestige Konkurrenzbenehmen der Kollegen, die Einmischungen der Produzenten, skandalös, nicht auszuhalten, niederträchtig, hinterhältig und dumm, dumm, feige, verdorben von Hollywood und vom verkommenen Publikumsgeschmack. Korrupt, korrumpiert, ein einziger korrupter Haufen. Unser Gefährte erklärte uns, was das ist, eine Einschaltquote.

Uns ärgerte manchmal, dass er uns nichts mitgebracht hatte aus dem Westen, aber wir kannten ihn ja, geizig war er eigentlich nicht, auch nicht bequem. Er war nicht zu faul, um plötzlich bei uns aufzutauchen, nur für zwei Tage, dafür nahm er eine entnervend lange Fahrt in Kauf. Von München bis zu uns, das war kein Katzensprung. Er hatte einfach nicht daran gedacht und wahrscheinlich gemeint, dass wir an ihm genug hatten an Freude, da brauchte er nicht noch Bluejeans, ein Buch von Max Frisch, das neue Album der Stones, den ganzen Westkonsum in unser warmes Grenzgebietshaus zu schleppen.

Es war schade, aber nicht schade genug. Man erwischte in der Buchhandlung lohnenden Lesestoff, man borgte, horchte und wusste, was auf der anderen Seite der Mauer los war. Man kannte die Romane aus Südamerika, wo die Bäume bedrohlich konfliktreich in den Himmel wuchsen. Keiner der Helden, nicht zu reden von den Heldinnen, freute sich in diesen wunderbar magischen Geschichten über ein paar neue Schuhe. Das war nicht existenziell.

Darüber freuten wir uns. Nani und ich. Wir fuhren ins Russenmagazin. Wir kauften Kaffeesahne, saure Gurken, Teppiche, Musikinstrumente, Kohlepapier, in einer Tüte versteckt trug ich außerdem eine Büchse Kaviar und eine ungarische Salami nach Hause. Die sowjetischen Verkäuferinnen in ihren weißen Zuckerhüten und wadenlangen Mänteln konnten nicht ahnen, dass sie die freundlich versteckten Sachen vor eine Sau geworfen hatten. Wir mochten weder Salami noch Kaviar.

Inzwischen schrieb ich über die Jahre hin ein paar Bücher. Manche wurden veröffentlicht, manche blieben ungedruckt im Kasten, in der sogenannten Schublade. Zum Beispiel die ziemlich authentische Geschichte über eine Verkäuferin aus besagtem Magazin. Sie kam vom Aralsee, eine Kasachin, Lydia. Nachdem wir uns ein paarmal in der Teestube im Russencasino der Krampnitzer Raketenstation verabredet hatten, wurde sie unverzüglich versetzt, domoi, die andere Verkäuferin zwinkerte mir völkerfreundschaftlich zu.

C'est la vie.

Oh, là, là, là.

Ich fürchtete, dass ich mit einem Beitrag in einer Anthologie den Arbeitsplatz meiner klugen, gutmütigen Lektorin zum Kippen bringen, dass die Erwähnung der kaputten Panzer der Roten Armee, die langsam rostend im Krampnitzer Forst herumstanden, das Gleichgewicht der Kräfte und damit den Weltfrieden ins Wanken bringen würde. Es war böser Verrat.

Ich hatte Angst vor dem Auto, das auf der Straße genau vor meinem Fenster stehen geblieben war, schon wieder, es parkte seit einer Stunde, diesmal war ein Mann ausgestiegen, ich trat aus der Haustür, und er fotografierte mich. Als hätte ich keine Augen und keinen Verstand, ich hörte das Klicken des Auslösers, er hielt sein Objekt fest. Das Observationsobjekt, seinen Gegenstand. Das passierte nun häufig. Vor dem Haus und manchmal auch unterwegs. Eine konspirative Verfolgung, die ich merken sollte.

Robi wurde zur Armee einberufen. Die Besten meldeten sich zum Ehrendienst auf drei Jahre, bloß das nicht und bloß nicht zu den Grenztruppen, man musste den Schießbefehl verweigern. Er ließ sich vor der Musterung von seinem Freund die langen Haare auf Glatze scheren. Lange oder gar keine Haare. Provokation genug. Ab nach Prora. Dort wurden Hammelbeine langgezogen. Prora galt als Schleifstein. Von seinem Kasernenbett aus konnte er einen Streifen Ostsee erkennen. Er schickte mir Skizzen vom Meer, lila, rote und gelbe, lauter nummerierte Sonnenuntergänge. Seine Oma hatte ihm im Weihnachtspäckchen Buntstifte, eine Rosshaarschuhbürste und Mohnstollen geschickt. Sie schickte pünktlich zum Zeitabschneiden das erbetene Metermaß, jeden Tag einen Zentimeter, möglichst nichts anmerken lassen. Unverzagt diesen Mist Mief Dreck überstehen.

Ich radelte mit der einäugigen Katze im Henkelkorb zum Tierarzt, sie hatte seit Tagen nichts mehr gefressen, Nani meinte, das sei Katzengrippe, die gehe jetzt um.

Unser Tierarzt, der auf Kühe spezialisiert war, hatte ihr eine Spritze verpasst. Ich beobachtete, wie sie nun wieder fraß und wie sie draußen herumspazierte. Sie lief sogar auf die andere Straßenseite, rannte quer durch das Koppelgelände, was sie sonst nie gemacht hatte mit ihrem einen Auge. Ich beobachtete sie skeptisch und doch froh.

Seltsam geht das Schicksal, unergründlich, manchmal scheint es einem verzweifelten Muster zu folgen, und manchmal quietscht es auch noch.

Ein Ton, den man nicht vergisst.

An dem Tage, als Robi strahlend, mit zwei Tagen Sonderurlaub plötzlich in der Küche aufgetaucht war, so was gibt's, weil er die Achthundertmeter-Strecke auf dem Übungs-gelände in eins siebenundfünfzig hingelegt hatte, an dem Tage, in dem Augenblick, als ich ihm grade in der Küche den Rucksack abnahm, da hörten wir von draußen das Quietschen, und jemand rief: Weiß einer, wem die Katze gehört?

Robi wickelte unsere Mieze in ein chinesisches Kinder-badetuch, in das mit der Ente. Er grub irgendwo im Gelände ein tiefes Loch. Ich zündete unterdes auf dem Wäscheplatz vor der Küche mit trockenem Reisig ein unerlaubtes Feuer an.

Wir tranken Glühwein. Uns wurde warm und theatralisch zumute.

Du kannst dir nicht vorstellen, wie ich gerannt bin, weil die anderen eigentlich viel schneller sind, ich glaube, so eine Zeit schaffe ich in meinem Leben nie mehr. Achthundert Meter unter zwei Minuten, ich glaube, das ist die Zeit, die Matuschewski bei den Olympischen Spielen in Rom gelaufen ist.

Anderntags brachte ich Robi zum Bahnhof.

Seltsam geht das Schicksal, ergründlich, manchmal scheint ein altbewährtes Muster unter seiner Maschenfolge zu liegen, als sollte Trauer in Freude aufgelöst werden, Freude die Trauer versüßen.

Man wurde müde davon und alt. Ich war inzwischen vier-zig geworden.

Jetzt lebte ich allein im Grenzgebietshaus.

Der See hinter der Mauer war zugefroren. Es schneite sieben Tage.

Die Nachrichten sagten, Prora sei von der Außenwelt ab-geschnitten, der ganze Norden der Republik im Schnee versunken.

Ich fing mit einem ersten Satz an. Es ging um die Asche unten im Keller, der Ofen, den ich in Brandenburg aufgetrieben hatte, tat seine Dienste, er hatte sich bewährt. Aus der

Asche stiegen weitere Sätze, als wäre das möglich, aus sinkendem Feuer wird Holz, die Scheite fliegen in die Axt, der Klotz schiebt die Säge aus dem Spalt, der Baum steht auf. Die Bäume sammeln sich, bald bin ich ein Wald.

Dort stand meine Wiege, in einem kleinen Haus mit einem Dach aus Stroh, unter dem auch die Kuh, die Ziegen und Hühner wohnten. Winzige Fenster, lehmgemauerte Wände hielten die Wärme. Auf dem Rost des Grudeofens blinzelten in der weißen Asche die Reste der schwarz-roten Koksglut.

Der alte August wohnte in der Hinterstube, sonntags erschien er aus einer Hintertür, er saß als Erster am Tisch bei den schlesischen Klößen, gepökeltem Braten und Kraut, Großmutter und Großvater trugen Sonntagskleider, Manchesterhose, dunkelblaues Musselinkleid, manchmal wurde ein Polsterstuhl aus der Kammer an den Tisch gestellt, darauf saß die eine oder die andere Tante. Mama war selten da, sie wäre wenn mit dem Görlitzer Zug angereist und dann reisemüde schnell eingeschlafen. Papa gab es nicht, der lag mit der Truppe im Osten, Polen, Russland, Stalingrad.

Wir besaßen im Söller ein Honigfass, unter dem Dach im Stroh lagerten Äpfel, die Kartoffeln steckten in einer Miete, in der Nachbarmühle wurden das Korn und der Hafer gemahlen. Einmal in der Woche buk die Großmutter Brot. Manchmal haben wir heimlich gebuttert und heimlich ein Ferkel geschlachtet. Man hatte Lieferungspflichten, weil Krieg war. Der Großvater hörte Feindsender aus dem schwarzen Bakelitkasten mit dem grünen Auge, die Großmutter schenkte den Polen die Halbschuhe, die Mama geschickt hatte, aber leider niemandem passten, sie schenkte auch Brot und Speck, heimlich unter der Decke, weil an Polen geben verboten war.

Dass Gerd, der Spaßvogel, mein Onkel, mein Bruder, mein Hüter, mein Freund, nicht mehr da war, fand keine Erklärung. Er saß einfach nicht mehr mit uns am Tisch, er würde nie mehr die Backschüssel auskratzen, die Kuchenteigreste, die sollte ich nun essen. Man raunte vom Niemandsland, er sei dort gestürzt, gefallen, unter Büschen liegen geblieben, eingeschlafen, sein Körper ruhe im Niemandsland bzw. auf dem Schlachtfeld.

Der Herr Pastor hatte den Mädchennamen meiner Mutter auf meinen Taufschein geschrieben. Großvater war mein Vormund. Ich ging an Großmutters Hand. Weil sie nicht lesen und nicht schreiben konnte, trug sie alles im Kopf: Herkunft, Verhältnisse, Geschichten, sie redete viel. Quatsch mit Soße, sagte der Großvater. Er hütete einen Federkasten und Tinte. Er atmete entschlossen, lockerte die rechte Hand, an der Spitze seiner Schreibfeder zitterte schon ein blauer Tropfen, darauf erschien der erste Buchstabe auf dem Papier, darauf ging es schwungvoll Zeile für Zeile. Er schrieb lateinische Schrift, er adressierte Pakete und leistete sehr schöne Unterschriften. Er hatte es gern, wenn ich ihm dabei zusah.

Dass ich als Kleinkind von einem Holzbock gebissen worden war und einmal einen giftigen Fliegenpilz gegessen hatte, wusste ich wahrscheinlich aus den Reden am Sonntagstisch, auch das Drama mit mir und dem Couvert kannte ich aus Gesprächen, die mich nichts angehen sollten. Wie wir, meine Großmutter und ich, das Couvert mit Inhalt zum Haus der Familie meines Erzeugers zurückbefördert hatten. Das wurde manchmal leise erzählt, ich war Augenzeuge, sogar Mittäter, ich war eigentlich der Grund, die Ursache des ganzen Theaters. Ich, trippelnd neben der Großmutter, es war ein langer Fußmarsch bis zu der fremden Tür. Bis zu der Frau, die also gleich in einem veilchenblauen Seidenmantel wie eingerahmt in der Tür erschienen war, auf dem Kopf einen Turban, über der Stirn eine zauberkräftige blaue Perle. Sie blickte herab wie aus dem Himmelstor, herab zu uns unten ganz nahe vor der Haustürschwelle.

Die Großmutter wütete und schwitzte. Das Couvert brauchen wir nicht. Die Gake wird bei uns ohne das Couvert groß und evangelisch. Sie ist schon wieder gewachsen, die Winterschuhe schon wieder zu klein. Wir nehmen nichts. Nein, danke.

Die Gake bin ich.

Konnte ich mich daran erinnern? Wie ich von meiner Hüterin vorgeführt worden war und wie die überraschte Fee einen traurigen Blick auf mich geworfen hatte. Wie der blaue seidene Mantel traurig in der Tiefe des Hauses verschwand, wie hinter Vorhängen oder Wolken. Seide. Lauter Blau.

Ich hätte gern einen verbindlichen Knicks gemacht. Eine tröstende Geste.

Aber da waren wir bereits auf dem Heimweg, vom Oberdorf ins Niederdorf, die Großmutter machte lange stolze Schritte, ich jetzt huckepack auf ihrem Rücken. Hast du gerochen, das hat aus der Haustür nach Bohnenkaffee gerochen. Echte Bohne. Wie im Frieden. Donnerwetter, die stinken vor Geld, dann hatte die Großmutter angefangen zu singen, kunstvoll laut mit Doppelstimme.

Morgen marschieren wir zu dem Bauern ins Nachtquartier, eine Tasse Tee, Zucker und Kaffee und ein Gläschen Wein und ein Gläschen Wein.

Das Kapitel gehörte ins Märchenbuch von der Barfüßerin, das ich nun noch einmal schreiben wollte, mit einem anderen ersten Satz.

Ich war einmal vierzig Jahre alt.

Ich lebte immer noch allein im Grenzgebietshaus. Es war alles beim Alten und alles anders. Die Mauer im Garten und in der Welt gehörte zu dem, was Gewohnheit war, auch dass mein Gefährte gelegentlich nach Hause kam, war nichts Neues, wir hatten alte gemeinsame Freunde, die wir an solchen Tagen besuchten. Wir kauften ein Pferd und noch ein Pferd. San Pedro, den Draufgänger, und später den flinken Forry. Damit verbinden sich lange und abenteuerliche Pferdegeschichten. Futtersorgen und Knochenbrüche, tägliche Aktionen und kleine Katastrophen. Forry war über das Koppelgatter gesprungen und nicht etwa zu seiner Futterkrippe im Stall, sondern bis in die Russenkasernen galoppiert. Dort habe ich ihn drei Tage später gegen eine kleine Flasche Nordhäuser abgeholt.

Quetschhafer besorgen, Heuwenden, Heueinfahren. Einen Hufschmied ausfindig machen. Mein Gefährte hatte mit den Pferden ehrgeizige Pläne, doch die Zeit war knapp, die Reitsachen lagen verschwitzt vor der neuen Schwarzenberg-Wellenradwaschmaschine. In München warteten die Pflicht, das nächste Werk und das andere Leben. Die kreative Alternative, keine politische Zensur, also Freiheit, wenigstens in süd- und westlicher Richtung, auch nach Norden hin keine strikten Grenzen.

Mein Gefährte war froh, dass auch ich einen sogenannten Platz hatte im Leben. Pflichten.

Unsere betagten Vorfahren lebten in Dresden und im Erzgebirge, Robi studierte in Leipzig. Die Pferde mussten bewegt werden, ich band sie fest an den denkmalgeschützten Ringen der Kirchhofsmauer, besuchte das Grab von Claudia, horchte auf die Kirchturmuhr, auf das Ächzen der Zahnräder und das Rucken der Zeiger, dann brachte ich die Pferde auf die Koppel. Manchmal ritt ich mit Forry ins nächste Dorf zum Bäcker oder aus Spaß Richtung Römerschanze zum Königswald. Manchmal begleitete uns kilometerweit ein Falke, ich spürte seine Schwingen über mir, bis er sich tatsächlich auf meine Schulter setzte, fast zärtlich, jedenfalls wollte er mich nicht beißen, auch im Galopp blieb er sitzen, mein Hals blutete, aber es war schön. Ich begegnete unterwegs der alten Frau Kerst, die auch ein Pferd im Stall stehen hatte. Einen uralten Haflingerhengst in einem uralten Haus, eigentlich einer Ruine, es waren die Reste einer preußischen Försterei. Die Russen aus den umliegenden Kasernen brachten ihr trockenes Kastenbrot, Frau Kerst und das Pferd lebten davon. An der Bushaltestelle im Rudel der Wartenden musste man gewärtig sein, dass sie sich ziemlich altmodisch ausdrückte. Sie sprach von der Taubenscheiße auf unserem Heldendenkmal, vom Hindenburglicht in der Kirche. Von der Reichsstraße Numero eins, rechts Richtung Königsberg, links nach Aachen. Wenn sie über jemanden redete, nannte sie zum Namen seine unverwechselbare Marke: Ortsgruppen-Maier, SA-Schulze.

Es war gut, wenn sie wieder im Wald verschwand. Die verrücke Alte.

Ich war verliebt. Wir waren verliebt. Das Schicksal spielte wieder mit mir. Es machte erfreuliche, zeitzehrende, Schlaf raubende, herzzerreißende Sachen. Das wollte ich meinem Gefährten weder gestehen noch verheimlichen. Ich wollte nicht mehr im Grenzgebietshaus auf ihn warten.

Mit einigen Tricks, Briefen und Behauptungen des Verlages, die meine Existenz erforderlich machten für die Literatur und den Fortschritt im Land, erkämpfte ich für Robi und für mich eine Wohnung in Berlin, zweieinhalb Zimmer, Nasszelle und Sechsmeterbalkon. Von der achten Etage aus ging der Blick auf die Kraftwerksschornsteine von Rummelsburg, geradeaus auf den Fernsehturm, weiter hinten am Horizont, abends unter himbeerfarbenem Himmel, grüßte die Silhouette der Gropiusstadt. Türme, Hochhäuser, Westwelt, beinahe New York, wie im Kino. Sketches with light. Always Magic in the Air. Die Sonne verschwand entweder links oder rechts vom Fernsehturm, je nachdem, wo die Erde grade mit uns unterwegs war. Der Turm teilte die Jahreszeiten, zeigte Stillstand und Eile. Auf der anderen Seite ging unser Ausblick in die Wohn- und Kinderzimmer des Parallelblocks. Abends unzählige stumme Fernsehbilder. Familienszenen. Fernsehen im Fernseher. Fischkoch in Rostock oder Biolek in Köln. Steil unten zwischen den Häusern drei Tischtennisplatten, Bänke, die Schule, der Kindergarten, die Kinderkrippe, die Kaufhalle, die Post und die Dienstleistungszentrale für Wäsche, Schuhsohlen, Schlüssel, Blumen. Auf der Mittagsseite, nicht zu vergessen, der Parkplatz.

Nunmehr besaß ich drei Betten rings um die Berliner Mauer.

1. Im Grenzgebietshaus.
2. Im Berliner Hochhausbeton.
3. Last but not least in der Wohnung
   meines Liebsten in Potsdam.

Drei Nester.
Rom, Ohio und das Ende der Erika

Mit dem Trabant-Kombi fuhr ich entweder den Süd- oder den Nordring. Vom Bett im Grenzgebietshaus zum Hochhausbett war es besser, die Strecke über Falkensee, Hennigsdorf, Schildow zu nehmen. Um vom Hochhausbett in das Liebesnest zu eilen, bildete ich mir ein, war die Fahrt über Teltow, Schönefeld, Potsdam kürzer.

Bei Starkregen musste ich die überflutete Unterführung bei Mahlow meiden.

Ich zog meine Halbkreise. Ich hatte Routine.

In Berlin stieg ich eine Etage früher aus dem Fahrstuhl, so konnte ich leise in die Wohnung huschen. Mein Nachbar hatte mein Auto, er hatte mich auf dem Parkplatz gesehen, er lauschte auf die Fahrstuhltür. Er kümmerte sich seit meinen ersten Berliner Tagen um mich.

Wenn er mich nicht im Flur erwischt hatte, klingelte er etwas später. In Sporthemd und Trainingshose, meist frisch gebadet, mit nassem Scheitel, eingehüllt in Fichtennadel. Wir hatten ja pauschal warmes Wasser aus der Wand. Er lächelte freundlich, er hustete ernst, denn er musste mit mir reden. Über Unzulänglichkeiten. Er hatte meine Bücher gelesen. Darüber müsse er vom Klassenstandpunkt aus einiges klarstellen. Auch über den Fahnenschmuck des Hauses zum 1. Mai gebe es Fragen. Ich gefiel ihm nicht. Schon lange nicht, seit meinem ersten Buch, nun kam eins zum anderen. Von Anthologien habe er gehört und von Lesungen in einer Leipziger Kirche.

Er hatte Papier und Kugelschreiber mitgebracht. Es genüge

eine Unterschrift. Eine Unterschrift sei ausreichend. Ganz einfach.

Jetzt nicht und überhaupt, ich bin im Augenblick sehr beschäftigt. Zum Glück roch es bei mir aus der Küchenzelle nach angebrannten Kartoffeln.

Bis morgen um zehn, er ließ seinen Kugelschreiber auf meinem Schuhschrank, er hob mahnend seinen Zeigefinger. So fängt es an, und wo soll es enden?

Ich fuhr noch in dieser dunklen Nacht nach Potsdam – Schönefeld, Teltow, untenrum, den Südring. Der fremde Kugelschreiber. Die stochernde Stimme. Als ich nach dem Aufbruch aus dem einsamen Berlin im Nest meines Liebsten landete, war ich eigentlich müde, eigentlich scharf auf eine sanfte Umarmung, aber da war niemand, und ich war noch nicht müde genug.

Ich sah die rührende alte Ordnung, wie von einem unerbittlich gerechten Zauberer inszeniert, von jemandem, der meine Verlassenheit perfekt machen wollte, ich empfand, wahrscheinlich nicht zum ersten Mal, dass ich hinter dieser Tür kein bisschen zu Hause war. In dieser Nacht zerfiel ein Trugbild. Ich war ein Schussel.

Der Läufer im Flur lag wieder in seiner uralten richtigen Richtung, eine Kerze, eine Vase, ein Stuhl standen, lagen, ruhten so, wie es ihr Dasein verlangte. Er hatte meine chaotischen Spuren beseitigt, das Durcheinander meiner unzuverlässigen Existenz.

Seine Frau war vor drei Jahren gestorben, die Umstände hatten mich tief berührt, als er nach sehr schweren Zeiten allein war, suchte er vorsichtig meine Nähe, und ich hielt ihn fest. So ist es gekommen. Ich glaube, ich liebte ihn. Trotzdem habe ich ihm nicht helfen können, nicht trösten. Ich war traurig und wütend, ich war faul. Seine Töchter wohnten bei Freunden, am liebsten aber im Nest. Ich hatte sie gern, wieso kochte, wieso bügelte ich nicht. Blusen, Tischdecken. Ich kam und ging, fügte mich wie ein guter Gast. Nicht einmal zum Osterbraten hatte ich eine Meinung.

Aufgewühlt, unfähig, über das eine und das andere zu sprechen, kroch ich in mein lastest but not leastest Bett. Am nächsten Morgen machten wir uns freundliche Gesichter. Er rannte in die Klinik, wo er von Kollegen und Patienten dringend erwartet wurde, ich stand in der geordneten Wohnung, die Glyzinien blühten auf dem Balkon, ich rührte nichts mehr an.

Im Grenzgebietshaus kümmerte ich mich um Quetschhafer und Koks, ging zu Freunden, fuhr mit Nani ins Russenmagazin, um Ölsardinen zu kaufen. Am Abend erwartete ich vor der Haustür einen vertrauten Filmkollegen, wir wollten die Angelegenheit mit den Unterschriften besprechen. Der Weltfrieden, die heikle Balance der Atommächte, schien durch unsere Schuld wacklig geworden zu sein.

Er setzte sich zu mir in den Trabbi, ich fuhr durch die Nebenstraßen, ich drehte Kreise, ich parkte an der Ecke, wir redeten, fuhren weiter und redeten.

Meinst du, sie sperren uns ein?

Kann sein.

Ob sie dann auch unsere Kinder bestrafen?

Kann sein.

Wir schwiegen, redeten dann wieder, Autos fuhren vorbei, eins parkte mit hellen Scheinwerfern vor dem Haus, wahrscheinlich der Mann mit dem Fotoapparat.

Weißt du, was uns ein bisschen Schutz gibt? Die Öffentlichkeit, das Fernsehen, die Kirche, die Akkreditierten, die Ständige Vertretung, Helsinki.

Was wollen wir eigentlich.

Eine bessere Welt. Ohne Willkür.

Da wurden wir vor Schreck ganz still und lachten leise.

Dabei ging es eigentlich jetzt nur um den Freund meines Filmkollegen, der hatte in Köln ein Konzert gegeben, und nun sollte er nicht heimkommen dürfen in die Chausseestraße. In seine Wohnung nach Ostberlin. Er durfte nicht wieder rein, und er war doch meines Freundes Freund und überhaupt, Aussperrung darf es nicht geben. Die Leute im Dorf meinten zwar: Einsperrung durch eine Mauer mit Schießbefehl darf es gleich gar nicht geben, den Fakt habt ihr Schlauköpfe doch jeden Tag vor der Nase. Ihr macht ein ziemlich scheinheiliges Gewitter, das bringt nichts.

Am nächsten Morgen fiel mir auf, und ich sollte das ja auch merken, dass der Trabant-Kombi in der Nacht inspiziert worden war. Meine Jacke lag nicht mehr hinten, sondern mit verdrehtem Ärmel, mit losem Gürtel auf dem Fahrersitz, aus meinem Manuskript waren Papierstreifen, meine Seitenmarkierungen, verschwunden.

Scheiße. Was ist denn das für eine verkommene Scheißgesellschaft, so schimpfte ich am Telefon. Das sollte jetzt jeder hören. So ein verdammter Dreckstall.

Man hörte. Und sperrte nicht uns, sondern junge Leute, die dem Westfernsehen nicht nachrichtenwürdig waren, hinter sozialistische Gefängnismauern.

Lieber Jurek, nicht wir, sondern unsere Kinder.

Und ich hätte mich sehr gerne auf meinen Herzspezialisten gefreut. Es war so schön, wenn er zu mir nach Berlin kam, klug, witzig, mit frischen Erdbeeren aus der Kaufhalle am Alexanderplatz. In meiner Betonbleibe war es in seinen Armen so still und friedlich wie auf dem Mond.

Es war die Ruhe vor dem Ungewitter.

Ich war die ganze Zeit, über ein Jahr – während ich einen Roman schrieb, in Berlin oder im Grenzgebietshaus, während ich im Wald Pilze suchte oder mit dem Pferd unterwegs war oder die kränkelnden Alten in Dresden und im Erzgebirge besuchte, während ich mich unter heftiger Revolte und inneren Qualen von meinem Gefährten verabschiedet hatte –, auf einem Prüfstand gewesen, schusslig schlitternd: durch die Jahreszeiten von Nest zu Nest, immer um die Mauer herum, entweder nördlich, obenrum, über Falkensee, Hennigsdorf, Schildow, oder südlich, untenrum, über Teltow, Mahlow, Schönefeld.

Ich hatte die Prüfung nicht bestanden.

Ich war zu Recht durchgefallen.

Ich hatte mich manchmal tagelang nicht gemeldet. Ich hatte ihn tief verletzt. Er sehnte sich nach einer zuverlässigen Frau, er suchte, wenn nicht nach einer neuen Mutter, so doch nach einer einfühlsamen Freundin für seine Töchter.

Ich dachte, jetzt bin ich frei, das heißt so gut wie tot.

Kein Fallschirm mehr, der mich hält.

Bevor ich auf der Erde aufschlug, rumorte ein Schlüssel im Türschloss der Berliner Bleibe.

Robi trat ein, er hatte seine Freundin mitgebracht, ein fröhliches Mädchen. Er riss die Fenster auf, er trug alle Aschenbecher zum Müllschlucker draußen im Hausflur. Die Aschenbecher rumpelten durch die Hochhausetagen. Seit wann rauchst denn du?

Wir fuhren gemeinsam zum Marx-Engels-Platz, ich lud die beiden ein zum Mittagessen ins neue Broilerrestaurant mit den großen Panoramascheiben, wir saßen in Reihe am Fenstertresen, vor unseren Augen flanierten die Sonntagsspaziergänger und unter ihnen, getragen von Frühlingsluft und guter Laune: meine Liebe, mein Stab, meine Stütze, mein Schutzschirm, mit der Neuvertrauten im Arm, ein Alptraum, wie man ihn nicht scheußlicher träumen kann.

Wir blieben noch, um zu zahlen, hinter uns warteten schon Gäste auf unsere Plätze, wir verließen schweigend den Ort.

Als wir Richtung Alex gingen, die Kinder hatten mich in die Mitte genommen, wiederholte sich die höllische Erscheinung. Sie kamen uns entgegen, frontal, er hatte den Arm um ihre Schulter gelegt. Wir nickten uns zu. Die Gesichter ernst verschlossen, dem hohen Augenblick angemessen.

Ich konnte leider nicht wütend sein. Ich versuchte, einen Sinn in der Sache zu finden.

Der Sinn der Sache war: Es ist vorbei.

Auch Robi meinte: Das ist gegessen. Und fügte hinzu: Sie ist aus dem Westen.

Woher willst du denn das wissen?

Das siehst du an der Brille und dann an allem eigentlich. Das ist gegessen.

Es war vorbei. Traurig, weil ich chancenlos war, auf der jämmerlich schutzlosen, nicht auf der welthistorisch echt tragischen Seite.

Robi und seine Freundin zeigten Mitleid, sie rollten heimlich die Augen, wie ich so dalag auf dem Bauch, den Kopf in die Kissen vergraben, sie konnten nicht fassen, dass es auch die Alten so sehr packen konnte, so existenziell, so total unvernünftig, so niederschmetternd bescheuert. Sie erwiesen sich als wunderbare, aber erfolglose Psychotherapeuten, kein parteiisches Urteil über all die schrägen Umstände. Es war vorbei. Der Nachbar im Kiefernnadelduft, der Mann mit dem Fotoapparat, alle stießen auf einen stummen kalten Stein.

Die Unterschriftenaktion hatte zu Drehverbot, Besetzungsverbot, Verhaftungen, Versetzungen, Schikanen geführt, manche nutzten die Gelegenheit, das eingemauerte Terrain zu verlassen. Unter seltsamen Vorkehrungen gab es Reisepässe mit Ausreisevisum, erstens für unsere Internationalen, zweitens für die sogenannten Dissidenten und drittens neuerdings auch in vielfältig dringenden Familienangelegenheiten.

Junge Leute in Jena endeten im Knast. Ich hatte es geahnt. Sie mussten büßen. Hiergeblieben, lautete das Kommando für all die Namenlosen.

Mir konnte nicht viel geschehen. In Berlin hielt ich meine Tür verschlossen. Ich öffnete nur nach ausgemachten Klingelzeichen. Einmal begegnete ich meinem Betreuer im Hausflur, er fegte turnusgemäß die Treppen. Ich ging vorbei. Er rief mir nach: Das sieht nicht gut aus für Sie.

Okay.

Was heißt hier okay? Er hatte die Kehrschaufel und den Handbesen gegen mich schelmisch erhoben. Es sollte erst einmal ein bisschen komisch aussehen. Wir waren ja Nachbarn.

Die Abteilung Dramatik vom Fernsehen schickte mir zwei Arbeitsverträge zurück. Die Projekte seien gestorben, keine Planpositionen mehr, die kurze Begründung lief darauf hinaus, dass man mit einem Lumpen künftig nichts mehr zu tun haben wolle, nicht beim Fernsehen und auch nicht beim Film. Die Zuschauer waren nicht böse, es gab viel mehr Revuen, Sportsendungen, der Sandmann, Pittiplatsch, Schnatterinchen, Frau Elster und Herr Fuchs machten Karriere.

Ich hatte es trotzdem gut, ich brauchte keine Filmkameras, keine Theaterbühnen, keine Redaktion, keinen Verlag, jedenfalls die nächsten Jahre nicht, mir genügte die Schreibmaschine. Das Schreibmaschinenpapier kaufte ich im Russenmagazin. Die weiß bemützte Prodawstschiza steckte außerdem Ölsardinen und süße Kondensmilch in eine Tüte.

Meine tote Großmutter flüsterte mir Geschichten ins Ohr. Ich erzählte ihr von Claudia und vom Grenzgebietshaus, was es auf sich hatte mit der Mauer, mit der geteilten Welt. Den Anfang, die Ursachen, hatte sie ja noch erlebt, die Flucht, die Vertreibung, das tödliche Hin und Her, bis sie in einem fremden Dorf untergekommen waren. Ein Dorf war immer noch ein besserer Ort zum Überleben als eine Stadt, der Westen mit Westgeld und Wirtschaftswunder war möglicherweise besser als der von den Russen besetzte Osten. Ich wurde zum Sattessen bei den vertriebenen Verwandten am westlichen Küchentisch empfangen, ich kam aus dem kaputten Dresden und immer schwarz über die grüne Grenze. Die Tanten heirateten einen Russland- und einen Englandheimkehrer, die Schlesier kochten ihre schlesische Hochzeitssuppe, aber es gab schon den anderen Kuchen, Hefebleche, die man ganz offiziell Saustall nannte. Eine schlesische Hausschneiderin nähte auf Großmutters neuer Singer die Hochzeitskleider. Alle gingen festlich in Lang. Auch die Großmutter. Auf den Hochzeitsfotos sitzt sie vorn, immer neben dem Bräutigam, immer die Hände in den Ärmelstulpen versteckt. Früher war sie zum Dazuverdienen im Rittergut in der Wäscherei, jetzt half sie den jungen Familien beim Fußfassen auf zugewiesenem Bauland Ziegelsteine abladen und stapeln für die neuen Siedlungshäuser. Alles mit etwas Sparkassenkredit und Lastenausgleich.

Auf dem Weg vom Herd zur Baustelle war es geschehen, sie war mit dem Essentopf losgefahren, den Korb mit Topf auf dem Gepäckträger. Das Fahrrad, ein braunes Albatros, hatte sie sich nach der Nähmaschine neu angeschafft. Es war ein schöner Sommertag in einem staubig schönen Sommer gewesen. Bauwetter, die Arbeit ging flott voran, da war das Fahrrad mit der Großmutter umgefallen.

Vor dem Dorf an der Wegkreuzung unter der Linde, dort habe man das Fahrrad und die Großmutter gefunden. Schlaganfall. Sie sei im Sattel gestorben, beim Treten, das wurde leise gesagt. Trotzdem, die Tanten und der Großvater sagten es immer wieder: Warum habe ich ihr nicht aufgeholfen, ich hätte ihr aufhelfen müssen, war denn keiner zum Aufhelfen unterwegs? Warum bin ich nicht hin. Keiner hat aufgeholfen. Sie ist umgefallen. Der Essentopf. Das Fahrrad. Unter der Linde. Die tote Großmutter. Alleine, und niemand war zum Aufhelfen da.

Die Nacht bis zur Beerdigung blieb ich beim Großvater in der Baracke, die er mit gemusterten Spanplatten fürs Leben im Alter zu einem festen Wohnsitz ausgebaut hatte. Ich schlief auf dem Küchensofa. Im Vorbau ruhte die Großmutter im offenen Sarg. Der Großvater hatte sie im dunkelblauen Kleid auf Fichtenzweige gebettet, die Füße mit Fichtengrün zugedeckt. Der Deckel lehnte hochkant an der Spanplattenwand.

Am Morgen half ich dem Großvater, wir holten Nägel, ich suchte den Hammer. Bevor wir den Deckel über die Großmutter legten, beugte sich mein Großvater, er berührte mit seinem roten Bart ihre Hände. Ich strich ihr über das Haar. Dann stand ich draußen unter dem freien Himmel, unter dem blauen Zelt. In meinen Ohren pochte der Schusterhammer. Es war der Großvater, er nagelte den Sargdeckel fachmännisch zu.

Als der Sarg langsam in die Grube fuhr, kam aus mir ein grausames Geräusch. Ich hustete, doch eigentlich musste ich lachen. Ich schlug, ich trat mit dem Schuhabsatz gegen mein Schienbein, mit dem Schmerz hielt ich es bis zum Ende neben dem Erdhügel aus.

Die Schreibmaschine machte aus dem Ende einen Anfang, aus dem ungehörigen Lachen wurde wieder ein Schmerz. Aufschreiben machte die Seele nicht froh.

Meine Großmutter hatte mir Bettwäsche geschenkt. Blaugestrichelte Blumen, Meterware von Witt Weiden, den Stoff hatte sie in ihrer Barackenstube einem fahrenden Händler abgekauft und dann die Bezüge auf der neuen Maschine genäht. Mit der modernen elektrischen Nähmaschine konnte sie sogar maschinelle Knopflöcher machen. Die Schlesier waren durch die Neuheiten den Einheimischen einen Zipfel voraus, auch das Wasser aus der Wand und die Klos aus Porzellan in den

Lastenausgleichshäusern waren deutlich besser als die Plumps-einrichtungen in den Gehöften der Alteinwohner.

Seltsam ging die Zeit. Ab und auf.

Auf und ab sprang die Nadel der Nähmaschine durch den Führungsfuß. Manchmal schlugen Ober- und Unterfaden einen Knoten. Manchmal riss das Garn, man musste die Spule herausnehmen, musste neu wickeln, neu einfädeln, dann das Schiffchen senken, jetzt noch einmal ein erster Stich.

Ehe die Großmutter das Bettzeug, meine Mitgift, feierlich aus der Hand gab, hatte sie vor der frisch gestrichenen Wohn-baracke die Wäscheleinen damit vollgehängt, sie hatte das Ge-lände mit den wunderbaren neuen Bezügen geschmückt. Der Wind blähte die Segel. Jeder, der an der Unterkunft vorbei-kam, konnte es sehen, niemand sollte künftig noch denken, wir aus dem schlesischen Osten würden auf blanken Strohsäcken schlafen. Von wegen Polacken.

Ich bezog mein Bett im Grenzgebietshaus mit der blauen Blümchenwäsche. Ich hatte sie viel zu lange geschont oder vielleicht nicht genug gewürdigt. Nun war ich gerüstet, ich würde in Erinnerung an meine Großmutter nicht mehr den ganzen Tag still sein. Niemand sollte mehr denken, die traut sich nicht.

Ich schrieb einen Brief an das Ministerium für Kultur.

Darin behauptete ich, ich müsse nach Rom, ich müsse Anna Amalias Reise von Weimar nach Italien nachvollziehen. Ich müsse die Reiseroute der Herzogin studieren. Für ein his-torisches Epos, die Frau im Feudalismus, wie sie regiert, wie sie die Fäden in der Hand hält. Ich suchte ein paar Zitate aus Hegels »Ästhetik« und gab Einblick in meine Konzeption, als Erzählperspektive der Kammerzofenblick. Ich hatte den Brief angefangen mit: Sehr geehrter Herr Minister. Ein Weg über Rom nach Bitterfeld, ein kleiner Schlenker, ein Umweg, vielleicht sogar ein Schleichweg. Mein Bitterfelder Weg von hinten.

Ich hatte den Minister entweder überzeugt, oder er sah in meinem Fall keinen Verlust. Soll sie doch nach Rom fahren, oder, zum Teufel, soll sie doch in Rom bleiben oder gleich dort, wo der Pfeffer wächst.

Am meisten hatte ich mich wahrscheinlich beim Briefschreiben selbst überzeugt. Ich wollte mich eigentlich nur einmal strecken, wollte mich erholen, dem Ostalltag entfliehen, wollte so frei sein wie Goethe, der so ähnlich wie ich in Rom die Fürstenaufsicht loswerden wollte.

Doch die Geschichte, auf die ich gestoßen war, fesselte mich wirklich. In Weimar beim Kramen in Archivkartons hatte ich Sachen gefunden, die mich neugierig machten. Zeichen einer heimlichen Liebe.

Keiner der Biographen hatte die Reisen der Herzogin Mutter Anna Amalia in dieser Richtung gedeutet. Sie war schwer verliebt in Italia, und zwar in einen italienischen Kardinal. Die vielen Stiftungen, die sie auf der Reise gemacht hatte, zum Beispiel in Neapel den Garten im Kloster der heiligen Klara, lauter Angebinde des Herzens. Die schwarze Haarlocke des Kardinals mit Küssen in einem Brief, ich hielt die Locke in Händen, zwischen Daumen und Zeigefinger. Ich pustete, legte die geringelten Borsten wieder ins gefaltete Seidenpapier, dann sorgfältig in das Couvert mit dem bröckelnden Ochsenblutsiegel. Ich trug die Amalia-Kiste, beiliegend mein Leihschein mit Unterschrift, zurück ins Archiv.

Am liebsten wäre ich gewandert oder geritten. Ich reiste, um so viel wie möglich mit eigenen Augen von unserer schönen Erde zu sehen, mit einem Bummelzug am Rhein entlang. An der Strecke nun leibhaftig all die Städte und Burgen aus dem Atlas. Ein längerer Tunnel, dann Süden.

Rom hatte auf mich gewartet.

Auf mich wartete sogar ein Bündel italienisches Geld.

In einem Prachtbau, der Banco di Roma, auf der Piazza Garibaldi, ich musste nur hineingehen, dann in der riesigen Halle über den polierten Marmor zum Banktresen schreiten, hin zu einem lächelnden Signore, der, ohne sich umzudrehen, ohne sich abzuwenden, nach dem Bündel hinter seinem Rücken griff.

Das Geld hatte seit Tagen im Tresor und dann im Regal für mich bereitgelegen.

Der lächelnde Signore warf das Bündel mit freundlichen italienischen Worten vor meinen Augen auf einen polierten Tisch. Felicità, molto felicità. Er legte eine riesige Sicherheitsnadel obendrauf.

Viereinhalb Tage Rom. Vatikan, Caffè Greco, Spanische Treppe usw. Meine wunderbar hilfreiche Anna Amalia wurde seltsam blass, sie verschwand mit ihrem Kardinal. Ihre Geschichte, überhaupt Geschichte, geisterte irgendwo am Rande. Das Geld trug ich, mit der Nadel festgemacht, unter meinem Rock. Was kost' die Welt, dachte ich mir, und schade, zu Hause werde ich mein kurzes wildes Leben als Römerin verschweigen müssen. Es gehörte sich nicht, Fernweh zu wecken. Die Devisen hatte mir ein Westverlag heimlich geschickt, es handelte sich um mein Honorar, mit dem eigentlich die Künstleragentur in Berlin einen Plan erfüllen wollte.

Im Grenzgebietshaus lagen jetzt manchmal Strumpfhosen oder dünne Nachthemden herum, Sachen, die sowohl Robis Freundinnen als auch den Begleiterinnen meines ehemaligen Gefährten gehören konnten. Nani erzählte mir, er käme manchmal mit einer Frau. Einer viel jüngeren, sie könnte leicht seine Tochter sein.

Ich achtete darauf, dass die Luft rein war.

Wir legten uns Zettel mit Nachrichten auf die Konsole, Pferd und Haus betreffend.

Es war klar, dass ihm das Wohnrecht gehörte, er ließ einen Teil der Miete auf das Hauskonto überweisen, ich besaß ja die Absteige in Berlin. Er sei jetzt fest liiert, man erwarte ein Kind.

Naja, über das Alter war ich eigentlich hinaus, normalerweise. Also hatte ich schlechte Laune. Ich ritt mit dem Pferd in wilder Jagd über die weiten Genossenschaftsfelder bis nach Dallgow und dann im Bogen nach Krampnitz, auf dem Rückweg machte ich Rast auf dem Friedhof. Ich war gerne hier, man war tätig, man beschäftigte sich mit verblühten Blumen, stützte die Knospen, trug Körbe voll Laub. Gießwasser polterte in die Zinkkannen. Gertrud richtete die Gräber von Verwandten, wir schleppten zusammen einen Sack Komposterde zu Claudias Grab. In der Kirche wurde immer noch an der Orgel gebaut, der Meister probierte die neuen Pfeifen, ich hatte mir gleich zu Anfang ein altes Cis mitgenommen, einen langen viereckigen Stab mit Metallzunge, in den man hineinpusten konnte. Zum Andenken, zur Erinnerung.

Wissen Sie, dass im Grenzgebietshaus wieder Betrieb ist?

Gertrud wollte mir reinen Wein einschenken, aber die neuen Gegebenheiten nicht direkt berühren. Sie schonte mich.

Nani fragte vorsichtig, ob was dran sei an der Sache, dem Gerücht, er wolle wiederkommen. Mit Kind und Frau aus der Schweiz. Sie wiederholte, um den Irrsinn auf den Punkt zu bringen: Aus der Schweiz! Hierher in den Osten!

Warum nicht! Ich zuckte die Achseln. Die Welt ist verrückt, aber grade das wäre ja nun eigentlich normal, dass einer mit Frau und Kind unter einem Dach wohnt, in einem halbwegs trockenen Haus, wo im Winter der Schornstein raucht.

Eines Tages stand sein Auto vor dem Grenzgebietshaus.

Ich wollte nicht umkehren. Ich hatte noch Sachen im Haus, in meinem Zimmer stand auf ambulantem Posten die Schreibmaschine. Ich hatte mit Herrn Freitag die Kokslieferung besprochen, die Abwassergrube sollte ausgepumpt werden. Ich wusste, wo die Schlüssel lagen, wo sich unter Erde und Laub der Deckel zur Scheißegrube befand.

Warum sollte ich feige das Weite suchen? Ich gehörte immer noch mit einem Bein und fast mit ganzer Seele hierher.

Er war allein gekommen. Er war erschöpft von der weiten Reise, er hatte das Bedürfnis, ins Bett zu gehen, und zwar in meins und mit mir. Wir kannten uns ja und erkannten uns wieder auf tolle, lustvoll Art. Ich hätte nicht gedacht, dass ich so eine Betrügerin sein konnte.

Ich betrog und betrog.

Und er wollte fortan mein Regisseur sein, wieder mal ein Drehbuch von mir in Bilder setzen, eins von den sieben, die wir unter der Zeit auf schwieriger Klettertour entwickelt hatten, immer bis zum letzten Überhang, fehlte nur noch die Drehgenehmigung, das wollte er verfilmen. Verfilmen, komisch, das Wort.

In dieser Richtung machten wir stundenlang Pläne in meinem Bett unter meiner Großmutters blau gestrichelten Bettbezügen, genäht aus der Meterware von Witt aus Weiden. Meiner Aussteuer. Es war ernst gemeint, obwohl die Sterne gegen solche Pläne standen. Hirngespinste waren das. Wir entwarfen wilde Szenen. Freche, hintergründige Dialoge. Ich rückte heraus, was mir einfiel, was ich draufhatte, was das Zeug hielt, ich sprudelte, stülpte mein Inneres nach außen und wusste, dass er sich meinen Krempel, wo es passte, zu eigen machen würde, daran hatte ich mich gewöhnt. Andererseits ließ ich mich manchmal mit seinen herrlichen Federn schmücken, ich kassierte Lob, selbst wenn mir die eigenwilligen Geschöpfe seiner Schöpfung fremd waren. Ich nahm das Schulterklopfen. Es war gut, unseren Most zu mischen. Zum Glück ist sogar Wein daraus geworden, ein süffiger roter Sachse. Ich hätte nicht gedacht, dass ich so großzügig, so weitherzig, mutig, schwindelfrei betrügen konnte, oben auf der Spitze der Felsennadel.

Am nächsten Tag nach dem Frühstück fuhr ich die Nordstrecke über Falkensee, Hennigsdorf, Schildow nach Berlin. Die Strecke kannte ich aus dem Effeff. Zeit für schwarze Gedanken.

Er hatte mir über die Kaffeetasse hinweg gesagt, dass er seine Frau nachher vom Flugplatz abholen würde und dass das alles meine Schuld sei. Das ganze Drunter und Drüber. Ost und West. Ich hatte, eigentlich, die Mauer gebaut.

Es sei ihm gar nichts anderes übrig geblieben, nachdem ich das Grenzgebietshaus so schmählich verlassen hatte. Da war viel Wahres dran, aber noch viel mehr Falsches.

Ich war schuld, aber aus ganz anderen Gründen.

Das Grenzgebietshaus litt fürchterlich. In einem Winter waren die Heizungsrohre im Walhalla geplatzt, ein anderer Winter sprengte den Überlaufkessel unter dem Dach. Der Frost riss den eingemauerten Blumenkasten vom Fenster, die Dachrinne tropfte an mehreren Stellen.

Das Pferd hatte sich die Beugesehne verletzt.

Ein siebenter Sinn oder das Frühlingswetter, der Betongeruch in meiner Berliner Bleibe hatte mich auf die Strecke getrieben.

Ich fuhr den Nordring. Pankow. Schildow. Hennigsdorf. Vor allem war ich nun auch noch wütend. Ich brauchte Luft und Grün und Abstand. Der Minister hatte meinen Reiseantrag zum zweiten Mal abgelehnt, die Willkür zeigte sich deutlicher als sonst, fünf andere hatten der Einladung nach Cleveland als Writer in Residence in den vergangenen Jahren folgen dürfen. Warum ich nicht.

So die Frage in meinem Protestbrief mit 17 Millionen Fragezeichen.

Die Antwort: Es bestehe keine Notwendigkeit.

Nun wollte ich keine Briefe mehr schreiben, jedenfalls nicht an Minister. Ich wollte weg vom Zentrum, ich wollte wieder aufs Land, vielleicht in die Kammer über dem Pferdestall. An dem Gedanken hielt ich mich fest. Vor Wut und Heimweh brauchte ich nur eine reichliche Stunde vom Berliner Hochhaus direkt in den Stall. Es war ein Rekord.

Das Hoftor stand offen. Neben dem Misthaufen parkte der Tierarzt-Lada. Meli, die das Pferd jeden guten Tag auf die Koppel brachte, wenn sie Zeit hatte, auch gerne mal mit ihm Richtung Königswald ritt, kam mir heulend entgegen.

Forry geht es gar nicht gut. Heute früh ist er unterwegs gestolpert.

Aus dem Stall hörte ich klägliches Schnaufen, einen Jammergruß. Das Pferd hatte die Autotür und meine Stimme erkannt.

Der Tierarzt war zum zweiten Mal hier. Ich gebe ihm jetzt noch eine Spritze, aber die hilft nur gegen Schmerzen. Es bleibt nichts anderes, ich habe von der Post aus mit der Tierklinik telefoniert. Man muss röntgen, vielleicht kann man operieren. Sie schicken einen Spezialtransporter. Der wird gleich da sein.

Forry schwitzte. Wir wickelten nasse Tücher um die geschwollene Vorderhand, trockneten den Schweiß, bauten aus Strohballen eine Stütze. Das Pferd zitterte. Es schlürfte Wasser.

Nach zwei Stunden hielt das Auto vor dem Hoftor. Es war ein einfacher Lkw, hoch gebaut, mit einer sehr steilen Rampe. Der Fahrer hatte ab Tiercharité den Nordring genommen. Schildow, Hennigsdorf, Falkensee. Die kurze Stecke. Er war gut durchgekommen, er war in Eile.

Ich kroch auf die Ladefläche, Forry polterte in wenigen herzzerreißenden Sprüngen hinter mir her. Er legte seinen Kopf auf meine Schulter. Der Fahrer startete sofort. Es war eine Höllenfahrt. Ich verachtete alle Leute, die für so viel

Schlaglöcher, für Straßenschäden in diesem Umfang, für den scheußlichen Wind verantwortlich waren. Ich verachtete die zuständigen Götter und Funktionäre.

Dafür hatte ich jetzt Zeit.

Ich wartete auf einer Parkbank im Hof der Charité. Ringsherum an den ehrwürdigen Gebäuden friedlich stiller Efeu und wilder Wein. In zwei Stunden sollte ich mich im Hauptgebäude der Tierklinik wieder melden. Ich testete meine innere Uhr. Achtmal prüfte ich am linken Handgelenk. Ich ging fünfmal richtig und dreimal vor.

Der Oberarzt eilte mir im langen Flur entgegen. Die Röntgenaufnahme hatte ergeben, dass eine Operation zu keiner Besserung führen würde.

Sie müssen entscheiden. Denken Sie bitte nicht zu lange nach. Ich lief die Luisenstraße hin und zurück. Vielleicht eine Stunde.

Darauf wurde Forry erschossen. Der Oberarzt erklärte mir, ich hätte ihm viel Leid erspart.

Wochen später bekam ich einen Brief von einer Rossschlächterei in Berlin. Inliegend eine Rechnung. Kosten wurden addiert und abgezogen. Tiermedizinische Leistungen gegen den Kilopreis von Pferdefleisch. Mir wurde ein positiver Restbetrag überwiesen, in einem zweiten Brief gleicher Post wurde ich aufgefordert, meinen Reisepass umgehend abzuholen. Der Reise in die USA sei stattgegeben.

Ich blieb vier Monate in einem Elite-College im Norden der USA, nicht weit vom Eriesee entfernt. Wieder fuhr ich los in dem Gefühl, dass ich ein Kapitel meines Lebens, jedenfalls diese vier Monate, in mein tiefstes Inneres würde verschließen müssen. Ich werde zurückkommen, als wäre nichts gewesen, werde mich wieder einordnen in den gewohnten Lauf an dem

Ort, wo ich hingehöre. Betonhaus, Grenzgebietshaus, Letzteres als Schlafstatt, wenn Sommer und reine Luft war.

Wie ich es vorausahnte, so kam es, aber aus anderen Gründen.

Als ich abflog, hatte ich das Gefühl, aus der tiefsten Mitte verworrener Verhältnisse fortzugehen, als ich wiederkam, schien ich für ewig wieder in die alten Verhältnisse einzutauchen.

Diese Ewigkeit dauerte nicht viel länger als ein Jahr.

Denn die Verhältnisse, sie bewegten sich.

Man hörte Stimmen. Gedichte, Sänger. Man versammelte sich in Kirchen, zog durch die Straßen. Viele reisten nach Prag oder nach Budapest, dort versuchten sie, die Sperre nach dem Westen zu überwinden. Wohnungen standen neuerdings leer. Lehrerinnen, Ärzte fehlten. Die Zurückgebliebenen trauerten, schimpften, packten den Rucksack. Das Jahr, das Land gingen dem Ende entgegen. Und ich war eben noch in Amerika und hatte mir den Kopf zerbrochen, wie ich es anstellen könnte, einen Computer durch den Eisernen Vorhang zu schmuggeln. Eine doppelte Gesetzesverletzung. Erstens hatten die Amerikaner für Elektronik in Richtung Osten ein Embargo verhängt, zweitens erlaubten die sozialistischen Gesetze nicht einmal die Einfuhr eines Rechenschiebers.

Ich war, wie von einer Leidenschaft befallen, nicht mehr aufzuhalten. In meinem Büro in Ohio hatte auf dem Schreibtisch ein Gerät gestanden, das mit Buchstaben- und Zahlentastatur wie eine Schreibmaschine aussah, aber eigentlich nur eine Zutat war, ein Gehäuse namens Apple.

Der zugehörige Zentralrechner, der schrieb, korrigierte, löschte, bewahrte und umstellte und dann Druckformate herstellte, befand sich neben der Bibliothek, er war so groß wie ein Haus. Ich hatte das Gerät auf dem Schreibtisch in meinem Office Tag für Tag ein paar Wochen lang ausprobiert. Die

Handhabe schien mir sinnvoll, verlockend, schöner als Gold und neue Jeans. Ich verzichtete. Ich versteckte mein Devisenhonorar und hoffte. Ich war auf Hilfe angewiesen.

Im Oktober stand ich mit meinem blauen Trabbi-Kombi auf einem finsteren Parkplatz in der Nähe der amerikanischen Botschaft. Attaché Miller, der unerschrockene Gesetzesbrecher, schleppte zwei Kisten, Apple plus externe Festplatte, dazu einen passenden Drucker. Schönen Gruß und viel Spaß. So viel Mutwillen hatte ich Miller nicht zugetraut. Am selben Abend setzte ich das Gerät in Gang. Am nächsten Tag nahm Robi meinen Platz ein. Er schrieb seine Dissertation mit Statistiken, Diagrammen, Gliederungen, allem Drum und Dran. Freunde versammelten sich in unserer engen Berliner Bude. Wir probierten aus, was in dem kleinen Kasten steckte. Nicht zu fassen.

Wir zauberten.

Wenn es an der Tür klingelte, warfen wir die Sofadecke über den Schreibtisch. Vor ein paar Tagen erst war der Nachbar noch am späten Abend erschienen, er hatte seinen Zeigefinger erhoben. Ich sollte in der Nikolaikirchgemeinde in Leipzig lesen, er mahnte, er erinnerte an den Platz des Himmlischen Friedens in Peking und: Die Rote Armee stehe in den Kasernen rings um Berlin bereit.

Alle Truppen Gewehr bei Fuß.

Als er in seiner Wohnung verschwunden war, stand ich am Flurfenster im achten Stock und starrte auf die Stadt. Fernsehturm, Lichter, Flugzeuge in Richtung Schönefeld. Ich hatte den Bombenangriff auf Dresden in einem Haus in der Altenzeller Straße in einem verschütteten Keller auf dem Schoß eines toten Soldaten überlebt.

Damals war ich sieben Jahre alt.

C'est la vie.

Nachts lache ich mich aus im Traum, ich träume, dass ich

den Traum doch schon dreimal geträumt habe, das ganze Theater. Dass ich grade wieder mal am Schneidetisch sitze, wo sich die Szene, die ich kenne, vor meinen Augen abspielen wird: zwei Polizisten, ich in der Mitte in einem langen Flur. Mir entgegen kommt eine nämliche Dreiergruppe, zwei Polizisten, in der Mitte ein Mann. Die bewachte Person erweist sich schon von ferne als der gutherzige amerikanische Attaché. An der Stelle, wo wir aneinander vorbeigeführt werden, vollführen wir beide einen konspirativen Wechselschritt. Ich beobachte ohne Mitleid, wie ich mich schuldig fühle.

Ich träume, wie die Macht zerfällt. Szene für Szene, alles Theater. Die ängstliche Eile auf dem nächtlichen Parkplatz in der Nähe der Botschaft gut für eine Komödie.

Es kam der Monat November, der Abend, an dem die Grenzsperren plötzlich von den Grenzsoldaten aufgeschoben wurden.

Freude und Bedenken hielten sich nicht die Waage. Die Freude überwog, auch bei denen, die unter Strapazen die Grenze vorher überwunden hatten, man kam zurück, je nachdem, manche Entscheidung war nun einerlei, mancher schwere Entschluss nur noch wenig wert.

Robis Freund, der mit viel Gemunkel, ein Bein schon im Knast, über Ungarn ausgereist war, konnte wieder in seine alte Bude einziehen. Sein schöner Schreibsekretär allerdings war abgeholt worden vom Antikhandel Schalck-Golodkowski. Er staunte, dass wir einen Rechner besaßen, Apple Macintosh, Donnerwetter. Wir schmissen Geld zusammen, wir fuhren nach Westberlin, Robi kaufte sich das Folgemodell Mac Classic, das sogenannte Kasperletheater, da war schon alles in einer Kiste, der Rechner, die Festplatte.

Ich hatte den Mac-Bazillus aus Amerika an meinen Sohn und seine Freunde weitergegeben. Er steckte in uns.

Ich fuhr ins Grenzgebietshaus, dort suchte ich einen Pickhammer und einen Meißel. Ich klopfte so lange gegen den Beton, bis ich ein Loch zum Durchkriechen fertig hatte. Das Wasser des Sees war kalt, wunderbar. Es war eine herrlich dampfende Winternacht.

Davon hatte ich Jahrzehnte geträumt, Klamotten ausziehen und rein ins Wasser. Und dann mit dem Auto geradeaus durch Berlin, Spandau, Funkturm, Brandenburger Tor, Alexanderplatz, Stalinallee bis ins Stadtquartier. Die Sterne waren im Kältenebel nicht zu sehen, aber ich wusste, eigentlich sind sie da.

Nun sprach überhaupt nichts mehr dagegen, dass mein ehemaliger Gefährte aus dem Westen ganz zurückkehrte ins Haus am ehemaligen Todesstreifen. Ihm war inzwischen in dieser bewegten Welt eine andere Frau zugelaufen. Noch etwas jünger, freundlich, heiter.

Nani meinte: Das wird später, wenn er alt ist, mal kein Zuckerlecken für ihn.

Nani, sagte ich, Nani, das geht uns nichts an. Das ist jetzt nicht mehr meine Baustelle. So drückten sich jetzt Jung und Alt, Ost und West aus, beklommen heiter, in einem gemeinsamen Wort, das Leben ist eine Baustelle.

Er drehte einen Film nach einem Drehbuch, das ich vor einigen Jahren geschrieben hatte. Er übertrug die Geschichte aus den siebziger Jahren in die jüngste Vergangenheit. Mir gefiel die Metamorphose nicht. Er kannte die sogenannte friedliche Revolution von Kurzbesuchen und aus dem Fernsehen und aus Münchner Zeitungen. Er machte ein Märchen daraus. Einen süßen, bösen, etwas verspäteten Sommertagstraum. Er suchte blaue Scherben und goldene Gerten.

Meine Einsprüche machten ihn wütend. Wahrscheinlich war es gut, dass er nicht auf mich hörte, wahrscheinlich war es richtig, den ganzen Trubel nicht wie im Leben, sondern wie auf der Bühne zu erzählen. Rhythmisch, bunt und sexy. Einmalig. Jetzt dominierten die dem Alltag zugeschriebenen Zeitzeugengeschichten, man konnte nur staunen, wie viel Wahrheiten aufstiegen und zerfielen. Wie symmetrische Spiegelbilder im Kaleidoskop.

Blumen verblühen. Schönheit vergeht.

Schnell waren zwanzig Jahre verlebt.

Eines Tages sollte ich mich erinnern.

Jenes prächtige Elite-College in Cleveland, das ich vor vielen Jahren in einer Art Gnadenakt einmal besuchen durfte, feierte einen Gründungstag, man wollte aus diesem Anlass ein Buch mit Beiträgen seiner Gäste herausgeben. Ich hatte vergessen, in welchem Jahr ich dort gewesen war. Vor langer Zeit jedenfalls. Auf einer Liste fand ich das Jahr 1988. Damals glaubten noch alle, vornehmlich die Experten für Zeitgeschichte an den amerikanischen Universitäten, dass wir in Ewigkeit in geteilten Welten leben werden. Es gab Ost und West und ein bisschen Frieden.

Doch kurze Zeit später, unverzüglich, so lautete jene öffentliche Ansage, unverzüglich waren wir ohne Grenzen, Rom, Ohio, Kap der Guten Hoffnung, alles erreichbar für alle mit Unternehmungslust und etwas Geld.

1988 war daran nicht zu denken.

In dieser alten Unendlichkeit sollte ich am 1. Februar ein Amt als East German Writer in Residence antreten.

Holterdiepolter.

Ich konnte Russisch, vor allem Grammatik, die vielen Ausnahmen, Abweichungen, einige französische Floskeln. Ein pensionierter Lehrer, von meinem Sohn ausfindig gemacht, wollte mir schnell etwas Englisch beibringen. Wir starteten am Heiligen Abend. Ich knipste den Herrnhuter Stern an, und Mister Probst erzählte von seiner Kriegsgefangenschaft, er, ein achtzehnjähriger PW, und die liebenswürdigen Einwohner von Bigelsway. Ich lauschte und staunte. Wiederholte jeden Tag den Satz von gestern und den vom vorigen Tag und lernte Tag für Tag einen neuen. Siebenunddreißig englische Sätze hatte ich so von Weihnachten bis zum Reisetag auf dem Kasten.

Ich war ein Fremdling im Staate Ohio. Ein Alien.

No, no, you are not an alien, der sechsjährige Steven, Sohn eines Germanistikkollegen, suchte mitfühlend meine Hand. Alien war wohl nicht nur ein Fremdling, sondern ein armer einsamer Tropf. Ein Ausgeschlossener, jemand, der jede Geselligkeit verscherzt hatte.

Wir wanderten durch ein Gebäude aus lauter internationalen Geschäftspalästen, eine sogenannte Mall. Die Kinder meines Kollegen steuerten von Taco Bell zu Play Maxx. Ich ließ mich von Klein-Steven führen. One dollar for such a little mouse. Er hatte eine Plüschmaus gekauft, noch während der Heimfahrt war er empört über den Preis, den er vom Taschengeld hatte dafür hinlegen müssen. Ich konnte ihn gut verstehen. Klein-Steven wurde mein Lehrmeister in Lebenskunde und Englisch.

Ich wohnte als Gast der Max-Kade-Foundation auf dem Campus in einem Dormitorium hinter einer mit grünem Leder gepolsterten Tür in einer Professorenwohnung. Drei Zimmer, ein Kingsize-Bett, Nachttisch samt Bibel, in der Küche ein riesiger freezer mit Literflaschen voll Schnaps und Likör, denn ich kam aus einem Christen- und Säuferland, mir standen Alkohol und eine Bibel im bedside table als Ausstattung trotz Prohibition zu. Vorgänger hatten wahrscheinlich darum geklagt. Sonst war alles sauber, kantig, desinfiziert und sicher. Sicherheitsschlüssel. Sicherheitsriegel. Schiebefenster mit

Gittern gegen Einbruch und Mücken. Auf dem Schreibtisch eine unverwüstliche Leselampe, Locher, Stifte und ein gelber Schreibblock, nicht DIN-A4, sondern amerikanisches Maß, Letter 8,5 mal 11 Inches.

Am Morgen nach meiner ersten Nacht, ich hatte erschöpft in dem großen hohen Bettmöbel geschlafen, spürte ich, als ich durch die Flure und durch die Frühstücksmensa lief, dass uns allen in dieser Nacht etwas geschehen war. Ein Mädchen lehnte an einer Säule, beide Hände vor dem Gesicht. Sie weinte.

Vorläufig war ich eingenommen, überwältigt, verstört von den leuchtenden Speisen, sahneweiß, eiergelb, tomatenrot, mehrere Wärmekessel für Suppen, makelloses Obst, Trauben, polierte Äpfel, in Türmen unter hauchdünner durchsichtiger Folie, auch die Servicefrauen unter Folie, mit Folienhandschuhen, in der Mitte des Speisesaals ein glänzender Tresen. Wahnsinn, alles für die Elitekinder, die stumm mit ihren Müslischüsseln an meinem Tisch vorüberliefen.

Ein leichtsinnig sommerlich gekleidetes Mädchen, barfuß in niedergetretenen Latschen, verteilte rosa Zettel. Auch sie wischte sich Tränen aus den Augen.

Einladungen an alle Bewohner. Sit-in with all of Kathy's friends. Heute Abend im Aufenthaltsraum. Ich saß allein am Tisch, auf dem Teller einen Apfel und Weintrauben, ich hielt den rosa Zettel in der Hand. Man bat mich zu kommen, denn uns allen war etwas Unabwendbares geschehen.

Kathy hatte sich in dieser Nacht das Leben genommen. Mit Tabletten. Kathy war tot. Sie war sechzehn Jahre alt.

Kluge Kinder, selbstbewusst und einsam.

Home, sickness, homesickness, learning by doing.

Die Tür zu meinem Department-Büro stand in den Nachmittagsstunden für alle Germanistikstudenten offen.

Brian nahm sich einen Stuhl, er stellte ihn in die Mitte des Raumes, schlug die Beine übereinander, kippelte gefährlich und erklärte mir, dass er nach dem Studium für ein paar Jahre als Russischlehrer nach Honolulu gehen werde. Anne warf ihr schwarzes Cape neben den Stuhl, sie schüttelte die langen tizianroten Locken, sie werde Kinderbuchautorin, sie gedenke, in Japan zu leben. Dort finde man die besten Verlage für Kinderbücher und auch weltweit die besten Illustratoren.

Die erste Zeit fragte ich manchmal: Was sagen denn deine Eltern zu deinen Plänen?

Well, it is hard, definitely.

Ich bewunderte diese Kinder, sie taten mir leid, ich hätte sie in den Arm nehmen wollen, ich wusste nicht, wie ich ihnen helfen sollte. Manchmal stellte ich die verrosteten Fahrräder, die draußen auf der Wiese herumlagen, unter das Dach in die Fahrradständer. Manchmal sortierte ich Wäsche aus dem zentralen Wäschetrockner. Vornehmlich Socken. Ihre Eltern hatten wahrscheinlich viel Geld, doch das versteckten die Kinder sorgfältig unter schlampiger Mode und Fleiß.

Ich hörte jeden Abend ein Konzert in der Chapel Hall. Staunenswerte Solisten, weltberühmte Gastdirigenten. Komponisten, Luciano Berio in Residence.

Ich holte mir jeden Samstag die Sunday Times aus meinem Postfach in der Main Hall. Anschließend fuhr ich mit einer Gruppe Altstudenten unter Leitung eines emeritierten Professors, eines knorrigen Waldschrats von der Art, wie ich sie von zu Hause aus meiner Gärtnerlehrzeit kannte, in die sogenannte Botanik, also irgendwohin über Land ins Grüne, wo im Verborgenen skunk cabbage oder gar Symplocarpus blühte, oval growing, directly from an underground stem. Immer pfiff der Wind, immer ging es durch sumpfiges Gelände, und ich dachte, es lohnt sich nicht mehr, nun ist es gewiss schon zu spät, um noch Gummistiefel, Wellingtons, anzuschaffen. Aber es wäre nicht zu spät gewesen, denn am Samstag darauf fuhren wir wieder mit fünf prunkvoll zerschlissenen Autos in ein winterlich kaltes Feuchtbiotop. Caltha palustris, Linné sei Dank, wir Botaniker hatten eine gemeinsame Sprache.

Auf diese Art unterwegs, lernte ich Landschaft und Menschen kennen. Ich schaute ihnen gleichsam lutherisch aufs Maul.

Ich schrieb alles auf diese gelben amerikanischen Zettel. Im Vorlesungssaal sah ich viele Linkshänder vor mir sitzen. Und überall in den Fluren Wasserfontänen vorsorglich gegen den Durst. Überall immer wieder die Buffets für die verschiedenen Ernährungsarten. Schon damals rauchte man nicht mehr an den Universitäten. Nur die Frau des Präsidenten, Senior-Professor der Germanistik, schritt spindeldürr mit der erhobenen linken Hand durch die Flure, zwischen Zeige- und Mittelfinger eine bleistiftdünne Zigarette.

Es gab im College sieben verschiedene Glaubensrichtungen, so auch im Gelände verteilt sieben mit Symbol und Fahne geschmückte Gebets- und Versammlungshäuser.

Man lud am Sonntagvormittag zum Brunch ein, Bowle und Kürbiskuchen standen bereit. Um einen dunkelhäutigen Professor, schlank, groß, das Genie des Colleges, bildete sich sofort ein Kreis, man zeigte Verehrung, unaufdringlich selbstbewusst. Auch ich stand während dieser Meetings nicht allein. Man kannte mich nicht näher, aber man wusste oder vermutete, ich war die Diesjährige aus Europa, ich kam, wie die Stiftung es wollte, aus einem deutschsprachigen Land, zum Beispiel Berlin. Vielleicht aus dem Osten. Wo auch deutsch gesprochen wurde.

Wer von den Anwesenden Europa besucht hatte, der war meist in Westberlin am Brandenburger Tor gewesen und hatte von der Aussichtsplattform über die Mauer geguckt. Mister Gorbatschow, tear down this wall. Präsident Reagan hatte sich mit diesen Worten effektvoll in Szene gesetzt. Ein Schauspieler, Hollywood lässt grüßen. Und ich kam von dort drüben aus grauem Hochhausbeton. Der Department-Chef hatte erzählt, dass mein Besuch hierher dreimal über drei Jahre verschoben werden musste, weil man mir dreimal die Ausreise verweigert hatte. O my goodness. That's terrible.

That's for 17 million people. Mein Kreis lächelte verständnisinnig, ich hatte mich wahrscheinlich wieder nicht erklären können, mein Englisch reichte nicht für die wahren Gründe unseres Daseins.

Das German Department präsentierte in diesem Jahr mit mir einen scheuen einsilbigen Gast. No wonder, she lives behind the Iron Curtain.

In den verschneiten Büschen flatterten leuchtend rote Vögel. Kardinäle. Von diesen märchenschönen Vögeln hatte ich in meinem Leben noch nie etwas gehört. Ich hatte, um die Reise vorzubereiten, schnell noch einiges gelesen über den Norden der USA. Ich hatte mit meinen Vorgängern, den Wolfs, Uli Plenzdorf, Jurek Becker, telefoniert. Sie hatten mir Tipps gegeben. Hinweise zum Einkaufen und zum Straßenverkehr, doch die Hauptsache hatten sie vergessen.

Ein Kardinal im Schnee, das war die alles in den Schatten stellende echte Offenbarung, ein Beweis.

Der wahre Grund. Mit Recht das Wahrzeichen von Ohio.

Meine Lieben, stellt euch vor, die haben hier kardinalrote Spatzen.

Von einem Tag auf den anderen war der Frühling gekommen, er kam wie im Lied, grüßte als Lenz und wehte lau.

Gestern weißer Schnee, heute grünes Gras. Viele Sachen waren wieder da. Fahrräder, Tennisschläger, rechte oder linke Handschuhe, Fußbälle.

Man zog sofort Schuhe und Strümpfe aus, lümmelte in Turnhosen auf den Campuswiesen.

Unterm ersten Frühlingsmond begann die Zeit der Proteste. Schimpfende Studentengruppen wanderten um das Haus des Präsidenten. Es hatte schon vorher in den Hörsälen Sit-ins gegeben. Weinende Studentinnen am Rednerpult, eine junge beherzte Chinesin, begleitet von einer Freundin, die mit sehr ernster Miene die gelben Manuskriptblätter auf dem Pult umlegte. Wasserflasche, Papiertaschentücher, assistierend, zu Trost und Zuspruch bereit.

Sexual harassment und rassistische Gemeinheiten. Man hatte an den Türen der Toiletten ungehörige Sprüche und schmutzige Zeichnungen vorgefunden.

Jetzt marschierten Studentinnen und Studenten solidarisch noch einmal quer durch das Gelände.

Der Präsident hatte per Plakat mit grünen Handzetteln zur Versammlung in der großen Halle im Sportzentrum aufgerufen, er würde persönlich anwesend sein, er würde zu all den Vorfällen das Wort ergreifen. Would like to take the floor.

Ich hatte mir, um besser zu verstehen, um besser mitfühlen zu können, einen Platz in der Mitte der Aufgeregten gesucht. Ich fürchtete versteckte Farbbeutel oder Bomben, den Beginn einer Studentenrevolte à la 68 und, schlimmer, fürchtete den Anfang einer amerikanischen Revolution, diesmal forderten die Asian people allerlei Rechte.

Mein Herz klopfte. Aus Pietät und Beklommenheit machte ich keine Fotos.

Die Studenten drängten in den Raum. Der Präsident verschaffte sich mit einem ernsten Handzeichen Ruhe. Er sprach mit verbindlicher Stimme, so viel verstand ich, es ging um einen Katalog studentischer Forderungen. Ich verstand, erstens, zweitens und drittens, endlich Gerechtigkeit, längere Ferien für alle. Wegfall belastender Zwischenprüfungen. Nächste Woche wolle man sich wieder versammeln, kampfentschlossen, hier im großen Saal. Applaus. Das klang nach einem einigermaßen friedlichen Schluss, aber von draußen hörte ich rasselndes rhythmisches Heulen.

Aufgebrachte Studenten formierten sich unter Buschtrommelklängen zur nächtlichen Demonstration. One two three, down the clique. Und ich war an diesem Abend zu dieser Stunde ins Haus des Präsidenten zu einem traditionellen Vollmond-Nachtessen eingeladen.

Canceln. Ich dachte Essen und Sekt und Tradition sollte man unter diesen Umständen canceln. Türen und Fensterläden zu.

Ich machte, um mich zu beruhigen, einen Umweg, wanderte beklommen eine Ringstraße, dann eine breite Zufahrt zu einem hoffentlich gesicherten Quartier. In der Ferne das Getrommel. Ich wollte dem Präsidenten meinen Beistand bekunden. Ich erwartete einen geschlagenen Mann, einen Chef, dessen Tage gezählt sind.

Er empfing mich mit Serviette und Champagnerflasche, im Hintergrund das Gemurmel der Gäste.

Outside is fire, brachte ich beklommen hervor.

Er winkte ab, füllte ein Glas. Er erklärte mir, dass sich so ein Studentenaufruhr hin und wieder ereigne, meist im Frühling, meist vor den Prüfungen. Der Krawall sei eine gute Therapie gegen den Weltschmerz und die Prüfungsangst. Ob ich in den Osterferien mit nach New Orleans kommen möchte. Er spiele dort im Jazzorchester der Universität. Ich könne bei einem Kollegen wohnen. New Orleans sei schön im Frühling.

New Orleans war ungelogen wie in den Texten von Tennessee Williams' »Streetcar Named Desire«: Krokodile, Spanisches Moos in den Bäumen, Cajun-Suppe, Musik, alles da. Mein Gastgeber behauptete, in New Orleans müsse niemand darben, denn im Lake Pontchartrain und im Golf lebten genug große und kleine Fische, im Hinterland wachsen Bohnen, Bananen in Hülle und Fülle. Niemand müsse frieren und böse sein.

New Orleans über die Osterwochen, ohne Hurrikane, ohne betrunkene Diebe, ein Schlaraffenland.

Danach 14 Tage San Francisco im Mission District, danach 300 Meilen on horseback durch New Mexico und Arizona. Ich lebte heimlich in Büchern und in Filmen, ich spielte einfach so, wie ich war, ohne Maske und Kostüm, zusammen mit den einheimischen Amerikanern, den dicken und dünnen, an den jeweiligen Schauplätzen die grade laufenden Szenen mit.

Film ist eine synthetische und reproduzierbare Kunst. Film ist ein unverwüstliches Echo.

Ende Oktober schickte ich sieben Dresdner Christstollen (von Bäcker Gocht) nach Amerika.

Schusslig, höchst gedankenlos schnürte ich auch ein Stollenpaket an Professorin Stella Rosenfeld. Ich mochte Stella sehr, zum Abschied hatten wir Tränen in den Augen, ich spürte ihr Geschenk in meiner Hand. Ihre Ohrringe. Ich kannte Stella nur mit diesen schön geschliffenen Rubinen.

Meine Pakete waren leider schon auf dem Postweg, als mir, beim Schuhanziehen vom verschlafenen Gewissen gestachelt, klar wurde, die Jüdin Stella mit ihrer vieltausendjährigen Glaubensgeschichte würde mit einem Christstollen nichts anfangen können.

Ich hoffte auf Postversagen, einen kleinen Schiffsuntergang, ein Malheur unterwegs, ich dachte, vielleicht kommt die Kiste zurück. Unzustellbar. Ich schämte mich, dann dachte ich: Kuchen ist Kuchen.

Zwei Sommer darauf flogen die amerikanischen Studenten bei mir im Gelände ein. Ich besaß nun wieder eine Art Garten, eigentlich mehr ein Stück Wald, aber mit Rhododendronbüschen und Bänken.

Es war erprobt, es gehörte zum College-Programm, dass die Studenten in den Ferien nach Europa flogen, neu war, dass sie bei mir Station machen konnten, ganz selbstverständlich unverzüglich sofort. Ich war nicht überrascht, auch dass sie fast alle Vegetarier waren, überraschte mich nicht.

Ein Sack voll Walnüsse, das war meine Rettung, Brot, Butter und Honig, sie lagerten malerisch unter märkischen Kiefern rings um die Futterstelle und schwatzten fröhlich über die Sachen, die grade in Germany Ereignis waren. Sie wussten Bescheid. The wall had fallen down. Ich stopfte die ganze Gesellschaft, Studenten des German Department, hauptsächlich Black und Asian people, in meinen blauen Trabbi-Kombi.

Wir schwammen quer über den See am Grenzgebietshaus.

Hier habe ich früher mal gewohnt.

Other days, behind the wall.

Es sah wüst aus im Gelände, aber schön. Die Situation unerklärlich märchenhaft, die bunten Kinder, die Freizügigkeit.

Unsere Sachen hatten wir im Ostgebüsch abgelegt, drüben im Westen konnten wir, weil wir nackt waren, braun und gelb und rosa, leider an der offiziellen Badestelle nicht aus dem Wasser steigen. Also ohne Landgang zurück. Das war kein politischer Zwang mehr, es war nunmehr eine Frage der unterschiedlichen Sitte im Westen und im Osten, das konnte ich meinen Gästen schnell erklären. Wie aber sollte ich glaubhaft machen, dass es sich bei den am Ostufer liederlich herumliegenden Betonbrocken um die Reste der Mauer, also um Teile des berüchtigten unüberwindlichen Eisernen Vorhangs handelte, sie schauten zweifelnd, ich musste es schwören. Als ich sie überzeugt hatte, griffen sie begeistert zu. Jeder schnappte sich einen Klumpen, wir malten Strichmännchen drauf. Ab damit nach Amerika.

Really, the wall had fallen down.

Brückenjahre

Der Umzug von Berlin nach Babelsberg fügte sich noch in der alten Zeit, alles ging schnell, weil ein Mitarbeiter vom Wohnungsamt gern meine Berliner Wohnung haben wollte.

Damals hatte ich das Gefühl, obwohl ich den Plattenbaudunst nicht mehr riechen konnte, obwohl ich den Nachbarn in seinem Turnhemde fürchtete wie den Teufel, ich verlöre nun abseits von Berlin, ohne meine Freunde, ohne die Kantine im Berliner Ensemble, letzte Bande und meinen letzten Halt. Doch die Freunde, die Hiergebliebenen, hatten sich über die Jahre in versteckten Winkeln außerhalb der Hauptstadt einen Unterschlupf gesucht, in Mecklenburg, im Oderbruch, tief im Wald an einem Flüsschen namens Blabber. Auch ich wollte fort, um zu bleiben. Aber wohin?

Als schließlich ein Umzugshelfer, der vor ein paar Stunden in Berlin vom achten Stock aus die Sonne neben dem Fernsehturm gesehen hatte, darauf in Babelsberg vor dem Fenster die Kiefern sah, voll Überzeugung zu mir sagte: Das haben Sie aber goldrichtig gemacht, erst da war ich froh.

Ich glaubte ihm und schließlich auch meiner Zuversicht.

Kiefern, urwüchsige Rhododendronbüsche und Wolken, das war nun mein Nest, und es war groß genug, dass es bald auch das Nest von Robi und seiner Familie werden konnte. Ich fing wie einst im Grenzgebietshaus in erprobter Art an herumzuhorchen: Material besorgen, Handwerker umwerben. Es war schwer, denn mit einem selbst gemachten Buch konnte ich nur selten jemanden gewinnen. Ein Buch wog als Tauschwert nicht viel.

So geschah es, dass die schwarzen Fittinge und die schwer erkämpften Rohre wenige Jahre später in der neuen Zeit gleich wieder aus den Wänden herausgerissen werden mussten, aus den Wasserhähnen lief dicke Rostbrühe, auch die Elektroleitungen mussten erneuert werden, weil sie den europäischen Sicherheitsstandards nicht entsprachen, es war wie mit den Äpfeln in Werder oder den Gurken, wir gehörten jetzt zur EU, ich hatte EU-Normen zu erfüllen.

Gedacht, gedankt sei der Malerbrigade, sie hatte auf der Baustelle von Schloss Sanssouci die Küche von Friedrich II. gestrichen, darauf arbeitete sie mit goldenen Händen bei mir. Wenn ich etwas Gutes über die alte Zeit sagen sollte, würde ich nicht an erster Stelle die Ampelmännchen nennen, sondern die Kunstfertigkeit, den Fleiß von Vera, Erbse, Mops und dem Chef, die Naturfarben, mit denen sie arbeiteten, waren wie für die Ewigkeit. Anders die Farbe mit Namen Latex, die gummiartig vergilbt an vielen Hausfassaden klebte, die war dagegen ein Unglück. Ein Menetekel. Latex, ein gravierender Fehler im alten System.

Meine interessierten Gäste aus dem Westen, mit denen ich früher geduldig durch die zweite barocke Stadterweiterung spazierte, meinten fast alle – es war ein verbreitetes Klischee –, warum nehmt ihr nicht wenigstens mal ein bisschen Farbe, etwas Farbe würde doch vieles gleich schöner machen, wenn nicht gar retten.

Falsch, siehe Latex. Dachte ich mir.

Ich schrieb eine Geschichte über die Zeit im Grenzgebietshaus, ein Buch für Claudia. Ich fuhr oft zu ihrem Grab auf dem stillen Dorffriedhof. Ich war wieder näher bei ihr. Ich fuhr über Krampnitz an den Kasernen vorbei. Die Kirche wurde dieser Tage schon wieder renoviert, die tausendjährige, Wasser stieg von unten und tropfte von oben, das Epitaph der Ribbecks musste gesichert werden. Messgeräte klebten an der Feldsteinmauer. Manchmal stand der klapprige, mit einem schwarzen Tuch bedeckte Wagen, die Lafette, dazu Spaten und Erdschale neben der Halle.

Die neuen Gräber befanden sich nun auf dem früher alten Quartier, während das neue Quartier zum alten geworden war.

Hin und zurück in den Jahrhunderten.

Ich stellte meine Gießkanne vor ein frisches Grab. Ordentlich bepflanzt, weiße und rote Begonien, ein neuer Stein mit goldenen Buchstaben. Erwin Regin. Herzinfarkt, ein Friedhofsbesucher nickte mir im Vorbeigehen zu. So schnell kann es gehen.

Erwin, hier geboren und aufgewachsen, der Hüter der Uhren, vor allem der Kirchturmuhr, außerdem besaß Erwin eine Schlüsselkiste und ein Brett, an dem große Schlüssel hingen. Wer seinen verloren hatte, der konnte zu Erwin gehen. Einer würde bestimmt passen. Wenn ich damals etwas habe wissen wollen von früher, dann habe ich Erwin gefragt.

In der Linde summten die Bienen, Nektar tropfte herab, während ich den Buchsbaum goss, die Uhr schlug, ich verglich die Zeit, ich dachte, vielleicht gibt es doch einen Nachfolger, der die Uhr aufzieht, oder der Fortschritt hatte die Aufgabe von Erwin übernommen. Elektrizität, Elektronik. Die Kirchturmuhr schlug die richtige Stunde.

Die alten Einwohner gesellten sich zu mir, sie wollten wissen, was Robi macht, ob Single oder Familie, sie erinnerten sich mit mir an Claudia. Die Frisöse, die ihr die Haare geschnitten hatte, schön kurz, weil sie ja viel liegen musste, die Verkäuferin von der HO, die immer herausgekommen war, um vor dem Laden mit meinem Kind ein bisschen Spaß zu machen.

Wir standen am Wasserhahn neben den Gießkannen.

Die Einheimischen schauten mir hinterher, wie ich über die Straße ging und dann in den Büschen verschwand. Ich war in ihren Augen bei allem Friedhofskummer auch noch die alleingelassene Frau, die Verbliebene, gar Vertriebene von damals, während ein junges Blut im früheren Grenzgebietshaus lebte, die munter, mit einem niedlichen Kind, in einem neuen Auto spazieren fuhr. Mit einem Papakind, wie Claudia ein Papakind gewesen war.

Die Kleine ist blond wie Claudia, die Augen, das Gesicht. Ich möchte nicht, dass du ihr jemals begegnest. So hatte Nani ihrem Herzen Luft gemacht.

Wenn es das Schicksal so will, hatte ich ihr gesagt. Und stillschweigend das neueste Schicksal nicht gescholten, sondern sogar ein bisschen gelobt.

Beton und Stacheldraht waren verschwunden, überwuchert oder abtransportiert. Ein schmaler Pfad führte durch mannshohe Birken, Kiefern, Ahorn gradewegs zu einer wilden Badestelle am See.

Ich schwamm schnell aus der kalten Uferzone, weiter aus dem Schatten der Baumkronen ins glitzernde Wasser. In Berlin tobte noch offizieller Badebetrieb, während die hiesige Seite bis auf einen Taubenschwarm bereits zu schlafen schien. Auf der Anhöhe die goldene Kirchturmspitze, das Dach der früheren Schule, ein Kahlschlag, ein Baustellenschild. Auf dem Hügelrücken dunkle Bäume und ein Schornstein. Vielleicht das Grenzgebietshaus. Zwischen den Bäumen ein weißes Tuch, vielleicht immer noch meine Wäscheleine. Ich bog ab, um die kleine Insel zu umrunden, blind, weil mir nun eine Weile die Nachmittagssonne direkt entgegenschien.

Nani hatte mir erzählt, dass im Grenzgebietshaus jetzt manchmal Feste gefeiert werden. Man sieht es an den parkenden Autos und den Luftballons an der Tür. Man hört Musik aus dem Haus. Premieren, Kindergeburtstage, Schulanfang.

Jedes Mal nach den Friedhofsbesuchen schlug ich mich durch die Büsche hinunter zum Wasser, ich schwamm nun nicht mehr in Richtung Grenzgebietshaus, ich zog quer über den See, um neue Ufer zu erkunden. Schwimmend machte ich Pläne für den nächsten Tag, manchmal auch weiterreichende Reisepläne, Projekte. Man hatte mich gebeten, über den Rittersporn ein sogenanntes Pflanzenporträt zu machen. Staudenzüchter Karl Foerster hatte über 150 Sorten gezüchtet. Gletscherwasser. Mondsee. Kirchenfenster. Nostradamus. Schiffsjunge. Sturmpfeiler. Mit den Sortennamen war schon viel gesagt über die Pflanze. Vor sieben Jahren, so lange ist das nun schon wieder her, war mir die blaue Blume vor dem Kloster der Kadampa-Mönche in Reting begegnet. Zwischen Wacholderbüschen leuchtete sie mir entgegen wie im Foerster-Garten, hoch wie Sturmpfeiler und tiefblau wie Kirchenfenster. Delphinium elatum, als hätte der liebe Gott, der große Landschaftsgestalter, die schönsten Sorten seines märkischen Gesellen im Hochland von Tibet dekorativ verteilt. Rittersporn und Wacholder, das passte.

Eines Tages traf ich Gertrud auf dem Friedhof, wir standen vor Erwins Hügel und dann vor Claudias Grab unter dem Lindenbaum. Sie wischte ein Lindenblatt vom Grabstein und erzählte nun, was sie eigentlich jetzt gar nicht erzählen wollte. Sie kannte Namen und auch Begriffe, die uns neuerdings geläufig waren. Alteigentümer und Vorkaufsrecht.

Da brauche es aber fürs Erste eine und dann gewiss noch eine Million. Also im Ganzen bestimmt zwei.

Ich wischte nun auch über den Grabstein, an meiner nassen Hand klebte feiner märkischer Sand, das war meine Methode, damit schrubbte ich rings um die Buchstaben das schmutzige Grün vom schlesischen Marmor. Wasser und sandige Erde.

Der Lindenbaum ließ trockene Blüten heruntersegeln, sacht, still, in raffiniert geschraubten Pirouetten.

Sollte das uns ein Zeichen sein? Hochsommer. Ende des Sommers. Herbstanfang. Gertrud goss aus der Gießkanne

Wasser über meine Hände und über den Grabstein. Sauber der Marmor, die Hände.

Es gab Leute, die so was in der neuen Zeit hatten. Eine Million. Einstige fromme Marxisten. Sie waren tüchtige Makler geworden, Existenzgründer, Drogendealer, Investmentleute. Robis Schulkumpel Uwe Mühlheim, früher ein Offiziersanwärter, hatte eine Küchenfirma gegründet, nun hatte er schon zwanzig Filialen. Für das Grenzgebietshaus brauche es Millionen und Tatkraft. Gertrud lachte, als sie das Wort Tatkraft sagte. Eines Tages werden Kettenwalze und Abrissbirne kommen. Wetten, dass an dem Fleck, wo das Grenzgebietshaus steht, was Großes hingesetzt werden wird, eine Wellnessoase, ein Rosenhof für Senioren, jedenfalls eine Investition, die Geld bringt. So ein Fleck am See ist eine Goldgrube, ein fester Wert, der jeden Tag alleine durchs Dasein an diesem Ort noch mehr gewinnt. Speckgürtel von Berlin.

Das Haus war eine warme Unterkunft, dachte ich. Ein Dach. Die Kindheitsheimat von Robi und ein Schutzwinkel für Claudias Erdenjahre.

Wir horchten, die neue Orgel wurde ausprobiert. Töne piepsten, jemand fluchte.

Eines Tages in dieser neuen Zeit, wahrscheinlich war schon wieder fast ein Jahr vergangen, ein Sommer, ein Herbst, meldete sich mein ehemaliger Gefährte per Telefon. Er redete von einem Mietvertrag für das Grenzgebietshaus, wo der wäre, der müsse doch in der Hellerau-Kommode liegen.

Genau dort. Ein weißer Zettel, das konnte ich ihm erklären, gleich oben rechts im Kasten, wo er immer liegt, und ich fragte: Sind die Mandarinenten noch da? Hat der Erpel schon sein schönes Winterkleid?

Kurz darauf kam er mich besuchen. Die alten Klagen über die neuen Institutionen, die heutzutage das Geld verwalten.

Die Filmfördergelder, alles in bestimmten Lobbyhänden. Am Rande erzählte er, dass ihm ein Rechtsanwalt eine Abfindung angeboten habe, damit er das Haus räume. Seine Frau habe inzwischen einen Bauplatz ausgesucht.

Ich schwieg, und er sagte: Wir ziehen noch vor Weihnachten um, Ende November.

Darauf fing er an zu fluchen, er verfluchte die neue Drehbuchkommission, den Mauerfall, konkret eine Scheinfirma der Franzosen, die in den Filmstudios jetzt das Sagen habe, jemand müsse mit einem Generalbevollmächtigten der Treuhand telefonieren, und er schimpfte auch wieder mit mir, indem er an mir vorbei auf und ab durch die Stube lief. Ich müsse einen Brief schreiben, um die Drehgenehmigung für das eine oder das andere Drehbuch ersuchen. Wer A sagt, muss B sagen. Er verschwand.

Ich saß da, ich hörte draußen die Autotür zuknallen. Nach einer Weile hörte ich Schritte und Stimmen. Laura, meine Enkelin, stolze drei Jahre alt, polterte vor meiner Tür.

Elegi echoici.

Federn.

Wolkenfedern.

Federwolken.

Schnee. Der lag längst in der Luft und in meiner linken Schulter, das linke Kreuzband wusste, was kommen wird.

Laura fängt die Flocken mit der Zunge

Weiß deine Schulter noch mehr?

Die weiß, was kommen wird. Oft höre ich gar nicht hin, ich setze mich drüber weg, manchmal nehme ich eine halbe Schmerztablette, dann ist das Schulterband still.

Puder liegt in den Sträuchern, ein dünnes weißes Tuch bedeckt die Wiese. Die Sonne scheint.

Unsere kurzen Schatten rennen zwischen strengen Baumschattensäulen, dann flitzen die Schatten hinter uns her. Sie verfolgen uns.

Wenn wir uns fangen, werfen unsere beiden Schatten ein graues Kuschelkissen und manchmal ein Herz.

Eine Woche vor Totensonntag fuhr ich mit dem Auto zum Friedhof. Nicht die Strecke durchs Dorf, sondern zügig am Grenzgebietshaus vorbei. Ich erkannte mit scharfem Blick, der rechte Seitenspiegel bestätigte mir, das Haus war leer.

Am Grab zerrupfte ich den Baumarkt-Asternbusch, diesen maschinell zusammengepressten Schwindel, in ehrliche einzelne Pflanzen. Aus vielen kleinen Astern setzte ich einen lockeren goldfarbenen Kranz. Dazu gutes Wintergrün, Taxuszweige von der Brache am See. Ich legte eine Walnuss auf den Grabstein. Für das Eichhörnchen. Ein Gruß.

Ich hatte Sandhaufen und Zementsäcke neben der Haustreppe gesehen. Schwarze Fenster. Immer noch Herbstlaub auf dem Weg. Und eine massive Kette am Gartentor.

Nach Weihnachten fuhr ich nicht am Haus vorbei, sondern hintenherum durchs Dorf. Ich war allein auf dem Friedhof. Die ausgepflanzten Astern leuchteten, die Kirchturmuhr schlug. Ich legte meine Nuss auf den Stein. An der Mitteilungstafel wurde ein Gottesdienst und zu Lichtmess ein Posaunenkonzert angekündigt. Das wollte ich mir merken. Ich fand einen graden Weg an einer neuen Baustelle vorbei direkt zum Ufer, zum Kolonnenweg oder, wie manche unerschrocken sagten: zum Todesstreifen. Maschendraht begrenzte die Grundstücke, die frisch gebauten Häuser, die Stadtvillen, die Badewiese, das Gelände der ehemaligen Schule.

Zutritt für Unbefugte verboten.

Wildwuchs, schnelle Natur. Nachbar Lehmann und das

Grenzgebietshaus, von hinten, vom Seeufer aus gesehen und betreten.

Wäre mir einer in die Quere gekommen, hätte ich zum Beweis meiner Zutrittsbefugnis auf den Hammer neben dem Deckel der Sickergrube verwiesen. Das ist der Hammer, damit habe ich die Mauer zerkloppt und einen Riegel geöffnet.

Und so war es, ich fand den alten Schneeberger Vorschlaghammer unter dem Holunder neben der Grube. Mein Tatwerkzeug, meine Legitimation.

Dazu die Treppe, die Steinstufen, die Fliederbüsche, die Reste von Robis Voliere für die Wellensittiche, Holzträger, Ziegelsteine, das Häuschen für die Mandarinenten, das unverwüstliche Unterwasserblau des gemauerten Teiches, die eingesunkene Terrasse, ein verrosteter Gartenstuhl, das Polster lackrot, abseits unter Bäumen. Wie hundert Jahre nach der Flucht.

Nun wusste ich wieder nicht mehr, wer ich war. Ich lief neben mir her. Fremde. Das ist wahr, sagte ich mir. Du darfst dem Bild nicht trauen und deiner Gottverlassenheit. Winter, dachte ich, das entschuldigt viel, das erklärt meine Trauer. Matschwetter, das ist der Grund. Ich entdeckte durch das große Fenster den Messingkronleuchter an der Decke des sonst leeren Walhalls. Wahrscheinlich war er inzwischen am Haus angewachsen. Wie so manches, wie das Schwalbennest, die Spinnweben, wie meine Träume.

Ich hüpfte den Hügel hinab, Stufen, wo einmal Stufen waren, Balken, Steine.

Das hättest du nicht tun dürfen. In Jacke, mit Mütze, so saß ich auf einen Sprung in Nanis Küche. Ich goss nun doch etwas Rum in den Tee. Wahrscheinlich wollte ich endlich mal das Fürchten lernen. Ach, wenn es mich doch gruselte. Nani zitierte dagegen ihren Lieblingsspruch von Goethe. Was dir nicht angehört, das musst du meiden, was dir dein Inneres stört, darfst du nicht leiden. Alles klar.

Das Auto hatte ich vor dem Friedhof stehen gelassen. Neben der Mitteilungstafel mit der Ankündigung des Posaunenkonzerts zu Lichtmess! Unterwegs grüßte nun schon der zweite nicht mehr ganz junge Herr, schütter, grau meliert, auf meinen verwunderten Blick nannte er mir seinen Namen.

Ich bin doch der Andy, rief er.

Ein Kindergarten- und Schulfreund von Robi.

Der Hasen-Andy! Ob Robi Arbeit habe. Das war immer die erste Frage. Andy hatte sich in der freien Wirtschaft selbstständig gemacht. Er sei der einzige Heizungsfritze am Ort, und Mause-Piesel schraube in der Autobranche. Ich berichtete von Robi, seiner Stelle im Klinikum und von meiner Enkeltochter und dem zweiten zu erwartenden Nachwuchs. Außerdem war ich neugierig.

Da hast du jetzt wohl eine Menge zu tun, bautechnisch, zum Beispiel auch in der Seepromenade?

Andy wusste von einer Rückübertragung und neuen Eigentümern.

Echten Nachkommen, Erben der Familie Wintermantel. Die Jewish Claims Conference habe auch mitzureden, weil der Bauherr in den Zwanzigern ein Herr Abraham war, aber die Wintermantels hätten den späteren rechtmäßigen Kauf nachweisen können, junge Leute mit Kindern und ein älteres Ehepaar mit legitimem Erbrecht und auch mit Geld, denn das kostet was.

Das kostet was, Andy.

Der nicht mehr ganz junge Andy, Generation meines Sohnes, lichtes Haar, leichter Bauch, verschwand hinter einem Gartenzaun, wo tief hinter Obstbäumen eine Laube zu einem massiven Bungalow nebst Werkstatt ausgebaut worden war. Ein modernes Schild beschrieb seine Dienste. Heating powerstation.

Keine Abrissbirne. Ich war Andy dankbar. Die Gesundung eines schützenswerten Gemäuers stand bevor. Ich war stolz, dass ich darin gelebt hatte, und zugleich erschrocken. Die Vergangenheiten schickten ihre Geister. Keine Abrissbirne, ein tröstlicher Gedanke.

Von meinem ehemaligen Gefährten, von seinen Umständen, Kind, Frau, Unterkunft, wo er derzeit eine Bleibe gefunden hatte, kein Wort. Trotzdem, du hättest dort nicht herumsteigen dürfen. Das macht man nicht, das hättest du nicht tun dürfen. Nani hatte mich gerügt und Goethe zitiert.

Im März wurde Jakob geboren.

Am leeren Grenzgebietshaus nagte der Zahn der Zeit.

Gemeindepflichten wurden zwar getreulich erfüllt, Winterdienst, Laubbeseitigung. Am Gartentor sicherte ein besseres Panzerkabelschloss das Gelände. Das Haus dämmerte, kroch in sich zusammen wie einst vor unseren Tagen. Genehmigungsverfahren, notarielle Beglaubigungen brauchten Monate, sogar Jahre.

Jakob legte ein anderes, beinahe bestürzendes Tempo vor.

Plötzlich konnte er laufen und gleich auch deutlich sagen, was er wollte. Kakao aus der Tasse, nicht mehr aus der Nuckelflasche.

Eines Tages türmten sich vor dem Grenzgebietshaus Baugerüste. Die blaue Haustür stand offen. Arbeiter gingen ein und aus.

Kakao jetzt doch wieder viel lieber, dann konsequent, je älter das Köppel wurde, nur noch aus der Nuckelflasche. Jeden Abend schlich der Knabe, das Gitter seines Bettes flott übersteigend, an der Stubentür der fernsehenden Eltern vorbei, ich tat hinter meiner Zeitung so, als hörte ich ihn nicht, doch ich wusste, jetzt kriecht das Köppel wieder in mein Bett, wo ich später meinen Platz würde erstreiten müssen. An die kalte

Wand gequetscht, lauschte ich seinen tiefen Atemzügen. Vor den ärgerlichen Papa-Schritten, die sich näherten, mimte ich jedes Mal »Oma im Tiefschlaf«. Ich schnarchte glaubhaft.

Nicht selten unternahm Jakob nach Mitternacht die Schleichaktion ein zweites Mal, tappte treppab, schlüpfte vorsichtig an meine Seite, schlief ein und fing im Schlaf an zu kämpfen. Ich flüchtete in eine Sicherheitszone am Bettrand, seine Füße trafen trotzdem meine Nase.

Grade noch in Windeln, auf einmal flügge. Erst wenn Papa den Ausreißer wieder eingefangen, das Bündel oben in sein Gitterbett gelegt hatte, fand ich Ruhe.

Am Morgen gab es Theater. Ich zuckte nur unschuldig mit den Schultern. Großmütterlich wunderbar schwach, machtlos.

Bis sich die Eltern eines Abends auf die Lauer legten. Jakob wurde auf frischer Tat ertappt und hart belehrt. Ab heute wird im eigenen Bett geschlafen, hast du das endlich kapiert, du großer Junge.

Wer nichts zu melden hat, der hat es gut.

Ich halte im Erdgeschoss, gleichsam am Sockel der Generationen, ein heiter gelassenes Amt. Lesebrille, Bewegungstherapie, Funktionstraining, Forsteo gegen Osteoporose. Veilchenblaues Shampoo gegen den Gelbstich im weißen Haar.

Gestern ist der Mond über dem Babelsberg aufgegangen. Nicht einfach nur schön, sondern riesig, weil erdnah wie nie. Zuerst zeigte sich hinter den Bäumen ein sagenhaftes Glänzen, darauf schob sich eine goldene Kuppel über den Wald wie ein leuchtender Dom oder als wollte die Sonne einmal überraschend am dunklen Abendhimmel erscheinen. Nicht immer nur ihr Abglanz.

Ich saß in der Schiffskneipe am Havelufer, mit mir am Tisch staunte ein junger Mann in den Himmel. Er trug einen seidenen Ausgeh-Adidas. Fein, lässig, Trainingslook. Vielleicht ein Schauspieler vom nahen Hans-Otto-Theater. Es war Minutensache, man konnte zusehen, wie die riesige Mondkugel hochstieg und glänzte. Eine halbe Stunde später war alles wie immer, wie es sich ziemte für die alten Vollmondlieder und Gedichte, wie es sich gehörte für die Nacht vor dem Start in den Frühling. Das Ereignis machte gesellig und mitteilsam. Ich erzählte dem Mann, dass ich im Astrophysikalischen Institut schon mal ein Stück Mond in die Hand nehmen durfte. Ich habe sogar daran geleckt und gerochen. Der kleine Brocken habe ausgesehen wie Ofenschlacke, wie ein schwarzer Schwamm, wie eine schwarze verschrumpelte Kartoffel.

Er fotografierte mit seinem Handy die glänzende Spur auf dem Havelsee. Das Bild würde er nun an seine Freundin in Casablanca schicken. Sie würde es ruck, zuck mit ihrem Handy empfangen. Ich beobachtete die fleckige Scheibe am Himmel.

Ich bin das Seiende. Sendet mich zu euch.

Aber warum so schön?

Vielleicht gibt es auf diese Frage einmal eine Antwort. Später, nach dem Leben, wenn die biologischen Funktionen zur Ruhe gekommen sind. Wenn sich eines Tages alles Lebendige zu schöner Materie verklärt.

Wart's ab. Gedulde dich, das größte Geheimnis kommt zum Schluss. Du gehörst an einen anderen Ort, und das Mondlicht ist eine Erinnerung an diesen Ort.

Anderntags berichteten die Zeitungen vom Riesenmond. Noch nie habe uns der Erdtrabant so nahe gestanden, und dazu hatten wir Glück mit dem Wetter, klare Sicht über Mitteleuropa und über dem Babelsberg.

Langsam, aber planvoll gingen die Renovierungsarbeiten am Grenzgebietshaus voran. Im Dach war eine verdeckte Regenrinne aus Kupferblech eingebaut worden.

Ich fuhr mit dem Auto vorbei. Ich erlaubte mir Schritttempo und einen interessierten Blick. Einmal konnte ich, weil die Haustür und die Tür des kleinen Zimmers offen standen, durch das Fenster des kleinen Zimmers die Birken erkennen. Ich sah Wasser und Ufer. Und sogar ein Ruderboot auf dem See.

Nanis Kinder waren kräftige Kerle geworden. Männer. Sie nannten mich Tante Robis Mama, so wie früher. Kurz: Hallo, Robis Mama, aber meist: Tante Robis Mama. Beide waren bei der Handwerkskammer als Existenzgründer registriert. Der Ältere hatte Familie, Kinder von der ersten und der zweiten Frau. Er arbeitete als grenzüberschreitender Autohändler, war deswegen oft unterwegs im Baltikum, in der Ukraine, sogar hinter dem Ural im kasachischen Raum. Der Jüngere hatte einen Einmannbetrieb gegründet, Gartengestaltung, Beratung, Planung, Einrichtung. Seine Schubkarre, die Geräte, das Büro befanden sich in Nanis Garage, denn Nanis Ehemann, der clevere Märchenfilmregisseur, war samt BMW ausgezogen, er hatte zwecks Zweitheirat die Scheidung erwirkt.

Man hatte manchmal den Eindruck, es geschähe alles auf einmal, Scheidungen, Existenzgründungen und dazu noch Rückübertragungen von Nutzflächen und Häusern. Lauter dramatische Theaterstücke auf dem Spielplan einer einzigen Saison. Das Nest, das man seit Jahrzehnten gemietet hatte, wo die Kinder aufgewachsen waren, sollte einem rechtmäßigen Eigentümer freigeräumt werden, denn der hatte auf Eigenbedarf geklagt. Auf einmal krachten die Balken, der Boden sank unter den Füßen, aber das war nur ein Gefühl, ein gefühltes Beben.

In Wirklichkeit verteilten und dehnten sich die Ereignisse über Jahre, es gab Einspruchsmöglichkeiten, neue Gerichtsurteile. Damit durfte es sich bei Nanis Depression eigentlich nur um chronische Kopfschmerzen handeln oder um wiederkehrende schlechte Laune am Briefkasten oder am Telefon.

Trunkenheit am Steuer, der autohandelnde Sohn hatte seine Lizenz verloren.

Der Ex hatte endlich die Stereoanlage abgeholt.

Nani pflegte jetzt einen alten Mann, eben den kleinen Alten, der von den beiden kleinen Alten übrig geblieben war. Das kleine Frauchen war eines Tages gestorben, der Übriggebliebene war in den Monaten danach, nach der Wende oder nach der Beerdigung, oft halb nackt, unrasiert, ungekämmt, manchmal barfuß, manchmal in Hausschuhen, sogar bei Regenwetter, im Ort herumgetigert. Nani hatte ihn unterwegs aufgelesen, sie hatte ihn mitgenommen, erst zu sich in die warme Stube auf einen Schnaps für seinen und auch für ihren Kreislauf, und dann hatte sie ihn ums Eck nach Hause gebracht, sie hat ihm Essen gekocht, die Wäsche in die Maschine gesteckt, sie hat ihm die Haare geschnitten, auch die Finger- und Zehennägel. Sie hat den Hausarzt bestellt, dann mit allem guten Recht und den nötigen Tricks eine Pflegestufe beantragt.

Der Malteser-Hilfsdienst war für die Morgenbetreuung zuständig. Nani behielt die Übersicht, es kam einiges auf sie zu. Ein fremder Garten, die Heizung, die Abfallgebühren, die Steuern und die Versicherung. Sie besorgte Batterien für die Uhren, das Radio und das Hörgerät. Nani wollte kein Geld. Sie nahm nie Geld. Auch für die vielen Äpfel nicht, die ich jahrelang von ihren Apfelbäumen weggeschleppt hatte. Kommt nicht in Frage. Sie rannte fort, sie hielt sich die Taschen zu. Dabei hätte sie das Geld immer sehr gebraucht.

Durch den Pflegefall war Nani nun angebunden. Sie hatte sich in eine Pflicht begeben. Sie konnte abends nicht mehr ins Kino gehen oder mal länger als bis um sieben bei einer Geburtstagsfete verweilen. Der gute Alte hatte sich an Frau Nani gewöhnt. Er wartete auf seine liebe Nachbarin. Er legte die Armbanduhr auf den Tisch. Fixierte fordernd die Tür. Erst waschen, dann ein Bier. Nach den Nachrichten und dem Wetterbericht ging er unter ihrer Aufsicht ins Bett. Zwei Stunden später kam Frau Nani noch einmal vorbei, um nachzusehen. Manchmal ließ er ein Bein über die Bettkante hängen, manchmal streckte er das nackte Hinterteil aus den Federn. Erst wenn Nani überall das Licht ausgeknipst hatte, schlief er ein.

Nani wollte eine wichtige Sache mit mir bereden. Sie hatte sich kundig gemacht.

Heiraten oder adoptieren?

Ehefrau oder Tochter. Was soll ich werden? Ich hatte mich wohl verhört, oder Nani machte einen Witz. Ich lachte kurz aus dem Bauch. Nani meinte, adoptieren sei besser. Sie würde dann später einmal als Tochter das Häuschen übernehmen.

Ich stöhnte vor Schreck, aber im nächsten Augenblick fand ich Tochter eine prima Idee.

Für Nani trat nun die Zeit auf der Stelle.

Nani hatte ein gutes Herz, sie kümmerte sich rührend. Was koche ich denn heute? Er isst alles, ihm schmeckt alles, er verträgt alles.

Das ist doch schön.

Ja, das ist schön.

Wir kamen ins Reden, wenn ich Nani nach meinem Gang auf den Friedhof besuchte. Es wurde oft spät. Tagesschau-Zeit.

Komm doch mal mit, sagte Nani. Ich tat ihr den Gefallen.

Das Häuschen von Julius lag in der Nachbarstraße, ein halb unterkellerter Bungalow. Ich wartete auf der Bank in der Veranda. Ich hörte Nanis Stimme, ihr Lachen, die Dusche, manches Gepolter. Julius bedankte sich höflich. Jetzt Schafskopp oder Mau-Mau oder Kniffel. Er verteilte auf der Bettdecke die Karten, immer dreimal drei. Nani auf der Kante, ich in einem knarzenden Korbstuhl. Ich entrümpelte in Gedanken. Man könnte mit einem Durchbruch größere Räume schaffen, man könnte den Eingang verlegen, alle Boucléläufer, alle Teppiche müssten raus. Julius spendierte aus dem Nachttisch eine Schachtel Pralinen.

Wo sind denn die her?

Die hat mir die Postfrau gegeben.

Das braune oder das gelbe Auto? Es gab jetzt mehrere Lieferer und Verteiler. Es war eine neue Zeit.

Eines Tages meldete sich bei mir am Festnetztelefon eine Männerstimme. Wir kennen uns nicht, meine Frau hat Ihre Nummer erkundet, sie meint, wir sollten einfach mal versuchen, mit Ihnen in Verbindung zu kommen. Wir sind nämlich die Neuen. Meine Frau und ich, drei Kinder, zwei Enkel. Ein dritter Enkel ist unterwegs. Wir haben von Ihnen gehört, meine Frau hat zwei Bücher von Ihnen bestellt und eins schon angefangen zu lesen, wenn es Sie nicht traurig macht oder belastet, würden wir uns freuen, wenn Sie uns besuchen. Wir haben etliche Fragen, würden Ihnen gern zeigen, was wir unternehmen, um das Haus und vor allem auch den Garten wieder so herzurichten, wie es früher einmal war.

Früher, dachte ich, was meint er mit früher? Meint er mich oder die Zeit, bevor ich das Terrain betreten habe. Früher vor dem Krieg, oder meint er den Bauboom vor der Inflation in den zwanziger Jahren.

Meint er lauter kleine Birkenschösslinge, Bäume, bevor sie zu einem Wald geworden waren?

Elegi echoici.

Ich sagte ein paar freundliche Sätze, Grüße, ich sagte: Gern, ich komme sehr gerne, es belastet mich nicht.

In der Nacht hatte ich einen leicht zu entschlüsselnden Traum.

Ich befand mich bei herrlichem Frühsommerwetter auf halber Höhe des lichten sonnigen Ufergrundstücks, bis hinunter zum See spross frisches Gras, hellgrün, federfein, sehr zart, etwa 20 Zentimeter hoch, es legte sich in sanft geschwungenen Wellen. Die frische Raseneinsaat hätte, wie früher auf diesem Terrain oder wie heute in unserem Babelsberger Garten, mein Werk sein können, doch es war fremdes und, wie ich im Traum unruhig urteilte, sehr laienhaftes Bemühen. Das satte Grün wurde von anderen Anwesenden, vielen mir wohlbekannten, aber gesichtslosen Gästen überschwänglich bewundert. Sie irrten, ich wusste, man hatte hier den Grassamen viel zu dicht gestreut und zu lange mit dem ersten Mähen gewartet. Ich hörte im Traum meine Stimme.

Es ist zu spät.

Aus dem Hintergrund kam, gesichtslos, die beruhigende Erklärung, man könne warten, weil man längst keine Sensen oder Maschinen mehr zum Mähen einsetzen würde.

Was denn sonst? Hörte ich mich fragen, darauf eine seitliche Stimme: Schafe, unbedingt Schafe. Schafe, jetzt sogar in französischen Rabatten, im abgezirkelten Parterre oder im Bosquett.

Darauf meine höflichen Bedenken, dass Schafe auf so leichtem sandigen Grunde bald gehörigen Flurschaden anrichten würden, in Kürze wäre die zartgrüne Wiese, unter Schafsklauen niedergetrampelt, nur noch Sand. Havelwüste.

Über diese Sache habe man sich kundig gemacht, belehrte mich jemand aus dem Hintergrund, in Westfalen, also im Westen, habe man längst ganz kleine Schafe, etwa in Dackelgröße, Züchtungen mit breiten, samtweich abgefederten Klauen, die könne man sehr gut auch in dieser Hanglage auf leichtem Sandboden gewähren lassen.

Ich zweifelte, ich schwieg rechthaberisch.

Das Traumgeschehen wollte mir beibringen, dass ich mit meinem Gärtnerlatein am Ende und auch sonst nicht mehr

auf dem Laufenden war. Der Traum wollte mich zügeln. Außerdem knotete er eine Zusammengehörigkeit zwischen dem
früheren und meinem jetzigen Gelände. Gras würde so und so,
hier und da, inzwischen ganz gut ohne mich wachsen.

Ruhig bleiben, Tee trinken oder einen Schnaps. Das sollte
wohl für mich eine Lehre sein.

Reise nach Schlesien

Meine Mutter hatte von meiner Polenreise in ihrer Zeitung gelesen. Überschrift: Deutsch-polnisches Schriftstellertreffen im Schloss Lomnitz. Einige Fotos belebten den Text. Leute im Festsaal. Der Schlosspark. Publikum unter Bäumen. Gesprächsrunden. Mal im Hintergrund, mal irgendwo in der Mitte: Ich. So etwas schnitt meine Mutter aus. Sie hatte in einem Schuhkarton schon einige Zeitungsfotos und -texte gesammelt.

Meine Mutter nahm Anteil an meinem Leben, auf manches machte sie sich einen Reim, aber manches konnte sie sich nicht erklären, zum Beispiel, wie man ohne Gardinen an den Fenstern leben konnte, oder auch, warum man sich sehenden Auges in Schwierigkeiten manövrierte. Das galt für meine Beziehung zu komplizierten, unpraktischen Männern und zur Politik. Ich hängte mich ihrer Ansicht nach an Egoisten und häusliche Faulpelze. Ich stritt mich unnötig mit Führungskräften im Bezirk. Auch meine Schreiberei, meine Geschichten, konnte sie im tiefsten Herzen nicht akzeptieren. Ich schwindelte, sobald ich an der Schreibmaschine saß, aus einem Birnbaum machte ich einen Apfelbaum, ich phantasierte über eine Begebenheit, die sie in anderen Zusammenhängen, unter anderen Namen kannte, sie zweifelte an meinem Gedächtnis, sie fürchtete um meine Zurechnungsfähigkeit, trotzdem hielt sie zu mir, sie hoffte mütterlich auf Vernunft und Besserung und glaubte an einen guten Kern in mir, sie hoffte, dass alle Chefs, Funktionäre und Ämter mir halbwegs gewogen waren. Gute Worte in der Zeitung, ein friedliches Foto, ich zusammen mit anderen anständig gekleideten Leuten, den Polen zum Beispiel, das milderte ihre Befürchtungen, stützte die Zuversicht. Ich brauchte freundliche Rezensionen hauptsächlich für meine Mutter, denn es tat mir leid, wenn sie mich für einen armen Irrläufer halten musste. Ich las das Feuilleton mit ihren Augen. Klio an der Katzbach, diese Überschrift, darunter ein verzwickter Artikel, du liebe Zeit, was soll denn das wieder bedeuten? Klio, wohin hat sie sich denn jetzt wieder verrannt! Das arme haltlose Mensch. Klio und Katzbach, Schlesien.

Sie war eine loyale und stolze Bürgerin. Sie spendete monatlich, für Vietnam und für die Enkel. Ich schimpfte mit ihr, weil sie sich selbst überhaupt nichts gönnte. Nach der Wende fuhr sie nicht mehr in den Westen zu ihren Verwandten, weil sie kein Begrüßungsgeld mehr holen, weil sie für den Enkel keine Rolling-Stones-Platten mehr schmuggeln konnte, auch weil sie nicht mehr gut zu Fuß war. Sie blieb zu Hause, freute sich über die bessere Rente, die eigene und die Witwenpension, und im Ganzen über das bessere Geld. Es lohnte sich, zu sparen. Auf der Einkaufsliste stand Leberwurst, ein Beutel Kartoffeln, Nudeln, Sachen aus dem Gut-und-günstig-Programm. Der Enkel, inzwischen Arzt, bekam einen Batzen für sein erstes Auto.

Im Westen hatten die Verwandten oft von ihren Reisen nach Schlesien in die alte Heimat erzählt, man fuhr mit einem Busunternehmen, das auch für Unterkunft und Essen sorgte. Alle redeten auf meine Mutter ein. Fahr doch mal mit, oder komm wenigstens mal zum Heimattreffen nach Bielefeld. Auch ich habe ihr zugeredet. Heimattreffen oder direkt zu einer Fahrt nach Schlesien. Aber sie wehrte ab, was soll ich denn dort.

Gucken, wo du hergekommen bist, mal neugierig sein.

Was sollen denn die anderen Leute denken, wenn ich dort vor der Haustür gucke?

Du kannst ja freundlich gucken.

Ach, eigentlich gibt es dort nichts mehr, keinen, den ich kenne.

Es gibt das Gebirge und den Fluss.

Die Gegend mag schön sein, ließ meine Mutter am Ende gelten. Sie verklärte nichts. Kindheit und Jugend, das waren einfach nur schwere Zeiten, arm, belastet von Familienstreitereien, wem die Scheune gehörte, wer die Schwarzküche vom Ersparten umgebaut hatte, wer danach aus dem Nest gedrängelt worden war. Unsere. Wir. Opa Heinrich und Berta, sie sind mit ihrem Bündel gegangen. Die Kinder mussten auf den Feldern des Dominiums arbeiten, mit dreizehn hieß es, aus unseren Schüsseln gibt's nichts mehr, raus aus der Kammer, in Stellung, dazuverdienen.

In den Zeitungen wurden schlesische Mädel gesucht, ausdrücklich schlesische: Suche ehrliches, fleißiges, sauberes schlesisches Mädel. So ein Etikett durfte nicht verdorben werden.

Man lebte unter einem Dach mit Kuh, Ziegen und Hühnern und auf Lebzeit mit August, dem alten Besitzer des Gemäuers, weil das Häusl noch längst nicht abbezahlt war. Dann war meine Mutter, das schlesische Mädel, schwanger mit mir, und meine Tante war schwanger geworden mit meinem Cousin. Ich wurde oben in der Kammer geboren. In meiner Wiege lag doppelt Stroh, weil der Winter sehr kalt war. In den Fenstern klemmte wegen der feindlichen Luftwaffe schwarzes Verdunklungspapier.

Das Schlesien meiner Mutter war kein Idyll.

Zum letzten Mal war sie in meinem Geburtshaus, da wurde ringsherum scharf geschossen. Sie hatte sich bis in die Kampfzone durchgeschlagen, um die Federbetten von den schlesischen Gänsen aus der schlesischen Kammer in unsere Stube nach Dresden zu retten. Sie hatte, während sie unterwegs war, nicht wissen können, dass Dresden in diesen Tagen brannte. Luftangriffe hatten die Stadt, wo wir als frisch zusammengewürfelte Familie seit vier Monaten untergekommen waren, total zerstört.

Meine Mutter hatte 1944 einen stillen und klugen Mann, einen Kommunisten, den wir Vati nannten, geheiratet. Sie war damals fünfundzwanzig, er vierzig. Ich war stolz auf ihn, weil er in der Illegalität gegen Hitler gekämpft hatte. Er redete selten davon, weil er wohl Entscheidungen hatte treffen müssen, die sein Gewissen quälten. Er schlich durch den Nachkrieg, er zitterte, weil er den Wachdienst im Stadtwasserwerk übernehmen musste. Er starb an der Krankheit der Metallgießer, an Lungenkrebs.

Den achtzigsten Geburtstag meiner Mutter haben wir, Robi, Tante Traudl aus Dresden und ich, im Restaurant Cecilienhof gefeiert, nobel, mit Vorsuppe, Rehbraten, Schlesischen Klößen, hinterher Fürst-Pückler-Torte, also Halbgefrorenem, also Eis.

Und da geschah es, dass meine Mutter plötzlich fragte: Wie viel Stunden mag man denn unterwegs sein von hier bis ins Riesengebirge? Vielleicht würde sie noch hinfinden. Sie sei durch das, was sie in der Zeitung über das Schriftsteller-Beisammensein in Polen gelesen habe, darauf gekommen. Genau dort, im Hirschberger Tal, Schloss Lomnitz, sei sie mit dem Chor der Jungmädel oft gewesen.

Wir horchten auf. Wir hoben das Glas, Sekt zur Feier des Tages. Auf die achtzig, auf die Zukunft und auf die Vergangenheit – eine Reise ins Riesengebirge. Auch Tante Traudl, die aus einem Nest bei Ústí nad Labem stammte, spornte meine Mutter an. Schwiegersohn Karl nähme sie alle zwei Wochen mit rüber in die alte Heimat zum Tanken. Ein Ausflug, mal was anderes, Tankstelle Abfahrt Kninitz, sie sähe das Dorf nur von Weitem, aber das genüge ihr schon. Kaum eine Stunde auf der neuen Autobahn hin und zurück.

Ich bestellte Zimmer im Schloss Lomnitz.

Pfingsten fuhren wir los. Robi, meine Mutter und ich.

Mutter hatte ihre Westreisetasche gepackt, im bewährten Beutel steckte genug Proviant für uns alle. Ihre Tablettenschachteln, Brille, Papiere und Geld behielt sie in einer von mir ausrangierten Umhängetasche auf dem Schoß.

Warum hast du denn nicht deine Geburtstagstasche mitgenommen?

Die will ich noch schonen. Deine ist leichter, und da passt vorn der Kamm rein.

Mutter saß reiselustig, mit geradem Rücken und flinken Augen auf dem Beifahrersitz.

Wir fuhren die Dresdner, dann die Görlitzer Strecke. Tante Traudl hatte recht. Das Reiseleben war leichter geworden, weniger Auspuffmief, leider manchmal ein Stau, aber dann schon die Grenze. Keine Kontrolle, ohne Halt durch, nicht der Rede wert. Wir sagten: So ist das nun in Europa, hoffentlich bleibt das für immer, hoffentlich gibt es nicht neue Konflikte mit dem Balkan, den Islamisten und überhaupt mit der Abhängigkeit vom Erdöl.

Die erste Tankstelle, das war dann die eigentliche Ankunft in Polen. Vier Zapfsäulen, vier Autoschlangen. Wir kauften eine Landkarte von Schlesien. Touristenfreundlich standen klein und in Klammern die alten Namen, Liegnitz, Waldenburg usw.

Mutter wurde still, ihre Wangen glühten, die Augen glänzten. Flache sommerliche Landschaft flog vorbei, Autos drängelten wie zu Hause. Baustellen, eine Umleitung, Ampeln zeigten Rot und endlich Grün. Leute auf den Feldern, Weiden mit Vieh. Parkplätze, Einkaufswagen. Aldi.

Das soll Polen sein?

Schäfchenwolken hoch am Himmel, am Horizont grüne oder weiße Zipfelmützen, das ist das Riesengebirge. Mutter wuchs in ihrem Beifahrersitz, ihr Hals wurde länger. Wir fuhren nun schon eine Weile zwischen Hügeln bergan.

Der Spitzberg, das ist der Spitzberg, rief sie.

Ein kegelförmiger Berg kam uns entgegen. Ein Ereignis, das unsere Mutter elektrisierte. Der nach jeder Kurve in Sprüngen näher rückende Spitzberg. Seht ihr, das ist er, der Spitzberg. Das ist er wieder.

Auch ich hatte den Spitzberg erkannt, das erste Zeichen vom Rübezahl. Wir haben den Kerl bei schönem Wetter von der Haustür aus sehen können.

Weißt du das noch?

Klar weiß ich das. Ich war sieben Jahre alt, ein Kind mit sieben Jahren vergisst so was nicht. Die Buckelnase, am Abend den roten Bart, dass Rübezahl mit dem linken Auge bis in unsere Schlafkammer gucken konnte.

Robi steuerte nun direkt auf die Spitze zu, geradewegs in die Berge hinein.

Lomnitz, wenige Kilometer hinter Hirschberg. Ich drehte die Karte auf den Knien. Robi schimpfte mit mir, weil ich falsche Anweisungen gegeben hatte. Ich schimpfte auf meine neue Lesebrille. Robi zerrte die Karte aus meinen Händen nach vorn.

Ich denke, du bist schon mal hier gewesen. Rechts hätten wir abbiegen müssen, nicht links.

Meine Mutter fühlte sich schuldig, weil sie den Spitzberg gleich erkannt hatte, aber nun nicht weiterwusste. In unseren Streit hinein gab sie entschlossen einen Tipp. Es muss am Fluss sein. Ihr müsst den Bober suchen. Ich hole die Karte wieder zu mir. Wo Weiden wachsen, da ist meist ein Fluss.

Die Bober oder der Bober, nun stritten wir über das Geschlecht des Flusses. Für die Polen war das keine Frage, aber für uns, die oder der oder was?

Meine Mutter schwieg.

Unter den Autoreifen knirschte Kies, dann holperten wir über eine Brücke, Wasser, na also, wir fuhren an Häusern vorbei und schon durch den Schlosspark. Rechts die Ruine des richtigen Schlosses, vorn das kleine, das sogenannte Witwenschloss, unter Bäumen Tische, Stühle.

Das ist die Sänger-Linde, rief meine Mutter.

Wir waren angekommen, grade richtig zum Mittagessen. Die Bienen summten. Ein heiterer Tag.

Der Hund und eine barfüßige Chefin mit Kind am Jeanshemdzipfel begrüßten uns. Wir bekamen jeder ein Zimmer, noch sei Platz genug. Der Ansturm käme erst nach den Feiertagen. Das Restaurant, die Küche seien für uns bereit.

Wir setzen uns in die Gaststube. Es war schön unter einem Dach, nur zum Vergnügen, ohne Eile, die Fenster standen offen. Draußen duftete der Pfeifenstrauch. Aus der Küche duftete das Rotkraut.

Blaukraut, erklärte meine Mutter, weil die Krauthedla blau sind. Manchmal sehen sie auf den Feldern wie aus Silber aus, das ist dann vom Nachtfrost, aber der schadet nicht.

Wir machten Pläne. Mutter sollte sich nach dem Essen ausruhen. Robi und ich wollten die Gegend erkunden, am Fluss entlang. In zwei Stunden wollten wir unter der Linde gemeinsam Kaffee trinken.

Mutter ließ sich nicht in ihr Zimmer führen, sie wollte noch eine Weile in der Gaststube auf dem Sofa sitzen. Neben dem Tresen stand ein Käfig mit einem Kanarienvogel, er trällerte um die Wette mit einer Amsel vor dem Fenster. Ich horch noch a bissla.

Wir winkten von draußen.

Am Ufer des Bober fanden wir drei weitere Schlösser, eins schöner und verfallener, rettungsloser als das andere, trotzdem alle drei zuversichtlich mit Gerüsten versehen. Eins, das Renaissancegemäuer, durften wir uns von innen anschauen. Wir wankten auf Planken über die Grube.

Gerettete Eichentüren, alte Fliesen, Fetzen von einer Ledertapete, Kachelöfen, ein Bettgestell. Der verwegene Mann in Maurerhose und Zimmermannshut wohnte hier. Ein Lebenskünstler.

Er habe die Ruine gekauft. In zehn oder zwanzig Jahren

werde er ein Stück weiter sein. Wir hatten gehört, dass sich oft Deutsche und Polen, also Geld und Arbeitskraft, zusammentaten, um so das Unternehmen Schlossrettung zu stemmen. Der polnische Gesetzgeber hatte eine Prozentregelung festgelegt, damit das Land nicht eines Tages wieder ganz den Deutschen gehörte.

Wir strolchten am Ufer entlang. Das Wasser floss klar und schnell, es schien eiskalt und sogar gefährlich zu sein, reißend. Schmelzwasser aus dem Riesengebirge.

Ich erzählte, wie mein kleiner Cousin an einem Wintertag von einer wackligen Brücke in so einen Gebirgsfluss geplumpst war. Gott sei Dank habe er in einem dicken Mantel gesteckt, ich erzählte, wie schnell das blaue Wams in einem Strudel weggerissen worden war, wie Dieterle davontrieb, bis ans Wehr, bis vor ein Mühlrad, wo er mit Hilfe von Rechen und Stangen am Mäntelchen gepackt werden konnte.

Ich horchte auf das gurgelnde Wasser. Das Schicksal hatte meinem Cousin Dieter einen Aufschub gewährt. Er war im vergangenen Jahr als Vater von zwei Töchtern und Großvater von Zwillingsenkeln an Nierenkrebs gestorben.

Durch mannshohes Kraut, Blätter von Fluss-Rhabarber, liefen wir zurück, um unsere Mutter aus dem Nachmittagsschläfchen zu wecken und in die Sonne zu locken.

Wir fanden sie am Gartentisch unter der Linde. Sie lachte uns entgegen. Geruht habe sie nicht, zum Glück! Denn denkt euch, direkt hier unter der Linde, hier neben mir, hat ein Bus haltgemacht. Ein paar Leute rannten, weil sie es nötig hatten, überstürzt ins Haus. Und dann ist der Reiseleiter aus dem Bus gekommen. Und denkt euch, wer! Siegfried.

Hornig Siegfried. Wie bestellt.

Kaum hatte sie uns das Ereignis geschildert, für Robi und für mich wie ein Märchen, für meine Mutter schien es nur in Ordnung zu sein, dass Hornig Siegfried als Reiseleiter mit einem Westbus heute Nachmittag leibhaftig hier aufgekreuzt war. Kaum hatte sie uns erklärt, dass die Reisegesellschaft nach der Kirchenbesichtigung zum Kaffee erwartet werde, bog der Bus wieder in den Kiesweg ein.

Mutter sprang auf. Sie winkte.

Der Bus fuhr zum Parkplatz.

Mutter saß mit Hornig Siegfried zusammen. Ein stattlicher älterer Herr mit weißem gewelltem Haar. Die Stirn, die Augenpartie, man konnte eine gewisse Ähnlichkeit erkennen. Hornig Siegfried war der Sohn der Schwester meiner Großmutter, also der Sohn von Mutters Tante Marta, also Mutters Cousin.

Der Mohn- und Streuselkuchen wurde wie bei einem Familienfest herumgereicht. Die Kaffeekannen. Schnaps. Gelächter schwebte über der Tafel, ein paar Stimmen traten hervor. Kindler Julius kündigte eine Geldsammlung an, ihr wisst ja, es soll in diesem Jahr für das neue alte Wegkreuz sein, für die Zinküberdachung, ihr wisst ja, der Sockel muss auch neu gesetzt werden.

Zum Schluss erhoben sich die Männer, sie gruppierten sich unter der Linde. Im Wald im Wald im Wald im Wald im frischen grünen Wald im Wald wo's Echo schallt im Wald wo's Echo schallt. So ein Auftritt kam richtig zur Geltung, wenn sich die Kindler-Brüder als Reiseteilnehmer eingeschrieben hatten, vier Brüder, dazu noch der alte Vater Julius, Stimmen wie für die große Opernbühne. Trara trara.

Der letzte Vers tönte über die Wiese. Die Welt die Welt die große weite Welt die Welt ist unsere Zeit. Hallo hallo hallo. Noch einmal Hallo.

Das Echo verstummte.

Mutter und Siegfried lagen sich in den Armen. Der Chauffeur rangierte den Reisebus rückwärts bis zu den Tischen. Die beduselten Altschlesier sammelten sich um die Türen, man schob, man half von hinten die Stufen hinauf. Na, Julius, deine Knucha sann a nimmi asu gutt vurneweg.

Ich hielt mich mit Robi im Hintergrund. Wir konnten es nicht fassen, dass unsere Mutter ausgerechnet hier und heute einen Verwandten, dazu in seinem Anhang noch etliche alte Bekannte, Schulkameraden, getroffen hatte. Nach über fünfzig Jahren.

Echt Schicksal.

Der Bus warf die Türen zu, er setzte sich in Bewegung.

Mutter galoppierte hinterher. Sie rannte über die Brücke, sie winkte, bis nichts mehr zu sehen war.

Langsam kam sie zurück, sie nickte.

Wir setzten uns an den nächsten Gartentisch.

Habt ihr gesehen, Hornig Siegfried, unser bester Bogenschütze. Aber Bogenschießen ist nicht mehr, nirgendwo, weder hier noch anderswo, hat er gesagt, und dass die große Schützenanlage vom Verein noch existiert. Direkt im Felsen, drei Wände Granit wie ein Dom.

Dorthin fahren wir morgen, nach Neukirch und nach Falkenhain. Robi klopfte seiner Oma auf die Schulter. Morgen geht es los.

Zuerst nach Neukirch. Seine Oma bestimmte. Hornig Siegfried hat gesagt, die Kirche ist gut in Schuss. Leider konnte sich Siegfried nicht an die berühmte Orgel erinnern, die Silbermann-Orgel. Wie kann eins denn so was vergessen.

Robi hatte drei Stonsdorfer bestellt. Absacker, nannte er das.

Mutter trank. Aber sonst, immer noch die Alten. Die alten Sprüche vom Gold in der Kehle der Kindler-Brüder.

Fledermäuse schwirrten. Sterne funkelten.

Merkt ihr die gute Luft? Mutter hob die Nase.

Ihr müsst ganz tief atmen.

Geboren in Neukirch, darauf war Mutter stolz, vielleicht weil zweimal am Tag ein Personenzug hielt, der Liegnitzer, auch Güterzüge rollten auf der Strecke, oder weil Neukirch eine Silbermann-Orgel besaß oder weil sie nicht in einem Kuhbauernhaus, sondern in einer Schmiede das Licht der Welt erblickt hatte. Die Bauern kamen mit ihren Pferden zum Hufebeschlagen, alles, was aus Eisen und zerbrochen war, wurde in Neukirch beim Schmied wieder brauchbar, sogar wieder neu gemacht. Man hörte weithin die verschiedenen Hämmer auf den Amboss knallen, man roch verbranntes Horn, sah zufriedene Kunden, wusste, dass der Meister ein heißes heiliges Feuer, ein konkurrenzloses Geschäft, unterhielt.

Meine Mutter liebte ihren Großvater, seine Kraft, den Geruch seiner Lederschürze, seinen Ordnungssinn und seinen Witz. Die dazugehörige Großmutter stand in nämlich gutem Licht, auch sie war eine ordentliche Frau, perfekt in Nadelarbeiten, sie stickte nicht nur Tischdecken, sondern auch Tafeltücher, Richelieu-Technik, das Feinste, was man sich denken kann, ihr Kreuzstich konnte nicht winzig genug sein. Sie war streng und sparsam. Was auf dem Schmiedekonto lag, wusste niemand, aber man kannte ihren Glasschrank, so einen hatte nicht einmal der Pastor in seiner guten Stube, so etwas gab es sonst nur noch im Schloss, blank gewienertes Silber, geschliffene Rubinkelche, ein Dutzend Sammeltassen, ein Porzellanteller mit dem Bild von Friedrich dem Großen, einer zur Erinnerung an die Schlacht an der Katzbach oder zum Andenken an den Dritten Schlesischen Krieg.

Sei wie das Veilchen im Moose, einfach, bescheiden und rein, aber nicht bettelarm. Das war Mutters Neukirchner Zeit. Sie dauerte bis zur Konfirmation in der Kirche mit der Silbermann-Orgel. Der Pastor überreichte ihr ein neues Gesangbuch, ein Zeugnis mit siebenmal Sehr Gut, dazu einen Spruch. Schaue auf zu den Bergen, von denen dir Hilfe kommt. Danach ging Mutter in Stellung. Wenn sie die freie Woche hatte, kam sie über das Feld heimgewandert, jetzt schon in das Dorf ohne Bahnhof, nach Falkenhain, wo ich ein paar Jahre später geboren wurde. In Falkenhain gab es auch einen Glasschrank, der stand unter dem Dach im Söller. Die Tauben schissen darauf. Es war Heinrichs Revier für seine Bienengeräte, Wachs, Pfeife, Holzleisten für die Rahmen. Das Leben spielte sich unten in der Stube ab, oben in den Kammern das Schlafen.

Mutter redete wenig über ihre Falkenhainer Zeit. Jetzt redete sie überhaupt nicht mehr von Falkenhain. In Neukirch geboren, getauft und in die Schule gegangen.

Robi vergewisserte sich nach dem gemütlichen Frühstück: Also erst nach Neukirch?

Sowieso, sagte meine Mutter. Habt ihr gemerkt, hier im Bobertal fängt es schon an mit der Erholung, deswegen sind die Sommerfrischler gekommen, ihr wisst ja, der Theodor Fontane, die Berliner. Hier gibt es Ozon. Ozon ist gut für die Gesundheit.

Wir fuhren über zwei Hügel und einen Berg, wir waren am Ziel.

Das Auto ließen wir an der Weggabel stehen. Seht ihr, das sind die Bahnwiesen, und neben der Eisenbahnbrücke, da haben die Hornigs gewohnt, Siegfried samt seinen Schwestern: Klara, Irma, Mara, Selma. Die fünfte fällt mir bestimmt noch ein.

Wir schauten in drei Richtungen weit ins Land.

Die Dorfstraße folgte dem Fluss, jenseits lagen die Felder und Wiesen, diesseits die Häuser, Schule, Kirche und so viele Namen. Pastoren, Lehrer und Lehrerinnen und unschuldig pubertierende Mädchen, Sängerinnen vom Kirchenchor, Turnerinnen vom Verein, Namen von grobschlächtigen Vätern, malträtierten Müttern. Von den vielen Jungens, die grade Kerle geworden waren, hieß es: Auch der ist gefallen. Von Zenschers alle drei Söhne.

Goldstücker Erika: kurz vor der Flucht von Russen verschleppt.

Weil Sonntag war, hörten wir hinter der Kirchentür Stimmen und dann Gesang. Also müssen wir später wiederkommen, denn da dürfen wir jetzt nicht stören.

Mutter lief uns voraus in die Richtung, wo sich die Straße allmählich verlor. Man konnte vielleicht noch von einem Wirtschaftsweg oder einem Trampelpfad reden. Büsche oder schon Wald. Wildwuchs. Birken. Hölle, hatte meine Mutter gesagt, wo die Strecke aufhört, dort fängt die Hölle an, das Felsengelände mit dem Bogenschießplatz, dort liegt auch der Blaubeerhain. Hölle, das sei nur ein Name. Die Neukirchner Kinder, hatte Mutter erklärt, die hatten keine Angst vor der Hölle, wir hatten bloß keine Lust, in die Blaubeeren zu gehen.

Mutter war plötzlich verschwunden.

Hinter einem Lattenzaun, hohen Stangenbohnen, Tomaten, Stecken mit Himbeeren, fast schon im Wald, jedenfalls am Ende des Weges stand noch ein einzelnes Fachwerkhaus, solide mit grauem Schiefer gedeckt, davor eine riesige Regenpfütze. Ein braunes Gewässer, gut für Federvieh.

Ein Hündchen sprang auf mich zu.

Der will bloß spielen, Robi warf einen Stock. Hundegebell und Menschenrede. Wir hörten Mutters hoch engagierte Stimme. Sie konnte ja kein Polnisch, also sprach sie, um sich verständlich zu machen, vor allen Dingen laut. Sie war wohl von hinten durch den Garten in das Fachwerkhaus eingedrungen, nun tauchte sie zusammen mit den Einwohnern, Frau und Mann, zwei grauen Alten, zwischen einer Schar Enkelkinder in der Haustür auf. Mitten in der Debatte.

Es war die Tür zum Geburtshaus meiner Mutter.

Sie zeigte den Alten, wie sie sonnabends, also gestern, den Hausgang gescheuert hätten, einfach mit Sand und Soda, zum Schluss das Wasser mit scharfem Schwung aufs Pflaster, damit die Lache den Sanddreck mitnahm, das beste war das Abflussloch neben der Tür, daraus konnte das Scheuerwasser über die Haustürstufen fließen, so wurden die Stufen gleich mit abgewaschen. Auch der Rinnstein wurde dadurch sauber. Von dem einen Wasser. Mutter bückte sich, machte Bewegungen, nahm einen leeren Topf zu Hilfe.

Mit Schwung zeigte sie, wie es einmal war. Unser Geschick. Mutters Botschaft.

Die Alten und die Kinder lächelten schief, sie nickten. Mutter ließ sich durch Robi und mich nicht stören. Das geschätzte Abflussloch war noch da.

Jede Woche, erklärte sie und machte Schrubb- und Wischbewegungen. Sie suchte sich ein Kind, ungefähr elf Jahre alt. Ich, Oma, früher so groß wie du.

Anna, sagte das Kind. Nun nannten alle Kinder ihre Namen. Wir traten in den Kreis. Robi und ich schüttelten Hände.

Die mittlere Generation war inzwischen vom Kirchgang nach Haus gekommen. Sie hatten unser parkendes Auto gesehen. Wieder welche von den Alten, die mit ihren Autos herumziehen und gaffen und gucken, ob ihre Dächer sauber gedeckt sind, ob die Fenster einladend glänzen. Wir machten Sonntagsgesichter. Mutter nahm ihr geblümtes Tuch von der Schulter, sie legte es der Oma um den Hals, von Oma zu Oma, Mutter machte einen feschen Knoten. Die beiden umarmten sich. Weil es sich so gehörte, weil es Sitte war. Ein Kreis von Kindern und Enkeln, zwei Generationen Nachkrieg, schaute verlegen zu. Russisch taugte zur Verständigung. Robi und ich hatten Russisch in der Schule gelernt. Die Familie stammte aus Galizien. Otschen charascho. Solnze swetit charascho.

Mutter hatte im Garten die Mauerreste vom Frühbeet gefunden, sie hatte quer über der Gasse, Mist, Stroh, Melkeimer, Gemecker, im geräumigen Ziegenstall die einstige Schmiedewerkstatt entdeckt. Da haben damals die unverwüstlichen Schmiedefeuer gebrannt, Großvater in der Mitte des Funkenregens, da flogen die Hämmer, Nieder- und Obergesenk, so dass man sein eigenes Wort nicht verstehen konnte. Unter der Pumpe im Steintrog, der jetzigen Ziegentränke, da wurden die glühenden Eisen zwischengekühlt, danach noch zwei-, dreimal mit langer Zange über dem Rost ins Feuer gehalten. Einmal brannte Schmiede-Großvater sein Bart.

Sieh an, da hängt noch der Ring, der Ringdübel steckte immer noch fest im Gemäuer.

Das war der Ring für die Pferde.

Mutter freute sich. Habt ihr das gesehen, fest, unverwüstlich, der Pferdering! Großvater war bekannt, weil er orthopädische Hufeisen machen konnte. Er schmiedete das Eisen, bis es nach seiner Vorstellung genau mit der schiefen Hand zusammenpasste. Wie gottgeschaffen, lobte er am Ende das fertige Pferd und sein Talent. Hinten und vorn, rechts und links, Eisen mit Kehle und Block und Höhenausgleich.

Wusstet ihr, dass Pferde auf Händen gehen.

Hinter der Hölle lag Falkenhain.

Ach, Herr Jesses und Maria, hier ist es gewesen.

Genau hier. Wir stritten, ob es neben dem Transformatorenhaus ein Gatter gab, einen Weg, der hinaufführte, oder ob man früher einfach quer über die Wiese gelaufen war, um heimzukommen. Das Strohdach, das Fachwerk meines Geburtshauses hatten kurz nach dem Krieg gebrannt, der Schutt, auch die Grundmauern waren in der Erde versunken, auf der Bergwiese hatten Schafe geweidet. Der Brunnen lag schon trocken, als ich vor Jahren hier kurz haltgemacht hatte. Nun fand ich auch den

Schöpfstein nicht mehr. Aber das Transformatorenhaus stand wie eh und je, man hörte immer noch unermüdliches Gezwitscher, seit über hundert Jahren elektrisches Gezwitscher. Tag und Nacht. Zum Fürchten.

Ich legte das Ohr an die Eisentür. Hört mal, was dadrin wieder los ist.

Mutter blieb unten auf der Straße, Robi und ich stiegen bergan. In der Ferne der Spitzberg. Dahinter das Riesengebirge, das Ende der Welt. Auf halber Höhe Großvaters Birnbaum und die Setzlinge, Süßkirschen, die standen nun wie Alleebäume, Krone an Krone, Kirschen lockten weiter hinauf und runter in das nächste Tal. Robi stieg höher.

Ich setzte mich an den Ackerrain, das Kinn auf den Knien, die Arme um die Beine geschlungen, gemütlich, sparsam. Bienen schwirrten, aus der Senke stieg Lindenduft. Die Erde schwankte sanft wie eine Wiege, wie im Traum summten und schwankten die alten Geschichten. Wie mein Leben, wie Nachrichten über mein Leben, wie Nachrichten über Nachrichten, wie Nachrichten über Nachrichten über Nachrichten. Ich hatte es abgelehnt, einem Museumsmitarbeiter für ein sogenanntes Erinnerungsprotokoll zur Verfügung zu stehen. Wir alten Hungerleider, Kriegskinder, Flüchtlingskinder, Kinder der Bombennächte sollten uns endlich erinnern. Wenn ich einmal behaupten würde, dass ich die Wahrheit sage, die Wahrheit und nichts als die Wahrheit, dann ist es mit mir vorbei, von da an habe ich kein Gedächtnis mehr.

Robi war bis zum Grabhügel im Eichenhain gelaufen, er brachte ein paar Maiglöckchen mit, Stängel voll korallenroter Perlen.

Gibt's die dort immer noch?

Viele, der ganze Hügel leuchtet rot.

Ich zeigte Robi von hier oben die Stelle, wo im Niederdorf das Schloss einmal war, dunkle Bäume und Mauerreste. Dorthin hatte mich Großmutter jeden Freitag mitgenommen zum Wäschewaschen, sie war Wäscherin im Schloss. Dass sie mich mitbrachte, war eigentlich nicht erwünscht.

Lass dich nicht erwischen.

Ich versprach, mich dünnezumachen.

Großmutter in ihrer Waschküchenwolke konnte sich auf mich verlassen. In der samtgepolsterten Feiertagskutsche fand mich niemand. Im Herrenzimmer war ich sicher, Finsternis, leere Aschenbecher, denn die Männer kämpften im Krieg. Stuka-Piloten, Kapitäne zur See, um zwei goldgerahmte Männergesichter hing ein schwarzes Seidentuch, ein Trauerflor. Ich war frei, so frei wie Luft, wahrscheinlich war ich in den herrlichen Räumen unsichtbar.

Das Grab in den Eichen gehörte zum anderen, zum Mitteldorf-Schloss, auch das existierte nicht mehr, das Grab in den Eichen gehörte zu einer Tragödie.

Eine Nachfahrin, Überlebende der Tragödie, hatte ich überraschend nach einer Lesung kennengelernt. Sie war, um mich zu treffen, 20 Kilometer mit dem Fahrrad unterwegs gewesen. Bald musste sie in Dunkelheit und Regen zurück. Von Katlenburg nach Göttingen. Vorher schnell, sturzbacharrig, am Kneipentisch bei Kräutertee ihre Geschichte.

Dass der Vater, Schlossherr und Knopffabrikant, durch die Erfindung des Reißverschlusses in eine Krise geraten war, dass er während des Krieges Zuständigkeiten hatte. Deshalb habe der Papa, als die Russen in Breslau standen, die Flinte genommen. Die Stiefmutti erschossen.

Uns Kinder konnte er nicht finden, erzählte sie mir, denn das Kindermädchen hatte uns im Bunker unter der Erde versteckt.

Ich kannte den Hügel, weil wir dort Maiglöckchen pflückten, weil dort der Milan lebte, der Hühnerdieb, der Schlawiner.

Ein Strolch. Ich erinnerte mich, Großvater hatte damals eine sehr schlechte Meinung von dem großen Vogel.

Und jetzt die Frau, diese Schlossgeschichte mit dem Schluss, dass man erst die Kinder versteckt und dann im deutschen Eichenhain Stiefmutti und Papa begraben hatte.

Großvater hatte geschimpft, der Strolch, es war, weil der Milan unsere Küken schnappte, im Flug, immer gleich fünf Stück auf einen Streich. Der Vogel stand rüttelnd über dem Eichenhain, ein schöner stolzer Strolch. Ich habe den frischen Hügel auf dem Hügel wahrscheinlich gesehen. Nun konnte ich mich wahrscheinlich erinnern.

Milan oder Gabelweihe, hatte der Großvater erklärt, weil die Schwanzfedern wie eine Gabel aussehen, an der Gabel kannst du ihn gut erkennen. Über uns der Strolch, die Maiglöckchen, links das Grab.

Alle drei Kinder, darunter die Radlerin, waren durch das Kindermädchen entführt, versteckt und so schließlich gerettet worden.

Das Kindermädchen, jetzt in den Achtzigern, hatte die ganze Zeit, während ich mit der Radlerin am Kneipentisch Tee trank, im Hinterzimmer gesessen. Nachdem die Radlerin in den Regen hinausgegangen war, trat sie aus den Kulissen, leise, aber bestimmt, weil sie im Drama, wie die Alten wussten, die verkappte Heldin war. Sie setzte sich zu mir.

Ich bin die Pospich Heidi.

Darauf hörte ich an diesem Abend gleich noch ihre Version und die Fortsetzung der Rettungsgeschichte, wie sie von dem Mordplan gehört, wie sie die Kinder, drei, sieben und neun Jahre alt, in der Mordnacht aus dem Eichenbunker ins Kellergewölbe des Brückenhauses geschleppt und dann, weil die Brücke gesprengt worden war, durch den Fluss geschleift, wie sie sich mit den Schlosskindern durch alle Fährnisse in den Westen zu den Engländern geschlagen habe. Strecken-weise mit einem Gespann. Manchmal per Handwagen oder drei Kinder im Sack, huckepack.

Das geschah.

Während ich im Niederdorf ahnungslos Maikäfer und Grillen fing.

Während ich nachts mit einem Federkiel das Verdunklungs-papier zerstach. Mit Sonnenaufgang standen durch mein Werk lauter wunderbare Sternbilder in unseren schwarz verdunkelten Fenstern.

So war das. Ganz genau, sagte das Kindermädchen.

Der Tod ging von Tür zu Tür.

Leider lägen die geretteten Geschwister seit ihrer Volljährig-keit miteinander in unversöhnlichem Streit.

Das Kindermädchen, die alte Frau, machte zwischendurch immer wieder ein bekümmertes Gesicht, sie erklärte: Lasten-ausgleich geht nach Erbrecht.

Ich dachte an das gerettete Schlosskind, das ich erst heute kennengelernt hatte, sah es auf nächtlicher Landstraße, immer bergan und immer mit Gegenwind, wie es jetzt tapfer in das Pedal trat.

Pospich Heidi, das Kindermädchen, verabschiedete sich herzlich von mir. Sie wurde vom Enkelsohn mit dem Auto abgeholt, sie wohne nicht weit, Sudetenweg, in der Neubau-siedlung. Wahrscheinlich hatte sie in der Gemeindezeitung die Ankündigung meines Auftritts gelesen und darauf die Rad-lerin unterrichtet. Buchvorstellung in der Katlenburger Klos-terschänke, wieder mit Kulturkaffee und selbst gebackenem Kuchen.

Pospich Heidi hatte in ihrer Funktion als Retterin manches wieder lebendig gemacht, sie hatte behauptet, sie könne sich an mich erinnern, an die Leute im Niederdorf, Petzold Schuster, Kutz Müller und an die Wäscherin, dort lebte ein kleines Mädchen. Es trottete barfuß mit seinem Tornister über die vielen Brücken und Stege, die lange kurvenreiche Dorfstraße, weiter und weiter, und manchmal kam es zu spät in die Schulstube, da hob der Kantor die Sensengerte. Es setzte sieben Schmitzen auf die Finger, deswegen kehrte es am nächsten Tag, schlau, auf halbem Weg einfach um, es ging nicht in die Schulstube, es ging wieder heim zu den Hühnern und zur Kuh. Pospich Heidi konnte sich erinnern. Ein barfüßiges Mädchen mit einem braunen Felltornister, Rotz an Backe, Scheiß am Been, ach, wie ist das Leben scheen.

Sie kannte mich. Sie wusste Intimitäten über die Niederdörfler, wusste, dass die Angeber aus dem Niederdorf-Schloss genauso auf dem letzten Loche pfiffen.

Dass sie jedes Jahr für die Preußen-Prinzen eine Jagdgesellschaft zelebrieren mussten, das war Protokoll und sollte dem Schloss und dem Schlesierland zur Ehre gereichen. Dabei mussten die Schlosskinder Sommer wie Winter in dünnen Halbschuhen in die Höhere Schule laufen, sieben Kilometer, Frühstück gab es keins, die Mäuse meuterten in der Kammer, weil der letzte Sack Getreide verkauft worden war.

Hunger im Schloss, das war verwunderlich, doch man wunderte sich noch mehr, dass sie die Wäsche unter diesen Umständen nicht selber wuschen. Nicht selber die Gespanne kutschierten, die Pferde fütterten, man muss sich bis heute wundern, warum sie die kalten Stuben unter diesen Umständen nicht selber gescheuert haben.

Zu fein, um heimlich ein Schwein zu schlachten.

Später haben mir die Kinder, Nachfahren beider Schlösser, unabhängig voneinander mit der Post ihre ausführlich mit Schreibmaschine getippten Katastrophengeschichten zugeschickt. Dicke eingeschriebene Briefe.

Hochinteressant und ziemlich ehrlich. Ich, die Enkelin der Waschfrau, sollte endlich schwarz auf weiß erfahren, wie unzumutbar so ein Leben in den Palästen einmal war. Es war die Wahrheit. Wir haben alle zusammen in einem kaputten Boot gesessen.

Auf Fotos versteckte Großmutter ihre Hände in den Jackenärmeln. Wäsche waschen, die Felder bestellen, abwechselnd Seifenlauge und schlesische Erde, das machte die Finger steif und krumm. Sie hatte gute Ohren und sehr gute Augen, aber Buchstaben auf dem Papier erkannt sie damit nicht. Großmutter wusste, was geschrieben stand, aus dem Kopf, sie wusste sogar noch mehr: Sachen, die keinen Anfang und kein Ende hatten.

Sie erzählte Geschichten aus der Mitte der Welt.

Sie war froh, dass sie mich als Zuhörerin hatte. Ich lief neben ihr her und zupfte an ihrer Schürze.

Was war vorher, und was kommt dann? Vorher war es finster, und dann schien der Mond, und in der Nacht, wie der Mond schien, kamen die Mäuse.

Furchtlose Mäuse, das war das, was das Dorf Falkenhain so verwerflich machte. In Neukirch gab es so was nicht, Mäuse, die sich nachts in der Stube herumtrieben. Man hatte in Neukirch keinen Misthaufen vor der Tür. Mutters Großmutter besaß ein Portemonnaie und einen Einkaufskorb, damit holte sie dreimal in der Woche ein Brot beim Bäcker. Meine Großmutter, also Mutters Mutter, die Waschfrau, musste die Brote selber backen.

Gravierende Unterschiede. Neukirch bleibt Neukirch. Dagegen das zerrissene Falkenhain. Mäuse in der Stube, ein Haus mit Strohdach, ein Dorf mit einer Kirche, die weder Kanzel noch Orgel hatte. Die Gemeinde war pleite. Die Bauern hatten Schulden.

Und was war vorher, und was kam dann?

Der Heilige Christ, der langt in die Tasche und zahlt den Rest.

Mutter beschönigte nichts. In Falkenhain hatten unsere keine Nummer. In der Kirche nur Stehplatz. Biemenstinker, dabei kamen wir nicht aus Böhmen, sondern aus Neukirch an der Katzbach mit Reichsbahnanschluss plus besagter Orgel von Silbermann.

Mutter hatte am Straßenrand, nun schon in Falkenhain, Erdbeeren gefunden und von zwei Leuten, die mit einem Handwagen unterwegs waren, einiges in Erfahrung gebracht. Kein Wasser im Mühlgraben, das Mühlrad dreht sich nicht mehr. Schon lange, seit die Wehrmauer nicht mehr steht, haben die Männer mir erzählt.

Haben die Männer deutsch gesprochen?

Mutter schüttelte verwundert den Kopf. Das waren Polen, die haben nicht deutsch gesprochen, die haben anders gesprochen, ich habe sie aber verstanden.

Es war komisch.

Wir glaubten meiner Mutter. Sie hatte die Männer verstanden. Polski Fiat. Stacja für Benzin, Bier oder Piwo, man tat so, als hätte man was in der Hand, ein Glas, eine Flasche. Gluckgluck.

Robi chauffierte uns zurück ins Lomnitzer Schloss.

Am nächsten Tag sind wir noch einmal nach Neukirch gefahren, wir sind um die Kirche herumgegangen, die zu dieser Stunde verschlossen war, wir haben am Pfarrhaus an die Tür geklopft. Es hat sich niemand gemeldet. Wir wollten in der Gastwirtschaft warten, aber Mutter hatte plötzlich keine Lust mehr. Ihr fielen noch ein paar Namen ein, Schulfreundinnen und Lehrerinnen. Frolein Zenscher, die gab Rechenunterricht.

Mutter wollte nach Hause.

B. B. Berta Berger, das Leinentuch mit der Monogrammstickerei von Mutters Großmutter liegt auf meiner Nähzeugkiste. Wenn ich eine Nadel brauche, rutscht das Tuch hinter das Bücherregal.

Sieht wie gekauft aus, meint Laura, als ich ihr den Lappen zeige, lauter tadellos in sich verschlungene Buchstaben aus weißem und rotem Garn.

Ich rechne. Von Berta Berger bis Laura, fünf Generationen.

In meiner Erinnerung guckt die Urgroßmutter aus dem Fenster, sie ruft mich jedes Mal mit dem Namen meiner Mutter, und einmal, ich war kaum fünf Jahre alt, bin ich allein über die Hölle bis ins Nachbardorf gewandert. Die Urgroßmutter hat mich mit Mutters Namen ins Haus gerufen, auf ein gepolstertes Bänkchen gesetzt und angefangen zu kochen. Schwarzen Pudding.

Meine Leute mussten ein oder zwei Tage auf mich warten.

Wo ist sie denn nun wieder hin? Man rief mich, schaute um die Ecke, rief noch einmal in der Scheune und im Stall.

Es hatte keinen Zweck, länger hin und her zu rennen, denn auch auf dem Heuboden war ich nicht.

Irgendwann, am Abend noch oder morgen oder erst übermorgen, würde mich einer zurückführen an den Ort, wo ich hingehörte. Auch entlaufene Hühner oder die Ziege, die sich in einem fremden Gehege satt gefressen hatte, brachte man bei nächster Gelegenheit nach Hause.

Hat dich einer heimgebracht?

Sieht so aus, wahrscheinlich jemand, der sein Pferd beim Schmied in Neukirch hat beschlagen lassen. Der hat mich, die Rumtreiberin, in den Sattel gehoben und ab nach Hause. Man vertraute den Leuten und auch Gottes Wachsamkeit. In unserem Gelände ging keiner so schnell verloren. Ich habe die Mühsal des Weges, mein Ziel, auch das Ende dieses Abenteuers, ob es Ärger gab, ob es Hiebe setzte, in Einzelheiten vergessen, aber an den schwarzen Pudding in der Porzellan-schüssel erinnere ich mich noch genau. Jahre später erhielt der schwarze Pudding einen Namen. Schokolade. Schokoladen-pudding von Dr. Oetker.

Das feine Sticktuch, Urgroßmutters Fleiß, war als Wundlap-pen in der Treckapotheke zu mir gekommen. Ich hab's später in meiner Puppenstube gehütet.

Ein Andenken an B.B. aus Neukirch.

Laura hatte wissen wollen, wieso ich das hundert Jahre alte Tuch überhaupt noch habe. Es war doch Krieg. Alle Sachen sind verbrannt, und ihr seid aus dem Dorf weggerannt, weil geschossen wurde.

Ich musste mich besinnen. Es war ein Wunder. Ich besaß dieses Urgroßmuttertuch und ein schlesisches Strumpfnadel-spiel, wer das im Fluchtrucksack mitgenommen hatte, weiß ich nicht mehr. Weiß niemand mehr.

Soll ich dir mal ein Paar Ärmelstulpen stricken? Die sind nämlich jetzt modern, das haben heute die jungen Mädchen, rechts links oder einfach glatt, das kann ich. Maschenaufneh-men habe ich noch vor dem Schreiben gelernt.

Was kannst du denn sonst noch?

Knopflöcher, Kreuzstich, auch Hexen- und Stielstich, Luft-maschen, ich könnte dir einen Schal häkeln.

Laura ist dreizehn, sie fährt jetzt allein ins Sterncenter zum Shoppen. Sie hat sich vom Geburtstagsgeld ein Paar hellgrüne türkische Sneaker und ein schilfgrünes indisches Amanda-T-Shirt gekauft. Schön und nicht teuer. Sie sagt: Eigentlich brau-che ich keinen Schal, ich will nur nützliche Sachen.

Am Schneidetisch

Die Doppelmauer mit dem Todesstreifen war im Sinne des Wortes nun wirklich spurlos verschwunden. Wozu sollte man Beton aufbewahren? Einzelne Segmente klotzten zum Fürchten und Staunen in vielen Großstädten der Welt. In Belgien vor dem Sitz der Europäischen Kommission zum Beispiel, in New York auf einigen Plätzen, in einem Park in Jakarta, auf einem Moskauer Schulhof, in Tallinn, Bangkok, Kapstadt.

Ich erhielt einen Anruf. Wir sind zwar nicht fertig, aber ein gutes Stück vorwärtsgekommen, wir würden uns freuen, wenn Sie uns nun wirklich mal besuchen.

Das gebeutelte Haus, die Unterkunft im ehemaligen Grenzgebiet, war bewohnt und wieder mal Baustelle. Einer der Söhne hatte telefoniert. Ich war gerührt und neugierig.

Der Uferabhang grünte gepflegt wie auf einem Gemälde von Max Liebermann. Ein sanft zum Wasser hin geneigtes Gelände, junge Birken tanzten in lockerer Reihe, wie es sich für einen glücklichen Anfang gehörte.

Die Neuen, die Alteigentümernachkommen, hatten Bauzeichnungen, auch alte Bücher und Fotoalben mit Schwarz-Weiß-Fotos aufgestöbert. Das Sommerhaus von außen und von innen. Korbmöbelzeit. Männer in hellen Leinenanzügen, Frauen und kleine Mädchen mit Bubiköpfen, Zuckerzangen, Kaffeekannen, alles wirkte aufgeräumt. Gedankenverloren, wie zum Sonntagsgebrauch.

Wer die Zukunft der Augenblicke kannte, staunte vor so viel weißen Kleidern und Zuversicht.

Siebzig Jahre gelten als kleines biblisches Zeitmaß, unter Erdenmenschen kann unterdes viel geschehen. Ein Nachkrieg, Revolution, ein neuer Krieg, wieder ein Nachkrieg, diesmal in drei verschiedenen Welten mit neuen Massenvernichtungswaffen. Schließlich und endlich Mauerrevolution. Globalisierung. Neue Kriege. Neue Waffen. Neue Mauern.

Wir saßen auf der Terrasse.

Auf neuen Stühlen. Flaschen standen auf dem Tisch, stilles und halb sprudelndes Mineralwasser und die Sektgläser. Ich mit einem sanften Rausch. Halb voll, halb leer.

Das kleinste Bubikopfmädchen vom Foto aus dem alten Album weilte jetzt als Mutter und Oma in unserer Mitte. Stolz, bescheiden, positiv überrascht von wichtigen neuen Gesetzen, Rückgabe vor Entschädigung, am Ende eine Art Erbin, wer hätte das gestern noch gedacht.

Wirklich handelnd, mutig, bewundernswert ideenreich, die beiden erwachsenen Söhne. Die geschäftsführende Generation.

Wir gehen auf die ersten Farben zurück.

Den Außenputz lassen wir so, wie er sich in den Zeiten gehalten hat. Die Fassade wird gereinigt, sonnengelb getüncht, dann mit steingrauem Mörtel beworfen und auf diese Weise wieder fein strukturiert.

Wir haben das Schuppendach abgenommen, damit der Küchenaustritt wieder so wird, wie er früher war, mit Außentreppe, Auf- und Abgang zum Garten, zum Wäscheplatz und zur Sickergrube.

Die Trockenmauern, die das obere und das unter Plateau in der Senkrechten gehalten haben, waren verschüttet, aber sie sind alle, wirklich alle noch da. Sogar die ursprüngliche Bepflanzung kriecht aus den Mauerritzen hervor. Wurzelwerk lag unter verrutschten Steinen und Erde.

Und im tödlichen Schatten des Eisernen Vorhangs.

Das war mein rechtfertigender Gedanke. Es war Minen-gebiet.

Deswegen dort zu meiner Zeit keine Erdbeeren, weder Wald- noch Kultur-Fragaria.

Ich schaute von oben und dann beim Rundgang immer noch überrascht wie auf eine unerhörte Inszenierung. Die hohen Betonwände waren von der Bühne verschwunden. Ein Zauberer hatte den Garten nach Jahrzehnten erlöst.

Ich sah den friedlichen Rest der Schaukelstange, streichelte alles, wenigstens mit den Augen. Entdeckte einen neuen Wasserschlauch und einen perfekten Anschlussstutzen.

Im Gartensaal haben wir die Holztäfelung freigelegt.

Walhall. Ich kannte die eingebauten Regale, zwei Schränke rechts und links neben dem rätselhaften Kamin, die verborgenen Klappen, Ketten. Ich konnte den Raum, wie er sich mir nun bot, nur bewundern.

Ringsum dunkles Holz, der Fußboden rotbraun gestrichen, die Decke und die Wände seladongrün wie die chinesische Schüssel aus der Ming-Zeit, die ich im Ostasiatischen Museum gesehen hatte. Im Sockel unter dem großen Fenster waren vier niedrige Stützen aus glasierten Steinen unter dem Putz zum Vorschein gekommen. Ein Raum, ein Pavillon, der sich in chinesischer Diskretion zur Landschaft öffnete. Ein wandbreites Fenster zum See, drei schlanke übermannshohe Türen, die zur Terrasse führten.

Die Decke reflektierte ein schimmerndes indirektes Licht. Es versammelte die Räumlichkeit, den Tisch und die Stühle, das Spielzeug der Kinder, das Tablett mit dem Geschirr, das, glänzend frisch aus dem Geschirrspüler, provisorisch gastlich auf dem Fußboden stand. Ein unvollendetes, trotzdem kostbares Bild.

An der Decke hinter dem kastenförmigen Umlauf der Holztäfelung waren wieder Leuchtröhren eingepasst worden, in den zwanziger Jahren eine Neuheit – für uns und für die Elektriker des Ostens undefinierbar herumhängende Drähte, einfach damals ein Orakel. Fugenschleifer allerdings gab es im VEB Großanlagen, damit hatten unsere Handwerker eine sichere, tief liegende Leitung in die Decke gefräst, akkurat bis zur Mitte, ein Maurer montierte an der Stelle einen eisernen kuhfußartigen Haken, und da hing unser massiver Messingleuchter aus einem havelländischen Schloss, den ein Ratsvorsitzender an mich weitergegeben hatte, da das Kindersanatorium »Anton Semjonowitsch Makarenko« eine andere Beleuchtung haben wollte.

Der Raum war für unser Leben viel zu groß. Das schwere Lichtgehänge schwankte, wenn Kettenraupen den Todesstreifen planierten. Der Seewind wehte, jagte Schnee durch die Ritzen der riesigen Fenster. Das Ende unserer Welt stand uns jeden Tag direkt vor Augen. Grauer Beton, die Grenze zwischen Dollar und Rubel, Plastik und Plaste. Dem Ost- und dem Westfernsehprogramm, die wir allerdings beide guckten. Zwei Sandmänner. Wichtig die Botschaft des Ostsandmanns. Kinder, liebe Kinder, es ist noch nicht so weit. Wir senden erst den Abendgruß.

Im Jenseits ein See, auf der anderen Seite die für jedermann freie Straße, wo die Linienbusse zwischen Potsdam und Falkensee vorbeifuhren. Ich liebte unser Nest in der Seepromenade.

Die Haustür sollte so blau bleiben wie zu unserer Zeit.

Die Fensterrahmen gelb, das konnte man als Urfarbe noch gut erkennen.

Alle Wände, die von uns schockierend weiß gestrichen worden waren, sollten nun wieder Farbe bekommen. Die alten Farben. Grün und Karminrot.

Experte Erwin hatte uns damals vorsichtig Ratschläge geben wollen, wenn schon Weiß, dann sollte eine Farbwalze drüber gerollt werden oder ein gewickelter Scheuerlappen, er hatte uns an der Kellerwand vorgeführt, was er mit dem in hellblaue Suppe getauchten Lappen zaubern konnte, verblüffend vegetabile Gebilde, Federwische, eine alte Kunst, aber wir wollten weiße Wände, nichts Buntes und keine Gardinen. Der Bürgermeister, meine Mutter, alle schüttelten den Kopf. Dekadent, das war so ein tadelndes Wort der Zeit, keiner wusste genau, was es heißen sollte. Weiße Wände, wahrscheinlich waren weiße Wände damit gemeint. Dekadent. Verfall, sittlicher und kultureller Niedergang.

Erwin rührte Wasser und Kreide, dazu etwas Knochenleim. Im Grenzgebiet war es eigentlich egal, welchen Anstrich die Wände hatten. Wachtürme hatten unser weißes Nest im Blick.

Wir waren unter Kontrolle. Man beobachtete aus langer Weile, was wir drinnen machten. Es war einerlei. Weiß, das war Nichts, das war die Farbe der Kapitulation. Von Gesetzesbelang war einzig und allein, dass kein Unbefugter zu uns in die Bude kam. Niemand ohne Stempel.

Man fragt sich, ob man wohl unter diesen Umständen von Glück reden konnte.

Man konnte.

Make love not war.

Weiß, der Malgrund für die Regenbogenfahne. Bandiera della Pace.

Auch in der neuen Zeit ging nicht alles von heute auf morgen. Qualität stand vorn, das Tempo war deutlich auch eine Frage des Geldes.

Man lebte mit gesichertem Einkommen und mit Kredit, also nicht auf übergroßem Fuß, in rohen Wänden.

Farbstreifen sollten begutachtet werden, verschieden getönte

Reiskornfliesen, die vorläufig montierten Duscharmaturen, ich bewunderte alles, Rosa und Grün, das passte ausgezeichnet, die Qualität der Steine, die Sandkegel, die Feuchtigkeit des Mörtels, den Geruch der langsam trocknenden Tünche. Ich ließ mir erklären, woher die Terrassensteine geliefert worden waren.

Helle Kalksteinplatten, matt geschliffen. Kein chinesischer Import, ich spürte es in den Fingerspitzen. Wie Samt, trotzdem fest, unverwüstlich. Es sollte alles so werden, wie es früher einmal war.

Mir war, als würde ich wie einst im Filmstudio am Schneidetisch sitzen.

Ich konnte aus der letzten Schnittfassung einzelne Szenen entfernen. Klebestellen lösen oder Streifen abschneiden. Es konnten die liebsten sein. Raus damit. Zum Besten der Geschichte. Zur Beförderung des Erzählflusses. Kill your darlings, so lautete eine Empfehlung aus berufenem Munde, die in den Filmakademien weitergegeben wurde, grade das Liebste, das herausragend Wunderbare bremste oft den Fortgang der Handlung. Grade das, was gestern unser Highlight war. Ein Leben in einem Land der Gerechten. In einer Welt ohne Waffen. Jeder nimmt, was er braucht und gern hat.

Die Geschichte gewann durch Mäßigung gleichermaßen an Tempo und an Ruhe, sie fand einen Rhythmus. Die Handlung folgte nunmehr ganz von alleine einem innewohnenden Gesetz. Sie ging ihren Gang.

Meter um Meter rollte die Geschichte zurück. Bis zur nächsten Klebestelle, bis zur Sequenz im Russenmagazin, bis zum Stacheldraht unten am See.

Raus damit, zum Restmaterial an den Galgen. Dort hingen die ausgemusterten Streifen.

Lauter retardierende Momente.

Man brauchte die Jahre nicht mehr. Jedenfalls vorläufig nicht. Die Zeit hing am Galgen. Abseits, aber griffbereit.

In stiller Reserve.

Die Nachkriegszeit.

Es war vernünftig, die nichtssagenden Jahre herauszunehmen, um gleich an beredte Ereignisse anzuknüpfen.

Ohne das Haus, ohne den Kalten Krieg, ohne mich im kaputten Gelände, so liefen die Bilder weiter. Wie selbstverständlich.

Hatte ich nicht einmal ziemlich entschlossen erklärt, dass es zweitrangig sei, wie sich die Nation nenne, in der ich lebe, ich wollte mich weder zum Ostblock noch zu Polen oder Deutschland sortieren. Ich dachte schon in den späten Fünfzigern an einen grenzenlosen Kontinent. Europa. Ich bin wie ein Vogel in einem weichen Nest.

Es war, als hätte ich am Schneidetisch empfohlen, das Mauer-Kapitel herauszunehmen.

Ich hatte selbst für Kürzungen gesorgt.

Mit dem Grubenhammer aus dem Erzgebirge, damit habe ich ein schönes Loch in die deutsch-deutsche Mauer gekloppt. Ich konnte durchsteigen, allerdings erst mal nur bis zum Todesstreifen. Gefahrlos, denn die Wachtürme waren leer.

Da stand ich, mit dem Hammer in der Hand. Verkennbar, wie das Denkmal der Dresdner Trümmerfrau. Ende des Krieges.

Kairos, der glückliche Augenblick.

Wahrscheinlich müsste man eine andere Perspektive finden. Eine neue Perspektive für das alte Material.

Wenn man den Klang in einem Schallraum
nicht mehr orten kann,
ist das Echo zum Nachhall geworden.

Nicht nur das Haus wird schöner denn je, auch der Garten wird wieder ein Schmuckstück.

Im See arbeiteten Sauerstoffaggregate, damit sollte die Wasserqualität besser werden.

Aber den Pflaumenbaum, den Sie gepflanzt haben, den lassen wir stehen, auch wenn das Gelände nie eine Streuobstwiese war und ganz gewiss jetzt auf dem Wege der denkmalgerechten Gestaltung keine Streuobstwiese werden soll, die Pflaume bleibt.

Und nun schauen Sie doch bitte einmal dorthin.

Ich erschrak. Ich fühlte mich alt, hinfällig wie der Pflaumenbaum, der sich harzheulend unter der Kiefer krümmte.

Hinten im Busch lag ein knallrotes Lacklederpolster, daneben ein kunsthandwerklich gebogenes Eisengestell.

Auch das gehörte zum Wohlwollen der neuen Eigner.

Den Stuhl lassen wir genau an der Stelle unter dem Flieder liegen.

Knallrot. Wie ein Werkstück aus der Berliner Tacheles-Schmiede.

Das war nun mein Ehrenplatz in der Geschichte.

Das ganze Ensemble, Sitzbank, zwei Stühle, ein Hocker, ein Tisch, das hatte einmal bei der Genossenschaft Kunsthandwerk über fünfhundert Mark gekostet, es war sogar auf einer Doppelseite in der Modezeitung »Sibylle« abgebildet gewesen. Ein Sommeridyll, zusammen mit Models in flotten Unisex-Hosen von Shanty Rostock.

Wenn die Luft rein ist, wenn die Leute fort sind, dachte ich beklommen und wütend genug, dann schleiche ich mich von unten durch die Büsche, dann hole ich unseren Stuhl mit dem roten Polster und verfrachte ihn in einen Müllcontainer. Ich wusste auch schon, wo.

Ich dachte außerdem an einen Fuchsschwanz, um auch den Pflaumenbaum wegzuräumen.

Doch dann war ich gleich wieder faul und immer noch sehr froh, dass wir von einer friedlichen Revolution reden konnten. Ich überließ die rumliegenden Klamotten der Natur und der Zeit.

Ping

Ping verrät viel über den Sonor und den Sound,
den der Rufer macht. Ping gibt Auskunft über den Weg
der Schallquelle und beschreibt die Qualität des Echos,
es verfolgt den Weg der Datenpakete bis zum Empfänger.
Ping uses timed echo request and echo reply.
Ping erkennt sich im Widerhall.
Pong ist das, was daraus folgt.

Sumpfzypressen

Während der Ferienzeit ging es auf der B 1 ruhig zu. Wenig Pendler zwischen Potsdam und Berlin. Die Bauarbeiten an den Kolonnaden der Glienicker Brücke ruhten, denn in den Wochen des Steinhummelflugs, der Hochzeit von Bombus lapidarius, war Maschinenlärm verboten. Das Gelände gehörte jetzt uns, den Hummeln und mir. Ich trat ins Pedal, außerdem schob mich der Wind, ich schwebte, ich flog die Steigung zum Babelsberg hinauf, dann durch die Senke, das Moor, Häuser, die Schlösser hüben und drüben.

Vorbei an den Parkfontänen.

Manchmal drehten die Brunnenmeister in diesem Augenblick die Hähne auf. Ich sollte erschrecken, ich sollte mich freuen, ich sollte froh erschrocken die Brücke passieren. Besonders schön sind Wasserspiele bei trübem Wetter. Auf hohem Säulenpodest zwei Löwen, silberne Bögen aus goldenen Mäulern, Überfluss, Überlauf, Wasserzungen, silberne Lappen. Im stiebenden Wasser bald die erste und zweite Ente, die Entenschar. Bitte nicht füttern. Man sah, man fotografierte, filmte einen bunten Erpel, wie der zu Fuß über die Glienicker Brücke spazierte, über den Grenzstrich, der allerdings in diesen Tagen kaum noch zu erkennen war.

Am Gegenufer des Tiefen Sees wedelte eine weiße Nebelfahne, die große Fontäne vor dem Babelsberger Schloss, ein englisches Bild.

Das alte Pumpwerk im Maschinenhaus funktionierte wieder.

Löwengold im Nebelschleier. Anderswo und zu anderen Zeiten konnte es gewiss nicht schöner sein. In den Wochen zuvor hatte die Nachtigall noch ein paar Töne in den frühen Tag hineingetragen, und der Kuckuck hatte sehr aufdringlich gerufen, einmal so laut, dass es eine Amsel als unzumutbar empfand. Amsel und Kuckuck waren deswegen in Streit geraten. Beide jagten zankend über den See. Als ich nach meiner Schwimmstrecke wieder ans Ufer stieg, hatte es einen Sieger oder ein Übereinkommen gegeben, ich hörte den Kuckuck unerschrocken in alter Weise, sah die Amsel kleinlaut im Gebüsch.

Die Kuckuckszeit war für dieses Jahr vorüber, für heute hatten die Parknachtwärter ihre Schicht absolviert.

Ich schob mein Fahrrad über die Wiese. Ich durfte die Stunde genießen. Jungfernsee links, hinter mir der Tiefe und rechts der Heilige See. Der Mann mit dem braven Hund winkte mir zu. Der Kahlköpfige auf seinem Rennrad holperte an mir vorbei. Er zog auch heute einen Schweif Herrenduft, Bleu de Chanel, hinter sich her.

Vor dem Schilfgürtel wie immer die Obdachlosenutensilien. Das Rucksackbündel. Toastbrot. Wasserflasche. In der Bucht die Isomatte, wo der Frühschwimmer, bis die Sonne rum war, ungestört schlief. Ich vermisste das Hercules-Fahrrad der ganzkörperbronzenen Helena. Vielleicht kam sie später, oder sie war schon auf dem Heimweg.

Das Marmorpalais spiegelte gediegen im Wasser, endlich nach vielen Jahren ohne Baugerüst. Auf dem Turm der Wunderkind-Villa wehte ein Wunderkind-Fähnchen. Es machte mir nichts aus, dass mich ein Fliegenschwarm verfolgte, auch dass die Gotische Bibliothek am Gegenufer schon wieder schief stand. Die Pappeln daneben wie Orgelpfeifen, aber die Bibliothek schon wieder schief. Es war eine optische Täuschung. Es war meine Welt.

Nicht nur die Kuckucke hatten das Revier für dieses Jahr verlassen. Der Storch war schon unterwegs. Die Kraniche pflegten schnell noch eine zweite Brut. Die Sonne stand kurz über der Pfaueninsel, sie verschwand dann hinter hohen Bäumen am Hasengraben. So war das über Sommer.

Auf den Tageslauf war Verlass.

Doch diesmal zeigte das Jahr seltsame Eile. Am Morgen lagen deutliche Schatten über dem Weg.

Der Rittersporn hatte einen Monat früher angefangen zu blühen. Rosen im Mai. Man fand jetzt schon Pilze. Spinnweben durchzogen den Wald. Ich fing in meinem Gelände an, trockene Äste auszuholzen, stellte in der Küche leere Konservengläser bereit. Deutliche Zeichen für den Altweibersommer.

Die Natur konnte in der Zeit vor- oder nachgehen. Die Ferien richteten sich nicht nach Launen. Termine standen fest.

Der August ist ein Monat, der den Reisebussen gehört.

Busreisende müssen früh aufstehen, pünktlich frühstücken. Es ist schlecht, wenn einer zu spät kommt. Die Kurzparkplätze an der Glienicker Brücke sind immer schnell besetzt. Die Ausstellung im Schloss gilt dem 50. Jahrestag des Mauerbaus. Nach dem Besuch der Räume können alle die berühmte Brücke passieren, bitte mit Tempo, weil wir an den Kolonnaden im Parkverbot stehen.

Hier ist es gewesen.

Am Anfang meines Erwachens, als der Wind noch über Kriegstrümmer und Freiflächen fegte, da sind wir einfach frech mit dem Faltboot unter der Brücke durchgepaddelt, wir wussten nicht, ob das Wasser der Havel an dieser Stelle West oder Ost war, die Grenzen der Systeme waren hier, wie es sich für Flüsse gehörte, fließend.

1960 im Mai schob ich einen Kinderwagen über die Brücke, von der Studentenwohnung kommend, den kürzesten Weg zur Berliner Straße, wo ich zur Mütterberatung bestellt worden war. Geeichte Waagen und Amtsstempel gaben mir recht, ich hatte das allerschönste Kind der Welt. Auf dem Rückweg fragte mich ein Grenzposten nach einem Ausweis, er machte mich darauf aufmerksam, dass ich über den weißen Strich getreten wäre und damit das Lager gewechselt hätte. Er fragte verdrossen, wohin ich denn eigentlich wolle.

Auf kürzestem Weg nach Hause, erklärte ich ihm, Richtung Sternwarte, links Karl-Marx- und Rosa-Luxemburg-Straße, dort wohnte ich mit meinem süßen Knaben in einer noblen Villa, allerdings nur in einer schrägen Kammer unter dem Dach. Als Ausweis zeigte ich ihm die Wiegekarte mit dem frischen Stempel von der Mütterberatung.

Moskau und Washington akzeptierten. Der Kalte Krieg spielte sich in der Luft und in Zeitungen ab, manchmal in Korea oder in Kuba. Es war die Zeit, wo viele das Moskau-Land verließen, sie gingen, wie es hieß: rüber in die Freiheit.

Freiheit, das klang sehr gut, das klang verlockend. Man bewunderte die Autos und Südfrüchte, besonders die Bananen. Autos waren sowieso Männerträume. Sozialismus klang auch gut, es klang nach Gerechtigkeit. Jeder nach seinen Bedürfnissen. Das war das Ziel, die Theoretiker erdachten einen neuen Menschen, einen wahren Christen. Ich raspelte für mein gelobtes Kind auf einer scharfen Reibe Mohrrüben und Äpfel, aus Versehen mit etwas Blut.

Ja, so war das. Einfach schön.

So verging dein erstes Lebensjahr bei offener Grenze. Die Brücke war eine Brücke. Bis im Jahr 61 Schluss war. Die Mauer wurde gebaut. Wir dachten, vorübergehend, aber die Ost- blieb zur Westwelt Jahr um Jahr unverändert dicht, abgeriegelt, undurchdringlich. Nur passierbar für Vögel, Staatsopernsänger und Todesmutige, die sich einen Heißluftballon gebaut hatten. Eine einzige Stelle gab es auf der Erde, da öffnete sich manchmal eine Klappe im Eisernen Vorhang, ein

Schlupf zwischen den Lagern der verschiedenen Raketentypen, der Nato und des Warschauer Paktes, zwischen der Rubel- und der Dollarwelt.

Auf der Glienicker Brücke wurden von Zeit zu Zeit Agenten ausgetauscht, genau in der Mitte, eigentlich an der Stadtgrenze zwischen Potsdam und Berlin. Auf der Glienicker Brücke ließen die beiden Lager dicke Luft ab, zur Entspannung einer gepressten Situation, um einen Krisenherd zu befrieden, aus Gründen der Koexistenz oder wenn innenpolitisch etwas rumorte. Dafür taugten Agenten, es war gut, wenn der eine oder der andere Agent gepackt worden war, um für besagten Ernstfall in Moskau und Washington ein Äquivalent parat zu haben. Die Tauschabsicht wurde jedes Mal groß aufgemacht. Internationale Presse eilte herbei und musste warten, besonders im Winter, besonders bei sibirischer Kälte. Man berichtete im Fernsehen, in den Westkanälen zeigte man stündlich das sensationelle Frieren und Warten, in der Aktuellen Kamera berichtete man mit dem Standbild eines fahrenden Autos von der Rückführung eines USA-Spions, den man wegen guter Führung und Besserung vorzeitig entlassen hatte.

Die kurze Öffnung machte den Ring noch fester, die Riegel erinnerten immer wieder daran, dass wir längst nicht im Frieden lebten. Ein Freund von mir nannte den Zustand in einem Theaterstück einen schmutzigen Frieden. Die Komödie spielte in einer Stadt im Mittelalter. Man wusste, was mit dem Burgwall gemeint war.

Es wurde sogar geschossen. Junge Menschen starben. Verwandte aus dem Westen meinten, die jungen Menschen wüssten doch genau, dass sie mit dem Feuer spielten. Leichtsinn.

Spielen?

Wie kann man einfach Vater und Mutter vergessen, wer über die Mauer klettert, denkt nur an sich.

Jeder Staat ist berechtigt, seine Grenze zu schützen, Störenfriede zur Ordnung zu rufen mit Grenztruppen, Wachtürmen und Sandminen.

So klangen die Rechtfertigungen von verschiedenen Seiten.

Mit dem Heranwachsen des Kindes wuchs die Angst, die Furcht, dass es als wehrpflichtiger Soldat an die Grenze gestellt werden würde, dass der Soldat schoss, dass er nicht schoss, sondern ein anderer Soldat, weil mein Kind das Gewehr weggeworfen hatte und losgerannt war. An den Hunden und Stolperanlagen vorbei. Über das Minenfeld.

Das Kind rannte nicht, es blieb bei seiner Freundin, der Katze, dem Wald, der kranken Schwester, der Mutter und Großmutter, den LPs, die seine Großmutter ihm mitgebracht hatte von ihren Rentnerreisen, dem Begrüßungsgeld, das sie sich Jahr für Jahr im Gemeindeamt des Dorfes im Westen abholte, in dem Ort, wo ihre beiden Schwestern und die Eltern, mein Großvater und meine Großmutter, seit der Flucht aus Schlesien untergekommen waren.

Er freute sich.

Still life.

Zwei Lautsprecher röhrten.

Sein Freund Matti war – für mich urplötzlich – über Ungarn von hier in den Westen gegangen. Rübergemacht.

Als die beiden Schulfreunde zuzeiten an unserem Küchentisch saßen, gingen die Gespräche für meine Ohren um einen kleinen Streit oder vielleicht mehr um eine symbolische Sache: Schwerter zu Pflugscharen, so was, aber zu dieser Stunde war die Aktion schon geplant. Mein Sohn wusste, die Nudeln mit Pilzen würden ein Abschiedsessen sein. Ich erfuhr es erst, als die Flucht mit Hilfe von Leuten und Wundern schon geglückt war. Die Dokumentarfilmregisseurin Lina hatte geholfen. Ich war erschrocken, aber nicht sehr überrascht. Wenn einer gequatscht hätte, wäre Lina jetzt wahrscheinlich im Knast.

Stimmt, sagte sie, das wäre ich wohl. Das wäre wohl wieder

ein Grund, bestenfalls würde ich keine Filme mehr drehen dürfen. Bestenfalls als Angestellte der Kirche in einem Friedhofsdepot auf den Feierabend warten.

Lina hatte Matti mit ihrem Auto an die ungarisch-österreichische Grenze kutschiert.

Matti lebte nun nicht weit von uns in Westberlin. In Berliner Luftlinie eigentlich nahe, nur in fußläufiger Entfernung, so erübrigte sich hoffentlich Heimweh.

Wir fanden eine Stelle in der Karl-Marx-Straße, oben am Steilufer des Griebnitzsees, wo man über die Mauer hinweg das Westufer sehen konnte. Dort winkten wir an bestimmten Tagen zu bestimmter Stunde. Freund Matti stand drüben, meist im Gestrüpp, meist im Nebel, wir glaubten, da steht doch einer, wir glaubten: Das ist er. Drüben im Westen am anderen Ufer.

Ich hatte immer ein mulmiges Gefühl. Ich ließ mich nicht abbringen. Gluckeninstinkt. Ich ging mit zum Ausguck am Steilufer. Als Blitzableiter für die Grenzpatrouille. Angst. Auch wenn die jungen Leute nach Bulgarien trampten oder gar noch weiter bis in den Kaukasus. Vier Wochen verschollen, da klopfte das Herz.

Liebe Kinder, die Sächsische Schweiz ist doch auch sehr schön. Liebe Kinder, aber, bitte, geht nicht bis an die tschechische Grenze bei Schmilka. In den Rabenlöchern wird wieder streng kontrolliert.

Am Eingang zur Ausstellung zum 50. Jahrestag des Mauerbaus im Schloss an der Glienicker Brücke konnten sich die Touristen zwischen zwei Mauersegmenten fotografieren lassen. Der Beton sah aus wie Honigkuchen, als würde das Zeug im Regen zerbröckeln, am Ende ein Haufen süßer Brei. In den Ausstellungsräumen hingen großformatige Schwarz-Weiß-Fotos, sie zeigten sehr viel Stacheldraht, Betonpfosten, junge, seitwärts blickende Grenzposten, nun schon in Winteruniformen, man erkannte Häuser aus der Kaiserzeit, wie sie einst waren als Dependance des Prinzenschlosses oder als noble Villa des Admirals, auf den nächsten Schautafeln dasselbe Haus als kriegsbeschädigtes Altersheim, im Vordergrund ein stabiler Verhau. Stacheldraht.

So viel Stacheldraht. Rollen lagerten als Vorrat im Gelände, Material, um das Geflecht gelegentlich weiterzustricken, höher, undurchlässig, selbst für Hunde und Katzen.

Die Ausstellung beschrieb kurz in Schwarz-Weiß die Mauerzeit.

Es folgten in einem weiteren Raum Farbfotos vom Abend des 10. November. Demonstranten oder nur herumstehende Leute, jedenfalls viele. Die Fotos zeigten Gesichter. Schnappschüsse. In einigen Details konnte man erkennen, dass Jung und Alt über eine Brücke spazierte. Alle in einer Richtung. Potsdamer auf dem Weg in den Westen. Ungläubig, ausgelassen, Spruchbänder oder Transparente waren keine zu sehen. Es fehlte eine große Totale, vom Brückenträger herunter oder wenigstens von einer Leiter. An eine Leiter, um eine Totale zu fotografieren, hatte wahrscheinlich keiner gedacht.

Ein System war geplatzt.

Die Spaziergänger hatten das System zum Platzen gebracht. Alte und Junge, Dissidenten, Flüchtlinge, Vagabunden, Journalisten, ein stotternder Redner auf einer Pressekonferenz, last but not least Gorbatschow.

Mein Sohn und seine Freunde hatten mich in die Mitte genommen, im langen lockeren Schlendrian über die Brücke. Sie hatten bis zur Stunde im Krankenhaus gearbeitet. Auf Station mit harten Assistenzarztpflichten.

Ich versuchte mehrmals anzubringen, dass es nicht das erste Mal sei, damals, noch vor der Mauer, da hast du, mein Kleiner, die Brücke in einem blauen Kinderwagen passiert, hin und zurück. Keiner hörte auf fertige Geschichten. Alle lebten im offenen Augenblick.

Menschen voller Erwartungen gingen vor mir und hinter mir her. Manchmal schob sich ein Auto vorbei, ein Trabant, Schritttempo, damit die am Rand stehenden Westberliner auf das Dach klopfen konnten. Einen brüderlichen Viervierteltakt. »Eroica«. Vernunft hatte gewonnen, das war eine Chance für den globalen Frieden. Solche Träume hatten dreißig Jahre nicht einmal im sogenannten kollektiven Unbewussten existiert. Wie im Märchen blieben die Waffenarsenale des Warschauer Paktes geschlossen. Der Sowjetposten an der Glienicker Brücke lächelte, er senkte verlegen das Haupt, die Mütze in der Hand wie im Gottesdienst. Er verschwand in sein rundes Betonwachhäuschen, um sich den anhaltenden Trubel durch die Schießscharte anzusehen.

Gegen Mitternacht standen wir vor der Gedächtniskirche. Ein hohler Zahn, eine konservierte Kriegsruine. Ringsherum knallten die Korken.

Die Ausstellung zum 50. Jahrestag des Mauerbaus präsentierte weniger den Anfang, damals 61, als vielmehr das Ende, das nun vor über zwei Jahrzehnten wiederum ein Anfang war.

Historiker meinten, das sei der Anfang vom Ende der Geschichte. Ein Staatsemblem, Hammer, Zirkel und Ährenkranz, schwebte vom mittleren Stahlträger der Glienicker Brücke an einem Seil herab zur Erde. Dieses Foto war die beliebteste Postkarte im Ausstellungsshop.

Im Durchgang zum Schlosscafé hingen Fotos vom Grenzverlauf. Damals und heute. Der Friedhof im Todesstreifen, Häuser, die von bekannten Architekten gebaut worden waren. Gegenüberstellungen. Vorher und nachher und jetzt. Privatbilder und altes Pressematerial. Manche Objekte trugen Nummern vom Landesarchiv. Jahreszahlen. Zeitspannen. Länger, perfekter als der Dreißigjährige Krieg mit seinem Westfälischen Frieden. Erstes Gebot: Der Landesherr legt die Religion im Territorium fest. Auf einer Schautafel wurden die Patrouillenwege als Spazier- und Radwege ausgewiesen, das Gelände sollte nie wieder hinter Zäunen verschwinden. *Freies Ufer Griebnitzsee* hieß eine Initiative, eine andere nannte sich *Groß Glienicker See für Alle.*

An einer Säule klebten Fotos von einem Kinderheim. Ich erkannte die Villa am Ufer des Griebnitzsees.

Für die Kinder damals ein geschützter, fast idyllischer Ort. Man konnte Bilder vom Tag des Kindes betrachten. Ein Spielplatz, geschmückt mit Girlanden und Luftballons. Ein großer Raum mit vielen Kindern um einen Weihnachtsbaum. Ein kurzer Text beschrieb Ort und Ereignis. Mit einer Telefonmuschel konnte man sich Lebensgeschichten anhören. Eine Frau erzählte, wie sie in das Kinderheim gekommen war, acht Jahre alt, die Eltern hatten in einer Hühnerfarm gearbeitet, in der Nacht sei Feuer ausgebrochen. Fünf Jahre habe sie im Heim gelebt. Sie sei in eine Babelsberger Schule gegangen, später in die Helmholtz-Oberschule. Ihre Vertraute sei Tante Ute gewesen. Tante Ute habe sie getröstet, wenn in der Schule was schiefgelaufen war.

Bis vor Kurzem habe sie zu ihr noch Kontakt gehalten. Tante Ute wohne jetzt in einem Seniorenheim in Ilmenau. Zu anderen Heimkindern habe sie keine Verbindung mehr. Sie erinnere sich an ein Ereignis kurz vor der Schließung des Heims, die Erwachsenen fuhren schon vom nahen Bahnhof mit der S-Bahn in den Westen, da wurden eines Tages alle Kinder zusammengerufen, man fragte nach einem Jungen, der auf unerklärliche Weise verschwunden war. Den Namen habe sie vergessen, der Junge sei in der anderen Gruppe gewesen. Ein letztes Maueropfer, könne man sagen.

Zu den Berichten gehörten ein paar Fotos. Eins zeigte einen Ausschnitt aus einer Gruppenaufnahme. Vergrößert ein etwa neunjähriger Junge in Jeans und blauem Sportpullover. Die Ärmel hingen seitlich herunter, lang gezogen bis zu den Knien, in seinem Gesicht stand ein talentiertes Lächeln.

Tropische Warmfronten, Regen, mindestens schwere Nebelwolken, manchmal schüttete es wie aus Kannen.

Manchmal schimmerte zwischen den dunkelblauvioletten Wolken ein hellblauer Fleck. Er hielt, was er versprach. Golden, wie es sich für den Spätsommer gehörte, lag für zwei Stunden oder drei Sonnenglanz über der Stadt. Wer bei heiterem Himmel ins Kino gegangen war, fand die Straßen nach dem Film unter Wasser, dampfend, flirrend, im rötlichen Abendschein. Autos teilten die Flut. Radler rollten mit gespreizten Beinen durch die Pfützen, Fußgänger trugen die Schuhe in der Hand.

Das Gras wuchs. Die Phloxdolden, die Köpfe der Sonnenblumen neigten sich, um am Morgen unerschrocken dem nächsten Regenschauer entgegenzublühen.

Die Papptafeln zur Erinnerung an den Mauerbau, Stacheldraht, Betonstelen verwitterten, die jüngste Geschichte schwächelte neben den touristischen Attraktionen rings um die Glienicker Brücke. Brunnen, Fontänen, blühende Rundbeete, weiße Dahlien, fuchsroter Amarant. Die Große Neugierde in restaurierter Schönheit, Seen und Parks in Prinzen-, Königs- und Kaiserpracht.

In der Schwanenallee glänzten die vormals verlotterten Villen, bald sollte Kaiser Wilhelms norwegisches Kongsnæs, die Matrosenhäuser samt Anlegesteg am Jungfernsee, wieder perfekt sein, vielleicht als Wellnessoase, um den neuen Besitzern Geld einzubringen. Damit wäre der vorletzte Schandfleck im Todesstreifen verschwunden.

Ich hatte mich trotz trüben Himmels, trotz triefender Bäume auf das Fahrrad geschwungen. Richtung Badestelle am See.

Man konnte im Regen wunderbar schwimmen. Von Enten begleitet, die flotten Haubentaucher spielten mit mir, ich durfte raten, wo sie gleich erscheinen würden, rechts, links, im verschwiegenen Wasser, irgendwo, ganz nahe, einen Arm weit entfernt. Der Silberreiher flog tief. Ich spürte über mir seine Flügelspitzen. Er steuerte mit langem Hals Richtung Ufer, wie immer zum Rastplatz im Schilf, wo er sich auf seinen Stelzbeinen sehr gepflegt ausnahm, japanisch, mit gebauschtem Gefieder. Wie ein Tempelbild. Im Hintergrund Purpurblumen, Weidenrosen, die man früher Unserer-Gottesmutter-Bettstroh nannte. Mitte August, zu Mariä Himmelfahrt, stand das Ufer am Marmorpalais in abendrötlicher Blüte.

Genau dort neben dem Palais sei aus den tiefen Gründen des Pfingstbergs ein Zufluss zum See entdeckt worden. Kenner waren davon fest überzeugt. Der Heilige See beherberge einen Riesenwels und eine potente Quelle. Unerforschte Legenden.

Der Dauerregen hatte den See verändert.

Wir sammelten uns am Ufer, die Bronzene, der Mann mit dem Hund, wir hielten redselig Rat – wir waren derart besorgt, dass wir unsere Diskretion vergaßen, Namen, Berufe, Adressen wurden genannt, die ängstliche Uferschwimmerin Frau Ziegler, Geschichtslehrerin vom Einstein-Gymnasium, der nach Bleu de Chanel duftende Rennradler und der Obdachlose berichteten, was sie beobachtet hatten. Der hohe Wasserstand könne nicht direkt von den Niederschlägen herrühren, Schuld sei die Havel, die mit Wucht über das Wehr am Hasengraben in den See hineindrücke – statt wie gewöhnlich das höhere Wasser des Heiligen Sees über den Graben anzunehmen.

Die Havel sei schuld.

Im Hasengraben könne man sehen, dass sich die Fließrichtung des Wassers umgedreht habe. Seit Tagen schon. Der Obdachlose kannte sich aus. Er wusste, was in den Gewässern bis hinauf nach Wittenberge los war. Er fuhr jeden Tag lange Strecken mit dem Fahrrad in der Gegend herum, immer Augen und Ohren offen.

Die schöne Welt zeigte bedenkliche Allüren. Unbekannte Geräusche.

Ich hatte unterwegs seltsam gellende Seufzer gehört. Und schließlich einen Vogel entdeckt, schwarz, ziemlich groß, links meines Wegs am Abhang einer kurz gehaltenen Wiese, die hinauf zur Mies-van-der-Rohe-Villa führte. Das Tier hüpfte wie elektrisiert, ein Raubvogel, dem Schrei nach eventuell eine Eule. Vielleicht handelte es sich, sehr raffiniert, um eine ferngesteuerte Attrappe gegen Wildschweine, ein Gerät, das zum Schutze der Wiese in der Nacht abschreckend kreischen sollte. Zu dieser Stunde hatte womöglich die Zeitautomatik versagt. Nachteulengeschrei, ungehörig am helllichten Tage. Krächzen. Lautes, raues Lachen vom Band.

Wer weiß. Ein Vogelgolem. Urtyp. Vermehrung per 3-D-Drucker nicht ausgeschlossen.

Wir waren besorgt.

Die Bronzene erzählte von ihrer betagten kränkelnden Katze, die nächste Woche vom Tierarzt eine Spritze bekommen sollte, nicht um wieder auf die Beine zu kommen, sondern um ihr das Sterben zu erleichtern.

Hoffentlich schafft sie es ohne, sagte der Dauergast, ein schlanker sportlicher Kerl, Prinz vom Marmorpalais. Er trug meist einen dünnen Bart- und einen noch dünneren Hinterkopfzopf.

Wenn ich mal später kam, saß er mit einem Toastpaket unter der Sumpfzypresse beim Frühstück, Äpfel, eine Schachtel Lätta, Spenden von der Potsdamer Tafel, in diesen Tagen alle Lebensmittel sorgfältig in regenfeste Folie verpackt.

Sein dürftiges Handtuch lag zum Trocknen über einem

Strauch. Längst wollte ich ihm ein großes Duschtuch auf das Fahrrad legen. Ich traute mich aber nicht. Er hätte mein Tuch wahrscheinlich zu den Badehosen, Socken, einer Armbanduhr, einer Zahnspange, zu einer Brille, einem Schlüsselbund, roten Baseball Cap an den Ast der Fundsachen-Eiche gehängt.

Wir begegneten uns frühmorgens, wir kannten unsere Gewohnheiten, Rituale, unser Tempo, Zeitlimit, welche Strecke wir schwimmend nahmen und welchen Stil wir pflegten. Man erkannte den Rückenschwimmer, dessen Arme korrekt wie Windmühlenflügel zu Wasser gingen, die Brustschwimmerin, bei der die Fersen mit jedem Zug aus dem Wasser blitzten, das konnte nur die Direktorin des Stadtmuseums sein, das Fersenblitzen gehörte zu ihrem Stil. Derweil zog ein Walross gezielt Richtung Palais. Sein Hund hockte am Ufer. Treu, unwirsch knurrend. Wenn sich der Hund kurz erhob, rief jemand: Kinski, sitz.

Wir schnappten Namen auf. Doch der Geist dieses Ortes, dieser Morgenstunde verlangte Anonymität und Diskretion. Man wünschte zum Schluss, wie das in der Neuzeit üblich geworden war: einen schönen Tag noch. Man zeigte Eile, aus vielerlei Gründen war Eile geboten, Tempo, aber keine Hast.

Sechs königliche Schlösser lagen an meinem Weg, vier havelländische Seen lächelten mir zu.

Jeden Morgen ein neues Entzücken.

Schon im vorigen Jahr hatten die Parkgestalter das Seeufer nach Denkmal- und Naturschutzgesichtspunkten ein wenig verändert. Alte Bäume waren gefällt, wild wuchernde Sträucher entfernt worden. Einen besonders gefährdeten Uferabschnitt hatte man mit Pfählen und Maschendraht gestützt. Die grünen Laissez-faire-Genossen, auch die modernen Förster murrten, sie kämpften um jeden Baum, ich nicht. Ich verteidigte die Äxte und Sägen. Es sei im Sinne des Schöpfers, wenn auch nicht des Höchsten, so doch des Schöpfers dieses Parks. Die Aktion sei im Geiste von Fintelmann und Lenné: *Nichts gedeiht ohne Pflege; und die vortrefflichsten Dinge verlieren durch unzweckmäßige Behandlung ihren Wert.* Die Aktion richte sich gegen die Birkensämlinge. Der Mensch muss gelegentlich dafür sorgen, dass die leichtwüchsigen Bäume nicht in den Himmel wachsen. Jedenfalls dort, wo der Mensch sich einmal gärtnernd eingemischt hat ins Naturgeschehen. Ein Englischer Park ist kein Urwald, ein Französischer Park kann noch viel weniger ohne Sensen und Sägen bestehen.

Es war also licht geworden an unserer heiligen Badestelle. Die Zypresse streckte die Zweige, Viburnum, der Schneeball, bildete im Sommer eine grüne, im Herbst eine rötliche Wolke.

Unser Zugang zum Wasser hatte eine Begrenzung bekommen, handgemacht, wie aus Rührteig geformt. Dazu ein Zäunchen aus geflochtenen Zweigen. Wir achteten das kindliche Bollwerk, wir machten leichte Schritte. Am nächsten Morgen war die Fläche mit Sand, Wasser und Kieselsteinen erneut aufgefrischt, danach festgeklopft worden. Man erkannte den Abdruck der Hände. Keine Kinderhände. Ein ernstes erwachsenes Werk.

Eines Morgens klapperte ein junger Mann mit Fahrrad die Böschung herunter, krauses blondes Haar, spitze Nase, spitze eilige Blicke, er schob das Rad bis zum Wasser. Auf dem Gepäckträger transportierte er einen Eimer und eine große Aldi-Tasche voll Sand. Die Bronzene wickelte sich flink in ein Handtuch. Ich stand, um mich zu kämmen, bis zu den Knien im Wasser, ich lauschte durchs Haar. Er kippte den Sand ans Ufer, murmelte, es klang wie Latein, es sah aus, als redete er mit den Wurzeln unter der Sumpfzypresse, den komischen rotbraunen Köpfen, die aus der Erde buckelten, Atemknie oder auch Pneumatophore genannt. Schließlich richtete er das Wort direkt zur Krone des mächtigen Baums. Er redete mit ihm. Keine Angst, Alter, das kriegen wir beide gebacken.

Die Bronzene und ich tauschten Blicke. Der junge Mann kam bestimmt aus dem geschützten Wohnheim, wo sie jetzt ein Quergebäude angebaut hatten, eine Stiftung besonderer Art, sehr ehrenwert, der Altbau und Anbau aus Glas und Stahl. Rabatten und Bänke vor der Tür, wo die Raucher sich aufhalten konnten. Rauchen war erlaubt in dieser Einrichtung, man durfte spazieren gehen und kurze Ausflüge unternehmen. Wohl auch in einer Mission unterwegs sein.

Der junge Mann pflegte hier am See eine echte Sumpfzypresse. So war er beschäftigt, er bastelte ein Wehr gegen die drängenden Wellen, gegen das schwappende Wasser des Sees, gegen das platte Vergnügen einer Horde von Schwimmern, die sich hier jeden Morgen illegal ein Stelldichein gab. Das Haus, die Stiftung, wurde von einem Psychologen der Scheuner-Schule geführt, einer modifizierten modernisierten Lehre in der Nachfolge von C. G. Jung.

Der junge Mann murmelte.

Ich nickte ihm und seinem Baum verbindlich zu.

Ich schätze, die Zypresse ist um die zweihundertfünfzig Jahre alt.

Der junge Mann sagte nichts.

Die Bronzene staunte. Echt? Dann ist sie ja so alt wie das Marmorpalais.

Der große Landschaftsgestalter Peter Joseph Lenné hatte viele Zypressen pflanzen lassen, am Schweriner See zum Beispiel, diese hier ist bestimmt aus seiner Zeit.

Der junge Mann schwieg. Die Zypressenwurzeln erfuhren nichts mehr von ihm.

Aber wir fanden jeden Morgen frischen Sand, ein geflochtenes Zäunchen, Zweige, die uns auf gradem Weg ins Wasser leiten sollten.

Wir gehorchten.

Die Badesaison war mit einem Temperatursturz zu Ende gegangen. Krähen hockten enttäuscht auf leeren Papierkörben.

Entenfüße zeichneten sich auf dem frischen Sand ab. Die Zypresse warf rötliches nadelförmiges Laub.

Wir schoben die Fahrräder, die Bronzene und ich, wir leisteten uns neuerdings eine kurze Strecke Gesellschaft. Auf dem Heimweg über die kleine Kanalbrücke, bergan, vorbei am früheren Hauptgebäude der Filmhochschule und an der benachbarten Heimstatt, wo wir unseren Uferhüter vermuteten.

Meist standen Raucher vor der Tür. Den spitznasigen Sonderling entdeckten wir nicht.

Ich kannte das Scheuner-Heim aus früherer guter Nachbarschaft.

Damals hatte manchmal ein junger Mann mit uns im großen Vorlesungssaal gesessen, er wohnte nebenan im Heim.

Als Kopfbedeckung trug er eine kaiserliche Pickelhaube, im Revers seiner dunkelblauen Jacke, einem Uniformteil von der Post, steckte ein kaiserlicher Militärlöffel. Er war ein Pflichtmensch. Mit Hammer und Bindfaden. Damit nagelte er Filzlatschen, Haarbüschel, leere Fischbüchsen, Zettel mit Botschaften an die Straßenbäume. Er drapierte Vogelfedern dazu, Schleifenband, einen Eichhornschweif. Nach Vorlesungsschluss wartete er vor dem Gebäude, um uns zu verabschieden, freundlich wie ein Pastor vor der Kirchentür, aber für einen Pastor war er zu jung. Und außerdem trug er die Pickelhaube, sie war mit einem fein gestrickten Schutz überzogen. Zwirn. Graue Tarnfarbe. Er lächelte verbindlich. Fertig für die Reise nach Afrika oder Indien, bereit für eine persönliche Begegnung mit den Voodoo-Geistern. Vorerst saß er mit uns in der Kunstgeschichtsvorlesung oder mit seinem Zinnlöffel bei uns in der Mensa. Sauerkraut, Kartoffeln und tote Oma. Unser Leibgericht.

Eines Tages gab es unter den Stammschwimmern eine Neuigkeit, es hieß, unser umtriebiger Sandmann sei Leiter einer Projektgruppe des Max-Planck-Instituts. Ein Dendrologe und Zukunftsforscher. Also nicht Einwohner des Scheuner-Heims. Wir beobachteten sein Werkeln. Den Eimer, die Schaufel. Jetzt mit etwas anderen Augen.

Wir bildeten um den jungen spitznasigen Wissenschaftler einen Kreis. Wir hörten andächtig zu, als er uns einiges über die wunderbare Standfestigkeit der Taxodien erzählte. Taxodium distichum, die Echte Sumpfzypresse, sie sei ein Nutzbaum, prädestiniert für künftige Überschwemmungsgebiete.

Viel früher, als es noch keine Wünsche, keine Ozeane oder Gewässer wie den Heiligen See gegeben habe, sei die Zukunft des Menschen längst in Zypressenwäldern beschlossen gewesen. Die Bäume seien erst einmal tief in mineralischen Sümpfen versunken. Sie kamen später unter dem Abbauhammer und unter dem Schaufelbagger als Braunkohle wieder hervor. Licht, Wärme, Energie. Jetzt finde man die Sumpfzypresse nur noch als Kohleüberbleibsel oder wie hier als Schmuckbaum-Solisten, von Peter Joseph Lenné in den Parks angesiedelt.

Das könne, wenn das Projekt hielte, was es verspräche, demnächst anders werden.

Wir Dendrologen, so erklärte uns der Spitznasige vom Heiligen See, wir setzen voll auf die Zypresse. Wenn das Polareis schmilzt, muss die Zypresse gegen das Wasser stehen.

Er stockte jedes Mal beim Wort Taxodium, er meinte damit

nichts Vergangenes, er sprach von der Zeit ohne Menschen, was einmal übrig bleiben würde auf dem Planeten. Taxodium.

Man müsse bald mit dem Aufforsten anfangen. Zuerst müssen die Baumschulen genug Zypressenjungpflanzen aufziehen. Aus Steckholz oder Samen, wenn wir erst einmal unter Burnout oder Borderline leiden, wenn das Aufmerksamkeitsdefizitsyndrom über uns gekommen sein wird, dann werden wir schnell auch der Erschöpfungsmüdigkeit verfallen.

Es kann geschehen, dass wir bereits schlafen, wenn das Wasser steigt. Er faltete instinktiv die Hände.

Der Erde wäre es gewiss recht, wenn die Zypresse einmal mehr Land gewinnt.

Ozeane und Wälder, Jahreszeiten, Tag und Nacht, denn die Sonne und wahrscheinlich der Mond würden fortbestehen, die Erde als ein Planet im System.

Bald anfangen. Neo-Neoarchaikum.

Wir hielten still. Weil wir nicht mehr zweifelten, jetzt hier am See. Weil ich kürzlich einen ähnlichen Vortrag von einem ähnlich listigen Kerl über die Müdigkeitsgesellschaft gehört hatte, einem schlitzäugigen Kobold, auf seinen Wangen hatte ich einen Kussmund erkannt, auf der anderen Seite ein Dollarzeichen, Tätowierungen, aber abwaschbar wie die kunstvollen Arschgeweihe, die samt der naturgegebenen Furche über den tief hängenden Hosen jetzt oft zu sehen waren.

Es war Mode geworden, das Ende der Menschheit zu bedenken. Der schlitzäugige Philosoph hatte gemeint, wir sollten das Denken etwas fröhlicher vollziehen.

Kennen wir uns?, hatte mich der junge Biologe, als ich mich an der Garderobe vorbeidrängeln wollte, gefragt.

Sind Sie ein Freund meines Sohnes?

Es hätte sein können.

In der S-Bahn dachte ich an den Ausreißer, damals, vor vielen Jahren, wie er mir die Neuzeit erklärt hatte, den Fall der Mauer, die Wende, den Zusammenbruch. Wir sind jetzt keine Scheibe mehr, wir sind jetzt, wie jeder weiß, eine Kugel. Der Max-Planck-Biologe hatte eine ähnliche Art zu argumentieren.

Je nach Krümmungsradius kehrt das Echo
ziemlich gebrochen als Flatterecho zurück.

Klassentreffen

In Alt-Trachau, am besten im Ratskeller.

Wir redeten selbstverständlich von Dresden. Wir meinten allerdings nicht die Innenstadt, sondern das eigentliche Dresden, den Ort, wo wir damals wohnten, den Katzenkopf-Anger, dazu Parallel- und Querstraßen mit dreistöckigen Mietshäusern, Apotheke, Sarggeschäft, Lichtspieltheater, städtisch geprägt, stuckverziert, hygienisch kanalisiert. Dahinter Gärten oder Getreidefelder. Ein Kirchenneubau, Glas und Beton, ein blauer Jesus der närrischen zwanziger Jahre.

Um den Anger reihten sich Bauernhäuser. Vor der Toreinfahrt verkaufte Karotten-Fürst sein Feldgemüse, Kartoffeln, Kraut und Rüben. Weil er keine Zigarette zum Rauchen hatte, hielt er einen Stängel Mohrrübenkraut zwischen den Zähnen.

Der grüne Stängel wurde sein Zeichen, ein weiteres Zeichen war seine Großzügigkeit. Oft stand er hinter einem leeren Tafelwagen, doch uns Kindern schenkte er wie aus dem Nichts, wie durch Zauberei aus einem leeren Sack drei Kartoffeln. Wenn ich die Kartoffeln zu Hause ablieferte, sagte meine Mutter ohne schlesischen Akzent mit hoher Stimme: Solche Menschen gibt es.

Wie ein Bibelzitat, doch sie sprach die reine Wahrheit. Karotten-Fürst schenkte.

Manchmal wurden wir in Heimatkunde, später im Geschichtsunterricht vor die Bauernhäuser geführt. Wir lauschten andächtig. Das sollte unsere Herkunft sein, hier steckten unsere Wurzeln.

Bevor wir Antifaschisten wurden, sogar lange Zeit bevor wir christianisiert worden waren, sind wir Slawen gewesen.

Wir hatten mehrere Götter. Rod, Lada und Trojan. Herrscher über Kriege, über die Natur und das Wetter, es gab einen Gott für Flüsse und Wege, einen sogar für die Post. Wir bauten unsere Häuser um einen Ring, weil wir damit gegen Feinde stärker waren. Wenn wir keine Feinde fürchten mussten, bauten wir unsere Häuser als Straßendorf, in diesem Fall folgten wir einem Fluss oder dem Verlauf eines Tales. Wir gaben unseren Dörfern Namen, die mit -itz oder mit -au endeten. Kaditz, Hellerau. Daran und an dem Anger im Stadtbezirk Trachau erkennt man uns heute noch als vormalig slawische Heiden.

Jemand vom alten Dresdner Kern unserer Klasse 8c hatte den Ratskeller Trachau als Treffpunkt vorgeschlagen. Trachau, das Slawennest, damals, ihr erinnert euch, das Gehege unserer kommunistischen Kindheit.

Wir waren dreizehn, höchstens fünfzehn Jahre alt, als wir fertig waren. 1951 endete die Schulzeit. Volksschule, Grundschule, das war sofort ein Streitpunkt, wir stritten auch, ob wir am Anfang noch Sütterlin gelernt haben oder gleich lateinische Schrift. Jetzt waren fünfzig Jahre vergangen, die meisten hatten sich unterdes nicht wiedergesehen. Als Kinder waren wir ausgeflogen, als Großmütter standen wir uns gegenüber, kurzsichtig, begriffsstutzig, grau.

Ursula?

Das konnte nur ein Witz sein.

Eine stattliche Erscheinung, hoch und breit, in gebügeltem Hosenanzug. Viele trugen sportliche Turnschuhe, viele hatten ihre Haare in eine natürliche Richtung getönt, Kastanie oder Blond, eine herausstechend Schlanke trug pechschwarzes Haar. Haltung wie Charlie Chaplin. So hatte sie auch damals im Schulhof gestanden. Klassenclown Imme. Schon lange aus dienstlichen Gründen Berlinerin. Es war klar, dass sie noch nicht in Vollrente war. Sie arbeitete weiter freiberuflich im Circus Krone. Clown Imme.

Aus einer Sacktasche heraus verteilte sie Werbezettel. Weihnachten gastiert unsere Mannschaft in Dresden, Neujahr in Berlin.

Imme, ich habe dich sofort erkannt.

Wir bildeten vor der Tür des Ratskellers eine überschwänglich heitere Traube, unübersehbar, unverkennbar. Monika, Helga, Gisela, Ursula. Ingrid.

Ich hatte sie an ihrer Zunge erkannt. Ich sah im Gesicht der alten Dame einen Kindermund, Ingrids kindlich schlaue, vielleicht etwas altkluge Art, sich in einer lumpig kriegsbunten Kinderschar Gehör zu verschaffen. Es fiel ihr nicht schwer. Sie war im Vorteil, denn Ingrid hatte eine Mutter, die etwas Höheres als die Wahrheit kannte. Ich hatte mit angehört, wie diese Frau allein mit lauten, hochdeutsch gesprochenen Worten ihre Ingrid über den Gartenzaun hinweg verteidigte. Nein, meine Ingrid nimmt keine Äpfel von fremden Bäumen. Diese Mutter wusste genau, dass ihre Tochter Ingrid beim Äppelklauen dabei war. Wir alle hatten in der Kleingartenkolonie am Sportplatz geklaut. Ich hatte geklaut. Ingrid hatte geklaut. Mir blühte zu Hause eine Backpfeife und Schimpfe. Wahrscheinlich bekam ich die Hiebe, weil ich mich hatte erwischen lassen.

Ingrids Mutter wurde für mich zur Vorbild-Mutter. So muss eine Mutter sein. Eins mit ihrem Kind gegen sämtliche Anschuldigungen der Welt. Gegen Lehrerinnen, Nachbarn, Bauern. Kategorisch.

Meine Ingrid maust nicht.

Später mit dem Vater allerdings hatte es Ingrid nicht leicht. Nach vielen Jahren Krieg und Kriegsgefangenschaft war er eines Tages als Russlandheimkehrer wieder da. Er lag auf dem Sofa. Rührte sich nicht, weil er an die schweren Jahre dachte. Er kommandierte im Liegen mit Blick zur Zimmerdecke, manchmal mit geschlossenen Augen. Das Leben lief falsch, laut und ungehorsam.

Ingrid flüchtete in ihre Kammer. Ich hatte ihre beneidenswerte Behausung mit eigenen Augen gesehen, Kommode, Schreibschrank, Stuhl, aber dann gab es nebenan horizontal auf dem Sofa den grimmigen Vater. Mir stockte der Atem. Gleich nach dem Ende der Schulzeit, also mit vierzehn, hatte sich Ingrid verlobt. Mit achtzehn hatte sie geheiratet, der Vater erlaubte nicht, dass sie mit ihrem Kerl vor der Haustür stand, noch weniger erlaubte er, dass sie ihre große Liebe mit in seine Wohnung brachte. Die Mutter, diese weltweise Frau – meine Ingrid maust nicht –, spielte fortan keine Rolle mehr. Ingrid suchte sich einen eigenen Platz, mutig, fleißig, treu.

Ich hatte sie unter allen Weibern erkannt. Kann man im Alter noch altklug sein? Oder war das jetzt auf ihrem Gesicht besagte Weisheit? Ein kostbares Erbteil der Mutter.

Auf dem Klassenfoto hinten an der Wand Sprüche vom Frieden und ein Bild von Stalin, davor in den Schulbänken 32 Schülerinnen.

Dreißig Weiber waren zum Treffen gekommen. Eine war krank, eine zweite vor längerer Zeit gestorben.

Die Freundinnen, die Grüppchen und Kleeblätter, hockten wieder zusammen. Überdies hatten sich Berufe oder Freizeitgewohnheiten gefunden. Die Wanderer, die Hobbygärtner, im weitesten Sinne die Künstlerinnen. Die vielen Großmütter mit ihren Enkelgeschichten. Und da war noch wie früher eine seltsame Gruppe, die mit dieser Gegenwart nichts zu tun haben wollte, deren Väter vielleicht Nazis gewesen, gar abgeholt worden waren, nach Sibirien verschleppt. Eine trainierte Sekte, eine gekränkte Elite. Einst die deutschen Kinder mit Manieren, nun waren sie getrost europäische Rentner, aber immer noch nicht getrost genug.

Fünfzig Jahre. Werdegang.

Jede sollte zwei Minuten, bitte nicht länger, erzählen.

Fünfzig Jahre. Wir waren wie betrunken von so viel Zeit.

Medi saß an der Kaffeetafel wieder neben mir, wir waren während der letzten Schuljahre Banknachbarinnen gewesen, in der Mittelreihe, vor uns Giese, Kunze, Hahn und Hruby.

Man hatte Medi und mich damals wahrscheinlich aus heilpädagogischen Gründen nebeneinandergesetzt. Die beiden Vertriebenen. Ich kam aus Schlesien, Medi aus Ostpreußen. Das passte. Doch die Kalkulation der Lehrer war schiefgegangen.

Erinnerst du dich noch? Wie wir beide einst am Pranger gestanden haben. Pranger, sagte Medi, das war damals in der Schule dein Wort!

Ich staunte.

Medi hatte, als sie an der Reihe war, von der fortschreitenden Krankheit ihres Mannes erzählt, von ihrer leitenden Tätigkeit im Großhandel, dann vom Vorruhestand, dem Schrebergarten, dem VW Golf. Den sie jetzt selber chauffieren musste.

Wir beide am Pranger. Das hatte ich vergessen, das große Wort für unseren Alltag in der Schule.

Medi war damals ein wahrlich armes geprügeltes Kind. Auf der Flucht im Winter 45, als der Osten von Mensch und Vieh und Bernsteinzimmer geräumt wurde, hatte sie irgendwo in Ostseenähe, in der Danziger Bucht, ihre Mutter und die Geschwister verloren, sie wurde per Pferdefuhrwerk, dann in Güterzügen einfach nur immer weiter mitgeschleppt Richtung Westen. In einem Flüchtlingslager bei Riesa war das verlorene Kind einer Bauernfamilie mit großer Landwirtschaft zugeteilt worden, die Bauern brauchten Arbeitshände, auch Medis Lebensmittelkarten und die Punktkarte für Kohle und Spinnstoffe. Als die Schule im Dorf anfing, durfte Medi nur manchmal hingehen, oft richteten die Kinder der Bauernfamilie in der Schule aus, die Medi hat wieder Koppwehtun. Einem Lehrer waren die Schrammen, die blauen Flecke im Nacken aufgefallen. Er ging zur Mission und zum Kinderhilfswerk. Dank ihm kam Medi nach Dresden zu Pflegeeltern. Der Schuldirektor hatte Medi in unsere Klasse gebracht. Die Klassenlehrerin, Fräulein Paul, bestimmte einen neuen Klassenspiegel. Umsetzen, Wechsel zwischen Tür-, Fenster- und Mittelreihe. Zum Schluss saßen wir nebeneinander. Medi und ich. Mir war das recht. Sie rollte das R beim Sprechen, sie kannte wie ich kein sächsisch babbsches Pe. Eine Puppe war eine Puppe und keine Bubbe, Fräulein Paul hieß bei uns beiden Fräulein Paul, nicht Froln Baul.

Medi hatte schöne Kleider und gute Zensuren. Ihre neuen Eltern waren nicht ausgebombt, sie hatten ihr Hab und Gut, sogar ihre Tugend über den Krieg gerettet. Medi hatte nie unvollständige Hausaufgaben. Mit Medi wurde am Nachmittag fleißig geübt. Textaufgaben. Hauptstädte und die Namen der großen Flüsse. Ich hatte oft schwarze Fingernägel und an manchen Tagen nichts anzuziehen. Eine freundliche Nachbarin hatte mir aus Lumpen eine Jacke genäht, sie borgte mir manchmal für die Schulstunden ihre Lederschuhe. Wir waren nicht nur Vertriebene, sondern auch noch Ausgebombte. Es war ein Glück, als wir uns auf Bezugsschein Lazarettbetten abholen konnten. Meine Mutter war zufrieden mit meiner Freundin und mit Medis Pflegeeltern.

Solche Menschen gibt es, sagte meine Mutter.

Medi machte alles mit links. Unsere Handarbeitslehrerin war außer sich, als sie sah, wie Medi die Häkelnadel führte, wie sie den Topflappen hielt. Links, verdreht, verkehrt, falsch, du sabotierst meinen Unterricht.

Erinnerst du dich? Pranger!

Mir fiel das Drama langsam wieder ein.

Die Handarbeitslehrerin hatte Medi das Topflappenwerk um die Ohren gehauen, sie hatte ihr schon wieder eine Fünf gegeben. Es war ihre dritte Fünf in Nadelarbeit. Ich bekam für meine Lappen ohne Weiteres immer eine Eins. Es waren in diesem Fall sogenannte Vorzensuren, wer schlecht bewertet worden war, hatte die Chance, in der nächsten Stunde sein Werk und seine Zensur zu verbessern, Knoten lösen, Fäden vernähen. Die Handarbeitskörbe waren am Ende der Stunde eingesammelt, dann im Handarbeitsschrank verschlossen worden. Zu Beginn der nächsten Stunde wurden die Körbe wieder verteilt.

Unsere Lappen lagen vor uns auf dem Pult. Die Häkelnadeln, die Wolle. Was tun? Mir kam eine wunderbare Idee. Kaum gedacht, schnell getan, wir schoben schnell die Lappen auf unserem Schultisch hin und her. Es war die einzige Möglichkeit, Medis Handarbeitsdurchschnitt mit meinem Werk etwas zu verbessern.

Die Handarbeitslehrerin schritt mit dem aufgeschlagenen Klassenbuch von Bank zu Bank. Sie verteilte die endgültigen Zensuren für die fertigen Häkelarbeiten. Es war ein Schock.

Medi bekam ihre Fünf auf meinen Lappen, ich eine Eins auf Medis Linkshänderwerk.

Medi weinte. Noch schwiegen wir. Medi musste sich beruhigen. Auch ich brauchte Zeit. In der Pause fing Medi an zu murren. Sauerei, Ungerechtigkeit, da kann man mal sehen. Es war, als wären wir mit dieser Erfahrung um Jahre älter und klüger geworden. Fast erwachsen.

Erhobenen Hauptes, mit ernster Miene zogen wir Hand in Hand in der großen Hofpause zum Lehrerzimmer.

Medi nahm das Wort. Die Frau Handarbeitslehrerin müsse sich einmal oder gar zweimal geirrt haben. Ja, genau, ein Irrtum, denn wir hätten den Einser- und den Fünferlappen getauscht, durch einfachen Tausch sei aus dem Einser ein Fünfer und aus dem Fünfer ein Einser geworden. Ich sagte auch etwas. Ich sagte einfach die Wahrheit. Wir haben gedacht, Medi kann sich verbessern mit meinem Lappen.

Eine Verschlechterung haben wir überhaupt nicht gewollt. Das sagten wir fast im Duett.

Wir wurden ins Klassenzimmer zurückgescheucht. Es klingelte. Es dauerte. In der nächsten Stunde brach das Donnerwetter über uns hernieder. Die Handarbeitslehrerin hatte den Direktor mitgebracht. Die beiden Betrügerinnen sollten sich von ihren Plätzen erheben, aus der Bank treten, nach vorne kommen. Wir sollten uns vorn hinstellen, stillhalten, sehr still, bis der letzte Schüler uns Sünder erkannte.

Wir haben am Pranger gestanden.

So ist es gewesen. Der Sachverhalt wurde am Jahresende ins Zensurenheft geschrieben. Einen Betrugsversuch, das hatte es in der 40. Grundschule noch nie gegeben. Unser Geständnis wurde mildernd vermerkt.

So verdreht war das Leben.

Wir beide erinnerten uns, dass wir eigentlich nichts gestehen wollten. Im Gegenteil, wir wollten uns beschweren. Aufklären. Die Ungerechtigkeit nicht akzeptieren. Die Lehrerin zur Rede stellen. Wir wollten meutern. Gegen Willkür zu Felde ziehen.

Wir lachten.

Damals haben wir nicht gelacht, sagte Medi. Schade.

Ich hatte die Topflappengeschichte fast vergessen.

Andere Sachen wusste ich noch ganz genau.

Erinnerst du dich, Medi?

Eines Tages bist du erst zwei Stunden später zum Unterricht gekommen. Als Erklärung hast du mir ängstlich zugeflüstert, die Mama, die du im Krieg verloren hattest, sei wieder aufgetaucht, sie habe, als du früh aufgewacht bist, an deinem Bett gestanden. Du hast gemeint: Ich habe doch schon eine Mama, ich brauche keine zwei.

Darauf hast du lange gefehlt. Dein Platz neben mir war leer. Das weiß ich noch.

Plötzlich zwei Mütter. Das ging über alle Märchenerscheinungen und Traumvorstellungen hinaus. Hieße das etwa, man musste jetzt für zwei Mütter gut sein, oder suchte man sich nun die beste aus?

Medis Ostpreußen-Mama hatte Medis Koffer genommen, Medi musste sich ohne Widerrede die Schuhe anziehen. Danach war es Medi ziemlich schlecht ergangen. Irgendwo in der Fremde, in der Oberpfalz oder in Franken, sie waren eine große Familie, viele Geschwister, vielleicht vier. Sie haben Medis Koffer leer gemacht. Die Sachen verteilt. Socken, Leibchen, alles futsch. Medi kämpfte nur um eine Zipfelmütze. Das hässliche Ding kannst du gierige Zicke behalten, wenn dich das selig macht. Wieder bekam Medi Prügel. Von den Erwachsenen, auch von den großen Schwestern. Sie kloppten sich gegenseitig mit Kleiderbügeln, meist droschen sie auf Medi ein. Schlafen musste sie unter der Treppe. Manchmal ist sie auf der Straße umgefallen, weil sie ziemlich lange nichts gegessen hatte.

In die graue Zipfelmütze hatten die Dresdner Pflegeeltern ein kleines Stück Pappe, eine Eisenbahnfahrkarte, eingenäht. Wenn es dir ganz schlechtgeht, setzt du die Mütze auf und drängelst dich in einen Personenzug. So war Medi nach einem Jahr und einem Tag, sogar ziemlich direkt: Würzburg, Erfurt, Halle, Leipzig, dann nach einer Nacht in ihrem weißen Dresdner Kinderbett, wieder neben mir auf dem Platz in der Mittelreihe gelandet. Erinnerst du dich?

Fünfzig Jahre. Ich habe Glück gehabt, hatte Medi gesagt. Wir alle hatten Glück, denn wir hatten ja den Krieg überlebt und konnten jetzt als Großmütter im Sonnenschein eine kleine Runde drehen, am Goldenen Lamm vorbei und an Bäcker Gocht, der sich in eine Konditorei mit gepolsterten Stühlen und weiß eingedeckten Tischen verwandelt hatte, sonst aber machte Trachau als Randbezirk von Dresden auch in der neuen Zeit noch nicht allzu viel her.

Erinnert ihr euch an Karotten-Fürst und an Rosenhauer, den Maler in der Teichstraße gleich hier um die Ecke, an seine Brot-Gemälde und an »Das Mädchen mit der Zipfelmütze«, Bilder, die er in der Kegelbahn hat ausstellen lassen, das Modell für das Mädchen könnte damals eine von uns gewesen sein, wir hatten fast alle solche zusammengeflickten, mit Lazarettwatte gefütterte Zipfelmützen, die besseren waren mit Kaninchenfell garniert, unterm Kinn ein Gummiband oder eine Schleife. Damals konnte der Maler mit seiner Kunst nichts gewinnen, echte Brote, die bemehlten oder lackbraunen Modelle aus dem Backofen, waren mehr wert als die Brote auf der bepinselten Pappe.

Die Rosenhauer-Bilder hingen nun bei den Neuen Meistern im Albertinum, bewundert und hochgeschätzt. Stillleben. Brote. In der Teichstraße war neben der Haustür eine Tafel angeschraubt worden. Zur Erinnerung, zum Andenken – hier wirkte, hier wohnte.

Theodor Rosenhauer. Vor wenigen Jahren verstorben. Von uns gegangen, wie es hieß. Kurz nach seinem fünfundneunzigsten Geburtstag.

Ein Stück weiter im Gaußgässchen war die Zeit einfach stehengeblieben. In Zeuners Eisdiele, einem niedrigen hinfälligen Schuppen, zur Stunde wie vor mehr als fünfzig Jahren, auf schwarzer Tafel zwischen den Fenstern die alte, unterdes etwas rissige Schrift: Heute Ruhetag. So wird es wahrscheinlich bleiben – in Ewigkeit. Ruhetag. Immer ist Heute, und ewig ist Ruhetag.

Aber dich habe ich gleich erkannt.

Weißt du noch?

Gefüllte Silberkissen – Maiblätter – Blockmalz, lauter Süßigkeiten. Die schnelle Gruppe war stehengeblieben, versonnen, mit geschlossenen Augen deklamierten Sonja, Renate, Ursula, Gisela aus dem Gedächtnis die Reihe der bonbongefüllten Gläser im Russenmagazin auf der Neuländer Straße, eine bunte Palette: Himbeeren – Gletscherblau – Honig.

Nach dem Spaziergang wurde ein Gruppenbild aufgenommen. Ein buntes Bild von heute im Vergleich zu damals, die drei Bankreihen mit den Kindergesichtern, Zöpfchen, Pony oder Hahnenkamm, dünn, ernst, schwarz-weiß. Medi, Ingrid und Margit, Brigitta und Karin.

Hinten an der Wand neben dem Foto von Stalin, mit guter Brille zu erkennen, ein Spruch. Buntpapierbuchstaben. Nie wieder ein 13. Februar. An diesem Tage war die Innenstadt von Dresden durch Bomben und Feuerstürme zerstört worden. In der Klasse 8c saßen Überlebende aus den zerbombten Häusern, auch Flüchtlinge aus dem Osten. Ich war beides, ein Flüchtling und ein Bombenkind.

Die Trachauer hatten Glück, hier waren nur einzelne Blindgänger niedergegangen. Die schönen Häuser, in denen Stefanie, Luisa, Antje-Maria wohnten, die Villen mit Vorgarten, hatten zum Glück keinen Schaden genommen, doch ihre Mütter machten kummervolle Gesichter. Rechts und links Einquartierung, in der Beletage hausten Russen. Irgendwo stand immer noch das Klavier.

Weil die Mitschülerinnen aus besagten Häusern zur Klavierstunde mussten, hatten sie keine Zeit, an dem neuen Zirkus teilzunehmen. Aufbaustunden. Volkssolidarität. Freundschaftsrat. Ihre Mütter taten sich zusammen, sie besorgten einen Privatlehrer für Latein. Mit alten Sprachen und Silberbesteck sollte es ein bisschen so sein wie einst. Wider die Armseligkeit, die nach dem verlorenen Krieg in das Leben gekommen war. Man darf nicht verlieren. Keinesfalls nach dem Krieg auch noch die Tradition, überhaupt den Stolz.

Während wir wieder im Ratskeller am Tisch saßen, wo nun die kalten Platten herumgereicht, die Gläser mit Rotkäppchen-Wein gefüllt wurden, wo wir eigentlich guter Dinge sein wollten, spürte ich einen kalten Hauch, den Geist, die Bitternis der Kindertage. Geschichte.

Wir waren damals fast ohne Arg gewesen, versöhnungsbereit, friedenssüchtig, gläubig – Nie wieder ein Gewehr in deutscher Hand! –, sollten wir uns jetzt wegen der Nazi-Mütter in die Haare kriegen. Sie hatten, wie die meisten Mütter, alles getan, um ihre Kinder durch die eisigen Nachkriegswinter zu bringen. Also versuchten wir nach fünfzig Jahren, grauhaarig, hüftoperiert, als gnädig spät genug geborene Generation letzter Kriegsväter die Stimmung hochzuhalten. Der Sachse, vor allem der Dresdner, ist darin besonders tüchtig. Er umschifft die schärferen Klippen im Strom, nimmt einen sicheren Bogen, munter, illusionslos, mit leicht gepfeffertem Witz.

Als der Kellner die Rechnung brachte, rief Monika: Mir wortn noch uffn Schponsor. Wir stimmten ein. Der Sponsor, her mit dem Sponsor. Jemand sollte kommen, der unsere Rechnung bezahlte.

Das Kleeblatt lachte nicht, es schien, trotz Latein und Klavierunterricht, ziemlich enttäuscht zu sein vom Leben, vom Alter, vom Wein, der in Seriengläsern immer noch vor ihnen stand, Elbtalwein, fruchtig und süß, selbst das neue Jahrtausend schien den drei Damen kein Gewinn, dieses ganze demokratische Europa, ein Pamps ohne Elite.

Wir wanderten in kleinen Gruppen an der Elbe entlang. Mit Halbmond über der östlichen Hügelkette. Dort musste irgendwo der Borsberg sein und Dittersbach mit der Schönen Höhe. Da möchten wir wieder einmal hin.

Es gab Träume und Rätsel.

Kann einer sagen, wer die Frau mit den dunkel getönten Haaren gewesen ist, die so treu und wortkarg am Ende unserer Tafel gesessen hat? Geduckt hinter einer superschicken Bügeltasche.

Wir suchten nach einem Namen. Ich suchte nach einem Kindergesicht.

Niemand konnte sich erinnern.

Sie hatte kein einziges Mal den Mund aufgemacht.

Als wir zum Schluss wegen des Sponsors, der uns freihalten sollte, lachten, hatte sie mit eingezogenem Kopf und blitzenden Äugelein wie eine Schildkröte in sich hineingeschmunzelt.

Nach dem Essen war sie verschwunden, mit auffälliger Handtasche und Köfferchen. Frau Niemand.

Zu Hause habe ich das Klassenfoto unter die Lupe genommen.

Rechts auf dem Foto die Fensterreihe, hinter den Fenstern Himmel und die Krone eines Baumes, lauter freundliches Grau.

Es war ein besonders trüber Tag, als der Fotograf durch die Schule zog. Ein besonders guter Tag für die Möglichkeiten seines Apparats, gut für die Tiefenschärfe im Klassenzimmer.

Um die Schülerinnen übersichtlich ins Bild zu bringen und Lücken zu schließen, hatte er die Fensterreihe umgruppiert, die Mädchen der hinteren Plätze standen, die Kleineren saßen vorn auf dem Tisch neben den Tintengläsern. So schien nichts zu fehlen. Ein Klassenfoto mit vorwiegend freundlichen Gesichtern, schüchtern, hungrig, doch nicht ohne trotzige Zuversicht.

Unser Schulhofbaum war eine Platane. Kein Ahorn, wie schulfremde Kinder fälschlich dachten. Weil sein Blatt wie ein Ahornblatt aussah. Unsere Platane erkannte man an der Rinde, sie klebte wie braunes Packpapier locker am Stamm, wir sammelten die Fetzen, weil man viel damit machen konnte. Als Früchte bzw. Samen trug der Baum im Spätsommer sehr begehrte borstige Bommeln, die man zu Kugeln zusammendrücken oder zu Ketten fädeln konnte. Krümelzeug in sämtlichen Taschen und Federkästen.

Der Fotograf hatte sich Mühe gegeben. Ein geschlossenes Bild, alle Köpfe wohlgeordnet. Auf dem Foto war im Hintergrund die Turnhalle zu erkennen, die Sirene auf dem Dach, die Platane herbstlich bewegt. In den Zweigen der Wind, die Windsbraut, eine Gestalt mit Flügeln und offenem Haar.

Sie saß mittendrin. Eingesponnen.

Kröte, mir fiel ein, wir hatten sie Kröte genannt, weil sie so glänzende Augen hatte und weil Edith immer nicht da war.

Schulhort

Zwischen meiner Schulzeit in Dresden und der meiner Enkel in Potsdam lag eine Jahrtausendwende. Viele dachten in der historischen Silvesternacht, die Computer auf der ganzen Welt würden verrücktspielen, dem war nicht so, sie blieben ruhig, behielten die Kontostände korrekt im Speicher. Mein Herz klopfte weiter. Der Wasserhahn in der Küche tropfte. Alles war normal und wie immer. Gut oder schlecht.

Ich tat so, als würde ich mich an die Nullen gewöhnen und daran, dass die Nullen ganz schnell alltäglichen Zahlen wichen. In Wirklichkeit steckte dahinter ein Kalkül. Uhren, Augenblicke und Pflichten.

Jakob von der Schule abholen. Zu Fuß war es zu weit, mit dem Auto eine Sünde.

Ich kannte nun schon die alten und die neuen Gebäude der erweiterten Stadtteilschule, die Auf- und Übergänge, alle Etagen, doch es kam vor, dass ich als Abholgroßmutter in fabelhafter Lernstille oder im Pausenlärm die Richtung und auch die Nerven verlor. Ich verlief mich.

In den Fluren herrschte eigentlich Ordnung, es gab lustige Informationstafeln mit bunten Magnetknöpfen, Orientierungsfarben, Wegweiser zum Hof und zum Hort. An den Wechselsteckern sollte man gleich erkennen, wo wer war.

Abholkinder rannten, Sporttaschen flogen, Hortgruppen wechselten in einen anderen Raum, es tönte ein Gong, Lautsprecherstimmen hallten durch das Treppenhaus, manchmal fragte mich ein Kind: Kann ich Ihnen helfen?

Ich lief noch einmal über den Schulhof, schaute in die Medienwerkstatt, die Sporthalle, kurz, vorsichtig in den Raum der Stille, treppauf, treppab, die blaue, die gelbe, schließlich befand ich mich wieder in einer grünen Etage.

Hey, grüßte eine junge Lehrerin oder eine ältere Schülerin.

Hey, meinerseits, mit kleinem Winken. Ich suchte nun in den unifarbenen Fluren des Anbaus, Haus Nummer zwei.

Ein dralles munteres Mädchen flitzte an mir vorbei, es riss eine Tür auf, es rief in den Raum: Jakob, deine Großmutter, du wirst abgeholt. Es war Mala, die mütterliche, an die sich Jakob gerne hielt, wenn es darum ging, in der Gruppe den Anschluss nicht zu verlieren.

Danke, Mala, du hast mir sehr geholfen.

Ich stand in der Kreativwerkstatt, wo lustvoll und lautstark gearbeitet wurde.

Mein Enkel hatte ein unwilliges Auge auf mich geworfen. In seine gebastelte Landschaft gehörte unbedingt noch ein Turm.

Nachdem die Klebestellen alle getrocknet waren, schob der Kreativwerkstattleiter die sensible Arbeit in ein Regal, ein schlechter Platz, das sah auch ich. Schließlich wurde sie auf dem Schrank deponiert. Damit war Jakob einverstanden.

Ich war gerettet. Ein sicherer Platz.

Früher hatte mein Enkel sein Spielzeug sofort hingeworfen, um mir in die Arme zu fliegen. Jetzt hatte er erst noch zu tun, er musste eine sehr lange Schnur aufwickeln, die Mappe und den Sportrucksack, eine Mütze suchen, irgendwo unter Tischen und Stühlen, zwischen vertrockneten Pflanzen, bunten Pappteilen, zerknitterten Papieren. Hier ging nichts verloren. Das perfekte Chaos. Außerdem gab es im Nachbarhaus eine randvolle Fundsachenkiste.

Ich wartete. Jakob hatte seine Bastelei aus der Hand gegeben. Er hätte jetzt gern die Klebestellen noch einmal geprüft.

Schnelltrockner, sagte der Kreativwerkstattleiter. Der ist gut, der hält.

Die Mütze musste mein Enkel nicht suchen, die saß die ganze Zeit auf seinem Kopf, spitz, schräg, eigensinnig.

Mit dieser Mütze hatte es eine besondere Bewandtnis. Die Angelegenheit kam erst zur Sprache, als wir das Auto in der Tiefgarage abgestellt hatten und durch das Wäldchen nach Hause gingen.

Also, sagte Jakob, die schlechte Nachricht zuerst. Ein Eintrag ins Klassenbuch. Frau Paschke hat gesagt, ich soll meine Mütze abnehmen.

Und?

Habe ich nicht.

Das war dumm.

Ich konnte die Mütze nicht vom Kopp tun.

Wir gingen durch das hintere Gartentor. Er mit seinem verwegenen Kopfputz und ich.

Du konntest nicht?

Nein.

Ach?

Ich konnte nicht, denn ich habe jetzt eine echt blöde Frisur, vorne Pony wie die Mädchen.

Zeig mal. Sieht doch nicht schlecht aus.

Das sagst du.

Und die gute Nachricht?

Eine Drei in Mathe. Aber das ist eigentlich auch nicht richtig cool.

Es geht. Könnte schlechter sein.

Stimmt. Es gab auch eine Vier.

Na also, eine gute Nachricht.

Ich dachte an die Mütze. Mein Enkel tat mir leid. Schon wieder ein Eintrag.

Er schleppte seinen Kummer durch den langen Nachmittag fast bis in den Abend.

Morgen kämme ich mir einen Igel, das mache ich mit Gel, mit Gel kann ich die Ponyhaare über der Stirn zusammenkleben.

Darauf erfuhr ich von meinem Enkel noch eine andere wichtige Sache.

Ab Dezember komme ich alleine nach Hause. Ab Dezember habe ich ein Handy und eine Schülerfahrkarte.

Hole ich dich dann nie mehr ab?

Wenn du willst, kannst du mich manchmal abholen.

Dann frage ich vorher, wo ich dich im Schulhaus suchen muss.

Meist bin ich in der Kreativwerkstatt oder im Medienzentrum.

Das will ich mir merken, Kreativzentrum oder Medienwerkstatt.

Jakob seufzte. Kreativwerkstatt, Medienzentrum.

Ich werde dich schon finden.

Der Obdachlose

Auch wir hatten jetzt einen Obdachlosen. Wir Fitnessfrauen hatten während des Adventskaffees von ihm gesprochen. Man erzählte sich, wo er überall gesehen worden war, jetzt im Winter.

Mir war er am Hiroshima-Platz aufgefallen, Fellmantel, Filzstiefel, so hatte er im Haltestellenhäuschen gesessen. Zu seinen Füßen ausgestreckt, bräunlich-ockerfarben, ein Hund mit einem Futternapf vor der Schnauze. Es war noch sehr früh, Morgendämmerung.

Als ich vorbeiradelte, konnte ich im Licht meiner Fahrradlampe erkennen, dass er einen Pott in den Händen hielt. Es dampfte, ich roch Kaffee.

Man erzählte sich viel und wusste doch wenig. Der Obdachlose würde nichts nehmen, keine Kleider, kein Essen, keinen Unterschlupf. Er sei sogar bei manchen Angeboten grob geworden. Er wisse nicht, wohin mit dem Brot, der Milch, den Schachteln mit den Hollandtomaten. Jemand hatte die Kirchgemeinde benachrichtigt, andere hatten beim Magistrat angerufen, ob man nicht für solche Menschen eine Unterkunft bereithalten könne, jetzt, wo mit Frostnächten zu rechnen sei. Der Fall sei bekannt, doch der Herr dürfe selbst entscheiden, wo er seine Tage und Nächte verbringen wolle, es gebe keine Verbote, keine Gebote, niemand müsse nachts in geschlossenen Räumen schlafen. Der Himmel als Dach sei erlaubt.

Wie alt mag er sein? Zwischen fünfundzwanzig und dreißig, wurde geschätzt.

Der Hund eine Mischung, Schäferhund, Labrador, Schlittenhund.

Einmal sah ich nur den Hund und die beladene Karre.

Dieser Tage parkte das vollgepackte Gefährt an der Bushaltestelle vom Goetheplatz, weit und breit weder Hund noch Herr. Ich stellte mein Fahrrad daneben.

Das Gemeindehaus von St. Anton, Toiletten, Waschbecken, warmes Wasser, lag schräg gegenüber. Etwas weiter entfernt gab es ein Restaurant mit Hundebewirtung. Es schien sinnvoll, neben dem Wagen Wache zu halten. Wenigstens eine Weile als Hundeersatz. Ich setzte mich auf eine Bank.

Die Karre, ein Einachser mit Standbein, größer und stabiler als ein Fahrradanhänger, Marke Eigenbau, war mit kreativer Sorgfalt beladen. Unten steckten Schlafsäcke, Überwürfe, Mäntel, Decken, oben lagen zwei Hartschalenkoffer, darüber Schüsseln, Kochtöpfe, Körbe, zwei große geflochtene Sonnenhüte, Made in China, Gummistiefel, Schuhe, ein Schirm, ein Klappstuhl, Reifen und Bälle für den Hund. Hinten baumelte statt Schlusslicht ein gehäkelter Beutel. Vorn klemmte ein kleiner Korb mit Hundeleckereien. Wie neu, wie frisch gehobelt die Eschenholzdeichsel, quer mit einer Schelle festgeschraubt ein handfester Stab.

Gewiss führte der Weg manchmal schwierig bergauf. Ein Ledergurt, ein Geschirr, lag griffbereit neben dem Fresskorb. So konnte sich der Mann vor den Karren spannen. So hatte er die Hände frei.

Sollte der Wagen eines Tages nicht mehr in der Stadt sein? Sollten Mann und Hund weiterziehen? Nach Bad Wilsnack oder nach Santiago de Compostela?

Ich war froh, als ich beide kommen sah, oder später, als ich die Fuhre auf dem Parkplatz vor dem Baumarkt entdeckte, sogar weihnachtlich dekoriert mit wetterfesten Outdoor-Engeln, hinten an einer Leiter kletterte ein pausbäckiger Weihnachtsmann. – Ich war jedes Mal erleichtert.

Man redete inzwischen von einem Projekt. Ein Mann auf Achse wie seinerzeit Michael Holzach. Wie seinerzeit würde eines Tages ein Buch auf dem Markt sein. Diesmal schien das Unternehmen noch extremer zu sein, etwas, was den nachfolgenden europäischen Habenichtsen viel mehr Mumm abfordern würde. Übernachtung im Freien. Keine Spirituspatronen und auch kein Schnaps.

Jedenfalls lag die Stadt Potsdam als Kapitel am Weg, wir wollten uns würdig erweisen und brauchten dazu etwas Zeit, der junge Mann sollte unbedingt noch eine Weile bei uns sein anderes Leben führen. Wir lächelten wohlwollend, aber wir grüßten nicht, denn unseren Gruß hätte er gewiss nicht gewollt. An jeder Ecke Trinkgeld und Guten Tag, das hätte seine extrem einsamen Wege gestört. Ich fuhr mit dem Fahrrad an ihm vorbei, ich zeigte Einverständnis, verbot mir zutuliche Neugier, denn ich wollte sein Anliegen nicht gefährden, keinesfalls an seinem Verschwinden schuld sein.

Im Stillen rechnete ich. Ich dachte an Ringo, meinen Star, den ich vor vielen Jahren in die Welt und damit ins Vergessen geschickt hatte. Er war verschwunden, dann wiedererschienen, eine Sternschnuppe, ferne und deswegen kurz. Sehr kurz.

Solche Ideen brachten mir meine nächtlichen Himmelsspaziergänge, das Extravergnügen jedes Jahr im August. Dafür schleppte ich die Gesundheitsliege auf die Wiese unter den Himmel, nicht um zu schlafen, sondern um zu schauen, unverwandt durch die Krone der Kiefer nach Osten, denn dort versteckten sich die Perseiden.

Dort funkelte und blitzte es kurz, einmal hatte ich Glück, ich sah durch das Universum hindurch in eine Sphäre voll Sternenstaub, Partikel, die mindestens so groß waren wie die Sonne. Sieben Nächte dauert das Spektakel, danach war ich für längere Zeit ein anderer, ein kleinerer Mensch geworden. Ich plauderte auf Augenhöhe mit den heimatsuchenden Tieren, dem Fuchs, der partnerlosen Taube.

Zwei Jahrzehnte, zwanzig Jahre.

Sollte Ringo, als Vagabund verkleidet, in diesen Tagen die Stadt durchziehen? Lockte die Kindheitsstätte, der Startplatz seines Abenteuers? Vom Hiroshima-Platz bis zum Bahnhof Griebnitzsee war es nur ein Katzensprung.

Es war einmal eine Zeit.

Ich verstieg mich in anmaßende Rechnungen. In wiederum zwanzig Jahren würde ich nicht nur Ringo, sondern auch den Vagabunden zum Luftbild erheben.

Ich gewahrte meinen zeitvergessenen Stand, meine kindisch falsche Perspektive. Wie kürzlich, als ich einen Garantiefonds auf dreißig Jahre unterschrieben hatte. Wie kürzlich beim Kauf einer neuen teuren Waschmaschine, als mich der Händler pries: Richtig gemacht, Ihre Entscheidung, die werden Sie nicht bereuen, die Maschine hat eine Mobilitätsgarantie von zwanzig Jahren, damit nicht genug, die Garantie können Sie nach Ablauf per Anschreiben werkseitig verlängern lassen, E-Mail oder Anruf genügt.

Ich unterschrieb, nahm die Prospekte, tat so, als würde ich mit der garantieverlängerten Maschine immer noch leben, längst nicht tot sein.

Sein Werbefleiß stockte, er hatte mich kurz taxiert und darauf eilig auf Echtzeit geschaltet.

Ihre Erben werden sich freuen. Unser Sohn ist jedenfalls immer noch zufrieden mit der Waschmaschine seiner Oma.

Man muss den Tatsachen ins Auge sehen.

Auch den Kälteeinbruch nehme ich hin, obwohl wir uns vor der neuen Warmzeit fürchten. Manche Wettererscheinungen, auch manche Sorgen müssen überhaupt nichts bedeuten. Es war kalt, und ich konnte die halbe Nacht nicht schlafen. Ich schimpfte auf die helle Straßenlaterne, Energieverschwendung.

Es ging Richtung Weihnachten.

Da drehte sich das meteorologische Geschehen noch mal.

Und es gab wichtige Sachen zu berichten.

Jakob und ich hatten uns wieder einmal auf den Weg gemacht, nicht die Kanalwärterstrecke, sondern diesmal einen Rundkurs, der Start ist das Ziel, in der Mitte der Griebnitzsee, man konnte sich nicht verlaufen, man konnte nirgendwo abkürzen. Der See war groß.

Jakob hatte eigentlich keine Lust auf so eine lange Wanderung. Er hatte das E-Pad zugeklappt, die Jacke angezogen, er hatte leise maulend ziemlich lange die festen Schuhe gesucht.

Jakob lief hinter mir. Ich hörte seine Stimme.

Kirby, ob ich Kirby kenne?

Kirby war eine schlaue und starke Erscheinung. Jakob klärte mich auf, wie Kirby zu seinen vielen besonderen Fähigkeiten gekommen war. Der Kerl aß Kohle und ungekochte Kartoffeln, er hatte sehr lange Fuß- und Fingernägel aus Eisen, mit drückenden Schuhen hatte er kein Problem, weil er auch im Winter barfuß ging. Wenn ich wollte, könnte ich mir über Kirby im Internet und auf DVD Filme ansehen. Kirby siegte immer, obwohl er klein und manchmal ein Tollpatsch war, wahrscheinlich musste er überhaupt nicht in die Schule gehen.

Ich hatte nicht alle Kirby-Talente verstanden, ich konnte mir trotzdem ein Bild machen. Kirby war zu bewundern, Kirby war ein Held.

Wir waren unterwegs, nicht auf einem gemütlichen Spaziergang, sondern in der holprigen Natur, wir wanderten über Wurzeln quer durch den Wald. Die Regionalbahn donnerte über die Kanalbrücke. Sogar unter Bäumen spürte man den Wind, die Weihnachtszyklone, die meist in der Adventszeit einen Schwall Azorenluft zu uns nach Brandenburg brachten. Ein Hoch mit bewegtem, manchmal stürmischem Himmel. Sonne und Wolken.

Nun waren wir schon am See. Schon, das sollte eine versteckte Aufmunterung sein.

Wir wanderten ohne Uhr, die Sonne stand schräg über dem Wasser. Man brauchte eigentlich keine Mütze. Wir steckten die Handschuhe in die Taschen. Ich hatte Proviant eingepackt, zwei Eier, Eierlöffel, Salz, Tee in der Thermosflasche. Im Außennetz des Rucksacks knisterten Gummibärchen. Jakob war immer noch beim Thema.

Kirby kann Löffel essen.

Das weiß ich, das hast du mir bereits erzählt. Er isst am liebsten Eisensachen.

Als wir auf gradem Weg im trockenen Laub nebeneinandergingen, meinte er, ich dürfe ihn ab jetzt gerne Kirby nennen. Er sprach mir den Namen deutlich vor. Kirby. Nicht mehr Jaköbli oder Köppchen, jetzt einfach kurz Kirby.

Ich versprach: Das kann ich ja mal versuchen.

Das Seeufer ist einstiges Grenzgebiet, auf der anderen Seite zog sich die Mauer zwischen Westberlin und Potsdam. Sprüche lagen mir auf dem Herzen, Erklärungen, aber davon wollte jetzt nichts auf meine Zunge. Zu kompliziert, wie sollte ich in der frischen Dezemberluft so lange reden. Ich sagte nur, wir gehen jetzt in Berlin und drüben, das ist Potsdam.

Wir fingen an zu pfeifen. Erst Jakob, dann ich, dann wir beide. Wie Vögel. Wir lauschten auf eine Antwort. Verstehen die uns nicht? Wir pfiffen doch ziemlich echt. Jakob zwitscherte ausdauernd weiter, weiter am Ufer entlang.

Er versuchte verschiedene Stimmen.

Die Bank an der Bucht, unsere Bank, war besetzt. Unter einer Wolldecke hockte eine kompakte Zweisamkeit. Habe ich's doch gewusst. Dass da schon einer sitzt.

Die lieben sich, erklärte Jakob.

Stimmt, sagte ich, dabei wollen wir sie nicht stören.

Wir fanden bald die nächste Bank. Ich breitete ein Tuch aus, Servietten. Ein LED-Licht. Der Tee dampfte in den Bechern.

Die Spaziergänger schmunzelten.

Jakob saß im Schneidersitz, er blinzelte in den Himmel.

Unsere Deutschlehrerin ist eine rote Socke.

Wieso?

Weil sie immer meckert.

Sollte ich ihm jetzt erklären, was andere darunter verstehen, und dazu noch, was das in den verschiedenen Zeiten bedeutet hatte an Schuld und Mut, rot, links oder ein Kommunist zu sein. Hoffnung auf ewigen Frieden zum Beispiel.

Ich bin auch eine rote Socke.

Mein Enkel musterte mich, schließlich meinte er: Aber nur manchmal.

Weiterwandernd entdeckten wir eine Pappel, Spitze auf Spitze, frische Späne lagen im Umkreis. Wer macht den so was? Biberzähne. Ein Tier, nicht größer als eine Katze.

Es sah aus, als würde der riesige Baum gleich umfallen. Da fehlte nicht mehr viel.

Jakob wartete, ob es jetzt krachte. Er hatte Geduld. Es krachte immer noch nicht. Er stöhnte. Sind wir wenigstens bald da?

Spitze auf Spitze. Ein sanfter Wind. Lauter angenagte, raffiniert ausbalancierte Bäume. Und Anglerutensilien am Ufer, dabei ein Eimer, leider noch leer. Der Angler stand in einer Latzhose bis zum Bauch im Wasser.

Der hat Gummifischköder, erklärte Jakob, die nimmst du im Winter, wenn du auf Zander gehst. Wie weit ist es denn noch?

Ich hatte mich wieder verschätzt. Die Böschung war heute echt ein Berg. Babelsberg. Karl-Marx-Straße.

Sind wir jetzt da?

Zwei Kilometer restaurierte Prachtarchitektur. Mein lahmer Knabe ratterte mit einem Stock an den Gartenzäunen entlang, Schmiedeeisen in Hammergrau oder Grün, Barock oder Biedermeier, das gab unterschiedliche Töne, er zog den Stock mal oben, mal unten, er veränderte das Tempo, trippelte, rannte. Er zauberte zünftige Saitenstücke, Turmbau zu Babel, Peterchens

Mondfahrt. Ich sah, dass wir noch recht viele Zäune vor uns hatten. Und damit gewiss bald die Schimpfe der Seegrundstücks-Eigentümer. Ich musste damit rechnen.

Hier hat Stalin gewohnt, das ist das Stalinhaus.

Stalin?, fragte Jakob erschrocken. Ist das wahr? Stalin war böse. Stimmt's?

Ja, stimmt. Es gibt nur wenige, die anders denken. Man weiß, dass er ein kaltherziger Massenmörder war. Sein Bild hing damals bei uns hinten im Klassenzimmer, Väterchen Stalin galt als weise, gütig, als Retter der Menschheit, er hatte als Führer der Roten Armee die deutschen Faschisten besiegt und hatte im Osten, auf einem Sechstel der Erde, mit Macht und Gewalt die Kapitalisten und Großgrundbesitzer enteignet. Das heißt: viele Menschen umbringen lassen.

Jakob fing wieder an zu pfeifen, zum ausdauernden Geklimper mit dem Stock an den Zäunen entlang seine Flötentöne. Gio, gio, genau wie eine Singdrossel. Wie ihr Lockruf.

Am Hiroshima-Platz unter den Kastanien am schwarzen Granitstein, wo immer ein paar vertrocknete Rosen lagen, machten wir eine Pause. Gegenüber im Trumanhaus hatte Truman gewohnt.

Leider war die Schrift auf dem Granitstein nicht mehr zu entziffern, ein japanischer, ein deutscher und ein englischer Text, zum Andenken an die Todesopfer nach den Atombombenabwürfen auf die japanischen Städte. Von hier aus sei durch den Präsidenten der USA der entscheidende Befehl erfolgt. Three Two One. Zero. Der Auslöser hatte funktioniert.

Begleitmusik von oben aus der Kastanie. Eine Tonfolge wie die alte Feuerwehr, nur schöner. Gio, gio. Judith, Judith, die echte Frühlingsmelodie der Singdrossel, Judith, Judith. Nach dem Kalender war es längst noch nicht so weit. Judith. Judith.

Was sagst du nun?

Träume ich.

Kann sein, wir träumen.

Ich sehe meistens genau, was ich träume. Da legte ein Mann eine gelbe Rose auf den schwarzen Stein.

Der guckt so, sagte Jakob, der guckt so auf deinen Rucksack, kennst du den Mann?

Entschuldigung, sagte der Mann, ich guck so auf den Rucksack.

Also geklaut ist der nicht, sagte ich, weil ich solchen Typen nicht aus dem Weg gehe. Die Augenbrauen, vielmehr die Stirn, fast frech. Er hat die Stirn, so sagt man. Aber wer ist es? Ich bin nicht die Hellste in solchen Augenblicken. Ich rätsle. Inzwischen kennt man hier im Umfeld jeden. Ich bin froh, dass ich kein Arzt bin, jemand mit vielen Patienten, denen ich informiert und höflich begegnen müsste. Ich käme bestimmt nicht ohne eine Kartei mit Merkmalnotizen aus. Die Leute dürften aber nicht älter werden oder sich eine andere Frisur zulegen. Die Wunden dürften nicht heilen. Kennzeichen Unterarmgips müsste bleiben. Am besten sie behielten immer die alte Jacke.

Vielleicht ist unserem Vagabunden eine neue Lederjacke zugefallen. Vielleicht hatte er heute einen Termin im Bürgeramt, deswegen der Schick, vielleicht hatte er danach gegenüber vom Rathaus bei Blumen-Henze eine gelbe Rose gekauft.

Komisch, sagte der Mann, ich erinnere mich an so einen Rucksack mit so breitem Reißverschluss und genau diesem Schild. Eine goldene Glocke in einer grünen Glocke und um das Grün herum wieder Gold.

Bitte beachten Sie unter dem Glockensiegel »VEB Apoldaer Lederwarenfabrik«. Das ist nämlich inzwischen eine Antiquität, sagte ich.

Ein Ostrucksack, sagte er.

Aber immer noch sehr praktisch, man kann eine Tasche draus machen.

Jakob ergänzte meine Erklärung: Den Rucksack kann man so lange zusammenfalten, bis er ganz klein ist und dann verschwindet.

Das klingt wie eine Geschichte, sagte der Mann. Wie meine Geschichte vom Verschwinden, sie fing mit einem Rucksack an und mit einer überforderten Frau.

Die Singdrossel, schimpfend und lockend. Gio. Gio. Vor Weihnachten ein Frühlingsruf.

Wir suchten in der Kastanie. Gio. Gio.

Oben saß der Drosselmann.

Der Kidnapper

Ich wurde schon auf dem Bahnhof geschnappt. Du warst noch in der Nähe, ich habe dich eine Weile beobachtet. Hinter dem Kiosk hast du gesteckt. Ich habe gemerkt, dass du mich laufenlassen wolltest, du wusstest ja nicht, wohin mit mir.

Du hast mich nicht mehr gesehen, du wolltest mich nicht mehr sehen. Ich dachte, die hat mir die Geschichte von einer Mama, die auf dem Bahnhof auf mich wartet, geglaubt. Ich war zufrieden mit mir, zugleich musste ich denken: Wie blöd ist die denn. Und dann wieder: Sie will mich los sein. Was will sie mit einem Jungen, der nach Kinderheim stinkt. Jetzt, heute und überhaupt im Leben.

Du hast nicht geschnallt, wie mich einer gepackt hat. Der Mann hatte mich schon während der Fahrt in der S-Bahn im Auge. Du wolltest mich laufenlassen, er wollte mich fangen. Aber auf freundliche Art.

Oben an der Rolltreppe hat er mich am rechten Arm gepackt. Am linken hatte ich ja den Gips.

Wie ich heiße, wer ich bin, willst du wissen?

Der Mann, mein Fänger, wollte mich nicht Ringo nennen. Er wollte mich ehrlich machen. Ich sollte glaubhaft sein. Mit wenig Erinnerungen und einem neuen Start.

Erst einmal hat er für mich eine Reise-Billigung ausstellen lassen, auf dem Papier stand der Name Markus Zettel, auch er hieß Zettel. Er sei mein Onkel, mein Onkel Franz, erklärte er mir. Ich glaubte ihm seinen Namen, darüber hinaus war es ihm genug, dass ich meine Zweifel nicht äußerte. Ich stelle keine Fragen. Ich nannte ihn nicht Onkel, ich sagte Franz.

Eine Zeit lang lebten wir am Wasser auf einer Landzunge an der Havel. Im ehemaligen Osten. Franz und ich wohnten in einer Bude, die man Pförtnerhaus nannte. Waffenloses Militär war unermüdlich beschäftigt, mit schweren Geräten sehr viele Betonblöcke abzutragen, um die Gegend grenzenlos bewohnbar zu machen.

Franz sorgte für mich. Wir fuhren mit dem Bus zu einem Orthopäden. Mein Gips wurde aufgesägt, der Unterarm geröntgt. Der Bruch war geheilt.

Möchtest du in dein Heim? Möchtest du zurück?

Ich müsse nur mit der Fähre über die Havel tuckern, dann quer durch den Wald, am Schloss vorbei, über die Königstraße, dann über die Kanalbrücke zum Griebnitzsee, schließlich im ehemaligen Osten ganz einfach immer am Ufer entlang, auf dem Todesstreifen, da müsse ich nur noch geradeaus. In der Nähe des Bahnhofes, in der Breitscheid-, Ecke Stubenrauchstraße, würde ich es finden.

Höchstens drei Stunden Fußmarsch, sagte er.

Ich schüttelte wie in Zeitlupe den Kopf. Es sollte nichts bedeuten. Kein Versprechen, keine Anhänglichkeit.

Ich hielt mich an die Zwillingsbrüder aus der Gärtnerei. Wir spielten an einem verlotterten Schlossteich, darauf eine Schwanenfamilie, ein Schwarm bunter Enten, Frösche, Libellen, das war unser Land, das hatten wir für immer erobert.

Das Schloss war leer. Gerümpel lag um das vergitterte Gebäude.

Das soll ein Schloss sein? Die Leute im Ort, auch die Zwillinge Tilli und Tomi, nannten es so. Das sei mal ein Jagdschloss der Potsdamer Könige gewesen, noch vor Kurzem lebten hier Hunde. Das Schloss war eine Schule. Hier wurden die Grenzhunde scharfgemacht.

Aus Hundenäpfen, Futtereimern, Hindernisbalken, Hürden ließ sich allerhand machen. Ein Floß zum Beispiel.

Abends saß ich zusammen mit Franz auf der Terrasse vor dem Fernsehapparat, wir guckten Videofilme in englischer Sprache, ich sollte Englisch lernen. Franz, sprach ziemlich gut, eigentlich perfekt. Er kochte oft Nudeln, Pasta Bolognese, sagte er, das war allerdings Italienisch. Das konnte er auch sehr gut, kochen und Italienisch.

Allmählich vertraute ich ihm, weil er mir vertraute. Er beschrieb mir noch einmal eine Art Rückzug zu einem Heim oder einer Heimat, er ließ alle Wege offen, manchmal lag Geld auf dem Tisch. Unsere Ortschaft hatte nicht nur eine Anlegestelle für ein Fährschiff, das zu Stationen im ehemaligen Osten und weiter nach ehemals Westberlin fuhr, sondern auch noch eine Busverbindung zur Landeshauptstadt Potsdam. Die Haustür stand immer offen. Im Haus und auf dem Grundstück der Gärtnerfamilie war ich willkommen, aber ich setzte mich nicht zu ihnen an den Mittagstisch. So vermied ich Fragen. So vermied ich Lügen. Wo ist denn deine Mama? Wo lebt ihr denn sonst? Bist du aus dem Westen?

Franz war nicht gerade ein Witzbold, aber ich erlebte ihn gut gelaunt, ein sonniger Typ. Er war groß, dabei kein Riese. Nach der Rasur hatte er ein Sonntagsgesicht wie ein Bräutigam. Dazu erfand ich ihm eine Frau, ein liebes Geschöpf, ähnlich der Sprachlehrerin im englischen Video, das jeden Tag bei uns lief. Franz und Veronica, dachte ich wonnig und schmerzlich zugleich. Good morning, Veronica.

Wenn der rötliche Bart wieder wuchs, sah Franz hemdsärmlig, am fünften Tag sogar ziemlich verlottert aus. Kein Bräutigam mehr, sondern ein Holzhacker, Angler. Pastakoch. Mein Franz. An den Vormittagen tüftelte er an seinem Mac-Bildschirm. Zahlen längs und quer.

Viel Muße hatte ich nicht, über ihn und uns nachzudenken,

denn Tilli und Tomi warteten auf mich, unser Floß auf dem Schlosstümpel brauchte Mast und Segel.

Eine Ente war von einem Raubvogel schwer am Schnabel verletzt worden.

In solcher Not riefen wir Franz.

Franz musste die Ente töten, wir mussten sie begraben, wir mussten uns trösten, die Ente wäre sonst elend gestorben. Wir brauchten einander, den ganzen langen nach Schilf und Sumpf duftenden Sommer.

Deutlich fragwürdig wurde meine Existenz, als sich die Ferien dem Ende zuneigten.

Die Zwillinge wurden neidisch, sie fragten: Musst du nicht in die Schule?

Ich druckste und beobachtete meinen Chef. Er räumte, er umarmte mich. Denkst du an früher?

Ich schüttelte den Kopf. Langsam, trotzig mein Zeitlupen-Nein.

Der Sommer ist zu Ende, sagte er. Ich nickte. Vielleicht kommen wir wieder einmal hierher. Oder nie wieder?

Er hatte sich rasiert. Now we will go. Er schloss die Haustür. Er ließ den Schlüssel im Schloss stecken.

Nach einer Nacht im Hotel flogen wir von Berlin-Tegel nach Frankfurt und von da aus nach New York. Mein Franz und ich, Markus Zettel. Ich wusste, dass in meinen Reisepapieren als Geburtsort Berlin genannt war. Als Geburtstag hatte ich den 5. Oktober angegeben.

Wir wohnten in einem gewaltigen Gebäude, dem New Yorker, einem Hochhaus der dreißiger Jahre mit Hotel-, Wohn- und Büroetagen, nicht weit von einem Bahnhof, der Penn Station. Von da aus fuhr ich frühmorgens Uptown mit der Subway in die Schule, abends kehrte ich Downtown heim. Ich ging schwimmen und spielte Gitarre, verdiente Geld am Tor einer Tiefgarage, wo die Ein- und Ausfahrtautomatik am

Abend nicht mehr funktionierte. Es war legal, der Garagenbesitzer hatte mich zum Collector ernannt.

Franz lehrte an der Columbia University Architektur. Er war Tenured-Professor, etwas sehr Begehrtes, man hatte für sein Leben ausgesorgt. Eigentlich bin ich inzwischen zu alt für mein Fachgebiet. Er war noch nicht sechzig, als er das von sich sagte.

Er fuhr mit dem Fahrrad zur Uni. Das machten nur Verrückte, es gab davon schon ziemlich viele. Radler kamen in Manhattan viel schneller voran als die Autofahrer.

Für Geld hätte er nicht arbeiten müssen, nicht mehr, denn er hatte im wiedervereinigten Deutschland eine Menge geerbt, drei Häuser in Berlin, dazu ein Waldstück in Woltersdorf, wo ein Flugplatz erweitert werden sollte. Die Rückübertragungsgeschäfte waren erfolgreich abgewickelt, auch der Verkauf war erledigt.

Welches Glück. Das erfuhr ich, als wir mit dem Auto einen Dreitageausflug machten. Den ersten Ausflug von vielen, die folgten. Wir fuhren up north am Ufer des Hudson entlang, am Anwesen der Rockefellers vorbei. Olana. Boscobel House. Parks und Häuser, in denen berühmte Künstler residierten. Seniorenresidenzen. Sehr eigen und doch zum Verwechseln, die groben Granitsteine, die hohen Bäume, Cedar Grove, wo wir Hildegard Zettel besuchten.

Schau, Mama, wen ich dir mitgebracht habe, sagte Franz. Die alte Dame hatte sich für unsere Visite zurechtgemacht, Seidenbluse, frisch gelockt, mit Perlenkette. Sie empfing uns in einem warmen, aufgeräumten Raum mit schwungvoll modernen Sesseln. Panoramafenster, Aussicht auf den ausufernden Hudson, in der Ferne die Catskill Mountains, rechts wie eine Theaterkulisse die roten Palisaden.

Franz umarmte seine Mutter, schelmisch, herzlich, ein Sohn mit gutem Gewissen. Er sprach deutsch. Ich antwortete auf

Deutsch. Sie freute sich über meinen Auftritt. Wie gut er spricht. *Vom Eise befreit sind Strom und Bäche durch des Frühlings holden, belebenden Blick.*

Ich konnte Fontane-, Storm-, Goethe-, Schiller-Balladen, sogar die »Glocke«. Wir deklamierten gemeinsam. Franz goss Tee ein, er kümmerte sich um Sandwichs, drehte die Heizung etwas runter. Ich konnte Bertolt Brecht. *Anmut sparet nicht noch Mühe, Leidenschaft nicht noch Verstand, dass ein gutes Deutschland blühe, wie ein andres gutes Land.* Ich tat mich hervor mit dem, was ich in der Schule in der Babelsberger Domstraße gelernt hatte. Verse hatte ich mir leicht merken können, ich spielte gern mit veralteten Sprachwendungen oder mit Versen. *Dass die Völker nicht erbleichen.* Ich kramte in meinen Schätzen. Der alte Klang, die Reime waren viel wert, die Merseburger Zaubersprüche zum Beispiel.

Großmutter Hildegard verwöhnte mich gleich am ersten Tag.

Langsam kapierte ich, wer ich in ihren Augen war. Ihr Enkel, der Sohn der verlorenen, dann schließlich amtlich im Osten verstorbenen Tochter. In einem ovalen Bronzerahmen konnte ich eine junge Frau betrachten. Ich machte feierliche Miene. Dies sei das letzte Foto von Anita. Meiner Mama? Anita sei, zum Entsetzen der Familie, einem vorübergehend in München arbeitenden DEFA-Filmregisseur seinerzeit vom Westen in den Osten nach Potsdam, also beinahe nach Russland, gefolgt.

Das kapierte ich nach und nach.

Der Filmregisseur sei in einer Familie zu Hause gewesen, verheiratet, fest gebunden. Anita habe ein eigenes Leben geführt, alleinstehend, später mit Kind, ohne Kontakt zum Kindesvater, der, wenn man spärlichen Nachrichten glauben durfte, mit seiner Familie als unbequemer Dissident – erst mit Herzblut und Anträgen lange erkämpft, dann skandalös kurz-

224

fristig, von heute auf morgen – aus dem Osten in Richtung Westen ausgebürgert worden war.

Anita sei an einer aus Asien eingeschleppten Infektionskrankheit gestorben. Eine Freundin und Kollegen hätten sie in den letzten Tagen begleitet. Die Freundin hatte versucht, Verwandte zu finden. Einen Bruder irgendwo in Nordamerika.

Und das Kind?

Weiteres erfuhr ich aus Nebensätzen während der folgenden Besuche.

Ich war Mittelpunkt in einem Knäuel von Vermutungen, die niemand bezweifelte.

Ich saß als Hauptdarsteller inmitten von kleinen Komparsen auf einem Stühlchen, wahrscheinlich im Kinderheim, wahrscheinlich im Spielkreis, ich wurde ein paarmal am Tag mit den anderen getopft. Wir saßen in einer Reihe auf Nachttöpfen. Wie man es heute liest, so ist es gewesen. So war mein Leben, ich fand keine Einwände, keine Ansatzpunkte zu einer Klage.

Die Geschichte grenzte an ein Wunder, sie war leicht zu verstehen.

Einmal im Monat fuhren wir nach Kykuit. Weil die Eisenbahn stündlich von Penn Station nach Albany fuhr, besuchte ich Großmutter Hildegard an den Wochenenden bald auch allein.

Wir sprachen immer deutsch miteinander. Sie hatte in Frankfurt Philosophie studiert. In dieser Zeit geheiratet. Zettel, einen Deutsch-Amerikaner, Vater aus Deutschland, Mutter aus den USA. Schon Zettel Senior war von Beruf Architekt gewesen. Er hatte eine Firma in Chicago gegründet. Hildegard folgte ihm erst viel, viel später mit den Kindern Anita und Franz. Anita, das eigenwillige Kind, ging zurück nach München. Ein Hin und Her. Seit es Flugzeuge gibt. Fahrzeuge mit

Düsenantrieb, sagte Hildegard und bestätigte sich und auch mir: Du bist also Anitas Sohn.

Ich weiß nicht. Kann sein.

Sie hatte inzwischen ein Foto von mir neben das Foto von ihrer Tochter gestellt. Die Bronzerahmen waren aus einem Guss. Ließ sich in den Gesichtern gleichfalls eine Ähnlichkeit erkennen?

Hildegard hatte noch sehr gute Augen. Oder endlich gute, denn: Bis ins fünfzigste Jahr brauchte ich zum Lesen eine dicke Brille.

Sie schaute sich die Fotos unerschrocken an. Ihr Urteil musste sie nicht verkünden, es stand für sie fest, absolut.

Rätsel, so klein, so groß wie die Schöpfung, blieben um den einen dreifaltigen Dritten. Gab es einen Vater, wenn ja, dann nannte er sich ganz einfach Gott. Schöpfer. Schöpfergott.

Ich fühlte mich wohl in meiner Enkelaura. Ich wurde umarmt, von Fingerspitzen berührt, über meine Stirn flog ein Hauch. Ein Großmutterkuss.

Gelobter Knabe. Das war ich. Ich fühlte mich wie in einem Daunenbett.

Die Landschaft am Hudson wurde mein Wanderrevier.

Die Public Library meine Stube.

Es dauerte noch Winter und Sommer, ich wusste, was ich studieren wollte.

Germanistik.

Ich wohnte weiterhin im New Yorker, in einer Apartmentetage. Franz war zu seiner Gefährtin nach Brooklyn gezogen. Er hatte plötzlich eine, oder er rückte endlich mit seiner Passion Winfride heraus. Einer Mathematikstudentin. So ist das in Amerika.

Winfride hat einen besseren Kopf als ich, sagte er. Kein Wunder, fügte er hinzu, so jung, wie sie ist, in ihrem Alter wusste ich noch, dass es auf einer konvexen Fläche drei doppelpunkt-freie periodische Bahnen geben muss, mein Schatz glaubt an unendlich viele periodische Bahnen, die allerdings nicht mehr so richtig doppelpunktfrei sind. Winfride meint, wenn man einen Punkt mit einer Anfangsrichtung abstößt, die genügend benachbart ist zu der periodischen Bahn, dann bleibt dieser Punkt für alle Zeit in der Nähe der periodischen Bahn.

Für alle Zeit. So ist das in der Geometrie. Ein Punkt in der Nähe der Bahn. Ewig.

Ich habe an der New York University Germanistik studiert. Schwerpunkt neuere Literatur. Schmalspur. Zum Beispiel der Blick auf das ostdeutsche Terrain. Man konnte seltsame Thesen vertreten. Es habe vom Ende des Zweiten Weltkrieges an bis ins Jahr 1990 zwei deutsche Literaturen gegeben, eigentlich zwei deutsche Sprachen.

Hildegard saß immer noch mit Perlenkette hellwach in ihrem modernen Schwan-Sessel. Zur Dämmerstunde zündete sie die Kerze in einer aus Zierbelkiefer geschnitzten Laterne an. Sie erzählte, wo und wie sie die Laterne gekauft hatte. In Sils Maria, in einer Werkstatt neben dem Nietzsche-Haus. Außerdem habe sie dort einen Wanderstock gekauft. Den Stock habe sie leider anschließend im Nietzsche-Haus vergessen. Ihre Augen ruhten auf mir. Den Wanderstock könntest du bei Gelegenheit abholen. Nächstens auf einem Sprung nach Europa. Den könnte ich jetzt manchmal ganz gut gebrauchen. Wir lachten. Bestimmt steht er immer noch dort rum. Sie redete munter, wusste, dass Walter Kempowski nicht mehr lebte, dass Autoren, die sie gut kannte, als Jünglinge in der SS zugange gewesen waren. Sie las solche Sachen im Spiegel, dem deutschen Weekly, von dem sie sagte, er habe nur noch im Äußeren sein altes Format.

Während eines Besuchs hatte ich Testmaterial geklaut. Genug weiße Haare aus einer Lockenbürste. Großmutterlocken?

Der DNA-Test war ziemlich teuer. Er zeigte mir, dass ich weder ein Enkel von Hildegard Zettel noch ein Neffe von Franz Zettel sein konnte.

Ich war gekidnappt worden. In einer Zeit, als unter Zusammenbruchs- und Einigungseuphorie verdecktes Chaos waltete. Besitzverhältnisse mussten neu geregelt werden.

Ich hatte Glück. Mein vermeintlicher Alteigentümer war von Anfang an ein netter Kerl. Ich könnte nicht sagen, ob er nach dem Test unter meiner besonderen Beobachtung stand. Er hatte mich ohne große Umstände zum Bürger der USA gemacht, ich wuchs in meine Rolle, ich erlaubte mir Flausen. Typisch Amerikaner, dachte ich mir. Ich gehörte durch anerkannte Papiere dazu und war doch frei.

Ich absolvierte die Prüfungen zum Master of Arts. Dafür habe ich eine Abhandlung über deutsche Vagabundenliteratur vorgelegt.

Meine Großmutter glaubte an mich, sie hatte mich gern, das war schön, ich liebte ihre warmen Hände, die langen wolligen Jackenärmel. Und ihre Stimme liebte ich, wenn sie mir ihre Meinung vortrug. Fakten und Zweifel, sie hatte in der Nachkriegszeit Victor Klemperer, den Romanisten, persönlich kennengelernt. Miss Hildegard Zettel hatte sich dieser Tage vom Aufbau-Verlag aus Berlin seine Tagebücher schicken lassen.

Sie las und kommentierte, erinnerte sich, wie sie als junge Frau im Norden Deutschlands auf Caspar-David-Friedrich-Spuren unterwegs gewesen war, damals auch in der russischen Zone. In Greifswald habe sie einen Klemperer-Vortrag gehört. Über Voltaire. Das habe sie in einem Dissertationsversuch beschäftigt. Klemperers Meinung über den französischen Philosophen. Sie glühte noch einmal voll Bewunderung, eigentlich verstand sie ihn jetzt erst richtig, nachdem sie in seine Tagebücher eintauchen konnte. Er hatte damals gesagt, dass viele Menschen nach dem Weltkrieg Revolutionäre, Pazifisten und Atheisten sein wollten. Er habe nur zweifeln gelernt, den Zweifel an jeder Position.

Die beiden dicken Klemperer-Tagebücher lagen auf der Konsole, immer griffbereit.

Vorn im zweiten Band klemmte als Lesezeichen die Seidenschnur. Der Eintrag vom 1. Januar war zart unterstrichen, dazu ein Bleistiftstrich am Rand:

Man sagt, Kinder haben noch Sinn für Wunder, später stumpfe man ab. – Unsinn. Das Kind nimmt die Dinge als Selbstverständlichkeiten, die meisten bleiben dabei stehen; nur ein alter Mensch, der denkt, wird sich des Wunderbaren bewusst.

Hildegard Zettel sollte im Vassar Brothers Medical Center einen neuen Herzschrittmacher bekommen. Man nennt so was einen Routineeingriff.

Sterben ist am Ende auch Routine. So hätte sie es beschrieben. Es kommt eins zum anderen. Dann nichts mehr.

Ihr Grabmal, ein blauer Glastropfen, befindet sich auf dem anglikanischen Gottesacker in Poughkeepsie. Nach der Aussegnungsfeier sind wir, Franz Zettel und ich, Markus Zettel, auf der kilometerlangen Fußgängerbrücke über den Hudson gewandert, wir haben Leute beobachtet, Kinder, Familien. Mein DNA-Wissen behielt ich für mich. Es passte nicht zum Augenblick, zur Stunde, zum Wetter, zu dieser düster verschlossenen Laune von Franz. Ich kämpfte, ich lachte aus Not. Haltlos. Mein Herz war so schwer wie noch nie. Weil ich loslassen musste. Hildegard Zettel hatte mich unbedingt an sich gezogen. Ich hatte das Wunder, welches ein neugeborenes Kind wahrscheinlich durch haltende Hände, ein Säuseln im Ohr, Atem und Stimme unbewusst empfängt, einfach noch einmal geschenkt bekommen. In Hildegards überheiztem Raum. Hände. Atem. Stimme. Meine Geburt, Taufe und Kommunion.

Gut, dass wir das Highland-Ufer erreichten. Auf dem Rückweg mussten wir uns beeilen, denn bei Einbruch der Dunkelheit werden die Brückenköpfe zugesperrt. Wir hätten auf nackten Holzplanken übernachten müssen. Wir sind gerannt, Franz und ich, im Galopp über den Hudson zum Parkplatz, zur Bahnstation.

Danach haben wir uns nicht mehr gesehen. Franz war mit dem Auto unterwegs. Ich stieg in den Sprinter aus Albany, der zurück zur Penn Station fuhr. Es war dunkel, warm, einsam im gepolsterten Abteil. Ich starrte gespannt durch das Fenster, als müsste ich draußen dringend noch etwas erkennen, einen Bahnhof, die Schranken, die Autos, vielleicht ein Ziel, auf einmal hörte ich ein irres Schluchzen, als sei in mir ein Ventil zerplatzt, ich heulte, ich dachte an ein Versprechen, das ich nun aus elenden Gründen nicht mehr erfüllen konnte. Ich dachte an einen Wanderstock, den sie in einem Haus im hohen Gebirge vergessen hatte.

Die nächsten Wege lassen sich kurz erklären.

Ich kündigte das Apartment. Ich flog nach Frankfurt am Main, reiste gleich weiter nach Berlin. Noch während der drei Tage im Charlottenburger Youth Hostel schrieb ich an Franz Zettel einen erklärenden Brief. Zudem schickte ich ihm das Ergebnis des DNA-Tests, ich schickte ihm das Original.

Lieber Franz,

Dein Glaube war gut, wenn Du jetzt zurückrudern würdest, käme bestimmt Ärger auf uns beide zu. Es würde mich meinen Pass und meinen Namen kosten, und Du kämest bestimmt vor Gericht.

Ich grüße über den Ozean als immer Dein Markus Zettel.

Manche Leute hier in Deutschland sagen, dass ich nicht mit mir reden lasse. Das ist nicht wahr. Ich rede gerne, vor allem lasse ich mir gerne was erzählen. Ich trinke alles, auch Wein und Bier. Nur keinen Schnaps, höchstens mal einen Klaren zum Aufwärmen, aber nur einen. Ich habe keine Alkoholprobleme. Ich bin gesund. Ich suche Baumaterial für einen ordentlichen Wanderwagen. In den Theater-Werkstätten im Kulturquartier habe ich schon Räder und eine Deichsel deponiert.

Letzten Sommer habe ich mir auf der Liegewiese am See eine Zecke eingefangen, an einer semipeinlichen Stelle, ganz unten am Rücken. Die Einheimischen haben geholfen, aber sie haben den Kopf nicht gepackt. Geh unbedingt zum Arzt, hieß es. Man hört ja viele böse Geschichten über Zecken. Die Hautärztin hat einen Bluttest gemacht. Ich musste ein zweites Mal hingehen. Der Test war negativ, also ohne Befund. Die Leute im Wartezimmer sind von mir weggerückt, sie kannten mich von der Straße, oder ich stank wirklich, aber die Ärztin war klasse. Herr Zettel, Sie können beruhigt sein. Nach dem Versicherungsausweis fragte sie nicht, sie wollte kein Geld, wollte nichts über mich wissen. Sie hat mir im Sprechzimmer Fotos von ihren Söhnen gezeigt, an der Wand, drei Jungs mit ihren Freundinnen, und sie schenkte mir ein paar Tuben Sonnenschutzcreme. Wenn was ist, kommen Sie wieder. Schließlich fragte sie, ob ich einen Platz zum Übernachten hätte. Ich hatte grade keinen. Ich sagte nichts, weil ich fürchtete, sie würde mich zu einer Meldestelle schicken. Sie erklärte: Kennen Sie die Nuthewiesen in Drewitz? Ein Geheimtipp. Dort finden Sie beste Gelegenheit. –

Die Hautärztin hatte recht.

Eisenbahngleise führten dorthin. Und Heizwasserrohre. Es war eine verlassene Gegend. Ein trockenes Sumpfgebiet mit viel Gestrüpp und Birken. Dort war ein Güterzug abgestellt worden. Lauter Tonnendachwaggons, völlig leer, in den Kästen neben den Schiebetoren steckten noch unter Draht die Transportpapiere mit sagenhaften Lieferterminen. Sie reichten zurück in eine Zeit, als Waggons, Weltanschauungen, Religionen, sogar Brüder im Trubel vergessen werden konnten.

Ich habe mir den schönsten Waggon ausgesucht, einen geschlossenen Oppelner mit Dach. Ich war deutlich zu Hause. Hier hatte es mal einen Fluss und eine Eisenbahnstrecke gegeben. Jetzt war das ein unbekannter Ort, ein Urstromtal, einfach auf dem Erdball eine schäbige Stelle. Meine Adresse mit roter Sprühfarbe schräg auf der Sonnenseite des Waggons. Times-New-Roman-Schrift: Mister Markus Zettel.

Im Städtchen. Beinbruch

In den früheren Jahrhunderten sind Seefahrer unermüdlich unterwegs gewesen, um festes Land rings um die Erdkugel aufzuspüren. Wenn sie was gefunden hatten, wurde ein Stein an den Erstankerplatz gesetzt: Dies ist ein Ort, den die Welt jetzt kennt.

Mit der Zeit drängten sich um den Globus zwischen den Kontinenten neue Inseln und Inselgruppen, und zu jeder Entdeckung führte ein mehr oder weniger ehrlich vermessener Weg.

Ähnlich geht es dieser Tage mit dem Mond. Über tausend Täler und Krater sind schon entdeckt. Neuerdings der Krater 7/13. Er braucht nun noch einen richtigen Namen, meist werden Physiker auf diese Art geehrt.

Mond und Erde sind im Blick und benannt.

Wege sind bekannt. Seit es Landkarten und Stadtpläne gibt. Dass Portugiesen oder Holländer gerne wollten, man möge die Molukken wieder vergessen, war trotz gefälschter Seekarten nicht durchzusetzen. Die wunderbaren Gewürzinseln behielten einen Namen und ihren Platz auf dem Globus. Schiffe steuerten über die Jahrhunderte mit Hilfe von Messgeräten, Sternen und Wind auf überliefertem Seeweg in Handels- oder Raubabsichten darauf zu.

Die Straße, die das Stadtviertel tangiert, heißt Meistersingerstraße, ich fahre mit dem Rad oder mit dem Bus. Manchmal laufe ich zu Fuß vom Jägertor zum Pfingstberg. Es ist ein Umweg. Ich habe nie versucht, eine grade Strecke zu gehen, denn da war nichts. Nichts in meinem Kopf und nichts in der Stadt.

Das Nichts im Stadtplan befand sich zwischen der Fernverkehrsstraße zwei und dem Neuen Garten, aber das Nichts war nicht als Nichts ausgewiesen. Vielleicht befand sich an dieser Stelle im Gelände ein schwarzes Loch. Antimaterie. Die Straße, die das Nichts tangierte, gewährte Blicke in dieses Nichts. Blicke in nichtige Nebenstraßen. Das Pflaster und die Häuser sahen genauso aus wie andere Straßen in der Stadt, marode, weil alt, vom verarmten Adel verlassen oder von glückloser Bourgeoisie. Wer vorbeifuhr, sah Gartenzäune, Hecken, Bäume, auch zwei rot-weiße Schlagbäume, die immer geschlossen waren, an der Kreuzung konnte man ein Schilderhäuschen erkennen. Es war leer. Man sah darin nie einen Wächter, also gab es im Umfeld keine Bewachten. Da war niemand, und dort gab es nichts. Keine Bäckerei, keine Briefkästen, keine Autos. Keine Wohnungen mit Adressen, geschweige denn Kinderwagen oder spielende Kinder.

Eine für jedermann nichtige Gegend.

Weder Gesetze noch Kontrollen mussten das Betreten eines Gebietes, das nicht existierte, verbieten. Auf dem Stadtplan ein hellgrauer Fleck, keine Namen, das Gedächtnis musste nichts löschen, denn der Kopf war leer.

Später wusste man viel. Das Gebiet heiße Städtchen.

Städtchen, ein freundlicher Name. Der Name sei immer in Gebrauch gewesen. Zu keiner Zeit ein Geheimnis. Ein hellgrauer Fleck ist ein schwarzes Loch. Ein schwarzes Loch ist ein heller Fleck.

Über das Städtchen wurden Zeitungsartikel geschrieben. Bald gab es die erste Dokumentation.

Das KGB-Gefängnis der Russen. Geheimdiensthochburg der sowjetischen Besatzungsmacht. Folterkammer. Hochsicherheitszentrale. Westlichster Vorposten der Spionageabwehr. Kundschafterstützpunkt.

Eine Zeit lang, etwa vier Wochen, standen alle Vorpostentüren offen, die Portale der Villen, die Hintertüren, die Schränke. Kabeltrommeln. Russische und deutsche Schreibmaschinen hockten auf den Tischen. Ganz allein, wie gottverlassen. Kistenberge. Dazwischen türmte sich Papier, nicht abgeholt, nicht abtransportiert. Wohin? Nach Moskau?

Der Wind blätterte in Aktenordnern mit russischen und deutschen Papieren.

Kriegsende. So hatte es nach der Kapitulation im Mai 45 in der Schützenhof-Kaserne ausgesehen. Die Fetzen flogen.

Die Fenster zerschlagen.

Ein windig offener Flur.

Hinter der Wand läutete ein Telefon. Ich horchte, ob jemand im Gebäude umherging, ein Hausmeister, womöglich ein Russe, jemand, der hier im Zentrum noch Befehle empfing, Anweisungen erwartete, trotz der zerschlagenen Fenster, trotz der zerfetzten Akten, trotz der leeren Kisten, trotz des endgültigen Zerfalls der russischen Allianzen. Womöglich konspirativ. Ich lauschte. Der nächste Raum war gleichfalls offen. Offen die Türen der Aktenschränke, auf dem Fußboden das Telefon, es schwieg, als ich eintrat. Ein aufgespannter Regenschirm trudelte durch das Büro. Ich fing den Schirm, legte ihn zugeklappt auf den Schreibtisch. Das Telefon gab laute Freizeichen, denn ich hatte es mit dem Fuß umgestoßen. Die Muschel lag neben dem Apparat. Eine Stimme, dann ein russischer Chor. Die Warteschleife.

Ich hatte dieser Tage schlimme Sachen in der Zeitung gelesen. Vielleicht war unser Russischlehrer damals hier eingesperrt und anschließend nach Sibirien abtransportiert worden. Oder man hatte ihn im betonierten Hinterhof, wo jetzt das Verwaltungsgerümpel herumlag, liquidiert.

Von unserem Lehrer Tschetschok hieß es, er sei Untergrundaktivist, er sei eine Art Weißgardist gewesen mit Brieftaubenkontakten nach Frankreich, wo die Revolutionsflüchtlinge lebten. Tschetschok war ein guter Russischlehrer, ein kluger Kerl, er sprach Deutsch, Englisch, Französisch und Russisch, wahrscheinlich konnte er auch Kasachisch oder Mongolisch, denn er sah mit seinen schmalen Augen und dem Lakritzhaar wie Dschingis Khan aus. Ich konnte ihn mir sehr gut zu Pferde vorstellen, mit Steinschleuder oder Schwert. Ich höre noch seine Eunuchenstimme zu Beginn jeder Russischstunde.

Towaristschi! Ans Werk, in alter Frische.

Der Chor. Poshalujsta, podashdite.

Ich stieg eine schmale Treppe zum Keller hinunter. Gelbe Ziegelsteine mit eingekratzten Zeichen, Buchstaben und Zahlen. In Augenhöhe eine verriegelte Klappe, quietschende Eisenbänder.

Es war der Keller des ehemaligen Pfarrhauses, das einmal für den Evangelischen Hilfsverein gebaut worden war.

Riegel und Mauern. Gefängnis des KGB.

Schlamm in den Zellen. Ab- und Grundwasser. Regen. Die Sträucher schlagen hinter ihm zusammen, die Öde verschlingt, das Gras steht wieder auf. Erquicke sein Herz.

Der Ohrwurm wand sich in meinem Kopf. Während ich zum Augusta-Stift lief, wo ich mein Fahrrad abgestellt hatte. Помоги, Бог, eingeritzt in gelbe Glindower Ziegelsteine. Hilf, Gott. Wem Unglück das Herz zusammenzog – er sträubt vergebens sich gegen die Fesseln des ehernen Fadens.

Hatte ich wieder einmal versäumt, einen Gefangenen zu befreien?

Die Stimme. Hinter Kerkermauern vergessen. Von mir und von Gott verlassen.

Das grausige Städtchen am warmen Rücken des Pfingstbergs gilt unterdes in Kennerkreisen als Nobeladresse.

Nordöstlich vom prächtigen Belvedere aus der Zeit von Friedrich Wilhelm IV., in der Nähe des klaren Heiligen Sees.

Dieser See allerdings ist bis in den Park hinein, sogar bis zum Touristenschwerpunkt Cecilienhof, durch unsere wilde Badestelle ins internationale Gerede gekommen. Leute ohne Badehose liegen auf der Wiese herum. Die Pfingstbergbewohner, die religiösen Touristen, die Kulturschützer vom Amt müssen die einheimischen Nackten in jedem Sommer aufs Neue dulden.

Man hat die Tore der Parks repariert. Nachts wird seit einiger Zeit der Zugang zum See unterbunden.

Der Russenknast ist nun ein Museum mit Öffnungszeiten. Im Anbau gibt es eine Ausstellungsfläche für zeitgeschichtliche Dokumente. Im alten Teil ist ein Hauch des vormaligen backsteinernen Kirchenbaus wieder präsent.

Die Kaiserzeitvillen samt Augusta-Stift sehen wieder sehr schön aus, alte Stilelemente treten hervor. Es harmonieren moderne Carports, Glasterrassen, ein Swimmingpool. Ideenreich die Gestaltung der Gärten, wohldurchdacht das Gehege für die gelben und blauen Tonnen.

Hier sitzt Geld, sagt meine Begleiterin Therese. Und weißt du, wer am teuersten wohnt? Die Russenmafia.

Doch nicht hier, sage ich.

Wo denn sonst?

Am Griebnitzsee, sage ich.

Da auch, sagt Therese.

Therese, das ist meine Gesellin, Leidensgenossin von der Unfallstation, und seitdem ist sie auch meine Winterwandergefährtin. Wir wandern in Gedenken an unseren gemeinsamen Beinbruch beim Schlittschuhlaufen einmal jährlich am Unglückstag rings um den Heiligen See.

Es geschah an einem wahrhaft sonnigen Sonnabend, das Eis war fest, der See voll fröhlicher Läufer.

Nach zwei flotten Stunden, genau nach einem leider missglückten einfachen Flip war Schluss. Sohnesfreunde hatten mich ans Ufer gehievt. Ein hilfsbereiter Chirurg von den Eishockeyspielern hatte nach einem Blick auf meinen unnatürlich schräg stehenden Fuß die Feuerwehr angerufen. Ich höre noch seine Worte: Das sieht nicht gut aus.

Auf der Unfallstation lernte ich Therese kennen, zuerst jammernd im Flur vor dem Operationssaal, danach aus der Narkose erwachend, in einem Zweibettzimmer. Wir erkannten uns als gestrauchelte Eiskunstläuferinnen vom Heiligen See. Mein Knöchel war innen und außen gedrahtet und gestiftet worden. Therese hatte sich auf holpriger Strecke in der Bucht vor dem Marmorpalais das Schienbein gebrochen, ihr Knie hing an einem Galgen.

Sechs Wochen haben wir gemeinsam gelitten.

Weil Tabletten gegen unsere Pein nicht halfen, haben wir uns Geschichten erzählt, wahre Begebenheiten aus unserem Leben. Meine Leidensgenossin hatte besonderes Talent. Ihre raunende Stimme, ihre summenden Worte passten genau in meine fiebrigen Schmerzattacken. Schiffsabenteuer ihres Vaters, eines Kapitäns mit Hochseeallüren, das Schiff im Nebelmeer. Mit geblähten Segeln. Wankend im Sturm. Steuermann halt die Wacht. So schlief ich kurz ein und kam wieder zu mir. Nebelschwaden. Gleitend, schaukelnd. Ich schwebte in tropisch heißen Südgewässern, glitt dann auf dem Eis des Hasengrabens, schließlich unter Harfenklängen und effektvoll zerspringenden Saiten auf silbernen Kufen quer über den stumpf zugefrorenen Heiligen See.

An einem frostigen Spätwintertag besuchte mich meine treue Gärtnerfreundin Waltraud aus Westberlin. Sie registrierte erschrocken unser graubuntes Bettzeug, Plastikgeschirr. Waschlappen, Malimohandtücher zum Trocknen am Kopfteil des Krankenbetts. Gelbe PVC-Böden. Graue Gardinen aus Dederon. Waltraud hatte Weintrauben mitgebracht. Tadellose

Trauben im Februar. Nicht zu glauben. Nicht nur wie gemalt, sondern auch noch zuckersüß.

Im Flur klapperte ein Wägelchen mit leeren Flaschen. Wir waren die Chirurgische Station, Aseptische Nr. 3, Männer und Frauen. Der Chefarzt, von Schwestern und Patienten Uns-Strucki genannt, war der Meinung, seinen Patienten fehle eigentlich nichts, sie hatten nur artig im Bett die Zeit abzuwarten, bis die Knochen wieder richtig zusammengewachsen waren. Einem Bierchen oder einer Flasche Wein stand aus medizinischer Sicht nichts im Wege, im Gegenteil, Frohsinn heilt.

Lachen spart Tabletten. Wir dachten uns schöne Sachen aus. Ich schwärmte von einem Eisbecher, Therese stimmte zu: Vanille oder Schokolade. Prompt servierte uns der Stationspraktikant auf einem Tablett zwei Becher Gemischtes mit Früchten. Wir waren sehr gerührt, aber auch erschrocken, gab es im Krankenzimmer eine Abhöranlage und warum? War sie aus pflegerischen Gründen eingerichtet worden, oder waren das von der Stasi installierte Drähte?

Stasisachen waren Therese nicht fremd, sie hatte genügend Einblick. Ihr Ehemann verdiente direkt in der Bezirkszentrale sein Geld. Nicht unter der Decke oder als Kundschafter, sondern hauptamtlich mit offiziellem Dienstausweis.

Dreyer war ein freundlicher Typ, immer hilfsbereit. Er trug mein Attest für Gehhilfen ins Sanitätsgeschäft, besorgte mir am Entlassungstag ein Taxi. Er war hochintelligent, mit bestem IQ, beides, Stasi und Grips, hatten ihn zum Trinker gemacht.

Therese hatte in unseren letzten Wochen im Krankenhaus das Buch mit den Seemannsgeschichten zugeschlagen. Es folgten, nicht zum Einschlafen, vielmehr zum Fürchtenlernen, einige geflüsterte Kapitel Gegenwartskunde.

Drei Jahre später, während der Herbst- und Wintertage 89, hat der intelligente Trinker mit nächtlichen Telefonaten meinen Blutdruck erhöht. Mein Herz pochte. Der Russe stehe in den Beelitzer Kasernen Gewehr bei Fuß. Ich würde mit meinen gefährlichen Aktionen und den Montagsdemos einen Dritten Weltkrieg heraufbeschwören. Von wegen: Wir sind das Volk. Denken Sie an den Platz des Himmlischen Friedens, Tian'anmen, in Peking.

Das war ziemlich schaurig. Denn das hatte er sich nicht ausgedacht. Da mussten wir durch. Er und ich.

Er trank, er besorgte sich Nordhäuser und polnischen Wodka. Auf einer vollgekotzten Matratze ist er gestorben. Therese hat ihn geduldet bis zum Schluss. Von Gott per Gesetzestafel befohlen. Er sollte in diesen Stunden nicht am Straßenrand liegen.

Weißt du, wir haben zwei Kinder, wir haben uns geliebt. In unvordenklicher Zeit, aber so ist es gewesen.

Für das Treueopfer möchte ich sie umarmen. Es ist, als hörte ich das Schicksalsmotiv. Weil wir nur Menschen sind.

Einer der beiden Söhne ist zum Nachtschatten geworden, er haust in einer leeren, schwarz angestrichenen Bude ohne Kontakt zur Welt. Alkohol rührt er nicht an. Von seiner Sozialhilfe kauft er sich Vogelfutter, Meisenknödel, davon lebt er. Zuwendungen von Therese, Geld, einen Fresskorb, ein Kofferradio, lehnt er ab.

Er will mich nicht, sagt Therese.

Es gibt immer viel zu erzählen rund um den Heiligen See.

Am Ziel Gotische Bibliothek gehen wir meist noch die Mangerstraße und die Berliner Straße hinunter bis zur Bio Company, dort bestellen wir zum Aufwärmen eine köstliche heiße Suppe, denn meist haben wir schlechtes Spazierwetter, oft kalten Regen, selten leise rieselnden Schnee. Selten so viel Sonne wie damals beim Schlittschuhlaufen und Beinbrechen.

Taufe

Ostersonntag. Taufe. Die Glocke läutet bereits, das Turm-gebälk knarzt und poltert. Ich habe mein Auto frech vor dem Gemeindehaus abgestellt. Ich bin die Einwohnerin von der-maleinst mit etlichen alten freizügigen Gewohnheiten.

Die Primeln, die Narzissen auf Claudias Grab sind auf-geblüht, die Linde zwischen Grab und Mauer ist eine Matrone geworden, aus ihrem Wurzelfuß treibt ein Kranz frischer Ger-ten. So soll Zukunft werden und jetzt erst einmal ein gutes Nest. Ein Versteck. Nüsse für das Eichhörnchen, die habe ich in der Tasche, es sind nicht mehr die besten, es ist der Rest vom Weihnachtsteller. Das Eichhörnchen ist daran gewöhnt, neben dem Kindergrab die Futterstelle.

In der Kirche riecht es nach Firnis, es riecht seit ein paar Jahren nach Firnis, seit der friedlichen Revolution. Die Orgel musste schon wieder restauriert werden. Vom ersten Mal habe ich noch die alte Orgelpfeife, das Gis. Wahrscheinlich hatte ich etwas für die Renovierung gespendet. Ich weiß es nicht mehr.

Die barocken Schnitzereien werden in diesen Tagen sehr sorgfältig untersucht, man kratzt bis auf den Urgrund, um die ersten Farben zu finden. Diesmal wird nichts überstürzt und nichts übertrieben. Nichts verfälscht.

Durch die Gitter im Mittelgang steigt anheimelnde Warm-luft. Kein kalter Moderdunst mehr. Der Täufling krabbelt in einem weißen Matrosenanzug die lange Strecke zum Altar, wo die anderen Kinder sich versammelt haben. Der Pfarrer verteilt Buntstifte und Zeichenblätter. Die Kantorin stimmt einen Ton an.

Wir singen Mitmachlieder.

Die Kinder sollen Bilder malen und Sachen aufschreiben, die sie nicht leiden können. Meine kleine Kirchenbanknachbarin, zwei blonde Zöpfchen, Lodenjacke, neue rote Osterschuhe, guckt ratlos auf das Papier. Ich flüstere ihr etwas ins Ohr. Sie nickt und legt verschwörerisch los: Was ich nicht leiden kann:

Streit.

Eisessenverbot.

Brille verlieren.

Unser Blatt wird neben dem Altar auf eine feste graue Pappe geklebt. Die Pappe soll einen großen Felsbrocken darstellen. Es ist der Brocken vom Grabe unseres Heilands. Den wälzen wir jetzt durch die Seitentür hinaus auf den Kirchhof. Helft alle mit. Während die Kinder wälzen, singen die Erwachsenen noch ein Lied.

In dieser Zeit wird unserem Täufling das Familientaufkleid angezogen.

Auch im Haus, in dem ich früher gewohnt habe, riecht es neu, fast wie in der Kirche. Frische Farbe und dazu Kaminfeuer, Glut, die erst einmal niemand beachtet. Die meisten haben sich mit Sektgläsern draußen auf der Terrasse versammelt, auf einer Baustelle eigentlich, aber das macht grade den Reiz. Ein Frühlingsgefühl. Stolpergefahr. Stapel mit neuen Kalksteinplatten.

Hier ist seit Ostzeiten, dem Krieg und dem Nachkrieg noch manches im Argen. Freundliche Gäste schauen hinab auf den kalt glitzernden See, fröstelnd wird angestoßen, es werden Namen genannt, vor allem meiner, denn ich bin in der großen Freundes- und Familienschar ein unbekannter Vogel. Scheu, etwas bunt. Die Gastgeber ermuntern mich. Mein Comingout liegt in der Luft.

Ich habe früher einmal hier gewohnt.

Dazumal, als diese märkische Uferlandschaft noch Grenzgebiet war, mit Mauer und so weiter. – Mir ist das alles zuzuschreiben, das weniger Schöne – die kaputte Terrasse, der bröckelnde Putz –, das geht alles auf meine Kappe. Die schlechten Jahre der Teilung.

Mag sogar sein, das Heutige, dass es anders gekommen ist, das liegt genauso ein bisschen an mir, der Start in die Neuzeit.

Eine Frau meines Alters fragt sehr behutsam, wie ich mich fühle.

Ich sage, ich kann mich nicht sattsehen, so schön der Garten, so viele Gäste hat die Terrasse noch nie versammelt. Zu meiner Zeit keinen einzigen eigentlich. Ich erzähle ein paar Histörchen aus meinen Mauerjahrzehnten, die Story mit den Mandarinenten, die rüber in den Westen geflogen sind, erst ungetreu und dann getreu wiedergekommen. Die Geschichte von meiner Freundschaft mit Lina oder von meinem Traum mit dem schnellwüchsigen Gras wäre jetzt wahrscheinlich zu umständlich. Alles viel zu verwickelt für Leute, die sich vor dem Osten, also auch vor mir, wie vor dem Teufel gefürchtet haben.

Die Frau meines Alters erklärt mir, dass sie fünfzig Jahre ihres Lebens in der Schweiz gewohnt habe, von 45 bis 95. Und dann das Wiederkommen, das Erkennen und das Erschrecken.

Erschrecken vor mir und meinem verminten Terrain.

Im Rund der beschwipsten Gäste, die sich in der Küche eingefunden haben, fällt mir ein, wie ich zentnerweise Äpfel aus Nanis Garten und aus den verwilderten Plantagen des Grenzgebiets entsaftet, die Saftflaschen mit Gummikappen in der Schwarzenberg-Waschmaschine abgekocht habe, und dann fällt mir das Sauerkraut ein, der Steintopf, die Krautköpfe, die Häupter, die Hetel, das Raspeln, das Stampfen, Salz, Pfefferkörner, Kraut, Salz. Obendrauf der Holzteller und der Stein, so ein Krautstein muss schwer sein, der presst die Lake. Der Stein könnte noch irgendwo liegen, vielleicht draußen unter dem Dach, links neben der ins Freie führenden Küchentür. Es war ein besonders schöner Stein aus Feldspat, Quarz und Glimmer, also aus Granit, Rosengranit, er sah aus wie ein schlafender Burmakater.

Das Krautstampfen hatte ich meiner schlesischen Großmutter abgeguckt. Auf Feinschnitt kommt es an und danach auf Geduld und Muskelkraft. Stampfen, bis das Kraut anfängt zu schwitzen.

Hier in der Ecke hat der Steintopf mit dem Sauerkraut immer gestanden.

Da hatten Sie in Schlesien wohl auch Eigentum?

Ich nicht, ich war ja erst sieben Jahre alt, als ich mich ein paar Monate vor Ende des Krieges davongemacht habe. Ich glaube, es war auf dem Rücken unseres blinden Gänserichs Hans, unser Fluchtziel war Dresden, weil unsere Dresdner Großmutter wusste, dass jemand seine großen schützenden Hände über die viele Baukunst und auch über uns halten würde. Es war aber nur ein Gerücht.

Erbrechtsfragen stehen im Raum und Großvaters Pferde, die er nicht hatte und wenn, dann wären sie längst gestorben, unsere Schlösser zerfallen, unsere Paläste verbrannt, die Burgen samt Brunnen in der Erde versunken. Auch das unsterbliche Dresden war erst einmal ziemlich platt und ist doch auferstanden aus Ruinen, in der Unterkirche der Frauenkirche gibt es wieder Lesungen und Konzerte. Das Kuppelkreuz steht noch auf der Erde, zum Anschauen und Berühren und Spenden.

Der Osterhase ist fleißig gewesen. Kein Wunder bei so einem weitläufigen Gelände, die Wiese schwingt sanft zum Ufer hinunter, so sanft, dass sogar ein altes Herz Purzelbäume probieren möchte. Für einen Osterhasen ein vorzügliches Terrain. Kein Wunder also und auch kein Wunder bei so vielen internationalen Tanten.

Schweizer Sprüngli-Schokoladen, ökologische Eier aus Tirol, belgische Kekse, Spielzeug aus England.

Alle Kinder suchen und finden gemeinsam, wir sammeln die Sachen in einen gemeinsamen Korb.

Es ist ein vorsorglich großer Kartoffelkorb. Trotzdem, die bunten Schachteln, die goldenen Hasen, die Glitzerfarben türmen sich schon zu einem Berg. So viel hat der Osterhase gebracht. Ein Plüschschäfchen, ein Playmobil, Hühnchen aus Lübecker Marzipan. Nun wird nach Wunsch und vor allem gerecht verteilt.

Der Reihe nach.

Die vier Geschwister aus einem märkischen Herrenhaus, alle gekleidet in englischen Kinderloden, treten entschlossen näher zum Korb.

Der kleine Älteste dreht die Schachtel um, liest nach, was auf der Rückseite in der Ecke gedruckt steht. Der Preis hilft sehr bei der Entscheidung. Das Teure ist meist auch irgendwie das Beste. Mit neun Jahren weiß man das, mit neun Jahren ist man klug. So klug, dass man den Blick schön diskret hält. Die frommen Eltern dürfen am wenigsten merken, was man schon alles weiß vom Leben und seinen Kosten. Die Kleinsten wählen nach Farbe. Ein älterer Stratege verzichtet. Playmobil habe ich schon. Öffentlicher Zank ist verpönt.

Es ist ein artiges Völkchen, von Eltern gehegt, gepflegt, verwöhnt und in die Pflicht genommen.

Ich denke jetzt immerzu an den gefleckten schlafenden Kater, meinen Sauerkrautstein, wo mag er sein? Vielleicht steckt er im Gebüsch, vielleicht unter der Treppe.

So lungere ich noch eine Weile herum.

Mitfahrgelegenheit

Schnee liegt im hohen Gebirge.

Wir fahren auf der früheren Sudetenstraße direkt darauf zu. Der Buchenwald, die Fichten. Wir haben das ehemalige Bad Flinsberg besucht, das jetzt wieder aufstrebende Świeradów, oben, über 1000 Meter, liegt die Heufuderbaude. Isergebirge. Im Talkessel, das ist schon Schreiberhau. Und gleich auch die Straße mit dem Abzweig in unser Quartier.

Von meinem Balkon im fünften Stock des Hotels sieht man unten einen Ententeich, gegenüber die Gebirgswand, Wald und oben einen weißen Kamm. Versteckt, aber hörbar, stürzt die Wilde Zackel ins Tal.

Neben meinem Balkon liegt der Ausguck meiner Begleiter, sie haben mich eingeladen zu ihrer zehnten Fahrt hierher und ins immer selbe Las-Hotel. Weil es hier schön ist. Sie sind darüber in höhere Jahre gekommen. Leider, beinahe unerwartet, eigentlich ziemlich überraschend, sind sie diesmal nicht mehr so gut zu Fuß. Die Puste reicht nicht hinauf in die Berge. Kein Grund zur Klage. Eine Sache der Vernunft.

So mache ich die Morgenwanderung allein. Ich brauche keine Wegekarte, denn der Fluss gibt mir Orientierung. Wiesen, Kirchtürme, dunkler Wald, Wasser rauscht oder wispert.

Im Seitenfluss glänzen rostrote Steine. Eine Wasseramsel, ein Eichelhäher, Veilchen blühen. Der Wanderstock, ein glatter Buchenholzstab, liegt zuverlässig in meiner Hand.

Zur verabredeten Zeit sitze ich am Frühstückstisch. Meine Begleiter herzlich, gesprächig. Je mehr alte Bekannte sie unterdes getroffen haben, umso schöner ist es wieder einmal. Sie sind zufrieden, aber auch besorgt. Hinter den Kulissen, hinter den Kristallleuchtern, den Lorbeerkübeln, türmen sich Schulden. Lohnaußenstände hinter dem Lächeln des Personals. Sławek, Chauffeur und Schwimmhallenaufsicht, hat drei Monate kein Geld für seine Arbeit bekommen. An einem Abend sieht es so aus, als würde die Hotelküche streiken. Auf dem Buffet steht eine leere Suppenschüssel. Unterwegs waren uns überall rohe Betonfassaden und stillstehende Maschinen aufgefallen. Bilder wie in den TV-Nachrichten aus Krisengebieten. Investmentblasen.

Anderntags ist der Frühstückstisch wieder perfekt gedeckt. Das Mädchen an der Rezeption verbreitet Hoffnung.

Touristisches Leben in der Kirche Wang. In der Hirschberger Gnadenkirche Hochbetrieb. Es ist Sonntag, der Tag der Erstkommunion. Eltern, junge Mütter in Stöckelschuhen, engen Lederröcken, kleine Mädchen in Weiß, viel Schleifen und Tüll. Ballerinafüßchen. Knaben in puppenhaften Anzügen, schwarz, mit bunter Schleife. Gesang. Predigt über Lautsprecherboxen, Bildschirme in den Seitenschiffen.

Die festlichen Kommunionskinder wachsen schon als dritte einheimische Generation ins Leben. Jahrzehnte schaffen Gewissheit, das ist ihre Kirche, die Heimatkirche Zum Heiligen Kreuz. Auch die Geschichte des Gemäuers gehört unterdes ihnen, nachzulesen in polnischen Schulbüchern. 1770 inmitten katholischer Machtpolitik als evangelisches Gotteshaus der ansässigen geld-, mithin geltungsreichen Kaufleute gebaut, nunmehr seit 1947 wie Land und Leute katholisch und damit dem römischen Papsttum mit seinen Konzilien verpflichtet.

Die Großeltern der festlich geputzten Kleinen, die jetzt in Jelenia Góra ihr erstes Abendmahl empfangen, also die Leute meines Alters, haben vielleicht noch Erinnerungen an die Gotteshäuser ihrer Kindheit in der Ukraine, an habsburgische Pracht oder an ein weihrauchgeschwängertes Dorfkirchlein, an die Erstkommunion im Krieg, das Dorf von deutschen Soldaten besetzt, dann Befreiung, Vertreibung. Das ganze elende Programm.

Auf Kinderbeinen unterwegs Richtung Westen. Flucht, die Hiesigen sagen »wygnanie«, ich habe im Wörterbuch nachgeschlagen, es heißt Verjagung – Verjagung oder Flucht, eine deutsch-polnische Erfahrung, die zum Glück mit uns stirbt.

Wir alten Kinder falten die Hände. Andächtig. Amen.

Meine Begleiter bestanden darauf, wir sind in der Nähe, also fahren wir hin.

Mir war im Herzen vielmehr nach Berg und Tal, nach Waldwanderungen und Vögeln als nach Vergangenheit und Spurensuche, sie aber wollten mich unbedingt damit erfreuen und auch ein bisschen sich selber. Sławek chauffiert uns. Die Tour ist sogar schon bezahlt.

Sie möchten mir gerne zusehen, wie ich in meinen Erinnerungen herumspaziere.

Ich hatte sie gewarnt. Es ist ein abgelegenes einsames Nest, es zieht sich kilometerweit. Folgt einem Fluss, lümmelt an den Ausläufern des großen Eiszeitgeschiebes.

Es ist eine uralte, ziemlich verstaubte Geschichte.

Siehe, der Falken Hain, so habe der erste Ritter der heiligen Hedwig historientauglich gerufen, zugleich haben Trompeten trompetet, zugleich war da ein Steinmetz, ein Feldstein und ein Ehrentag. Viehhirten und Bauern hinter dem Pflug.

So soll es sein, so ist es geblieben. Sokołowiec. Falkenhain.

Und siehe, da kommt er uns schon entgegen wie seit Jahrhunderten, der wortkarge Nachbar. Der Schicksalslose mit den tauben Ohren, der fast Blinde, tief gebeugt, weil ihm die Gebirgsleiden in den Knochen stecken. Jodmangel. Eisenmangel. Krieg. In schlammbraunen Stiefeln, so schleppt er sich aus der Senke, dann weiter den Trampelpfad Richtung Dorf. Über den Schultern, mit Riemen festgemacht, wie es sich für einen Überlebenskünstler gehört, eine kostbare Bürde, frisches Bruchholz, eine Gabe vom Bruder Sturm, der gestern im Berg war.

Es streift uns sein aschgrauer mitfühlender Blick. Wir sind erkannt. Wieder die. Immer die. Gespenster von dazumal. Sonst verirrt sich keiner hierher.

Mein Leben lang habe ich den Namen des Ortes in Anträge, Formulare, Lebensläufe geschrieben, geboren in Falkenhain.

Die Sicht geht von halber Höhe des Hügels weit über das Tal bis zum Gebirge, dort endet unsere Welt erst einmal, weil dort die Erde endet und der Himmel oder das Universum anfängt. Ende und Anfang stehen in der Ferne als schwarz gezackter mildblauer oder rosenroter Horizont. Manchmal löst sich ein Berg, er tritt hervor, er kommt auf uns zu. Es ist der Spitzberg, ein Kegel aus eruptivem Basalt.

Ein anderer Blick geht vom Ufer der Bache den Hügel hinauf. Der Blick orientiert sich am Transformatorenhaus. Es ist ein verlässliches Zeichen. Über die letztvergangenen Jahrzehnte hat mich das Zeichen geführt, es hat mich an die Hand genommen und nach Hause geleitet, obwohl das Haus des Zuhauses nicht mehr steht. Es ist abgebrannt. Das vorige Mal gab es den verkrüppelten Birnbaum noch, damals konnte ich die Einfassung des Brunnens noch erkennten und den Mühlbach und die Traverse, wo das Bienenhaus war, wo Großvater die Beerensträucher hingepflanzt hatte. Die Ziegenweide, den Auslauf für die Schweine.

Heute gibt es nur noch das Transformatorenhaus und Natur, brusthohes Gras. Auch der Hohlweg neben dem Mühlgraben ist zugewachsen. Der Mühlteich verlandet. Das Schloss scheint in die Erde zu kriechen, Büsche wachsen im Gemäuer.

Ich rufe meine Begleiter. Hier war das Tor.

Ich bin Augenschein und Malerpinsel oder Zauberer oder gleich der Schöpfer selber. Weiden am Bach, Großvaters Bienen summen, ich nehme mir Zeit. Weil ich nun einmal hier bin, reite ich auf unserem Ziegenbock. Es war einmal ein frommes schneeweißes Böckchen mit goldenen Hörnern. Und das ganze Land wohlbestellt, schwarzbraune oder rötliche Erde, fruchtbar. Kartoffelland, das hatte schon der Preußenkönig erkannt, als er unseren einst österreichisch-ungarischen Boden zu Preußen machte. Und mein Großvater wusste es auch. Ein gutes Land. Er liebte seine rote Erde, er liebte seine roten Kartoffeln. Aus Liebe eine mehlig kochende Sorte vom französischen Feind, seine Rote Colette.

Meine Begleiter haben inzwischen kalte Füße und Kaffeedurst.

Die Eisheiligen sind überraschend etwas zu früh ins Bober-Katzbach- und Riesengebirge gekommen, ganz allgemein nach Mittelosteuropa. Gestern Pankratius, heute Servatius.

Weil ich nun einmal hier bin, schlage ich mich durch die Büsche, dann über einen Steg.

Sławek, unser Chauffeur, will das Auto nicht länger unbewacht stehenlassen. Meine Begleiter rufen.

Das ist der Forellenbach, erkläre ich ihnen noch schnell. Hier griff mein Onkel, siebzehn, bevor er in Charkow »im Kampfe fiel«, die launischen Forellen mit bloßen Händen.

Erlengestrüpp tunkt in den Sumpf.

Hier kenterte das Schiff. Hier schwamm Ophelia. Hier klagte Rusalka. Verstoßen von euch. Hier haben Horn und Harfe leise geweint. Waldfeen. Hexen. Kulissen, Zauberzeug, heute eine gründlich entrümpelte Bühne.

Sławeks Auto ist ein Geländewagen, alt, aber mit neuer breiter Bereifung.

Sławek kennt den kürzesten Weg und auch den besten, er

führt laut Landkarte durch die Hölle. Die Natur hatte im vergangenen Jahrzehnt deutlich zugelegt an Kraft und Wachstum, Bäume gehen in die Breite, Wurzeln werfen sich über den Weg. Ich sitze hinten, ich weiß, dass es nicht mehr weit ist zu einer richtigen Straße. Weidenruten schlagen gegen das Autoblech, Schlehdornen kratzen.

Meine Begleiter meinen, dass ich traurig sein müsste.

Okay, sage ich, die Tour hat sich gelohnt, but now let's have some fun. Das ist ein Zitat, ich habe es vom amerikanischen Schriftsteller Kurt Vonnegut, der während der Bombenangriffe als kriegsgefangener junger Soldat in Dresden war, er steckte in einem Kühlkeller im Slaughterhouse Five, wahrscheinlich in dem denkmalgeschützten Erlwein-Gebäude im Ostragehege. Er überlebte Angriff und Kriegsende – um zwanzig Jahre später in einem Buch ein paar grausam absurde Anekdoten über Außerirdische und Erdmenschen in Dresden, Vietnam und anderswo zu erzählen.

Rom hat sich verändert

Wahrscheinlich gehöre ich nun nicht mehr zu den jungen Alten. Ich merke es weniger an meinen Knochen als vielmehr an meinen Freunden und Wegbegleitern, weil ihre hohen Geburtstage mit geringem Plus oder Minus den meinen gleichen. Es wird wohl was dran sein, die Zeit verliert Raum, die Jahre eilen.

Ich verkenne mich manchmal. Wenn ich zu mir komme, fühle ich mich wie eine Närrin.

Habe ich doch wirklich gedacht, Rom hat sich dieser Tage zum Guten verändert, ist echt fromm geworden, bietet mehr Platz, mehr Luft zum Atmen und Blickfreiheit, weil mir die Kerle nicht mehr auf den Fersen sind wie seinerzeit während meines ersten Besuchs – Villa Massimo, heimlich, ich als Ostmensch mit Devisen vom couragierten Schweizer Verlag, der schwarz Schweizer Fränkli von meinem Honorar abgezweigt hatte, Devisen, die eigentlich in Ostmark transferiert werden sollten. Nach Ostgesetz entweder auf einem Drehteller im Kassenfenster des sagenhaften Urheberrechtsbüros oder direkt vom Züricher Verlagskonto auf eine Hartgeldstaatsbank in Berlin.

Ich hatte die großen illegalen Scheine mit den vielen Nullen, Lire, mit einer daumenlangen Sicherheitsnadel von innen an meiner Rocktasche festgesteckt. Wenn ich einen Schein lockermachen wollte für ein italienisches Eis oder eine Pasta im Schnellrestaurant, musste ich mir eine Parkbank suchen. Prompt saß ein Kerl neben mir. Hatte er es auf das Geld abgesehen oder auf meinen damals noch goldenen Zopf?

Rom hat sich geändert.

Es laufen viel weniger junge glutäugige Mastroiannis herum, die paar übrigen halten Abstand, einzelne haben besonders gute Manieren. Ich trage bequeme Turnschuhe, ich laufe mit praktischem Rucksack von der Via Appia bis zur Villa Massimo. Accademia Tedesca.

Die neue Praktikantin aus Putbus/Rügen, blond, blauäugig, schaut höflich an mir vorbei, höflich lächelnd über meine gefällige Meinung. Rom, die ewige Stadt, habe sich in ein lauschiges Nest verwandelt.

So kommen Urteile über die Welt zustande.

Ich musste nicht erst einem Spiegel begegnen. Unter dem Blick der Putbusserin wusste ich von einer Sekunde zur anderen wieder, wer ich bin und warum sich Rom mir gegenüber derart gediegen zurückhielt. Sollte ich es einen Gewinn nennen. Es war nicht zu ändern.

Mein Status heute Ehrengast im noblen Haupthaus, nicht Stipendiat in einem Atelier wie die Jungen, wie vor fast einem halben Jahrhundert ich. Allerdings: Ich war damals nur ein illegaler Gast, eine junge Welthungrige aus dem Osten. Inkognito wie Goethe. Der hatte sich sogar einen anderen Namen zugelegt. Er nannte sich Möller, trotzdem wusste die ganze Welt von seinem Abenteuer. Er hatte ja ein Tagebuch geschrieben und veröffentlicht. Ich erzählte damals niemandem etwas. Ich bekenne heute zum ersten Mal, dass meine Erfahrungen mit Rom weit bis in die alte Mauerzeit zurückreichen. Ich heimlich im Sehnsuchtsland, wo die Zitronen blühen. Sie blühten nicht nur im Lied, sie blühten tatsächlich, dank des Klimas und der Morphologie der Citruspflanzen. Citrus limon blüht und fruchtet rund um das Jahr. Citrus sinensis, Orangen, fielen mir buchstäblich in den Schoß während des Frühstücks im Park. Überreife Kakifrüchte lagen zu meinen Füßen.

Ich habe ganz Rom heimlich besucht, die Casa Goethe, Michelangelo, Raffael, den Papst in Castel Gandolfo, Fellini kurz in Cinecittà, mehrmals Laokoon, oft die Via Appia. Auf der Rückreise über Zürich habe ich heimlich den grünen Westpass in der dortigen deutschen Botschaft wieder gegen den blauen Ostpass eingetauscht. Für die Amtsmitarbeiter eine Formsache, für mich Abschied und zurück für immer und Schweigen und Hoffen, dass mir niemand anriecht, woher ich grade komme, noch umnebelt von Weihrauch, noch erfüllt von den Zeichen der Ewigkeit in Rom, noch leicht verängstigt vom lauten Leben, besonders von den Schritten, den Schatten hinter mir. Glutäugiger Süden. Ich kann den Vittorio-De-Sica-Typ nicht vergessen – in Ostia am Strand, ich hatte 10 000 Lire unter der Badekappe, der Kerl war glücklicherweise wasserscheu.

Das ist nun allerdings diesmal anders gewesen.

Marcello Mastroianni dreht sich nicht um.

Glaubt mir, das hat sein Gutes.

Requisiten

Früher war ich oft unterwegs, ich habe viel Geld für Fahrscheine ausgegeben, seit ich das 65plus-Abo habe, sitze ich viel mehr zu Hause. Ich könnte, wenn ich wollte, aber ich will nicht.

Der Blick durch das Fenster auf die verschneite Wiese. Die Geräusche in den Oberstuben, die eilig polternden Schritte im Treppenhaus, die ins Weite fliegenden Türen, alles festigt meinen Sitz. Es ist gut, zu Hause zu sein.

Frühstück mit Programmansage. Das alles gibt es heute im Radio.

Das 65plus-Privileg ist nicht aus Pappe, sondern eine feste Plastikcard. Ich trage sie immer bei mir.

Ich könnte damit stehenden Fußes nach Kreuzberg fahren, sogar bis ans Ende von Brandenburg, ich könnte den ganzen Tag zwischen Frankfurt an der Oder und Nennhausen unterwegs sein. In Neustadt/Dosse wohnt im Sommer eine Freundin von mir. Abstecher nach Dissen-Striesow. So oft ich will. Gratis.

Ich müsste mich nur mit dem Frühstück beeilen, müsste einen Zahn zulegen beim Stubenhocken, meinen Horizont wieder mal ins Freie verlegen. Vorhang auf.

Vor dem Fenster baumelt ein Mistelbusch, ein lachender Specht fliegt vorbei. Es klingt höhnisch, aber er meint es nicht so, es ist der natürliche Flugruf des Spechts.

Unser Bahnhof hat inzwischen zwei neue Gleise für den Regionalverkehr, dazu ein drittes für den Studenten-Shuttle. Der alte Bahnsteig ist seit eh und je, ausgenommen die dreißigjährige Mauerpause, der rot-gelben S-Bahn vorbehalten. Potsdam–Ahrensfelde, 50 Kilometer quer durch Berlin. Im Zehnminutentakt treffen sich die Züge. Auf beiden Bahnsteigen gehorchen die automatischen Türen. Leute kommen, sie fluten in eine Richtung, die Tunneltreppe hinunter, dann auseinander, zwei Treppen hinauf, dann auf sieben Wegen zu ihrem Ziel. Real time people in action, weil sie hier wohnen, arbeiten, studieren oder weil sie mich besuchen wollen.

Aber ich will endlich mal weg.

Ich wähle die weite Strecke, kurz entschlossen, weil das die längste Langeweile gewährt. Eine Fahrt durch alle drei Preiszonen. A, B und C. Meine Card gilt unbegrenzt Tag und Nacht.

Ich bin mit meinen Gedanken allein. Die meisten Fahrgäste sind mit dem Handy beschäftigt. Drei Frauen unterhalten sich laut, als wären sie noch jung oder schon in bewährter Runde zum Frühschoppen in den Elsässer Stuben.

Die Plätze neben mir sind frei, sie bleiben frei. Es ist das Fahrradabteil, aber das ist nicht der Grund dafür, dass sich niemand hier hinsetzt. Schuld ist wahrscheinlich das Bündel unter der Sitzbank mir gegenüber. Deswegen setzt sich keiner auf die freien Plätze.

Es ist weniger ein Bündel als vielmehr eine Rolle. Eine große Rolle. Mannsgroß. Daneben liegt eine Hand. Aus einem bräunlichen Material, aufgeblasen oder ausgestopft. Zum Gruseln. Die Hand gehört zum Ärmel einer pummligen Daunenjacke, dazu eine aufgeplusterte Hose. Ich denke an den Michelin-Mann, wie er über Tankstellen schwebt, hatte man den geklaut und hier versteckt?

Oder ein echter Mensch?

Müde oder gar krank?

Am Grunewald steigt niemand ein.

Ich bin inzwischen ein wenig enttäuscht, es ist schade, dass kein Kontrolleur kommt, einer, der sich um besondere Vorkommnisse kümmern müsste, zum Beispiel die Jacke und die Hose unter der Bank, ich könnte ihm außerdem meine Card vorzeigen. Als Card-Abonnent begrüßt man Kontrollen, man kann locker beobachten, welche Tricks die Schwarzfahrer haben. Man sieht ihre Angst. Am Bahnhof Westkreuz steigt eine junge Frau ein. Sie stoppt vor der aufgeplusterten Rolle. An die Nächstsitzenden im Nachbarabteil geht ihr erstaunter Blick. Kann ich helfen? Gelassene Überlegenheit im S-Bahnwagen. Lächeln. Die junge Frau macht einen großen Schritt. Niemand will den Säufer oder den Außerirdischen stören. Es herrscht gutmütige Einigkeit. Warum sollte nicht ein regloser Mensch in der S-Bahn liegen? Schlafend oder so. Der Fingerhandschuh aus hellem Leder, die dicke Hand am Jackenärmel hat sich bis zum Bahnhof Friedrichstraße nicht bewegt. Keinen Millimeter. Müsste man nicht an der Hand den Herzschlag erkennen, das Pochen, wenigstens ein Zucken im kleinen Finger. Warum sollte nicht ein Toter mit der S-Bahn fahren. Absichtlich oder aus Versehen unter der Bank im Fahrradabteil gestorben.

An der Friedrichstraße steige ich aus. Weiter mit der U-Bahn, darauf fahre ich mit einem Bus Richtung Wittenbergplatz. Von hier aus laufe ich bis Halensee, nun wandere ich parallel zur Avus, weitere gute zwei Stunden bis zum Bahnhof Grunewald. Dort warte ich auf meine Retour-Bahn.

Mir gegenüber im Eck unter hochgeklappten Sitzen liegt ein Handschuh. Wahrscheinlich aus Wildleder. Der bräunliche Handschuh sieht aus wie eine Hand. Wie die perfekte Requisite im David-Lynch-Film, Einstellung Menschenhand im Hundemaul. In der Szene davor gab es zwischen den Akteuren einen Streit. Was daraus wurde, zeigt die Hand, die Halbtotale mit dem schlauen Köter, der sich ein Überbleibsel geschnappt hat und damit flink hinter der nächsten Hausecke verschwindet. Die Kamera bleibt auf der nackten Hauswand. Sailor and Lula – Wild at Heart. Goldene Palme in Cannes.

Hier liegt die Hand einfach nur rum. Der Rest vom Vormittag.

Die S-Bahnstrecke zwischen Grunewald und Nikolassee ist sehr lang. Kontrolleure schaffen vom Anfahren der Bahn bis zum nächsten Halt immer den ganzen Wagen. Mit meiner Card könnte ich ganz ruhig sein. Trotzdem, ich bin gespannt, ich darf fürchten, dass es, bevor ich aussteige, noch einen trifft.

Bevor es zu spät ist

Monica aus Toronto hat mir ans Herz gelegt, unbedingt einmal die alten Hahns zu besuchen. Freunde ihrer Mutter aus Berliner Zeiten.

Man habe sich in den Nachkriegsjahren gegenseitig geholfen, habe den Kontakt nach der Auswanderung ins britische Kanada weiterhin gepflegt. Auch nach dem Tode der Mutter sei die Verbindung zu dem Berliner Ehepaar nicht abgerissen.

Wirklich gute, gute Freunde.

Wenn Monica in Europa herumreist und in Berlin Station macht, fährt sie unbedingt auch zu den Hahns nach Schmargendorf. – Du musst die Hahns kennenlernen. Monicas Wunsch. Gerda und Emil, Urberliner. Beide voll Geschichten und Geschichte. Und beide alt, immer schon alt, Emil mit Augenbrauen wie Knecht Ruprecht, so habe Monica ihn schon erlebt, als sie die kleine Moni war.

Die agile Weltbürgerin lässt nicht locker, sie schickt mir aus Toronto per Mail die genaue Adresse und die Telefonnummer. Gerda und Emil Hahn sind dieser Tage fünfundneunzig oder gar siebenundneunzig geworden, im dritten Alter der Alten. Geh bitte hin, bevor es zu spät ist.

Ich stelle mir ihren Tageslauf vor, langsam, schleichend, in Filzschuhen, man behilft sich vom Bett zum Sofa mit einem Rollator, ihre Wünsche: Ruhe, keine Aufregung, auf keinen Fall Neuigkeiten, möglichst kein fremdes Gesicht. Ich sehe mich, Monicas Bitte folgend, als Störenfried am dämmrigen Nachmittag, genau zur Tablettenzeit. Grade haben sie sich aus den Fernsehsesseln in die Betten bequemt. Oder umgekehrt.

Sie sitzen endlich wieder am Platze. In diesem Augenblick Gebimmel an der Wohnungstür. Erschrecken, weil ich ein- oder gar dreimal den Knopf gedrückt habe.

Nein, ich will dieser dreiste Gast nicht sein.

Monica telefoniert aus Toronto: Du bist angemeldet. Sie warten auf dich. Nimm einen Gruß mit, sie kennen dich längst, jedes Mal erzähle ich ihnen von unserer Freundschaft.

Sie erwarten dich.

Also mache ich mich auf den Weg. Es ist wahr, von Potsdam ins Berliner Schmargendorf ist es ein Katzensprung. Ich will mich sehen lassen und wieder verschwinden. Es soll genug sein, wenn ich einen Blumenstrauß an der Wohnungstür überreiche. Mit einem guten Spruch. Nur keine Umstände. Hier meine sieben Rosen, Augusta Luise. Es ist eine Sorte, die sich prächtig in der Vase hält, bereits die Knospe ist schön anzusehen, doch das Beste kommt, wenn sich die volle Blüte zweimal wandelt, von Orange zu Rot und wieder zurück ins Orange. Das Allerbeste, Sie werden es sehen bzw. riechen: Augusta Luise duftet! Ich überbringe meinen Gruß von Monica aus Toronto, wünsche einen guten Tag, so habe ich Monica einen Gefallen getan und weiß wieder ein bisschen mehr über Berlin, bin an einem Ort gewesen, wo ich mein Leben noch nicht war, und ich habe hoffentlich den Frieden der beiden Alten nicht gestört.

Unterwegs denke ich an Kuchen, sollte ich zu einem Bäcker gehen, um Kuchen zu kaufen. Aber die Idee lasse ich gleich wieder fallen. Sieht es nicht so aus, als wollte ich mich bei den Hochbetagten gemütlich an einen Kaffeetisch setzen? Ich stelle mir kochendes Wasser vor, einen sprudelnden Pfeiftopf auf einem heißen Herd, klirrendes, schepperndes Porzellan, womöglich einen elektrischen Quirl für die Sahne.

Ich fahre mit der U-Bahn bis zum Hohenzollernplatz.

Es ist ein sehenswertes Quartier. Urban, bauhäuslerisch, ein Lebensraum für den tätigen Berliner der zwanziger Jahre.

Das ovale Namensschild in Augenhöhe am Türrahmen festgeschraubt, weiße Emaille mit kursiven gotischen Buchstaben. Praxis Dr. med. Emil Hahn. Daneben der Klingelknopf aus Messing. Man denkt an Doktor Sauerbruch, Retter der Mütter, und an Doktor Gottfried Benn. Zwanziger Jahre, eigentlich Literatur. Kino. Ich drücke vorsichtig auf den Knopf. Hinter der Tür tönt ein altmodisches Bimmeln. Frühe Elektrik. Wagnerscher Hammer. Ich stelle mich so, dass mich ein Auge durch das Guckloch, den Spion, in der Tür gut erfasst. Mein bravstes Gesicht. Ich habe die Mütze abgenommen, soll zeigen, ich stecke nicht unter einer Kapuze oder hinter einer Maske mit Augenschlitzen. Kein Räuber. Kein Bettler. Es sind siebzig Jahre vergangen. Kein Ledermantel von einst, kein Neonazi von heute. Ich halte den friedfertigen Rosenstrauß in beiden Händen.

Nicht erschrecken. Ich bin es. Die Freundin von eurer kanadischen Monica.

Der Herr, der mich einlässt, ist von hoher schlanker Gestalt, leicht nach vorn geneigt, so steht er in der Tür, kopfschüttelnd und nickend, weil er Bescheid weiß. Aus der Tiefe des Korridors trippelt, nicht ganz so hochgewachsen wie Dr. Emil Hahn, eine Frau, seine Frau, zart, rüstig, rosig, mit dauerhaft schicker Frisur. Sie, bis zu den Haarwurzeln schwarz-, er weißhaarig, dazu die weißen Ruprecht-Augenbrauen.

Monica hatte oft von der Herzensfreundin ihrer Mutter erzählt. Geschichten aus tausendundeiner Nacht in Berlin. Gerda. Ein Antlitz, wie von Kirchner gemalt. Nase, Wangen, Kinn, eine Anstifterin. Durch ihresgleichen war der Kubismus in die Welt gekommen. Solche ägyptischen Königsaugen. Umschattete schwere Lider. Ein eigensinniges Kinn.

Gerda Hahn. Guten Tag. Ich ziehe meine wetterfesten Bergschuhe aus, knülle das Blumenpapier zu einem nichtigen

Knäuel. So, in Socken, überreiche ich mein Rosenbukett, die duftende Augusta Luise.

Herrlich, sagt Gerda.

Emil schnuppert an einer Whiskykaraffe, er gießt eine Begrüßungsträne in drei Gläser. Gerda hat Pfannkuchen gebacken und, falls ich die nicht esse, vom Bäcker Haase einen Winterapfelkuchen gekauft. Dazu gibt es Sahne. Alles steht schon auf dem runden Tisch. Ein Stövchen für den Kaffee. Die Silberlöffel extra geputzt. Wir sitzen genau in der Mitte des ehemaligen Wartezimmers. Der große Raum hatte eine Wandlung ins Bequeme erfahren, Stehlampe, Klubsessel und Rauchtisch, Bücherregale, ein türkischer Teppich, warm, altersgerecht, am Rande noch kleine Zeichen von früher, Medizinschränke. Messinghaken. An den Türen die alten Emailleschilder. Wartezimmer. Sprechzimmer. WC Patienten. Garderobe. Küche. Privat.

Gerda erzählt. Unser neues Leben ist noch gar nicht so alt, erst fünf Jahre. Es hat in der Berliner Morgenpost gestanden, mit Foto, Berlins ältester Arzt geht in den Ruhestand – mit neunzig.

Emil wechselt, einmal spricht er von seinen Erfahrungen als Frontarzt, dann von der Arbeit in der Praxis hier in diesen Räumen, hier im Hohenzollernquartier.

In Emils Gedächtnis sind alle Ereignisse gleich weit entfernt, also nahe wie gestern. Wer als junger Arzt an der Ostfront war, kennt den Menschen als Ganzes und in seinen Einzelteilen. Schmerz. Die Gnade der Bewusstlosigkeit. Ich war selbst taub, habe nichts mehr gehört, keine Schreie, nichts mehr gefühlt. Menschenfleisch. Genäht, gestopft wie ein Schneider. Knochen habe ich wie Holz zusammengenagelt. In meinem Kopf schwirrten Stimmen, dazwischen andere Signale, die »Eroica«, nicht der Anfang, vielmehr der Ohrwurm irgendwo im Mittelsatz – die Töne aus der alten Götterwelt. Hinter meiner

Stirn tickten die Echoantworten einer verschwundenen Erscheinung. Gesumm unserer uralten Hoffnung. Jawohl, die Götter sind nicht ewig, aber zeitlos, sie sind als Echo allzeit unter uns. Mein lästiger Tinnitus ist der Beweis. Das Geräusch muss ja eine Ursache haben.

Gerda trägt aus dem Fernsehzimmer nebenan, wo früher die Ordination war, gerahmte Fotos herbei. Schnappschüsse und Profifotos mit geprägten Adressen der Ateliers. Die Söhne, die Schwiegertöchter in den sechziger Jahren, leider leben die Söhne nicht mehr. Enkel wurden uns nicht geschenkt. Gerda stellt ein Foto auf den Tisch. Kennen Sie die? Eine blonde Dame mit einem schicken Ingrid-Bergman-Hut, an der Hand ein kleines Mädchen.

Monica? Ich rechne die Jahre zurück in den Nachkrieg, Wirtschaftswunder, das Mädchen ist Monica, doch viel näher kenne ich die Frau mit Hut, es ist Monicas Mutter, wie Monica vor zehn oder gar zwanzig Jahren als beinahe noch junge Frau, schlank, sportlich-elegant.

Gerda zeigt das nächste Foto.

Erkennen Sie die beiden? Es ist unser Hochzeitsfoto vom Herbst 1945. Ich im achten Monat.

Gerda stellt das Hochzeitsfoto auf den Tisch.

Und jetzt kommt Mamle. Der Schatten, der aussieht wie ein Gespenst, das bin ich, die in der Mitte, das ist Mamle, meine Mutter. Am Tag unserer Hochzeit. Nach sechs Jahren stand sie an unserem Hochzeitstag vor der Korridortür. Wissen Sie, wo sie grade herkam?

Gerda macht ein Gesicht, spitz, kubistisch, bereit, mich zu überraschen.

Sie kam aus Theresienstadt. Sie hatte sich auf den Weg gemacht. Immer durch Russengebiet, durch das Erzgebirge, durch Sachsen, das letzte Stück mit einem Treck aus Schlesien. Übernachtet hat sie im Wald oder in leeren Häusern, aus denen die Menschen schon weiter nach Westen geflüchtet waren. Die Erde hatte mein Mamle wiedergeboren. Sie war nicht tot.

Die Frau sieht aus wie Gerda, nur viel kleiner, zum Umfallen gebeugt, eine Männerjacke tunkt fast auf die Erde.

Eine perfekte Vogelscheuche, sagt Gerda. Wir haben wirklich sehr gelacht. Und geheult.

Mutti kam genau an unserem Hochzeitstag, sagt Emil. Er fährt fort, von den ersten Monaten nach dem Krieg in Berlin zu erzählen, nun hauptsächlich von Frauenleiden. Was half es, man wurde also ein Experte für Kürettagen und so weiter.

Gerda sortiert die Rahmen. Mamle steht noch auf dem Tisch.

Von Papa gibt es kein Foto. Er wurde vor dem Krieg in Richtung Osten verfrachtet. Wir wohnten früher in Mitte am Spittelmarkt. Ich ging dort in die Schule, Mamle arbeitete, bevor sie verschickt wurde – Gerda sagt: verschickt!, ohne zu zögern: verschickt! –, Mamle arbeitete in einer sehr eleganten Schneiderei, sie nähten die feinsten Sachen. Pariser Mode. Mamle war geschulte Modellzeichnerin, sie konnte allerdings auch perfekt sticheln. Was hat sie für mich für schöne Sachen gemacht, einfach, aber fein, mit doppelten Nähten und immer abgefüttert. Mindestens Achselfutter. Als der Wechsel ins Nationale in öffentlichen Kreisen heftiger wurde, wohnte ich nicht mehr zu Hause. Meine Schulfreundin, Monicas Mutter, so alt, vielmehr so jung wie ich, hatte mich in ihrer Familie bei einer alleinlebenden Tante untergebracht. Einer Zuschneiderin. Ich wollte gern auf eine Modeschule gehen. Ich hatte von Mamle gelernt, wie man maßstabgerechte Schnittmuster zeichnet. Ich ging immer noch am Spittelmarkt arbeiten. Dann war Mamle nicht mehr da, und die Zuschneiderin erklärte mir, das mit der Modeschule, das wird aber nichts.

Nicht so schlimm, sagte ich mir. Auch die Zuschneiderin

meinte, um Menschen anzuziehen, braucht man keine Schule, man braucht guten Spinnstoff, Geduld, Phantasie und bessere Zeiten. Jetzt müssten wir erst mal herausfinden, wo dein Papa und dein Mamle sind. Sie war einfach gut und ein Lebensmensch. Nimm das Nötigste mit, Gerda, du musst woanders unterkommen.

Die nächste Tante, bei der ich wohnte, nannte mich Gerti, wenn ich deine Tante bin, bist du meine Nichte, irgendwie zugelaufen, um drei Ecken verwandt. Von deinen Eltern erzählst du nischt, da tuste, als vastehste nischt. Alle Mann draußen. Das jenücht. Draußen, das hieß: im Krieg, an der Front, wo unsere Helden siegen.

In Staaken gab es eine Weberei und Filzfabrik, Gebrüder Lutz, die arbeiteten Tag und Nacht, die mussten sogar Sonntagsschichten fahren. Die suchen Leute, da jehste hin. Jetzt gleich. Bevor se uffn Spittelmarkt jroß reinemachen.

Von der Mitte an den Rand, vom Rand an den Rand, immer weiter an den Rand. Danach kam ich nach Luckenwalde in eine Hutfabrik, vermittelt von einem der Filzfabrik-Söhne, der organisierte für mich eine Unterkunft in einem Siedlungshaus in Luckenwalde, wirklich im Walde. Ich musste wieder verschwinden. Emil und ich, wir kannten uns schon eine Weile, ER war hinter mir her.

DU warst hinter mir her. Auf dem Schulhof hast du mir noch in der Systemzeit vor allen Jungs einen Kuss gegeben.

Das war eine Wette, deswegen.

Ich hatte einen Verwundetentransport aus der Ukraine ins Lazarett nach Staaken begleiten müssen. Das Glück fiel mir zu, weil ich selbst einen frischen russischen Dachschaden hatte. Ich war taub, dazu das rechte Auge mit Klappe. Da hast du mich angebrüllt: Du Dussel, ich bin ich. Und ich höre nischt, aber sehe: Mensch, Gerda.

Wir waren ein heimliches Liebespaar. Emil wusste, wo

Mamle war, kriegsbedingt, wie er mir dummen Gake erklärte, aber er wusste nicht, wo ich morgen sein würde. Im Wald. Die Chefin von der Hutbude sorgte sich. Ohne Wohnsitzanmeldung keine Lebensmittelkarten. Ein hungriges Arbeitsmädel. Da beißt sich der Hund in den Schwanz. Die Frau war meistens recht nett zu mir, dabei zum Fürchten resolut auf den Ämtern. Keine Marken für Nährmittelbezug, wo gibt's denn so was. Fräulein Gerda ist K W, also kriegswichtig, an den Filzpressmaschinen, wo sie, also ich, grade keine Hüte, sondern die wichtigen Stiefelschäfte für die Feldzüge im Nordosten presst. Das war ein Argument. Die Hutbudenchefin erwirkte Reisemarken für mich, Anspruch auf Zucker und Fett und Brot.

Inzwischen hieß es, lange geht das nicht mehr. Die Leute kümmerten sich in der Zeit hauptsächlich um Essen und Schuhe und Kohle. Alle hatten Angst vor der heranrückenden Ostfront und den angloamerikanischen Fliegern. Da hatte ich Glück, auch dass Emil meine Unterkunft im Walde ausfindig gemacht hatte.

Stimmt, sagt Emil, da hatte ich Glück. Das ging mit Hilfe von Spalttabletten. Jemand in der Filzbude brauchte was gegen Schmerzen, ich bekam zwei Paar Stiefel, erfuhr dazu noch, dass die Staakener jetzt alle in Luckenwalde filzten.

Als Nächstes besorgte ich Fahrkarten. Erst von Berlin nach Luckenwalde zu Gerda und gleich auch mit Gerda zurück von Luckenwalde nach Treuenbrietzen, von Treuenbrietzen nach Ludwigsfelde, von Ludwigsfelde nach Stahnsdorf, dann mit der Leichenbahn von Station Friedhof Stahnsdorf nach Berlin-Zehlendorf. Weiter auf Schusters Rappen. Ich arbeitete Tag und Nacht, rannte zwischen drei Schulen hin und her, die als Lazarette eingerichtet worden waren. Wenn ich Ihnen sage, dass ich mit Fuchsschwanz amputiert habe. Mit Spirituskocher wurde desinfiziert. Für die Praxis blieb keine Zeit, die Kranken mussten in die eine oder andere Schule kommen, dort traf sich sämtliches Leid, o Jesses Maria. Tbc im fortgeschrittenen Stadium. Kampfzone Berlin. So in der Mitte des Lamentos konnte Gerda bis zum Schluss existieren. Warum sollte ich kein Hausmädchen anstellen. Ich, Stabsarzt Emil Hahn. Träger der Rettungsmedaille.

Die Menschen waren sehr freundlich, sagt Gerda. Die Nachbarin hat uns sauer eingelegte Kartoffelpuffer gebracht.

Falschen Hering, sagt Emil.

Aber immer freundlich, sagt Gerda. Ich hatte Glück.

Die Nachbarn brauchten Schmerztabletten und wollten jetzt schlau sein. Das Ende war abzusehen.

Abzusehen war auch meine Zukunft. Ich hatte an Emils Seite in den Schullazaretten viel gelernt, ich war inzwischen eine perfekte Arzthelferin. Spritzen, Transfusionen, Magensonden, Gips wickeln, das konnte ich. Meine Kleiderentwürfe, Mode, das war einmal. Die Werkstätten am Spittelmarkt waren im Mai 45 geplündert worden, Sodom und Gomorrha. In der noblen Modellschneiderei, wo Mamle einmal war, lag eine tote Katze auf einem Karton, als ich die Katze mit Karton wegtragen wollte, hatte ich Glück, in der Kiste waren noch Samtbänder. Wunderbare Ware aus Lyon. Die Modeexperten hatten sich verdünnisiert. Richtung Westen. Man traf sich in Düsseldorf am Rhein. Emil und ich, wir waren Urberliner, eigentlich Spandauer. Wir blieben zu Hause. Mensch, waren wir jung. Ich bin durch die Zeit geschusselt wie ein Kalb durch ein Minenfeld. Stellen Sie sich vor, lieber Besuch, einmal hatte ich folgende Idee: Ich wollte eine Fahrkarte kaufen. Wohin? Nach Theresienstadt. Jemand hatte verbindlich erzählt, dort habe man das Mamle und die Familie Reich gesehen. So verrückt kannst du nicht sein. Ist denn das verrückt. Verreisen. Wie die anderen Ausflügler. Die wollten nach Tegernsee. Ich wollte nach Theresienstadt reisen.

Theresienstadt hat einen Bahnhof. Man muss die beste Verbindung ausfindig machen. Eine Fahrkarte kaufen, hin und zurück.

Emil fängt an zu lachen. Er schaut mich an: Stellen Sie sich vor, sagt er, zögert kurz – wahrscheinlich hat er den Namen des grade anwesenden Besuchs vergessen –: Das muss man sich auf der Zunge zergehen lassen: Einmal Theresienstadt hin und zurück.

Gerda rollt die großen kubistischen Augen. Ich war ein Kalb. Ich wollte die Tage aushalten, einfach leben und nicht während des Lebens schon tot sein. Emil hat geschimpft, das kann der, schimpfen und streiten! Gerda, du bist verrückt. Jetzt lass uns abwarten. Ich habe nicht abgewartet. Ich habe gelebt, und er hat geschimpft. Emil schimpft manchmal wie ein Baubudenrüpel.

Das kann ich mir nicht vorstellen.

Wie ein Baubudenrüpel, sagt Gerda.

Ich habe wahrscheinlich als Erster in Berlin eine Praxis angemeldet. Formlos, jetzt war der Zeitpunkt gekommen. Man muss den Zeitpunkt erkennen. Auf Russisch und Deutsch bei der Kommandantur. Und gleich nach dem Zusammenbruch, Ende Mai, haben wir das Aufgebot bestellt.

Es war der höchste Zeitpunkt, ich war schwanger.

Das gerahmte postkartengroße Foto auf dem Tisch zeigt Mamle, ein klapperdürres Mensch, fünfzig Jahre, so alt wird die Mutter am Tag der Hochzeit ihrer Tochter Gerda gewesen sein. Steinalt. Eine perfekte Vogelscheuche.

Mamles Heimkehr, ein Wunder.

Ich denke an andere Gestalten. Ich, acht Jahre, versteckt hinter Großmutters Rücken. Flüchtlingstreck. Lauter graue Gesichter mit großen Augen. Die Arme schlenkern. Alle Fäden gerissen. Die Gelenke lahm. Sie gehorchen nicht mehr, und das ist noch das Beste. Die Dienstverweigerung der Knochen und der inneren Organe. Und dass wir Anfang und Ende durcheinanderbringen. Schuld und Überleben. Im Frieden wird alles wieder, wir fangen von vorne an. Das Alte wird vergessen. Dann kommen sowieso neue Generationen. Sonnenflecken, Sternenstaub, langsames Verdampfen.

Emil hält eine Sektflasche schräg im Arm, er arbeitet am Verschluss, Stanniol oder Blech und Draht.

Vorsicht, sagt Gerda. Nicht schütteln.

Der Draht muss ab, sagt Emil. Dann kommt der Korks von allein raus.

Das heißt Korken, sagt Gerda.

Korks und verkorksen, heißt das.

Der streitet immer.

Oder wir lassen die Flasche zu, sage ich, ich möchte Ihre Gastfreundschaft nicht länger in Anspruch nehmen.

Es ist doch noch früh am Tage, sagt Emil. Unter der Hand schäumt der Sekt, schäumt und schäumt über den Tisch. Bleiben Sie, behalten Sie Platz. Gerda wischt mit viel Küchenkrepp. Sie trägt auch gleich das Tablett mit Butter, Brot, Käse- und Wurstaufschnitt herbei. Nichts Besonderes, unser Abendessen mit einem dritten Teller für unseren Gast.

Ich wollte eigentlich nur die Rosen, die orangerote Augusta Luise, und einen Gruß von Monica überbringen.

Das muss ja nicht zwischen Tür und Angel sein, sagt Emil.

Ich fahre Sie nachher zum Bahnhof. Es ist nicht weit, nur den Hohenzollerndamm runter, zu Fuß nachts nicht unbedingt ein schöner Weg.

Auf keinen Fall, sage ich und weiß, Emil wird bei seinem Angebot bleiben. Er wird sich nicht abbringen lassen, Autoschlüssel, die Papiere, die Sachen liegen schon auf der Flurgarderobe bereit.

Noch ist es nicht so weit. Der schöne Sekt soll nicht verderben. Emil und Gerda erzählen von Berlin, von der Imbissbude mit Kühleinrichtung und Markise, die der Sohn, das Sorgenkind, eine Zeit lang bis zu seinem Tode betrieben hatte. Sorgenkind, das sagt Emil.

Gerda schnappt das Wort, Sorgenkind. Er hatte kein Apothekerdiplom, er hatte Krebs. Beide erzählen von den Ausflügen nach der Öffnung der Berliner Mauer, einmal mit dem Auto zum Flugfeld nach Stölln, wo Lilienthal abgestürzt war mit seinem Segelflieger. Die Sanitäter hatten geglaubt, Lilienthal habe sich den Hals gebrochen, dritter Halswirbel, sie haben ihn bewusstlos, im Güterzug liegend, nach Berlin transportiert, tags darauf ist er gestorben, an Hirnblutungen, das ist glaubhaft als Diagnose. So ein Ende ist vorstellbar.

Wir trinken Sekt, an der Tür das Emailleschild, wir sitzen in einem ehemaligen Wartezimmer, es spricht der Arzt und Helfer.

Baubudenrüpel, sagt Gerda.

Ich versuche, aufrecht zu sitzen. Beide sind über neunzig Jahre alt. Vielleicht sechsundneunzig. Bald hundert. Das ist die neue Zeit, der Frieden ist nun schon zwanzig Jahre alt, ich höre ihre Stimmen wie durch Pergamentpapier.

Auf Ihr Wohl und auf Monica.

Emil erzählt. Auf dem Gelände in Stölln stehe jetzt eine Il-62, die Lady Agnes, benannt nach Lilienthals Frau. Die Maschine sei in einem dieser Sommer der Neuzeit hingebracht worden. Spektakulär. Nur 900 Meter Landepiste auf einer Wiese in Stölln. Hochinteressant. Alle 14 Tage machen wir bei schönem Wetter Ausflüge in die Umgebung von Berlin. Wir sind seit dem richtigen Ende des Krieges keine Insulaner mehr. Das Land ringsherum, sehr zu empfehlen. Wusterhausen. Rathenow oder der Hohe Fläming. Oder der Niedere.

Gerda pflichtet bei. Emil ist ein guter Chauffeur.

Ich nippe vom Sekt, blinzele den sieben Rosen zu, die inzwischen in einer Kristallvase aufgeblüht sind, Augusta Luise, spektakulär, und wie die duften.

Ich empfehle einen Ausflug nach Caputh, ins Einstein-Haus und in das Schloss, ins südliche Brandenburg.

Da waren wir erst neulich wieder, sagt Gerda.

Emil erzählt von Beelitz. Beelitz-Heilstätten, einem alt-bekannten Sanatorium für Tbc-Patienten. Die Kiefernwäl-der, die Luft dort, beste Voraussetzungen und immer noch oder mehr denn je oder heute erst recht für die modernen Krankheiten auch als sogenanntes Reha-Zentrum geeignet. Dort haben wir mitten in einem Park das Pfarrhaus gefunden, wo sich Ihr Erich Honecker verkrochen hatte nach dem Ende.

Nach der Wende, korrigiert Gerda.

Ja, nach der Wende hat sich dort Ihr Erich verkrochen.

Ich nippe vom Sekt. Mein Erich. Müde, höflich nehme ich Erich, den vertriebenen oder Richtung Chile flüchtenden Staatsratsvorsitzenden, auf meine Kappe. Es macht mir nichts aus. Es ist korrekt. Ich stamme aus dem Osten.

Nach Mitternacht kutschiert mich Emil mit seinem Auto kilometerweit den menschenleeren Hohenzollerndamm hinunter, schnurgerade wie durch eine Filmkulisse, wie durch Chicago oder über den Mulholland Drive, sanfte Beton-piste, Berg und Tal, Sichelmond am Himmelszelt. Vor dem S-Bahnhof schaltet Emil den Motor aus, er vergewissert sich, ob ich die richtige Treppe zum richtigen Bahnsteig hinaufsteige, wartet unten im Auto, bis die Bahn kommt. Ich sehe, wie er startet, höre die Hupe, ein kurzes einvernehmliches Signal.

Ein halbes Jahr später erreicht mich per E-Mail von Monica aus Toronto die Nachricht, dass Gerda plötzlich an einem Herzinfarkt verstorben sei. Siebenundneunzig Jahre alt.

Emils Hinscheiden wird mir zwei Monate später auf selbem Wege gemeldet.

Gern wäre ich ihnen früher begegnet. Gern hätte ich ihnen wach und munter für ihre unerschrockene Gesellschaft gedankt.

Flatterecho.

Karriereleiter

Meine wunderbare 65plus-Card bringt mich per S-Bahn und Bus zur Haltestelle Deutscher Widerstand.

Ich folge einem Kulturtipp von Kulturradio rbb.

Der Bus zieht durch die erleuchtete Stadt. Kurze Fahrt, langer Halt, so geht es weiter. Ein Januarabend. Am Himmel begleitet ein sehr blasser, besonders runder, besonders folgsamer Mond.

Das Kind, das sich am Griff des Rückfensters festhält, ist etwa acht Jahre alt, ein Grenzalter, kein Hortkind mehr. Bald beginnt der Ernst des Lebens. Lachen und Weinen bekommen ein genaues Gewicht, du trägst Eigenverantwortung vor vielen Gesetzen, zum Beispiel musst du eines Tages daran glauben, dass wir Menschen auf einer Kugel wohnen, einem Himmelskörper, der sich immerzu dreht, und zwar um eine Achse, die auch noch schief ist, und die Kugel, auf der du wohnst, tanzt außerdem in ziemlichem Tempo Jahr für Jahr um die Sonne herum. Weihnachten, Geburtstage gehen jedes Mal fast an der gleichen Stelle vorbei.

Oben, der gelbe Teller, der Mond, kommt mit, weil er muss. Der Mond darf deswegen nicht böse sein. Nicht gekränkt. Auch wir Menschen müssen im Bus oder zu Fuß auf der Kugel mit. Wir teilen unsere Wege mit dem Mond.

Das Kind sagt laut, sehr deutlich das kurze Wort Ich, es wiederholt in vernehmlicher Lautstärke: Ich. Ich. Ich. Mit zwei kurzen und einer längeren Pause. Dreivierteltakt. Vielleicht bekommt das Kind sein Taschengeld schon in Scheinen, vielleicht trägt es bereits ein eigenes Smartphone in der Tasche, vielleicht nistet es in zwei Kinderzimmern, einem bei der

Mama und einem bei Papa. Sein Papa, mit dem er das Wochenende verbringt, hat zielstrebig einen freien Platz im Bus eingenommen. Er sitzt und lebt in seinen noch nicht ganz fertigen Gedanken. Es ist zu spät, so etwas Ähnliches denkt er.

Das Kind steht am Rückfenster mit Blick auf die Straße und in den Himmel, ich sehe es nicht mehr, aber ich höre, alle im Bus hören seine beherzte Stimme: Ich. Ich. Ich.

Dreißig, sagt die Stimme. Ich. Nicht fordernd, nicht aufsässig. Ich. Fünfzig, sagt die Kinderstimme.

Drei Stationen sind wir unterdes gefahren. Ich. Siebzig.

Vor der nächsten Station ruft der Vater: Karli! Karlchen, drücke bitte den gelben Knopf. Wir steigen jetzt aus. Karli, drück bitte unten rechts den gelben Aussteigeknopf.

Ich, jetzt achtzigmal, sagt das Kind. Es hat richtig gezählt. Ich – achtzigmal.

Der Vater schiebt das unverdrossene Kind in den hellen Abend. Die beiden laufen neben dem Bus, der Vater und die Ich-Stimme.

Hundert, denke ich, Hundertzwanzig. Der Bus klappt die Türen zu. In unseren Köpfen läuft das Zählwerk.

Zweihundertzehn. Ein unendliches Ich ist kein Ich mehr, behaupten die Philosophen, das ist ganz und gar Gott. Die Philosophen behaupten andererseits: Das einzelne Ich ist ein leidendes Wesen, weil es das andere Einzelne, vor allem aber das Selbst, nicht kennt.

An der nächsten Haltestelle steige ich aus.

Die Stauffenbergstraße glänzt, Autoscheinwerfer, Lampen leuchten, Licht bricht. Gegenlicht macht dunkel. Es ist ein Effekt, der Verwirrung stiftet. Aus dem Nichts eine Blendung.

Es fängt an zu regnen, es nieselt schon eine Weile. Deswegen sind alle schon da. Schon unter Dach. Hinter mir werden die Flügeltüren geschlossen.

Das Hotel ist ein Palast. Mit allem, was dazugehört.

Kristallglanz, aus Nussbaum die Säulen und Wände, das Personal trägt nussbraune Uniformen. In der Empfangshalle herrscht ein internationales festliches Hin und Her, lauter junge Leute, Studenten, Studentinnen in raschelnden langen Kleidern oder besonders kurzen – meist schulterfrei, Seide, dazu Pudelmützen, barfuß oder wetterfeste silberne Stiefel. Kleine Gruppen in den Trachten ihrer Regionen. Schottenröcke, nackte Knie. World Universities Debating Championship. Ich bin richtig, es ist das vom Kulturradio versprochene Grande Finale. Es ist ein festliches Ereignis, der Abschluss eines turnusmäßig stattfindenden internationalen Programms.

Der Saal des Hotels bietet über tausend Plätze. Neunhundertneunundneunzig für geladene Gäste. Einen Platz in der fünften Reihe für mich. Ich bin das Publikum.

Dr. Theo Sommer von Der Zeit hält den Competition General Speak. Amerikanisch, akademisch, mit gut platziertem Humor. Mild, heiter, dezent moralisierend wie einst Steve Jobs in Stanford. I am honored to be with you today.

Auf der Bühne haben acht Kandidaten Platz genommen. Zwei Parteien. Pro und Kontra. Das heutige gleichermaßen aktuelle wie globale Thema wird vor unseren Augen aus den geschlossenen Briefumschlägen befreit, für alle Ohren laut vorgelesen. *Sollen Emigranten in den Parlamenten Stimmrecht haben?*

Redezeit 10 Minuten. Auf der Bühne streiten Niederländer, Israelis, Japaner, ein Kambodschaner in fußlangem gelben Mantel. Der Wortführer steht hinter einem Katheder. Wer am Tisch der Kontrahenten erst einmal nur zuhören darf, folgt dem Vortrag mit stummen theatralischen Gesten. Zeigt viel Zweifel, entschiedene Ablehnung, Empörung, hölzern wie eine Kasperpuppe, aber so muss es sein. Stumm und steif.

Zwischen Kämpfertisch und dem Kämpfer am Pult fließt

Energie – clever, souverän, standfest, atemsicher, der Muskelaufbau entspricht dem Body-Mass-Index, man zeigt einen unverwechselbaren Stil, jeder Kämpfer hat einen persönlichen Auftritt. Einer beugt sich beim Reden weit über das Pult, eine füllige, kalkuliert hochfahrende Deutsche streckt die Hände zur Decke empor, wo das Kristall hängt, ein anderer spricht von innen heraus in der Pose des über das Meer laufenden Heilands. Alles passt. Alle hatten gute Berater, gute Coachs.

Ob in dieser Kampfsparte Doping eine Rolle spielt? Starker indischer Tee?

Der Applaus zeigt, wo die Israelis, wo die Japaner im Saal sitzen. Kreischen. Stürmisches Klatschen. Man weiß, die Applauslautstärke und -dauer werden vom Preisgericht mit Stoppuhren und Frequenzapparaturen gemessen. Der Kambodschaner in seinem gelben Brokatmantel galt schon nach seinem ersten Auftritt als Darling of the Audience. Warum?

Warum nicht der rothaarige Franzose?

Warum nicht Israel? Die Frage schwelt in den Pausen. Gab es eine unparteiische Prüfung der Applausmessgeräte? Gab es dafür eine neutrale Kommission?

Letzte Pause vor dem Spruch des Preisgerichtes.

Auf den Foyertischen leere Thermoskannen, verrutschte, kaffeebekleckerte Tücher. Mitteilungen waren liegengeblieben, Publikationen hatte man bewusst ignoriert.

Es gibt immer nur einen Sieger im Ring. Man muss sich den Schlussjubel nicht antun. Der Kampf ist vorüber, der Sieger noch nicht genannt, aber alle kennen schon das Ende vom Lied. Es bilden sich bereits Warteschlangen vor den Garderoben. Helfer verteilen Reisetaschen, Daunenjacken aus vollen Armen.

Man schlüpft stumm in den Mantel, setzt die Mütze auf. Eine Tarnkappe wäre nicht schlecht.

Die besser platzierten Mannschaften sind in dieser Pause im Festsaal geblieben. Lautes Lachen. Affenartiges Kreischen. Über ihnen der Gott des glücklichen Augenblicks.

Ich bin das Publikum. Mit niemandem verwandt, mit keinem verschwägert. Parteilos wie Buddha. Im Herzen näher bei denen, die mit Rollkoffern Richtung Schwingtüren schleichen.

Ein junger Holländer geht tapfer lächelnd an mir vorbei. Ohne Medaille. Wahrlich ein Athlet, eine stabile Kämpfernatur. Lächelnd. Ohne Schweißgeruch. In der Zwischenwertung war er noch spitze.

Trotz des Malheurs, der überraschend miesen Platzierung, der junge Holländer wird weiterkämpfen. Kein Alkohol, kein Nikotin, dreimal pro Woche querfeldein rennen und rennend Rhetorik üben, Pro und Kontra, laut, mit englischer Zunge. Es ist noch nicht zu spät. Das Wollen ist wichtig und dass du es willst. Das Wollen. Du musst das Wollen inbrünstig wollen, denn es gibt ein nächstes Mal, einen Weg zur Karriereleiter, vielleicht sogar bald. Denn in diese Richtung sollen Talent und Mühsal führen. Zur Leiter mit den möglichst stabilen Stufen. Das ist der Sinn. Ach, wenn der junge Holländer doch wenigstens heulen würde.

Der Gesang der Sirenen

Ich habe Freunde, die wie Zugvögel leben. Sie besitzen ein Sommer- und ein Winternest. Sie sind auf längere Zeit nicht zu erreichen. Zum Geburtstag sind wir noch »unten«, da sind wir mit Gewissheit noch nicht zurück.

Unten, das ist Italien.

Von »oben« noch nicht zurück sind die Freunde, die den Sommer in einem Gebiet zwischen der Müritz und den Inseln der Nord- und Ostsee verbringen. Sie können nicht anders, die Natur bestimmt, ein Trieb diktiert.

Sie ziehen wie Kraniche oder wie ich es vom Drewitzer Storchenpaar kenne. Anfang April beobachte ich jedes Jahr, dass der erste Storch bereits mit Baumaterial im Schnabel über die Dächer fliegt, eine Woche später trifft die Störchin ein, da ist das alte Nest auf dem Industrieschornstein der früheren Bäckerei immer schon repariert. Die Vögel kommen pünktlich aus dem afrikanischen Winter in den brandenburgischen Frühling. Fünf Monate später ist das Nest auf dem Schornstein wieder leer.

Die Frage nach Heimat erübrigt sich. Vögel sind schlau. Allein wie sie den Weg aus Afrika zum Bäckereischornstein in Drewitz jedes Jahr finden. Man kann sich darauf verlassen. Im April sind sie da.

Störche sind weltklug. Meine Freunde mit ihren zwei Nestern sind es auch. Sie gewinnen einen doppelten Sommer, wahrscheinlich sogar ein längeres Leben.

Man konnte neidisch werden, besonders wenn man an die Störchin dachte, an den Empfang jedes Jahr in einem gemachten Nest. Da bummelt ein Weib durch die Welt, während ein lüstern klappernder Partner das Polster richtet. Lauter schöne Szenen. Doch ehrlich kalkuliert, nüchtern gerechnet, es mussten immer zweimal Betten bezogen und Fenster geputzt werden, auch wenn das Nest leer stand, es gab laufende Kosten. Miete, Grundsteuer. Verpflichtend ein paarmal jährlich die Autobahntouren oder als Storch quer über die Wüste. Und wer weiß, ob der Drewitzer Schornstein noch steht, ob der Teich mit den Fröschen noch verfügbar ist. Storchensorgen.

Ich träume von einer Version zwischen Katalogferien und Zwei-Nester-Leben. Sieben Wochen Süden. Einer Existenz, wo man für das Dach und die Entwässerung keine Verantwortung trägt, höchstens für das Gewürzregal und das Bett. Frischen Tee würde man kaufen oder unterwegs sammeln und gern unter zuverlässiger Sonne trocknen.

Was der Philosoph meint, wenn er sagt: Ich bin nicht zu Hause und doch daheim.

Jemand kannte genau diesen Ort südlich von Neapel in Kampanien, also in Italien, nicht teuer, trotzdem schön, versteckt in einem Limonenhain, dabei mit Blick auf das Tyrrhenische Meer.

Es ist ein kleiner verschwiegener Ort mit einer Bushaltestelle, verschwiegen, weil sich die alten Limonenbäume am Berg nur durch Menschenhand und folgsame Esel pflegen lassen. Keine maschinelle Plantagenwirtschaft, sogar Rasenmäher sind von der UNESCO per Gesetz verboten. Niemand darf dort neue Häuser bauen. Unten am Meer, wo die Küstenstraße den Ort kurz tangiert, gibt es auf knappem Raum eine Tankstelle und zwischen Felsen eingeklemmt eine kleine Herberge. Damit leben die Einheimischen wie in alten Zeiten, das heißt so gut wie ohne Touristen und immer noch ohne McDonald's.

Ricarda hatte in diesem Ort direkt am Berg ein Gemäuer geerbt. Die frühere Schule, ein Raum für die Kinder, darüber die Wohnung des Lehrers. Alles unter einem Dach, Ziegenstall,

Weinkeller nicht zu vergessen. Drei Wände am Felsen, ringsherum, von Staketen baldachinartig gestützt, die schützenswerten Limonen.

Ricarda arbeitete an Universitäten in Berlin und in Neapel, als Gast außerdem manchmal in Rom. Sie hatte mehrere
Wohnungen und Unterkünfte, sie war immer unterwegs. Sie
hatte viele Telefonnummern, war aber nicht zu erreichen. Sie
rief mich an, um mir zu erklären, wo sie den Schlüssel verstecken würde, wie ich aufschließen müsse, nämlich nicht wie
in Deutschland, sondern andersherum, aufschließen sei wie
zuschließen, und ich müsse den Türknauf mit einem Ruck
nach außen ziehen und gleichzeitig mit der Hüfte kräftig da-
gegendrücken. Die Eichentür klemme ein bisschen. Drinnen
im Flur unter dem Spiegel auf einem kleinen Tisch befänden
sich andere Schlüssel und die Beschreibungen zu den Geräten
im Haus, auch lägen da Anweisungen, was bei Blitzschlag und
Wassereinbruch zu tun sei. Wichtig der strenge Landschafts-
schutz und das Gesetz für die Müllentsorgung.

Ricarda hatte mir per Telefon Pflichten und Wege ausführlich beschrieben.

Sie hatte per Post eine Skizze geschickt, sie telefonierte noch
ein paarmal, um mir die Skizze zu erklären. Wichtig! Bitte beachten: am Ende einer schmalen Straße, die von unten durch
die Mitte des Ortes bergwärts führt, bitte rechts abbiegen,
eigentlich unübersehbar an der Stelle mit dem UNESCO-
Schild, da beginne der Weg in den Berg. Wichtig, jetzt dreihundert Stufen, auf halber Höhe unbedingt auf eine Weggabel achten. Der Anstieg führe steil zwischen Limonen und
Mauern, rechts manchmal mit Blick zum Meer.

Es gebe zwei Alimentari unten im Ort. Es wäre klug, gleich
Brot und, wenn möglich, aus dem einen besonderen Laden
eine Siebenliterflasche Wein mitzunehmen. Der Wein beim
Marcellaio sei verlässlich sehr gut. Ricarda sprach freundlich,

aber mit etwas gestresster Stimme, reines Deutsch mit einem südlichen Akzent, gebürtige Italienerin, dabei studierte Germanistin. Ich stellte mir während der Telefonate eine genervte, vom Leben gebeutelte und schon ziemlich gebeugte, auf jeden Fall dunkel- oder bereits grauhaarige Madonna vor, eine, die während ihrer Sprünge von Uni zu Uni unterdes die Jahre bis zur Pensionierung zählte.

Doch die rauchige Telefonstimme gehörte einer aparten jungen Frau mit langen blonden Haaren. Ich war gleich einverstanden, die Stimme passte genau zu ihr, prompt, laut, eine Stimme, um ewig müde Studenten in Schwung zu bringen und zu fesseln. Eine fröhliche, lebenstüchtige Person. Früh um fünf auf den Beinen, und wenn sie keinen Mann oder Esel fand, so schleppte sie die frisch gefüllte Gasflasche auf ihrer rechten Schulter die dreihundert Stufen ins Haus, sie schleppte zentnerschwere Pakete mit Keramikfliesen, Wein, Dachpappe und Ikea-Möbeln. Sie trabte frühmorgens treppab, 300 Stufen, um den Bus nach Neapel zu erreichen. Drei Stunden fuhr sie über die Berge, endlich Pompeji, endlich der wölkchenumkränzte Vesuv. Um zehn Uhr hielt sie an der Universität Federico Secondo bei den Germanisten eine Vorlesung über Rahel Varnhagen. Manchmal fuhr sie am Abend die Strecke mit dem Bus zurück. Manchmal blieb sie über Nacht in Neapel im Palazzo bei zwei jungen Künstlern, die ihr eine Unterkunft vermietet hatten, eine Besenkammer mit Hochbett. Ein Wohnschrank.

Als ich mich im grauen November auf den Weg machte aus der Mark Brandenburg in den milden Süden, hatte ich dank der Telefonate mit Ricarda eine Reisevorstellung im Kopf. Unterwegs zum Kompromiss zwischen Katalogferien und Zwei-Nester-Leben. Flug von Berlin-Schönefeld nach Neapel.

Ich landete pünktlich, machte mich unverzüglich mit meinen zwei Rucksäcken, die ich vorn und hinten am Leibe trug, auf den Weg von einer provisorischen Fluggepäckausgabe zu einem provisorischen Fernbahnhof. Ich musste mich nur auf verschiedene Laufbänder stellen, nur mitschwimmen zwischen Koffern und Leuten, bis das Band vor einem provisorischen Fahrkartenschalter stoppte.

Una volta Salerno, rief ich über meinen Brustsack hinweg den Satz aus meinem Reiseführer, Kapitel Reisen. Ich rief laut genug. Das Gepäck hing an mir.

Salerrrrrno, der Mann am Schalterfenster rollte das r und die Augen.

Perché Salerrrrno?!

Wer fährt denn nach Salerno mit der Eisenbahn. Nach Salerno nimmt man den Autobus. Oder das Schiff. Ich bestand darauf. Una volta Salerno mit der Eisenbahn. So stand es auf meinem Plan.

So sauste ich mit dem Schnellzug durch Kampanien, zielgenau, Neapel–Salerno, zwei Punkte, die man mit einem Lineal zu einer Linie verbinden konnte. In meinem Fleisch, in meinen Knochen spürte ich die geraden Schienen, ich empfand einen kurvenlosen Sog, Reiselust Richtung Süden, Berufspendler drängten ins Abteil. Dicke Luft. Ich hielt beide Rucksäcke auf dem Schoß, mal über-, mal nebeneinander. Tunnel und manchmal über alle Köpfe hinweg ein blitzheller Sonnenstrahl.

Der Bahnhof in Salerno, ein Prunkportal, himmelhohe Palmen, ein belebter Vorplatz mit sehr vielen jungen Polizisten.

Ich fand Busnummern und Halteplatznummern und Fahrpläne mit Nummern, aber die hatten nichts zu bedeuten, sie galten nicht oder nicht mehr jetzt im November. Manche Strecken starteten nicht vor, sondern auf einem Platz hinter dem Bahnhof. Es gab Schnellbusse, Durchläufer, die nicht überall hielten, und Umwegbusse, die zu den Bergdörfern bummelten, es gab gelbe Busse und einen großen blauen Fernbus, der nach Neapel fuhr. Vor dem stand ich nun, weil man mich hingeleitet, direkt vor die offene Tür geschubst hatte. Aber ich wollte nicht nach Neapel, da kam ich ja her, da war ich vor vier Stunden gelandet, eine Zwischenstation, in Neapel hatte ich nichts verloren, nichts zu suchen. Ich wehrte mich einzusteigen. Neapel, vielleicht ein andermal.

Endlich hatte ich es eingesehen, ich hatte die Frauen endlich verstanden, die Nonne, die mir mit heftigen Gesten erklärte, es musste nicht unbedingt falsch sein, wieder in die Richtung zu fahren, aus der man gerade gekommen war. Der Fahrer des Neapel-Busses machte keine Worte mehr, er griff meinen großen Rucksack. Ich folgte.

Die Frauen winkten, ich winkte mit dem seidenen Glaubenstuch, dem Geschenk, das mir die Nonne zugesteckt hatte.

Addio, Salerno, auf halber Strecke würde ich richtig in Minori sein.

Aber noch längst nicht vor der Eichentür, geschweige denn im Haus, an einem Tisch mit Brot und Chianti.

Ricarda hatte mich vorgewarnt, Minori sei klein, auf keiner Wanderkarte zu finden. Küstenstraße, Tankstelle, Berge. Ein UNESCO-geschütztes Terrain, dünn besiedelt, schwer zu erreichen. Wege verloren sich, Pfade endeten am Fuß hoher Berge.

Ich dachte an meinen vorbildlich kühnen Freund Wilhelm, der zu Fuß ohne Karte und Kompass vom Kloster Samye am Brahmaputra losgegangen war. Drei Pässe wollte er überqueren, ringsherum nur Himmel und das Eis der Sechstausender. In ungefähr fünf Tagen, hatte er versprochen, wieder in Lhasa zu sein. Dort, in der Yak-Herberge bei der schwarz bezopften, immer lächelnden Tashi hatten wir für vier Wochen ein festes

Quartier. Hier warteten unsere Schlafsäcke, morgens heißes Wasser für chinesischen Tee, mittags heißes Wasser für chinesische Nudeln.

Wilhelm hatte an jenem kühnen Tag seine letzten Bissen an eine Schar Klosterkinder verteilt. Sein Taschenmesser, gespickt mit Brot und Büchsensardinen, wanderte wie bei der Schwalbenfütterung von Schnabel zu Schnabel. Er wollte unterwegs total unbeschwert nur von Yakbuttertee und Tsampa leben. Hoffte, in Jurten unter warmem Yakfell zu übernachten. Derart freihändig hatte er von mir Abschied genommen, mein Geometer, der seine angeborenen Urvogeltalente jedes Jahr einmal durch so eine Herausforderung überprüfte. Wie er sich auf der weiten Erde zurechtfand, sei es im Hochland von Tibet oder bei mir in Babelsberg, wo jeden Tag eine neue baustellenbedingte Umleitung eigentlich jeden in die Irre führte, das konnte er mir nur ungefähr erklären. Er wisse immer, wo er sei, die Rasterzellen in seinem entorhinalen Cortex feuerten wohl in besonders sauberen hexagonalen Mustern, und damit sei es ihm schon als Kind leichtgefallen, Entfernungen in Koordinaten zu denken. Wahrscheinlich ein Erbteil.

Seine gleichfalls nicht schlechten Sinnesorgane, Augen, Ohren usw., lieferten Informationen über die Umwelt, und seine prima Rasterzellen machten das Beste daraus.

Er ziehe eine gedachte Gerade, eine Vogelfluglinie von A nach B. Er weiche, wenn nötig, in Winkelgraden ab von der Strecke, in Gedanken multipliziere er den halben Abweg mit Pi, damit träfe er genau auf Zielpunkt B, ob zu Pferde oder zu Fuß, ob in Babelsberg oder auf dem Pilgergang von Samye nach Lhasa.

Die wichtigste Größe zur Beschreibung der lokalen Gestalt der Fläche sei die Krümmung, so sagte er, aber jede Krümmung sei im Grunde gerade. Denk dir die Kurve als eine Gerade.

Du meinst: Immer der Nase nach?

Ganz genau, antwortete er.

Der Bus eilte mit mir die bergige Küstenstraße entlang. Wenn ein Felsvorsprung die Sicht versperrte, ertönte ein melodisches Signal. Mutiger Gegenverkehr flutschte vorbei, doch mein Fahrer war noch mutiger, noch schneller, er fuhr im Wettlauf mit der Sonne, die berüchtigt rot und beängstigend schnell dem Horizont entgegenfiel. Capri, dort unten linker Hand nordwestlich im Meer lag die Insel Capri. Wir hatten es eilig, der Busfahrer und ich. Im November ist man gern beizeiten zu Hause, im November wird es bereits vor dem Feierabend dunkel. Der Fahrer drückte aufs Gas, ich dachte an den Pilger in Tibet, überhaupt an einsame Wege. Questa strada va alla casa? Wie sollte ich in der finsteren Fremde die Eichentür finden und die Kokosmatte, unter der ein flacher Sicherheitsschlüssel für mich deponiert worden war.

Im Limonenhain zwischen Minori und Maiori führte der steilste Treppenpfad der Welt an mindestens hundert ziemlich versteckten Toren vorbei. Man musste dreihundert Stufen steigen, um am Ende das richtige, aus Felssteinen gemauerte Tor zu finden. In Finsternis die Nummer 98.

Startpunkt eine Tankstelle, dazu Palmen, dann gegenüber dem Meer auf der anderen Straßenseite vor dem eigentlichen Gebirge ein zur Ortschaft gehörendes hügliges Vorgebirge, auf natürlichem Plateau die Kirche, Santa Trofimena, eine mächtige barocke Fassade, seitlich ein Torbogen, durch den ich gehen sollte. Ich schritt hindurch, Gepäck vor der Brust und auf dem Rücken, beherzt, froh, in warmer Luft, schritt gleich auch auf dem prophezeiten Pflasterweg, gleich sehr steil bergan. Zwischen Häusern, Mauern, lauter abendlich offene Fensterläden, TV, häusliche Debatten.

Liebe Pilger der Welt, liebe Zugvögel, liebe Störche, die Übereinstimmung der Prophezeiung mit der wahrlichen Erscheinung stiftet ein weltweites Heimatgefühl.

Eine Frau mit zwei Einkaufstaschen querte meinen Weg. Sie war aus einer Seitengasse hervorgekommen. Ich hörte aus einem Gebäude streitende Stimmen und ein Blasinstrument, auf dem eine Tonfolge ausprobiert wurde. Die Frau schöpfte Atem, sie nickte freundlich.

Ich nickte, ich grüßte von Herzen den milden italienischen Novemberabend, das widerspenstige Blasinstrument, die Frau mit den beiden gleichmäßig schweren Taschen.

Wo die Frau hergekommen war, dort musste ich hin. Unbedingt. Ein Zwischenstopp, eine lebensnotwendige Einkehr, die hatte mir Ricarda empfohlen bzw. eingeschärft. Links vom Pflasterweg um drei Ecken, im dunkelsten Winkel findest du den Wurstladen von Alfredo. Ich ging zuversichtlich zwischen warmen dunklen Mauern. Bald knisterten Plastikbänder um meine Ohren. Es war der luftige Türvorhang, der Eingang zum Laden, so finster und schön, wie es sein musste. Ich bestellte von meiner Gewährsfrau freundliche Grüße. Berlino Salute. Das Codewort.

Signor Alfredo musterte mich schräg und noch einmal mit schmalen Augen, Ricarda? Si, Signore. Dann half er, eine bauchige Zehnliterflasche in meinen Zweitrucksack zu verstauen. Eine steuerfreie Gefälligkeit, ein kleines dunkles Feierabendgeschäft. Wein im Wurstladen. Alles nach Plan, dank meines Lauftrainings an der Seite des Geometers oder einfach dank eines günstigen Geschicks.

Bis zum Schild mit den Europa-Sternen und dem Hinweis, dass nun der UNESCO-geschützte Hain beginne, trug ich hinten meinen Rucksack und vorn, gleichsam in einem Brustsack, die Flasche. Jetzt fingen die Stufen an, dreihundert. Für mich doppelt, ja dreimal so viel, da ich von nun an abwechselnd den einen, dann den anderen Sack befördern musste. Manchmal tastete ich im Dunkeln, im letzten Licht, vielleicht schon im Widerschein des Monds, manchmal öffnete sich nach einer Kehre über einer niedrigen Pfadmauer der Blick auf das helle Meer. Und an diesem Abend schon hörte ich die singenden Stimmen aus der Ferne. Ich dachte an Fischer, die sich mit Liedern die lange Nacht verkürzten, oder an Seefahrer, die über das Meer herüber ihre Liebsten grüßten. Doch die nächtlichen Stimmen blieben während meiner Wochen hier immer gleich, weithin sehnsuchtsvoll hallend. Ich dachte bald an den Gesang von weiblichen Wesen. Sirenen zum Beispiel. Später erfuhr ich, dass sich die Inseln mit den singenden Sirenen, an denen Odysseus hatte vorbeisegeln müssen, genau hier, dem Hain gegenüber, zwischen dem festen Land und der größeren Insel Capri, befanden. Das Meer suchte in den Schluchten des Gebirges sein ewiges Echo. Herzzerreißend, flehend. Seit Olims Zeiten bis heute.

Die Tore am Berg führten nicht gleich zu den Häusern, sie leiteten den Weg zu Innenhöfen, zu weiteren Treppen und verschlossenen Pforten.

Eingänge zu Seitenpfaden am Berg.

Mit den neunziger Nummern gewann ich frische Kraft, Lust und Frömmigkeit. Und dann flackerte in einer Nische ein elektrisches Votivlicht, darüber das Antlitz der Jungfrau Maria, fein und zart. Dazwischen die arabischen Zahlen Neun und Acht.

Zum Glück besaß ich eine Taschenlampe, denn ich hatte mit der Nummer 98 erst das Haupttor gefunden, den Eingang zu einer Bergschulter bzw. einer dunklen Achselhöhle oder Senke, ich musste mich unter Limonenspalieren zwischen mehreren Treppen hinauf oder hinunter entscheiden. Ich musste auf einem tiefer gelegenen Felsplateau, wo mehrere steinerne Stiegen zu jeweils einer Pforte führten, herausfinden, welche der drei Pforten ist mein, ist blau.

Blaue Farbreste, darauf sollte ich achten. Spuren von Aquamarin.

Liebe Zugvögel, liebe Störche, die Übereinstimmung der Prophezeiung mit der wahrlichen Erscheinung stiftet ein weltweites Heimatgefühl.

Nicht alles im Leben kostet Kraft, manches liegt einfach zu Füßen.

Ich lüpfte eine Kokosmatte. Ich ertastete den Schlüssel. Ich sperrte die Pforte auf, trat über die Schwelle − auf gebotene Art machte ich Licht, bediente alle nötigen Schalter, öffnete die Balkontür und die große Weinflasche. Ich befand mich auf einem Balkon zwei- oder dreihundert Meter direkt über dem Meer und direkt unter dem sternenbestickten Himmel. Milde Novembernacht. Ich hörte die Stimmen, den Gesang der Sirenen, rechts im Berghang zwischen Sternen und Meer leuchtete aus Neonröhren ein Kreuz. Lila. Gewiss war das lila Kreuz als irdisches Heimatzeichen nicht nur auf meinem Balkon, sondern auch im Weltall zu erkennen.

Grazie a Dio!

Ich hatte meine Höhle gefunden.

Ich fand die Eichenpforte jeden Tag, es war leicht, dreihundert Stufen, das war eine Zahl, keine Mühe, nicht der Rede wert. Das leuchtende Neonkreuz, die Sirenen, der Wein, Koordinaten für das hiesige Nest. Eine Behausung.

Das Neonkreuz signalisierte über das Tal und über die Küste hinaus einen Friedhof, er gehörte zu Ravello, einem hoch auf dem Bergsattel liegenden Ort, dessen Haus- und Straßenlampen am Abend zu mir herüberblinkten. Ich sah die erleuchteten Fenster der Villa Rufolo, dort ungefähr hatte Richard Wagner gewohnt, dort hatte er Teile der Oper »Parsifal« komponiert. Szenen in Klingsors Garten.

Die Zeit ist da
Schon lockt mein Zauberschloss den Toren,
den kindisch jauchzend, fern ich nahen seh.

Richard Wagner hatte gewiss, wie Odysseus, wie ich, den Gesang der Sirenen über dem Meer gehört. In Rufolo wie auf meinem Balkon dieses ständige unentschlossene Trällern.

Kundry: Du kannst mich nicht halten.

Klingsor: Aber dich fassen.

Ein Ohrwurm, tinnitusartig.

Es war schön, wenn Ricarda in der anderen Wohnung schräg gegenüber zu Hause war, wenn sie von ihrem Balkon zu meinem heruntergrüßte und mich mit langmütig strenger Stimme zum Essen rief. Ich war genauso gerne allein.

Über Tag war ich unterwegs zu verfallenen Klöstern und Kirchen, Gemäuern, die manchmal nicht ganz verlassen, noch nicht vergessen waren. Wanderer fanden für die Nacht ein überdachtes Quartier, Bewohner der Taldörfer stiegen herauf, denn die Ruine von San Nicola bot einen guten Platz für ein Fest.

Auf Eselsrücken hatte man Tische und Bänke hertransportiert. Ein frommes Pferd trug die Kisten mit Kuchen und Wein, Limoncello nicht zu vergessen. Man feierte einen Jahres- oder Namenstag.

Verwandte und Bekannte aus den Orten rings um den Berg waren heraufgekommen. Ich, ohne Weiteres im Kreis, unversehens laut, heiter, unbedingt als Gast gebeten, aß und trank, kippte heimlich die Becher unter dem Tisch aus, denn ich hatte noch einen steilen Abstieg vor mir und einen langen Marsch durch die nächste Schlucht. Vorbei an verwitterten Mauern und Trockenstangen.

Das Wasser, das sich, vom Berg herunterfallend, in Bachläufen sammelte, war noch vor wenigen Jahren Kraftquelle für den Betrieb von Press- und Sägewerken, von Schleifrädern, Papier- und Pastamühlen.

Warmer salziger Wind wehte vom Meer. So trockneten auf raffinierte Art die langen, über Stangen aufgehängten Nudeln.

Jetzt wurde das alles anders gemacht. Größer. Im Ausland, italienische Pasta von Nestlé aus China oder aus Riesa an der Elbe. Die kleinen Fabriken in den Schluchten waren stillgelegt. Andere Orte direkt an der Küste, das benachbarte Amalfi zum Beispiel, sprengten Löcher in den Berg, um für die Touristenautos Platz zu schaffen. Drei- oder viermal in der Woche ankerten hell erleuchtete Kreuzfahrtschiffe in meinem singenden Homerischen Meer.

Man schauderte und war froh, flüchtete dankbar auf den Balkon. In der Küche dufteten Limonen, die ich unterwegs aufgehoben hatte. In der Pfanne brutzelte kurz, sehr zart ein Schwertfischsteak, eine Offerte des Fischers. Man konnte den blau glänzenden Fisch seit gestern vor Pedros Haustür bewundern, aufgebockt zwischen Eisblöcken auf einem Brett, hundertvierzig Kilo, anderthalb Meter, ein Drittel davon das spitze Schwert.

Der alte Mann und das Meer, man kam nicht vorbei an Ernesto, man gedachte des tapferen Anglers. Das weltberühmte Fischgerippe grüßte aus Kuba. Alle Welt konnte von Pedros sagenhaftem Fang essen. Gleich am nächsten Tag noch einmal. Schwertfischsteak mit frischen Limonen.

Europa zahlte für die Pflege der Limonenbäume, der Terrassen und Wege, die Gemeindeverwaltung erhielt eine wirklich noble Summe für biologisch abbaubare Müllsammeltüten. Sie wurden, blau, gelb und grün, an die Einwohner im geschützten Hain gratis verteilt. Neben jedem Haupttor waren seinerzeit in Höhe der Nische mit der Jungfrau und dem ewigen Licht in einer Aktion rostfreie offene Bühlerhaken festgemacht wor-

den. Ich hatte im Mitteilungskasten neben dem Kirchenportal einen Plan mit Abholterminen studiert, er stimmte mit der
UNESCO-Servicemitteilung auf dem Schlüsseltisch neben
meiner Eingangstür überein. Zu bestimmten Abenden galt es,
entsprechende Tüten mit entsprechend getrenntem Müll an
den Haken zu hängen. Für Männer und Esel mit Körben auf
dem Rücken, die am nächsten Morgen vorbeikommen würden. So stand es geschrieben. Ich glaubte daran. Die Jungfrau
lächelte. Das Licht brannte.

Ich war die Einzige, die noch pünktlich Tüten an den Haken hängte und wieder abnahm. Bis ich beschloss, mit dem
getrennten Müll im Rucksack auf Tour zu gehen – von Ort
zu Ort, auf der Suche nach Containern, die dem Müll in
meinem Rucksack entsprachen, Plastik, Papier und Bio. Bald
schleppte ich immer nur eine sortenreine Tüte mit mir herum. Es war eine Aufgabe. Eine eigene Methode, ohne den
UNESCO-Haken. Eigentlich war ich an dem Tage erst froh
und auch etwas stolz, wenn ich den Müll auf meinem Wan-
derweg korrekt entsorgt hatte.

Ich war frei, mein Leben bekam Struktur.

Ich konnte über die hohe Balkonbrüstung hinweg das
Geschehen am Strand und auf einem Stück Uferweg beobachten. Am Morgen bewegten sich einzelne Figuren: Eine drah-
tige Person rannte zum Meer, sie warf sich ins Wasser und
schwamm kühn durch die Wellen, ich hielt Ausschau und war
zufrieden, wenn sie wieder an Land war. Ein Mann joggte
pünktlich am Strand entlang. Am Nachmittag versammelte
sich auf der Promenade ein Rudel älterer Männer. Zu viert
oder fünf spazierten zwei, drei Reihen untergehakt, fleißig
palavernd voran oder wie in einem Reigen aufeinander zu.
Kinder spielten in einem Drahtgeviert. Der Käfig, der die Autos auf der Küstenstraße vor den Fußbällen und die Kinder vor
den Autos schützen sollte, wurde mit dem ersten Abenddäm-

mer von bunten Lichtspielen erleuchtet, ein Automat spendete sogleich Musik. In einer mannshohen durchsichtigen Glücksmaschine wirbelten Plüsch- und Plastikmonster. Gabeln wühlten und verschnauften im Takt.

Das Meer spielte mit kleinen Wellen, es dampfte warm, die Luft war mild, seidenweich. Trotzdem trugen die Kinder winterliche Sachen. Sie tippelten, eingemummelt in Schneeanzügen und Thermostiefeln, herum. Die Mütter gehorchten gesamteuropäischen Winterkatalogen. Sie wollten die hiesigen lauschigen Novemberabende nicht wahrhaben. Es herrschte Kälteverlangen, ein Wunsch nach frierenden Füßen und Fingern, man liebte Handschuhe, Fellstiefel und gestrickte Wintermützen: War diese bunte, elektrisch beleuchtete Promenade, darüber der finstere Himmel, nicht mützentauglich genug?

Ich stieg zweimal am Tag ins Meer. Vor meiner Tour in die Berge und noch einmal auf dem Rückweg am späten Nachmittag. Schnell wurde im November der Tag zur Nacht. Ich raffte meine Sachen zusammen. Der Himmel über dem Meer war rabenschwarz, so dass man den Abendstern, schließlich ganze Sternbilder erkennen konnte. Orion mit seiner blinzelnden linken Schulter. Die Möwen spazierten als Silhouetten. Die Fischerboote lagen bäuchlings im Sand.

Ich ging und wusste noch nicht, wie einsam ich gleich in der Welt stehen würde. Jetzt, in herrlich südlicher Luft, von Ferne der unverwüstliche Gesang. Sirenen. Eigentlich heiter, eigentlich glücksgewärtig.

Erst als ich meine Einkäufe für das Abendessen bezahlte, merkte ich, dass mir in der Hosentasche etwas fehlte. Es fehlte der Schlüssel für mein Nest. Ich hatte in der Finsternis den Schlüssel für die schwere blaue, sorgsam doppelt verschlossene Pforte verloren.

Wie eine Ausgestoßene stand ich unter dem Sternenhimmel. Das Glöckchen von Santa Trofimena bimmelte zum

Nachtgebet. Ich fingerte in den Hosentaschen, die rechte war leer und die linke auch. Und so blieb es. Das Schicksal wollte böse sein.

Um die Kränkung zurückzuweisen, die Beleidigung zu ignorieren, kaufte ich mir im Café bei Bacio ein Eis, Schoko in der Waffeltüte, ein Bacio-Eis, das sogar Papst Johannes XXIII. gegessen hatte, man konnte sagen, ein gesegnetes Eis. Das beste Eis Italiens. Ein Zeitungsartikel mit Papstfoto hing eingerahmt neben der Theke.

Mein äußeres Ich schlenderte leichtlebig eisleckend wieder zum Strand, hin zu den zahm herumhockenden Möwen. Wellenzungen erreichten meine Sandalen, die nackten Füße. Ich drehte Löcher in den Sand, augenblicklich glitt und glättete Schaum. Das Wasser war warm, wärmer als die Luft. Einen Schutzengel, der auf mich und meine Sachen aufpasste, hatte ich wahrscheinlich nicht, damit musste ich mich abfinden. Es gab keine Rettung. Meine Lage war so finster wie die Nacht. Ich konnte umfallen oder laut schreien.

Ich dachte an die Schneiderin Anna. Die Frau, die mir als Nothelferin genannt worden war. Ich sah mich unter ihrem Fenster rufen, sah mich flehen, die Hände theatralisch gestreckt, um ihr zu erklären, wie elend ich dran war, ausgestoßen, allein. Ich suchte in Gedanken passende italienische Sätze. Mein teurer Italienisch-Crashkurs hatte mich auf Zollkontrollen, Aus- und Einfuhrbestimmungen trainiert, ich kaute an dem Wort Schlüssel, das Wort kam mir italienisch nicht in den Kopf, nur nutzlos auf Englisch und unsinnig auf Russisch. Kljutsch. Kljutsch-Mama. Die Schlüsselmutter. Die Frau, die in sowjetischen Hoteletagen die Schlüssel verwaltete. Ich suchte nicht mehr nach dem italienischen Wort für Schlüssel und auch nicht mehr nach der Wohnung der Schneiderin Anna. Ihre Werkstatt lag um diese Zeit verschlossen. Ihre Wohnadresse oder Telefonnummer kannte ich nicht.

Ich lief eine Stunde zwischen Straße und Meeresstrand hin und her. In dieser Zeit war der Abend zur Nacht geworden. Im Vergnügungsgitter an der Promenade herrschte Stille und Finsternis.

Ich hörte Autosignale und vom Meer herüber den Gesang der Sirenen, ich hörte, wie ich nun ganz allein war in Bella Italia.

Ich betete nicht.

Ich suchte nicht, ich fand.

Am Ufer des Meeres, wo man sich gern an schönen Muscheln oder glatt geschliffenen Steinen erfreut, wo man sich bückt, um solche Schätze zu sammeln, eine Seemöwenfeder oder einen Hühnergott, ging auch ich auf die Knie, ich sank in den italienischen Sand, weil vor der Zehe meines rechten Fußes im silbernen Widerschein des Mondes ein kleines flaches Schlüsselchen glänzte, ich nahm es auf, führte es an meine Lippen. Ich küsste den unverschämt frechen, den unverschämt kleinen und kalten Glücksfang, ich redete mit ihm, schimpfte, drückte die Faust, bis der Schlüssel für die schwere, blau gestrichene Eichenpforte hoch über dem Meer, hinter der ich mein Nest finden würde, blutwarm geworden war.

Anna, die Schneiderin

Die Schneiderin Anna trug ein schwarzes zweigeteiltes Kleid mit blanken Knöpfen zu dunklen Augen und schwarzem Haar, das machte sie alterslos und zur Meisterin unter den drei oder vier jüngeren redseligen Frauen, die ihr bei der Arbeit halfen.

Ihre Werkstatt samt Laden befand sich einen Katzensprung von der Kirche Santa Trofimena entfernt, gleich neben dem Torbogen, gegenüber den Flaschencontainern. Fünf Stufen führten zur Tür und zum großen Fenster. Hinter dem Glas saßen aus Stoffresten genähte, weich ausgestopfte Puppen mit Knopfaugen, Röckchen, Häkelschuhen, dickem Wollhaar, gelb, schwarz oder braun. Man konnte die Puppen kaufen, ohne festen Preis, je mehr man zahlte, umso besser. Das Geld ging als Spende nach Afrika. Regale mit Stoffballen, Kartons mit Resten, zwei Kleiderständer, zwei alte Tretnähmaschinen, ein Bügelbrett füllten den Raum, dazu in der Mitte ein großer Schneidertisch, an dem stundenweise die drei oder vier Helferinnen saßen, nähten, stickten. Am Fenster ein Plüschsessel, daneben eine Stehlampe. Annas Abendsitz.

Ich hatte von Ricarda Grüße bestellt, war eigentlich nur gekommen, um einen passenden Knopf für meinen Bademantel aus einem Knopfeimer auszusuchen – doch Anna hielt mich fest, sie deutete auf meinen Rock. So könnte sie mich nicht rumlaufen lassen. Sie müsse den ausgetretenen Saum aufnähen.

Mein schlampiger Rock tat weh.

In ein Tuch gehüllt, saß ich bei den Frauen am Tisch.

Die Frauen redeten, ich versuchte zu verstehen. Es ging um

ein Buch von Roberto Saviano, das Ricarda aus Neapel mitgebracht hatte. Sie fielen sich gegenseitig ins Wort, es ging um eine Sache, die ihnen nicht fremd war, es ging um die Mafia, die hier Gomorrha hieß. Sie kannten die eine und die andere Seite. Wussten Spitznamen und sogar die Familiennamen der Bosse, Saracino zum Beispiel, der wird mal einer wie Di Lauro. Wie die ihr Geld machen. Jetzt grade mit fremden Leichen, mit chinesischen, die einer der berüchtigten Männer, statt die Fracht solide zu verbrennen oder zu begraben, containerweise ins Meer gekippt hatte.

Die Frauen lachten gern, doch nicht alles war bis zum Ende komisch. Ihre Stimmen wurden laut, nach einem Wortwechsel waren sie nicht mehr einer Meinung, eine Frau wollte weglaufen, aber sie beruhigte sich, sie setzte sich wieder an den Tisch. Stumm stichelte sie nun besonders eilig, spannte den Faden stramm um den Finger. Bald wurde Gott sei Dank wieder herzlich gelacht.

An solchen geselligen Tagen entstanden die Puppen für Afrika.

Meist aber saß Anna allein in ihrer Nähstube. Sie kürzte Kleider, ersetzte kaputte Reißverschlüsse, reparierte löchrige Hosentaschen. Die Sachen waren in zwei Stunden oder spätestens am nächsten Tag fertig, sogar gebügelt. Nun gefiel das Kleid wieder, die Kundin dankte erfreut, sie öffnete zögernd das Portemonnaie. Ich hatte gesehen, die Reparatur kostete keine Scheine, sie kostete nur Kleingeld. Anna schrieb die Zahlen auf einen Rechnungszettel und gab penibel zurück. So war die Welt hier im Laden.

So konnte Anna nicht reich werden, aber sie verdiente mehr, als sie verbrauchte. Früher im Atelier in Amalfi hatte sie sogar Festtagsgarderobe genäht, das hatte zusätzlich mancia eingebracht. Das Zusätzliche hatte sie in aller Stille im Senkkasten der Nähmaschine verstaut.

Ricarda hatte mir erzählt, dass Anna liebte. Unglücklich. Seit Jahrzehnten. Das war ein Geheimnis, eins von der Art, das fleißig beredet wurde. Die tüchtige Anna lebte zwei Leben – eins im Atelier in Amalfi bzw. hier in der Werkstatt, das andere im Traum. Doch Ricarda bewahrte ein Geheimnis darüber hinaus. Erst einmal erfuhr ich, was alle wussten. Es war einmal ein Mann, ein junger blonder Mann, ein moderner Lebemann aus Mannheim. Ein Künstler, Maler, Designer, nicht rundherum ein mieser Kerl. Er lebte gern in Italien. Anna half ihm über Depressionen hinweg, über Krisen finanzieller und schöpferischer Art. Es musste nichts bedeuten, wenn der Mannheimer über Wochen nirgends gesehen wurde. Es war die Zeit, als der Euro kam und nach dem Winter bald auch das Frühjahr, doch der Mannheimer tauchte immer noch nirgendwo auf, weder im Caffè Terra noch am Strand von Minori, wo Anna mit Blick zur Promenade wohnte und wartete. Er sei unter- oder abgetaucht, wurde gemunkelt. Anna ging allein und blank in das neue Unionsleben, sie musste keine Scheine umtauschen, denn der Senkkasten der Nähmaschine war leer, sie musste kein Konto umstellen, sie musste das Atelier in der Touristenstadt Amalfi räumen. Vielleicht würde der Mannheimer eines Tages wiederkommen, Anna lebte sparsam, sie brauchte keine elektrischen Nähmaschinen, keinen Fernsehapparat oder andere Stromfresser. Die jetzige Nähstube kostete nur eine geringe Pacht, weil das Gebäude der Gemeinde gehörte. Wenn es dunkel wurde, ging Anna schlafen oder gegenüber in die Kirche zur Heiligen Trofimena.

Weiter als nach Neapel zu ihrer Schwester war Anna nicht gereist, deswegen bewunderte und verehrte sie Ricarda, die so oft unterwegs war, oft in Deutschland.

Anna hütete in der Nähstube hinter der Tür Ricardas Gepäck, die Bücher und Mappen, dazu die üblichen Reiseutensilien – damit Richarda das schwere Zeug nicht die dreihundert Stufen in die Wohnung hinaufschleppen und wieder runtertragen musste. Ohne Gepäck schaffte Ricarda den Weg bis zur Bushaltestelle in 15 Minuten.

Sie besaß zur Nähstube einen Schlüssel, sie hatte jederzeit Zutritt, um das Gepäck hinter der Tür abzustellen oder in der Frühe ohne Zeitverlust die Reisetasche zu schultern.

Anna versuchte beizeiten im Laden zu sein, damit sie Ricarda wenigstens kurz begrüßen konnte. Einmal erkundigte sie sich nach den Entfernungen zwischen Mannheim und Berlin oder Mannheim und Neapel. Ricarda wollte die Frage nicht verstehen. Sie erklärte, Deutschland sei groß, und es gäbe in diesem Land recht weite Wege, ungefähr so weite wie in Italien.

Ob es da schön sei.

Nicht so schön wie in unserem von der UNESCO geschützten Limonenhain.

Balsam oder Wermut für ein Herz. Ricarda hatte einfach die Wahrheit gesagt.

Die fromme, in Schwarz gekleidete Schneiderin schaute gedankenverloren geradeaus durch das Fenster mit den Stoffpuppen zum Flaschencontainer und zu Santa Trofimena. Vielleicht fehlt ihm etwas Geld, um weite Reisen zu unternehmen.

Das könnte sein, hatte Ricarda gesagt. Aber damit sagte sie schon nicht mehr die Wahrheit, denn sie wusste, dass sich der Mannheimer endgültig verabschiedet hatte. Ricarda hatte es von ihm selbst erfahren. Er hatte es ihr mitgeteilt.

Er hatte ihr einen Schuhkarton mit Muscheln und schönen Steinen geschickt. In einem beiliegenden Brief hatte er sie gebeten, den Inhalt der Kiste dem Meer zurückzugeben, zum Schluss hatte er fast beiläufig erwähnt, dass er sich den Tod geben werde. Er hatte Anna gegenüber um Verschwiegenheit gebeten und hinzugefügt: Es sei geschehen, wenn Ricarda diese Post erhalte.

Den Auftrag mit den Muscheln und Steinen hatte Ricarda nebenbei erledigt.

Das Leben konnte so falsch sein, wie es wollte.

Versteckt hinter Kleidern und Stoffregalen, hing in Annas Schneiderstube der Spruch: Dum spiro spero. – Solange ich atme, hoffe ich.

Die Götter walten nicht ewig, sondern zeitlos – insofern erfüllen sie nicht unsere irdischen Hoffnungen, wohl aber werden dringliche Gebete über jede Hoffnung hinaus erfüllt.

So ungefähr liest man es bei den Philosophen, wenn sie eine Formel für das Große und Ganze suchen. Dazu nicken wir fromm, denn darauf richten sich unsere naiven wie begründeten Erwartungen: Eine Erscheinung kann noch tausend Jahre und länger mit ihrem Abglanz wärmen oder als Echo antworten, doch wird der ganze Zauber mit der Zeit ziemlich schwach. Die Theologie hat längst ein Ende gefunden.

Erst an den Gräbern unserer Lieben treten die Götter zuverlässig wieder an uns heran.

Die Schere schneidet am schärfsten, wenn sie sich schließt.

Annas Wandspruch: Dum spiro spero.

Kanalwärterweg

Nachtrag zu einem gelungenen Sommer.

Die Schulferien sind leider vorbei.

Na, du schlaue Süßkartoffel. Ich streichle meinem Enkel tröstend über den krummen Rücken.

Er hockt am Fenstertisch vor einem karierten Heft. Er schreibt mit königsblauen Tintenpatronen, man sieht es an den Fingern und am linken Ohr.

Gehmalraus, sagt er, du störst jetzt.

Ach, du mein armes blaues Fuchsohr. Setz dich mal grade, hol mal tief Luft.

So ein Scheiß. Sieh dir das an. Wieder alles falsch. Es knirscht, er beißt und kaut auf dem Schülerfüllfederhalter.

Ich weiß aus Erfahrung, streicheln und trösten, gar ein Lobspruch aufs Lernen und auf Lehrer Kinkel hilft jetzt nicht, ich greife zu einer List. Sonnenbrille und Strohhut und gute Laune.

Ich guck jetzt gleich mal, ob am Kanal der Holunder reif ist, kann sogar sein, es ist höchste Zeit, kann sogar sein, andere Räuber haben schon geräubert. An unseren Sträuchern hängt bestimmt noch was, aber man darf nicht länger warten. Mach's gut, Tintenohr, und hier, ich tippe mit dem Finger auf die Fünf, streiche mal die Fünf durch, schreib eine Vier.

Wieso Vier.

Acht und sechs macht vierzehn. Schreibe vier, merke eins. Die Eins für die Zehner, denn es geht ja noch weiter. Merke eins zum Dazuzählen. Das Merken und das Dazuzählen, das ist der Trick. Für die Zehner und dann für die Hunderter. Siehst du, so stimmt's.

Okay. Ich komme mit. Kochst du Suppe oder Konfitüre?

Abwarten, je nachdem wie die Ernte ausfällt.

Okay. Ich nehme den Stock, damit können wir die fetten Dolden von oben angeln.

Durch Büsche und mannshohes Kraut führt der Kanalwärterweg, dort gehen wir am Wasser entlang, wir betreten den Weg unbefugt, so steht es auf einer Tafel unter der Brücke: Für Unbefugte verboten. Wir gehen den unbefugten Weg jedes Jahr zweimal, einmal zur Blütezeit für den Blütensirup, das nächste Mal, wenn die Holunderbeeren reif sind. Ich voran. Mit meiner Gartenschere kappe ich Rotdorn, Waldreben, alles, was uns mit Stacheln und Schlingen aufhalten will. Es ist der Weg des Kanalwärters.

Rabenschnabelhüpfer, wo bist du?

Ich komme.

Grade habe ich das Buch vom Vogel Schnarch gelesen. Es erzählt vom Rallenfang im Urwald auf der Insel Celebes. Man sucht und forscht auf unbekanntem Terrain, Rotang, eine schlingende Palmenart mit scharfen krummen Dornen, ist der schlimmste Feind auf Celebes, schwarze giftige Ameisen, Schlangen, alles dort ist lebensgefährlich. Du erfährst ziemlich genau, wie widerspenstig die Natur sein kann, undurchdringlich, schwitzend, tropisch, ohne Himmelslicht, ungnädig grün, brütend. Erst zum Schluss, bereits wieder am Rand des Urwalds, haben die Forschungsreisenden diesen seltenen, am Boden lebenden Vogel entdeckt, versteckt im sogenannten Diorameh, wo einst Wälder gerodet und zu Feldern gemacht worden waren. Das kultivierte Terrain wurde, wer weiß warum, wieder verlassen. In tropischer Eile wuchs ein sagenhaftes Gestrüpp in die Höhe. Monatelang hatten die Forscher nur die Stimme des Vogels gehört, schrill, immer wieder im Nebelgrau einen Schrei mit schnurrendem Nachschlag. Zweimal ein

Schatten im Nebel. Und eines Tages: … *dort, dort hinten hat sich etwas bewegt, ein paar Halme zittern, ein Blattstängel vibriert, fest umklammern die Hände den Schaft der Flinte, rascheln, ein rötlicher Schnabel? Krachend durchstößt ein Schrotschuss das Schnarren und Schnattern, das bekannte Schnurren.*

Der Forschungsreisende schlägt sich durch das Gestrüpp. Da liegt der Vogel am Boden, ein Vogel mit schwarz-weißen Streifen unter den Flügeln und einem roten Schnabel – Aramidopsis plateni, der Vogel Schnarch.

Der Lohn für alle Mühe. Und wieder einmal im letzten Augenblick.

Rabenschnabelhüpfer, wo bist du?

Hinter dir, ich höre, erzähl weiter!

In der Rasthütte wurde der seltene Vogel sofort ausgenommen, die Federn mit Schwimmseife gewaschen, dann mit Arsen behandelt, das ist giftig, es tötet Bakterien. Noch am Ort hat ein Experte den trocknen Balg mit Kapok und Watte ausgestopft. Die Celebes-Expedition konnte stolz sein, sie hatte wahre Schätze in den Kisten, allein aus der Gegend von Gamkonora eine unbekannte Kuckucksart, einen schwarzen Paradiesvogel und eine kleine grüne Taube, die Treron formosae. Lauter Bälge, zoologische Raritäten. Als Krönung den Vogel Schnarch.

Unser Naturkundemuseum ist berühmt für seine Sammlung seltener Vögel.

Mein Rabenschnabelhüpfer hüpft, schubst mich auf dem schmalen Pfad aus der gedrehten Hüfte aufmüpfig voran.

Einen Rabenschnabelhüpfer besitzt das Museum bestimmt nicht.

Nein, sage ich, einen blonden Raben mit Schüttelfrisur, dazu schicken Turnschuhen, nun schon in Größe 39, so einen haben die nicht.

Wieder ein Schubs aus der gedrehten Hüfte. Erschossene Vögel sind blöd.

Stimmt, sage ich. Zum Teil, sage ich. Die Zeiten waren blöd. Man muss Lehren draus ziehen, ich meine Lehren anderer Art.

Wir bereden die Sache, Mensch, Natur und Schrotflinte, und kommen zum Schluss: Die schlauesten Erdenbewohner waren und bleiben die Bremer Stadtmusikanten.

Das Ufergestrüpp längs des Wegs, den wir unbefugt gehen, gewährt uns manchmal einen Blick zum Wasser. Freie Sicht. Wir verstecken uns nicht, wir winken einem Motorboot, einer Zille. Wir schauen zu, wie ein Schleppkahn im engen Kanalbecken gemütlich voranzieht. Die Leute auf Deck sitzen am Mittagstisch, sie löffeln aus Suppenschüsseln, sie haben Wäsche aufgehängt, sie genießen den Wind. Die beiden Kinder sind fertig mit dem Essen. Sie liegen im Schatten und warten. In drei Stunden sind sie hinter dem Kraftwerk und dem Tempelhofer Hafen schon eine Weile in Berlin. Am Abend dann unbedingt live im Stadion Neukölln.

Weil heute wohl der letzte Sommersonntag ist, scheint die Sonne noch einmal sehr heftig.

Wir dampfen im Kraut. Brennnesseln und Brombeerranken kriechen um unsere Waden, dagegen kann ich mit meiner Schere nichts machen, wir können nur feststellen, dass das Kraut nicht tödlich ist, nicht mal gefährlich, eigentlich sogar gesund. Brennnesseln helfen gegen Rheumaschmerzen. Wusstest du das? Das Zeug feuert, die Haut brennt, bis dein Körper für immer Bescheid weiß. Der Körper macht dank der Nessel für bestimmte Krankheiten die Schotten dicht.

Am Betonpfahl mit Rettungsring verlassen wir den Kanalwärterweg, den Dieselgeruch und das Motortuckern. Wir sind im Wald.

Wir folgen einem steilen Wildschweinpfad, links mannshohe Sträucher und Maschendraht, dann niedergetrampeltes Drahtgeflecht, es ist die Stelle, wo wir mit einem Sprung auf freies Terrain wechseln können. Damit sind wir, den Wald im Rücken, unter hohem Himmel auf einem freien Feld.

Wir sind mit einem Sprung in einem anderen Land, nicht mehr zwischen Potsdam und Berlin in der Mark Brandenburg. Wir sind auf der Insel Salomon oder gar auf Celebes. In der Senke schimmert Wasser, es nebelt, es dampft, ein Teich mit Holunderbüschen, wir sind in Äquatornähe mitten im Tropentag. Ja, wir leben im Sommer jetzt manchmal tropisch, wir lieben diese heißen Tage. Wir haben uns dafür extra eine Gartendusche gekauft, nicht nur zum Abkühlen, sondern richtig zum Waschen. Das Wasser wird in unseren Gartenschläuchen heizkesselwarm. Man lebt unter Schattenbäumen, der große Sonnenschirm bleibt aufgespannt. An so einem Tag klettert das Thermometer auf 40 Grad.

Jakob scheucht einen schlangenflinken, silberblitzenden Mückenschwarm.

Sind wir in einem Märchen?

Sonnengold, sage ich. In der Mitte wie ein Spiegel das Wasser, lauter Licht.

So hell, dass uns die Augen übergehen. So viel Leuchten können die Wimpern nicht halten.

Wir wissen ganz genau, die schwarzen Wolken hinter dem Teich sind Holunderbüsche, doch wir können die schwarzen Beeren heute auch in der Nähe einfach nicht erkennen, es sind schwarze Spitzentücher, Gardinen, durchsichtig und undurchsichtig zugleich.

Goldener Staub, ein Seidentuch schwebt über dem Wasser. Licht und Nebel, also Nebellicht.

Braune Spindeln, wahrscheinlich Bärenklau, Sumpfpflanzen, das Wasser sieht aus wie Glas; von oben und von unten spiegeln die verhexten Bäume.

Da haben wir uns also verrechnet, sage ich. Die Sonne hat die Farben gefiltert, wir können nicht einmal eindeutig Schwarz sehen. Neu ist das nicht, aber selten, sehr selten.

Jakob gibt mir den leeren Beutel zum Zusammenfalten. Auf Ersatz sind wir heute nicht aus. Statt Holunder keine Kieselsteine, kein Distelsamen, kein Hasenfutter, kein Kräutertee. Auch Abenteuer suchen wir mit den neuen teuren Turnschuhen nicht, man könnte im Sumpf ausrutschen, Wasser schöpfen oder versinken, bis zu den Knien oder bis zum Hals. Wir gehen vorsichtig. Wir sind auf der Hut in dieser Goldspiegelwelt.

Wo wir vorsichtig den Fuß hinsetzen, springt ein Frosch aus dem Gras. Leises Platschen, und man sieht, wie sich der Frosch bleistiftdünn im Wasser streckt. Mit jedem Schritt springen Frösche. Wir gehen im Uhrzeigersinn um den zifferblattrunden Tümpel. Im Mittelpunkt wird die Zeit gemacht. Weile oder Eile. Es wird bestimmt von den Fröschen.

Pfeile schießen vom Rand in die Mitte. Hundert und einen Schritt, hundert Frösche und einer. Wir sollten Abstand halten, sagt Jakob, wir sind ein Risiko. Der Tümpel ist ein Moorfroschbiotop.

Und außerdem ist das hier ein Risiko für deine Turnschuhe, nun hast du doch am silbernen Label dreckige Pampe geschöpft.

Mist, sagt Jakob.

In einer Hosentasche tönt leise, dann etwas lauter ein Handy.

What about sunrise? What about rain? What about the crying man? What about Abraham? What about Jakob? Der »Earth Song« von Michael Jackson.

Es ist deins, sage ich.

Hallo, hier Jakob. Er horcht, schnalzt, runzelt die Stirn. Keiner dran.

Wer kann es denn gewesen sein?

Weiß nicht, vielleicht Papa.

Und weil wir nun wieder auf festem Weg gehen, gelingt der berühmte Kranichbein-Viertelspagat mit Schrittgriff perfekt. What about sunrise? Es ist Michaels berühmter Moonwalk. What about all the things?

Jetzt dudelt es in beiden Hosentaschen, Michaels Song und in meiner Tasche das Schicksalsmotiv.

Samye

Eine Mitteilung der Naturwissenschaftlichen Klasse der Akademie, ein Schreiben außer der Reihe auf bestem Büttenpapier in gefüttertem Kuvert, so was im Briefkasten sagt: wieder einer gestorben.

Diesmal unvorstellbar: Er.

Mein Geometer, Wandergesell, Tibet-Gefährte, Alpenläufer hatte, ohne vorher ein Zeichen von Müdigkeit oder Verdruss zu zeigen, seinen ewigen Abschied genommen.

Wir gedenken seiner.

So war also unser Opernbesuch Unter den Linden das letzte gemeinsame Unternehmen. Wagnerianer aus aller Welt feierten die Aufführung des Rings des Nibelungen. Ein Ereignis in Berlin, Winter-Bayreuth genannt.

Ich unter der Balkonbrüstung in einer purpurnen Plüschschlucht, auf einem Platz im Parkett, letzte Reihe. Schlecht, aber man konnte das Beste daraus machen. Den Sessel hochklappen. Im Halbsitz die Beine strecken.

Die Musik stieg aus dem Graben, rollte wie Hokusais Welle über die Zuschauerköpfe im weiten Raum genau auf mich zu. Überwältigend. Eine Reihe weiter vorn, auf dem anderen Einzelplatz, den wir vor Monaten ergattert hatten, saß der alte Geselle, in jeder Pause umringt von mitteilsamen jungen Leuten, Japanern, weit gereisten Enthusiasten, er debattierte mit ihnen über fraktale Aspekte in der Musik. Wir trafen uns später im Foyer und am Ende draußen vor dem Portal im nächtlichen Schneegestöber. Schwarze Regenschirme huschten unter altmodisch gelben Straßenlaternen zu den parkenden Autos.

Der frische Schnee dämpfte unsere Schritte, die Stadtgeräusche wie in Watte gepackt. Wir wanderten zum Bahnhof Friedrichstraße. Nach so viel Wagner recht stumm. Wonnemondwandler.

Den Sommer zuvor waren wir von Oberstdorf nach Bozen gegangen. Den sogenannten Europafernwanderweg E5. Ich werde manchmal, wenn ich stolz von der Tour erzähle, nach den Kilometern gefragt. Da kann ich nur lächeln. Ich kann nur sagen, es ist angenehmer, das Mädele- und das Rettenbachjoch, die Pässe und Täler vom Ötz und Inn, Piz und Lech aufwärtszusteigen, als stundenlang talwärts zu rutschen. Knie und Fußgelenke sind nicht gut gemacht, um Stöße zu dämpfen und zu bremsen. Jeder Sprung über einen Gebirgsbach von Stein zu Stein mit 60 Liter Gepäck auf dem Rücken kostete mich Überwindung, kostete Zeit für Angstgebete. Meditationen. Mein Gefährte spazierte längst ungerührt auf der anderen Seite. Ich musste springen.

Wir wanderten nicht nebeneinander, wir hielten uns in Sicht- oder Hörweite, in gefühlter Nähe. Auch während der Rast. Der Geselle saß pfeiferauchend auf einem Stein, ich lag woanders im Gras, blätterte im Taschenbuch von der Alpenflora. Manchmal tauschten wir einen Kanten Brot, einen Apfel. Manchmal schöpften wir gemeinsam unsere Becher voll Quellwasser.

In den Übernachtungshütten trafen wir wieder auf die Wanderer, denen wir Tage zuvor am Geigenkamm oder auf der Heilig-Kreuz-Spitze begegnet waren. Einen umsichtigen Vater mit seinen beiden Buben, die wohl sonst bei der Mutter lebten, zwei schwer aidsgezeichnete junge Männer, sehr freundlich, sehr wortkarg. Sie liefen eine Zeit lang in Sichtweite vor uns her, nahe beieinander, Hand in Hand, später entdeckte ich ihre bleistiftfeine Silhouette auf einem Felsbrocken, die Blicke in die Ferne gerichtet. Wir waren froh, die beiden am Abend in der Berghütte wiederzusehen.

Nach acht Tagen auf und ab wollten wir uns auf der letzten Etappe den mühsamen Abstieg vom Kamm hinunter in die Stadt Bozen schenken. Wir wollten gemütlich und zeitsparend mit dem Lift ins Tal hinuntergondeln.

Es war ungewöhnlich, dass mein Gefährte an einer Weggabel stehenblieb. Ich sah ihn zum ersten Mal in dieser Haltung. Zögernd. Wir waren seit Stunden unterwegs, längst unter Bäumen, auf Waldwegen. Nirgends ein Zeichen von der Liftstation. Zurück? Mein Wandergefährte betrachtete verwundert seine Schuhe. Wir folgten nicht mehr seinem Instinkt, sondern der Sonne.

Südwärts Richtung Kamm, dann steil hinunter zur Autobahn, schließlich in einem Zweistundenmarsch zwischen Industrieanlagen, Umspannwerken, Brombeerbüschen, Silos und Vorstadttankstellen zum Bozener Bahnhof.

Durch diese Panne sind wir auf dem E5 auch auf der letzten Etappe ehrlich unterwegs gewesen. Von Oberstdorf nach Bozen auf Schusters Rappen.

Aus Tagebuchnotizen erfuhr ich, dass seine wunderbaren Rasterzellen auch in Tibet einmal nicht zuverlässig gearbeitet haben.

Der Geometer hatte sich im Himalaja verirrt.

Im Kreis, im Kreis, nach Geister Weis.

Seit der Morgendämmerung waren wir unterwegs, erst zu Fuß, danach in einem überdachten Fahrzeug mit Sitzbänken, das einige Umbauten hinter sich hatte. Vom Autobus zum Viehtransporter, neuerdings war es glücklich wieder Fahrgelegenheit für jedermann, für Händler, Pilger, Klosterschüler und Verrückte mit Rucksack. Der Fahrer saß in einem thronartigen Polsterstuhl. An der Frontscheibe schaukelte unser Foto vom Dalai-Lama. Mein Gefährte trug immer ein paar Abzüge in der Tasche. Der Fahrer hatte das Foto geküsst und dann an einer Schnur aufgehängt. In diesem Vehikel auf diesem Weg wollten wir möglichst heute noch das Kloster Samye erreichen. Es lag in 5000 Meter Höhe ungefähr 100 Kilometer von Lhasa entfernt. Wir fuhren am Fluss entlang, südöstlich, die Richtung stimmte. Doch unser Ziel lag drüben auf der anderen Uferseite. Den Fluss, den könne man hier nicht, eigentlich nirgendwo queren. Die einheimischen Mitfahrer sagten boldmaidu, das heißt nein. Brücke boldmaidu. Sie schauten freundlich geradeaus.

Still, aber im Eilzugtempo strömte das braungelbe Wasser. In der Ferne ein Landstreifen, das andere Ufer, dünn gestrichelte Bäume am Himmelssaum. Keine Brücke. Der Fahrer lächelnd. Der Dalai-Lama lächelnd. Hier sei das Wasser viel zu breit. Aber er würde für uns an einer günstigen Stelle in Ufernähe halten, wir könnten unser Glück versuchen. Vielleicht nähme uns der Wind auf seine Schultern. Oder der Vogel Gaia.

So sah unsere Hoffnung aus. Sollten wir beten oder auf halber Strecke umkehren?

Der Chauffeur stoppte. Wir sprangen auf die Straße.

Wir waren noch nie umgekehrt.

Das tüchtige Auto, die Reisemöglichkeit, entschwand, der Sonne entgegen. Es waren typische Umstände. Wir waren wieder allein auf der Erde zwischen nackten Bergen und Wasser auf einem steinigen staubigen Weg.

Vom Berg, aus den Felsen kommend, schlenderte eine Yakherde in unsere Richtung, sie querten den Weg, das große Wasser lockte oder in der Ferne der Himmel, irgendeine Verheißung.

Hinter Gebüsch rumpelte ein mächtiger Holzkasten gegen das Ufer, ein Steinwall stoppte die schwarz geteerte Ladefläche, Balkengeländer, Seile und Stangen, ein Floß, so groß wie zwei Eisenbahnwaggons. Die Tiere steuerten darauf zu. In gehörigem Abstand. In alter Gewohnheit. Yaks, Hirten, Hunde. Polternder Zustieg. Auch wir sprangen in die Kiste. Mein Gefährte drängelte sich zu den Hirten, zu Tsampa und Tee. Ich klemmte zwischen dampfendem Fell.

So gondelten wir über den Yarlung Tsangpo, den höchsten Fluss der Erde, den gewaltigen Brahmaputra. Die Überfahrt dauerte Stunden, drei oder vier. Geier segelten über uns oder der Vogel Gaia, wir hatten viel Zeit, fromm zu werden und dankbar. Ich konnte manchmal durch ein Loch in der Bordwand äugen, knapp über Wasser:

Das gelbe Loch, das gähnende Maul.

Erlechzt lebendiges Ding.

Die Hirten boten auch mir Tsampa, aus ranziger Yakbutter und Gerste geknetete Klöße. Aber ich hatte zum Glück keine Hand frei, um zuzulangen. Ich hielt mich an zwei Yakhörnern fest, die Knie zitterten, ich schwankte. Die Tiere neigten die Köpfe. Ich flüsterte sanfte Worte, mal in das eine, mal in das andere Ohr.

Vom gelben gähnenden Maul. Tsampa hätte mich jetzt umgebracht. Lieber esse ich Gras.

Das Ufer kam manchmal näher, oder täuschte ich mich? Ich schloss die Augen.

Wieder nur gelbes Wasser.

Als wir wirklich angekommen waren, gelandet, sogar ausgestiegen, befanden wir uns auf einem grünen Kontinent. Die Tiere so überrascht und dankbar wie wir, sie hielten andächtig still. Manche gingen auf festem Land gleich in die Knie. Eine Wiese, ein Schlaraffenland.

Ich hätte mich gern zu einem im Gras liegenden Yak gesetzt, Rücken an Rücken. Verweilen, einen Halm zupfen, zwischen die Daumen spannen, Trompetentöne versuchen, dann langsam mit der Herde weiterziehen, immer im Grünen bis nach Hause.

Mein Gefährte stellte sich auf den Weg. Ich hörte ein Auto, ich hörte sein Rufen. Samye? Er war schon das siebente oder achte Mal in Tibet, doch noch nie in Samye gewesen, der Wiege des hiesigen Buddhismus. 792 Konzil von Samye. Richtungsdebatten zwischen indischer und chinesischer Lehre. Bön oder Zen? Am besten ungefähr die Mitte. Also Buddha-Siddhartha: Man möge sich von Fesseln und Hindernissen befreien.

Ein Motor stoppte. Samye!

Der Fahrer einer Lastenkiste ließ sich ein Dalai-Lama-Foto schenken, er führte es zur Stirn, er spielte mit dem Gaspedal, wartete stumm, bis wir hinten über die Rampe gekrochen waren. Zu kahlköpfigen Schülern in ochsenblutroten Kutten und himmelblauen Daunenjacken. Made in China.

Wir fuhren eine und noch eine Stunde durch Steppengras. Wohin? Wer weiß.

U Samye bu yarning ismi nema? Nach unserem Travel-Survival-Kit müsste das heißen: Wie weit ist es denn noch bis nach Samye?

In einer Senke sahen wir bunte Wimpel, eine weiße Mauer, sollte das unser Ziel sein?

Der Anfang. Meru, der Weltberg.

Mein Gefährte nickte zufrieden. Und so war ich es mit meinen bescheidenen Richtungsrasterzellen auch. Froh.

Querfeldein. Dann über eine Brücke, die über ein trockenes Flussbett führte, wahrscheinlich über einen Nebenarm des Tsangpo.

Goldene Turmspitzen.

Ich kannte Samye aus Büchern. Meinem Gefährten musste man nichts erzählen. Ein alter Traum, ein jahrelanger Plan.

Und nun: Das sagenhafte Samye gab es wirklich. Hepo Ri, der Heilige Berg, alles da. Mein Gefährte nickte, ein deutlicher Beweis, unser Dasein ruht vor allen Dingen in seiner

Geometrie. Wahrscheinlich wandelten jetzt sämtliche Raster-zellen die neuesten Sinnesinformationen in Weisheit um, und ich glaubte einmal mehr an die Legenden der kundigen Alten.

Dazu wusste ich, dass ich auf meinen zwei Beinen nie wieder so hoch im Himmel sein würde, Teil des Kosmos auf unserer Kugel.

Noch am selben Tag, durch glückliche Umstände, vielleicht schon ans günstige Geschick gewöhnt, gelangte ich, begleitet von kahlköpfigen Lama-Schülern, zu einem Halteplatz, schließlich auf der Ladefläche eines Lkw wieder zum Ufer des Yarlung, drei Stunden später im selben Holzkasten, diesmal auf einem Fell liegend, in den Himmel starrend, über den Fluss – am Ende in einem rappelvollen Autobus, gelenkt von einem zielstrebigen Chauffeur, geleitet von einem unserer Fotos an der Frontscheibe, zurück nach Lhasa, heim in die Yak-Herberge. Heißer Tee, Nudeln, ein Schlafplatz.

Als gäbe es Fahrpläne und Verlass.

Während mein Gefährte in unverfälschter Einsamkeit Schritt für Schritt in Richtung Ganden unterwegs war. Über drei Bergpässe auf alten vergessenen Pilgerwegen. Nach drei Pilgertagen nur in Gesellschaft von Hirten, Geistern und toll-wütigen Hunden wollte er wieder bei uns sein, bei Tashi, der Besitzerin der Herberge, bei den Rucksackreisenden Emma und Jack, bei mir, und unseren wunderbaren eiderdaunen-gestopften Schlafsäcken.

Er hatte einen guten Plan, eine genaue Vorstellung von den Koordinaten und den beiden Punkten: Start und Ziel, dazwischen Felsen und Schnee.

Aus seinen Aufzeichnungen ihm zum Gedächtnis hier das Samye-Kapitel.

Wir (er und ich und die jungen Mönche hinten auf dem Lkw) *passierten eine Gruppe von fünf strahlend weißen Chörten. Sie* sollen als Ganzes aus dem Felsen gehauen sein. Der Überlieferung nach bezeichnen sie den Ort, an dem Trisong Detsen, der zweite buddhistische König, den aus Indien kommenden Guru Rinpoche willkommen hieß. Dann tauchen die vergoldeten Dächer des Haupttempels von Samye auf. Der Guru Rinpoche entwarf Samye nach indischem Vorbild.

Eine ovale Umfassungsmauer von 300 Meter Durchmesser mit vier stattlichen Toren repräsentiert das Universum. Der Tempel in der Mitte ist der Weltberg Meru. Das Kloster hat die Wirren der letzten Jahrzehnte einigermaßen glimpflich überstanden. Wie auch anderswo wurden seine Gebäude teilweise als Lagerhäuser und Schuppen einer landwirtschaftlichen Kommune genutzt, wodurch sie vor der Zerstörung bewahrt blieben. Auch heute noch befinden sich innerhalb der Umfassungsmauer zahlreiche Ställe und Wohngebäude.

…

Unter der politischen Oberhoheit der Dalai-Lamas war Samye zurückgetreten hinter den großen Neugründungen der Gelbmützen. Jetzt, da der Dalai-Lama seine Macht verloren hat, fühlen sich die Anhänger der alten Schule wieder frei, sich zu entfalten. Der Abt von Samye und ein Teil der 130 Mönche sind Sakyapa, der Rest Nyingmapa. Der erstaunliche Wiederaufbau zeigt, dass Samye an seine ruhmreiche 1200-jährige Geschichte anzuknüpfen beginnt. Es ist schon Nachmittag, wir (er und ich) haben nur noch Zeit, uns die großartigen Wandmalereien von Samye anzusehen.

…

Ich weiß nicht, wie hoch ich hier bin, auch kenne ich nicht den Namen des Passes. Erst später in Lhasa finde ich heraus, dass dies der 5100 Meter hohe Shitu La ist. Ich lege mich wieder hin, mal rechts, mal links. Nicht immer bin ich wach. Als ich mich wieder einmal umdrehe, merke ich, dass es schon ganz hell ist. Jetzt kann ich also weiterlaufen. Überall liegt dicker Raureif, die Pfützen in der Nähe tragen eine kräftige Eisschicht. Jetzt erkenne ich: Was mir unten im See als Boote von Feen erschienen war, das sind große helle Felssteine, die knapp aus der Wasserfläche herausragen. Sie wurden vom Mond beschienen. Wo ich gelegen habe, ist der Boden aufgelockert und klebt zum Teil an meinem Schlafsack; aber was macht das schon.

Von hier aus kann ich keinen Lha-tse – von Pilgern aufgerichtete Steintürme – mehr sehen. Ich glaube aber, ich muss am See entlanggehen. An seinem Ende steigt eine Felswand auf.

Der Weg entlang des Sees ist mühsam. Ich muss über mächtige abgerundete Felssteine klettern. Sie tragen eine dünne Eisschicht. Ich frage mich immer wieder, ob dies hier wirklich der Pilgerpfad von Samye nach Ganden ist. Es müssten sich doch irgendwelche Spuren zeigen. Aber soviel ich mich auch umschaue, ich finde nichts. Wenn ich gestern Abend keiner Täuschung erlegen bin, dann muss gleich hinter der Felswand der Pass mit einem Lha-tse sein. Einmal rutsche ich von einem der Felssteine ab und stürze. Im ersten Augenblick kann ich mich vor Schmerz kaum rühren. Aber dann geht es doch, und ich bewege mich mit doppelter Vorsicht durch das Felsenmeer.

Würde ich verletzt hier liegen bleiben, kann es lange dauern, bis man mich hier findet oder das, was dann noch von mir übrig ist. Niemand weiß, auf welcher Route ich gehe. Und auch der Pilgerverkehr scheint um diese Jahreszeit ganz zum Erliegen gekommen zu sein.

Dann entdecke ich links in der Felswand einen Serpentinenpfad. Also sind hier doch schon Leute gegangen.

…

Vor mir dehnt sich ein breites, nur schwach abfallendes grasbewachsenes Tal aus, das von zahlreichen Bächen durchzogen ist. An seinem Ende erkenne ich eine von Osten nach Westen verlaufende Bergkette. Auf gar keinen Fall will ich diese überqueren.

Das ist hier oben gar nicht so einfach, da überall kleine Rinnsale meinen Weg durchkreuzen. Nach einer Stunde ist die Sonne da, ich suche mir ein trockenes Plätzchen und schlafe ein wenig. Danach kann ich mich einiger Kleidungsstücke entledigen und sie in *den Rucksack tun. Immer wieder schöpfe ich mit meinem Blechbecher Wasser. Ich weiß, es ist wichtig, in großer Höhe viel zu trinken.*

Schließlich erreiche ich das Quertal. Unschwer erkenne ich, dass es nach links, also nach Nordwesten, weiter abwärtsgeht. Ich komme gar nicht auf den Gedanken, dass es hier nicht nach Ganden gehen könnte. Das werde ich erst später erfahren. Um nach Ganden zu kommen, hätte ich die vor mir liegende Bergkette auf einem Pass überqueren müssen, der noch höher ist als der grade überwundene Pass. Ich glaube nicht, dass ich das geschafft hätte.

Mein Pilger war, wie ich durch diese Aufzeichnungen erfuhr, nicht von Ganden her, sondern über Irrwege aus dem Dechen-Dzong-Tal wieder in unsere Herberge nach Lhasa zurückgekommen.

Ich saß zu dieser Stunde schon in der Wartehalle des Flugplatzes Gonggar, um nach Shanghai zu fliegen. Eine junge Chinesin, Freundin von Tashi, hatte den Auftrag, unter den lackschwarzen Köpfen, die das Abfluggelände übervölkerten, nach einem einzigen hellen Zopf zu suchen.

Are you the German woman? Sie übergab mir einen Zettel, eine Message von meinem Pilger. *Bin glücklich wieder im Hafen und wünsche gute Reise.* Man hatte ihm in Tashis Herberge erzählt, dass ich, um früh genug am Flugplatz zu sein, schon am Vortag meines Fluges aufgebrochen war. Ich war gegangen im ängstlich guten Glauben an das Talent und das Glück des Pilgers. Die Nachricht auf dem Zettel brachte mir Gewissheit. Sorgen, die ich mitgeschleppt hatte, konnte ich von mir werfen.

Erleichtert stieg ich ins Flugzeug.

Bin glücklich im Hafen.

Wahrscheinlich hatte er auf dem Rücken seines Pferdes in den Hochwäldern über dem deutschen Rhein einen Aussetzer, einen Herzkasper. Oder einen Schlaganfall. Schwäche. Atemnot. Vielleicht war er unterwegs eingeschlafen, das Pferd hatte den schlummernden Reiter nach Hause getragen. Wie an vielen Tagen, so auch an seinem letzten.

Pferd mit Reiter vor der Tür, auf Einlass wartend. Eines Tages schrieb mir seine Frau in einem Brief von den wahren Umständen seines Todes. Krebs. Ob er wusste, wie es um ihn stand? Man erzählte sich, dass er unter Ärzten wohl gute Freunde hatte, aber nie einen Arzt aus Krankheitsgründen konsultierte, dass er während seiner Arbeitsjahre an verschiedenen Universitäten nirgendwo auf der Welt bei einer Krankenversicherung angemeldet war. In Lhasa auf dem Barkhor hatte er sich von einem Gelbkappenmönch einen kaputten Zahn ersetzen lassen, der neue Zahn war, wie es hieß, aus purem Gold. Zu Hause an der Universität in Bonn wurde er mit dem Goldzahn aus Tibet Studienobjekt der Zahnmediziner. Im Behandlungsstuhl verlor er sich gern in Meditationen. Rings umgeben von amüsierten Studenten, die etwas später voll Bewunderung waren.

Es ist der Anfang eines Bildes, durch Licht bedroht und ganz aus Gold.

Zum Siebzigsten

Ursi hatte mich zum Siebzigsten eingeladen.

Geschenke bitte keine. Die Schränke sind voll. Unser größter Wunsch ist: mal nach Mallorca. Dafür stellen wir eine Sparkuh neben die Flurgarderobe.

Liebe Ursi, leider kann ich nicht zu Deinem Ehrentag und zu Deiner Sparkuh kommen, ich habe an diesem Tag einen unaufschiebbaren, lange festgeschriebenen Termin in Berlin. Doch ich werde in Gedanken bei Dir sein und werde es unterdes nicht glauben wollen, Du siebzig!

Gewiss bin ich diejenige, die Dich am längsten von all Deinen geladenen Gästen kennt. Ich war acht, ich stand auf der Straße, und Du, noch nicht ein Jahr alt, gucktest auf dem Arm Deiner Mama wie das Jesuskind auf dem Arm der Sixtinischen Madonna aus dem Fenster in der Erdgeschosswohnung von unserer Dresdner Oma Emma, zwei grade angekommene Flüchtlinge aus Kninitz bei Aussig an der Elbe. Du warst mir ganz neu, aber Deine liebe Mama kannte ich schon. Oma Emma und ich hatten ein Jahr zuvor eine Hamsterreise ins Sudetenland unternommen. Denn Emma wusste, dort in einem Bauernhaus hatte ihr jüngster Sohn eine Liebste, und man hatte schnell heiraten müssen, weil Du unterwegs warst. Wir fuhren also nicht auf gut Glück mit unseren leeren Koffern aufs Land, wir fuhren zu richtigen Verwandten, wir durften auf Entgegenkommen hoffen. Kartoffeln, vielleicht ein geschlachtetes Huhn.

In diesen Tagen lernte ich Deinen Großvater kennen. Ich sehe noch heute die niedrige Stube, die Wanduhr mit den beiden schweren Gewichten, Tannenzapfen aus Eisen, ich sehe die breiten Dielenbretter, ganz hinten ein Mensch, er sah aus wie ein Hirte von der Weihnachtskrippe, wie einer aus Bethlehems Stall. Es sah aus, als steckte er in der Klemme. Krumm, etwas hinkend, so kam er, wie eingezwängt zwischen den Parallelen der Dielenbretter, geradeaus auf mich zu, Deine Mama ging schräg durch die Stube, sie kümmerte sich nicht um die strengen Bretter, um Vorschriften und Zwänge. Eine Trägerschürze umspannte ihren drallen Bauch. Wir haben uns nicht verweilt, höchstens eine Nacht, denn wir wollten mit unseren vollgepackten Koffern zurück in das damals noch bombenverschonte, leer gefressene Dresden. Dein Großvater, der Hirte aus Bethlehems Stall, erlebte noch Deine ersten Monate, aber danach nichts Gutes mehr. Er wurde erschlagen. So ging die Rede. Von wem?

In Deinem Geburtsort wimmelte es nach der Karlshorster Kapitulation, dem vorläufigen Ende des Krieges, nur so von Siegern und Besiegten, Tätern und Verrätern, Toten, Verwundeten, Sudetendeutschen und Tschechen, Fremdarbeitern, Russen, alten Gefolgsleuten, heimlichen Kommunisten. Dein Großvater hatte die Stubentür von innen verriegelt. Doch die Gewalt war nicht aufzuhalten. Im Sudetenland fing der Krieg nach der Kapitulation erst richtig an. Mit den Gewichten der Wanduhr hatte man ihm ins Genick gehauen, denn die Uhr hatte ein anderer besitzen wollen. Ein anders gesinnter Nachbar, ein Sieger. Deine Mama floh mit Dir Richtung Dresden, denn sie wusste seit unserem Besuch, dass in Dresden-Trachau eine Verwandte wohnte, Emma, besagte Hamsteroma, Deine echte Großmutter und auch ein bißchen meine. Wir verstanden uns als Cousinen. Dein Papa, so hatten wir inzwischen erfahren, war an der Westfront in amerikanische Gefangenschaft geraten, er lebte! In der Neuen Welt, drüben, in einem Lager in Kanada. Emmas Liebling, der Jüngste, erst zwanzig Jahre, dann einundzwanzig und so weiter. Etwa dreißig Jahre später steckte in Deinem Briefkasten eine Ansichtskarte aus Lorch am Rhein, also aus dem Westen. Mit Grüßen, Unterschrift Helmut nebst Familie.

Sein Fernbleiben kostete nichts mehr, weder Mut noch Geld, denn Du warst verjährt. Der Eiserne Vorhang garantierte damals verlässlich Abstand.

Ich sah Dich also zum ersten Mal an Emmas Stubenfenster, Du als Jesuskind auf dem Arm der Madonna. Das kostbare Bett war vielleicht noch warm von uns, denn auch wir, Deine Tante, Dein Onkel und ich, hatten nach Flucht und Bomben in der Bude von Oma Emma ein Obdach gefunden.

Durch Glück und Schiebung mit geplündertem Jasmatzi-Tabak waren wir unterdes in eigenen vier Wänden untergekommen. Nicht weit von Emma. Eine Familie, die vor der hiesigen Russenbesatzung mehr Angst hatte als vor den anderen Alliierten, war Richtung Westen in die amerikanische Zone getürmt. Gegen Zigaretten hatte Emma deren Wohnungsschlüssel beschafft. Wir besetzten Stube und Küche, auf dem Abwaschtisch thronte eine henkellose Suppenterrine vom Meißner Schwanenservice, in die, wie oft erzählt wurde, Russen hineingeschissen hatten.

Deine Mama bekam von der Kommissarischen Stadtverwaltung, weil sie perfekt Schreibmaschine schreiben und Steno konnte, schnell eine Arbeit. Sie saß in einem großen Raum hinter einer aus Wäschekommoden zusammengeschobenen Barriere an einem Bürotisch, leider ohne Schreibmaschine, denn Maschinen jeglicher Art wie auch Eisenbahnschienen und Stromleitungen waren als Reparationsleistungen in Güterzügen unterwegs nach Osten. Ihre Amtsausstattung: Kopierstift, Schere, Kleister, sehr wichtig ein Rollstempel, dazu ein Stempelkissen. Hohe Befugnisse lagerten in einem eisernen Tresor, Lebensmittelkarten, Punktkarten, Reisemarken, lauter kostbare Dokumente. Deine Mama arbeitete auf der Kartenstelle, mit richtigem Namen, beim Amt für Fürsorge und Ernährung. Sitz im Parterre eines Wohnhauses, Zugang durch die Haustür oder auch privat und heimlich von hinten über den Hof.

Oma Emma lebte mit Euch zusammen tüchtig auf, sie brannte sich mit ihrer Brennschere an den Schläfen wieder jüdische Schillerlocken. Deine Mama war für uns eine Königin. Jeder Bürger, der umziehen oder verreisen wollte, musste sich in der Kartenstelle melden, dort wurden Lebensmittelgrundkarten und Reisemarken hin und her getauscht. Deine Mama schnitt ab, sortierte und zählte. Nachts stellte sie die Kisten mit den kostbaren Schnipseln in den Tresor. Am Ende einer Dekade wurden die Markenabschnitte auf alte Zeitungsseiten geklebt. Manchmal gab es zum Kleben richtigen Büroleim, aber meist nur Mehlkleister.

Neben dieser Bastelei und der Rechenarbeit verwaltete Deine Mama einen Rollstempel. Damit machte sie aus schwerem Schrotbrot ein leicht verdauliches, mindestens doppelt so großes Weißbrot. Man brauchte für den Zauber ein Magengeschwür, Tbc oder auch nur einen entgegenkommenden Arzt, der das Attest ausschrieb. Wir brauchten gar nichts.

Deine Mama rollte den Stempel, erst auf dem großen Stempelkissen, dann über die Brotdekaden auf dem Papier. Die Bäcker im ganzen Land hatten Anweisung vom Gesundheitsamt. Weißbrot galt als Medizin. Und jedem Hungerleider als Verheißung. Weißbrot beschwor goldene Friedenszeiten. Weißbrot versprach ein gemütliches Leben, ein heiteres Frühstück an einem gesitteten Familientisch. Gute Butter, fette Schnitzel. Kaffee aus echter Bohne, weißes Brot, das waren Träume.

Der Rollstempel flutschte. Ich stand daneben, ich sah zu, wie sich der Wandel vollzog, schwarzes Allerweltsbrot wurde, dank Deiner Mama, zu einem knusprigen weißen Kasten oder einer quer geritzten weißen Semmel.

In dieser Zeit amtierte ich als Dein Kindermädchen. Ich war zehn Jahre und ein ziemliches Biest. Du warst ein liebes drolliges Kindchen. Ich ließ Dich gern weinen, also böhmisch-schlesisch flennen oder einfach ordentlich sächsisch fenzen, weil ich selbst zu feige war, ich heulte nie. Ich verbot mir Tränen. Ich kniff ersatzweise in Dein Hinterteil. Dein Mund zuckte, Deine Tränen rollten als meine Tränen. Ich war ein Biest.

Du musstest unter meiner Fuchtel lesen lernen. Du musstest mit mir baden gehen, im Winter in die Halle im Sachsenbad, im Sommer ins Arnhold-Bad oder, zwei Stunden Fußmarsch, zu den Waldteichen hinter Weixdorf, abends zwei Stunden Rückweg nach Hause. Ich trieb Dich, ich zog Dich am Arm hinter mir her. Ich schubste Dich vom Beckenrand oder vom Sprungbrett. Ich hielt Dich fest und ließ Dich los. Ich galt als zuverlässig, still und freundlich. Ich ließ Dich strampeln und Wasser schlucken.

Du musstest in die Schule gehen und wurdest sofort Fräulein Schusselliese genannt, eine, die alles falsch macht. Es hagelte Einträge. Ursi kommt ungekämmt in den Unterricht. Du konntest Dich kämmen, soviel Du wolltest, es blieb dabei. Mit Rotstift: Ungekämmt. Unvorbereitet. Ungezogen. In den Heften und Büchern überall Eselsohren. Kopfnoten katastrophal, aber Lesen, Schreiben und Rechnen, das ging wie geschmiert. Du warst, wenn man genau hinguckte, eine der Schlauesten in der Klasse, aber keiner guckte genau. Der erste Blick sah die Trauerränder, die schwarzen Fingernägel. Deine Mama schlug drei katholische Sudetenland-Kreuze über dem Zensurenblatt, in Dankbarkeit, denn Du wurdest wenigstens immer versetzt. Und kamst mit vierzehn in eine Lehre als Krankenschwester. Das war ziemlich genau der falscheste Beruf, Du flogst schon nach der dritten Lehrwoche aus dem Krankenhaus Industriestraße raus. Du hattest die verschiedenen Wischlappen an falsche Haken gehängt. Der Treppenscheuerlappen hing dort, wo das Staubtuch hingehörte.

Erinnere Dich an die klapperdürre Oberschwester Margarete, Kennzeichen: eine schwarz-grüne »Berchtesgadener« Trachtenjacke, hätte sie zu Dir gehalten, dann hätte sie vielleicht, dank Rollstempel, ein paar Pfund um die Hüften herum zunehmen können. Doch sie sagte nur ziemlich weltfremd mit echtem Bedauern: Ursula, es tut mir so sehr leid, dass wir den Lehrvertrag lösen müssen, denn ich glaube zutiefst, dass du ein herzensgutes Menschenkind bist. Oberschwester Margarete hatte recht. Du warst mir nahe. Ihr wart uns liebe Verwandte.

Wir hielten zu Dir und vor allem zu Deiner Mama. Deine Mama hatte, das wunderte mich nicht, viele Freunde. Dazu gehörten Kammersänger Gottlob Frick vom Opernensemble, Dr. Büschelberger von der Orthopädischen Klinik. Alle kamen gern zu Besuch.

Wir machten uns zur Dämmerstunde auf den Weg, hungrig, aber guter Laune, Du warst damals noch klein, ein Vorschulkind, das heißt, Du schliefst um diese Zeit nebenan in einem weißen Gitterbett. Ihr wohntet nicht mehr in Emmas enger Rumpelkammer, sondern schon in zwei Zimmern zur Untermiete, im vierten Teil einer großen Herrschaftswohnung, wo es einen Hauptmieter und drei Untermieter gab, später habt Ihr in anderen Herrschaftswohnungen gelebt, ebenfalls zu Untermiete und ebenfalls zu drei oder sogar vier Parteien, immer mit gemeinsamer Küchen- und Toilettenbenutzung. Die meisten Parteien besaßen in ihrem Bereich unstatthaft einen eigenen Elektrokocher, eine Schamotteplatte mit eingelassener Spirale.

Rot glühend stand das Gerät auf Ziegelsteinen neben dem Fenster. Die Gardinen wehten im heißen Luftstrom. Es wurde gemütlich. Das Kaffeewasser kochte.

Wir waren nicht die Ersten. Der lange Büschtian in seinem legeren Anzug war immer schon da, er saß aufgeräumt in einem Sessel. Büschtian, der Onkel vom Weißen Hirsch. Er reichte uns seine weiche Hand.

Setzt euch, nehmt euch, sagte Deine Mama zu uns, zu ihren echten Verwandten. Es gab genug Stühle, aber nur einen kleinen runden Tisch. Wir bedienten uns aus einem offenen Kleiderspind, der durch Einlegebretter zur Speisekammer ausgebaut worden war. Gläser mit Marmelade. Dresdner Bäckerbäben. Geschnittenes Brot, Butter, Quark in Töpfen, Schmelzkäse in Silberpapier, Leberwürste, schwarze Blutwurst mit Speck. So ein Leben. Es fehlte nichts. Man muss nur wissen, dass man im Schlaraffenland der Nachkriegszeit noch keinen gekochten Schinken kannte, keinen festen gelben Käse mit Löchern, keine Südfrüchte oder gar Schokolade, solche Götterspeisen gehörten nicht hierher, aber manchmal bot die Kammer eine Spankiste mit Bücklingen oder eine Schüssel mit Bratheringen in süßsauer Soße. Manchmal hatte Deine Mama ein Huhn gebraten oder Pudding gekocht. Man roch den Braten oder die Vanille schon im weitläufigen Korridor, man fühlte sich wie gerufen, wie von einer guten Fee aufgefordert, dabei zu sein. Und so kamen wir. Oft kamen mit gutem Hunger der Orthopäde, der Kammersänger, immer saß Büschtian, der klapperdürre Onkel vom Weißen Hirsch, im tiefen Sessel.

Landessender Sachsen brachte manchmal ein Hörspiel. Wir aßen und hörten.

Herr Frick machte uns neugierig auf eine Opernsendung. Eine Aufführung, die man auf ein Magnetband aufgenommen hatte. Die sollten wir uns nicht entgehen lassen.

Das treu funktionierende Mende-Radio, eine Anschaffung aus der Tauschzentrale, stand vor unserem Halbkreis auf einer Marmorsäule. Wir kauten leise, lauschten mit beiden Ohren. »Die schweigsame Frau« von Richard Strauss. Nach der Uraufführung von den Nazis verboten, jetzt wiederaufgeführt.

Der Dirigent verlas einen Brief des Komponisten: *Haben Sie vielen herzlichen Dank für die schöne Befreiungstat, und übermitteln Sie bitte allen prächtigen Darstellern mit dem lieben altberühmten Orchester meine wärmsten Glückwünsche.*

Der Kammersänger biss abwesend in die Doppelbemme. Morosus sucht eine schweigsame Frau. Die Bühnenbretter der Behelfsbühne knarrten, es knirschte im Takt. Das grüne Auge am Radio blinzelte Grüße aus der weiten Welt.

Deine Mama ging auf Zehenspitzen.

Langt zu, flüsterte sie.

Der Kleiderspind war unerschöpflich dank der reichlich gedruckten Reisemarken, vielleicht auch dank der eigenwilligen Buchführung oder des unzuverlässigen Kleisters in der Kartenstelle. Wir fragten nicht, wir kamen zu Besuch, diskret und hungrig. Aus den Augenwinkeln beobachtete ich, wie Büschtian seine Hand um die Hüfte Deiner Mama gleiten ließ, flüchtig, aber nicht flüchtig genug. Wir blieben lange.

Kamen zur Dämmerstunde, saßen fest bis kurz vor Mitternacht.

In meiner Erinnerung trieb Elbnebel durch die Straßen. Es muss im Herbst gewesen sein, denn im Herbst wurde »Die schweigsame Frau« unter Joseph Keilberth wiederaufgeführt und im Radio gesendet.

In meiner Erinnerung verfolgten wir auf dem Weg ins Schlaraffenland eine Mondfinsternis. Wir achteten kaum auf unsere Schritte, wir hielten den Kopf im Nacken, guckten in den Vollmond am Osthimmel, wo sich immer deutlicher die Erde als dunkelroter Schatten kenntlich machte. Der Mond leuchtete nicht mehr. Wir deckten ihn zu.

Wir gingen schnell, die offenen Türen des Kleiderspinds lockten. Wir gingen nicht nebeneinander, wir gingen im Gänsemarsch, schweigend, weil wir unsere Gedanken sammeln und bei uns behalten wollten. Es zog mir so manches durch den Kopf in diesen Tagen. Ich war neun oder zehn, ich grübelte, ob man ohne einen bescheidwissenden himmlischen Vater ein guter Mensch werden konnte. Gutsein war schon schwer genug für die gottesfürchtigen Ahnen. Die trotzkistische Emma, unsere gemeinsame Dresdner Oma mit der gastlichen Rumpelkammer, zuckte die Achseln. Gerechtigkeit? Kommt Zeit, kommt Rat.

Eigentlich hatte ich so ein Wohlleben nicht verdient.

Ich war eine Betrügerin.

Ich hatte Dich gekniffen, ich hatte Dich statt meiner zum Heulen gebracht, und nun fraß ich bei Deiner Mama weiße Semmeln mit Marmelade aus einem Lockwitzer Konservenbetrieb. Ich log wie gedruckt. Zum Beispiel schrieb ich mir selbst eine Widmung in ein usbekisches Märchenbuch. Für die liebe H. geschenkt von Ursi.

Ich hatte das Buch, in Deiner Kapuze versteckt, aus der Leihbücherei im Puschkinhaus entführt oder geklaut. Das war nicht gut, aber schön, es war sehr schön, das Buch zu besitzen. Ich hatte gehört, dass in der Bibel etwas nicht korrekt übersetzt worden war. Im Zusammenhang mit Hiob, dem armen Kerl, heißt es: Ine tov me. Auf Deutsch liest man: Siehe, alles ist gut, man könnte genauso sagen: Alles ist schön.

An einem heute ziemlich vergessenen Tag in der langen Nachkriegszeit wurden die Lebensmittelkarten abgeschafft und damit auch die zuständigen Ämter. Jedenfalls wechselte Deine Mama eines Tages aus ihrem Amt als Sachbearbeiterin für Reisemarken und Weißbrot ins Haus der Sächsischen Zeitung. Sie hatte Glück, sie saß wieder auf einem guten Posten, einem Vorposten, dem wichtigsten im ganzen Pressebereich. Erst im sogenannten Hochhaus am Platz der Einheit, einem denkmalgeschützten Gebäude, das die Kriegsbomber verfehlt hatten, das aber im Frieden, als wäre der Wurm drin, allmählich verfiel. Deswegen zog die Sächsische Zeitung aus dem baufälligen denkmalgeschützten Hochhaus in einen kasten-artigen Neubau am Bahnhof Mitte.

Deine Mama war im Büro der Stadtausgabe verantwortlich für die Annahme von Annoncen. Sie wusste immer als Erste, wer wo was verkaufte oder suchte, und kannte meist jemanden, dem sie mit einem Tipp behilflich sein konnte. So auch beim Wohnungstausch und bei ER sucht SIE oder SIE sucht IHN.

Auf ihrem Schreibtisch stand jetzt eine perfekte Büro-schreibmaschine, eine neue lackschwarze Erika. Deine Mama schrieb zügig und fehlerlos, sie arbeitete ehrgeizig am Annon-censtil, aber gegen den Zeitgeist konnte sie nichts ausrichten. Gutauss. Junggebl. m. marx.–lenin. Weltansch. s. Gleichges.

Du, helles Kind, warst inzwischen eine Stütze des Fort-schritts auf dem Gebiet der Elektronik geworden.

In einem Gebäude namens Robotron. Darin wurde nicht mehr mit dem Kopf, sondern mit Lochkarten gerechnet. Es hieß, diese Karten hätten genau die Größe eines Dollarscheins. Das konnte man einfach glauben. 80 Spalten, darauf verteilt maximal 12 Löcher. Und dazu traten Maschinen in Aktion, Lesemaschinen, und Leute mit guten Augen und flinken Fin-gern. Man arbeitete in Schicht und bekam Leistungslohn. Es war Routinearbeit.

Das hohe Gebäude in der Nähe vom Pirnaischen Platz durfte man sich wahrscheinlich als den hundertsten Teil eines Commodore-Rechners vorstellen oder erst einmal als Leiter-platte in zwei Lagen. Warum nicht gleich als Mehrlagenleiter-platte, das klang stark, das klang nach Messegold. Die flinken Finger als Beschleuniger der Zahleninformationen, kurz ge-sagt, der *Daten*, man musste die richtige Stelle finden. Die Lochkarten enthielten die richtige Stelle, aber nur pro forma, nur potenziell, nicht jeder war geeignet, daraus einen auf dem Weltmarkt achtbaren Wert zu machen. Deine Fingerfertigkeit, Tempo, Sicherheit und der U880-Prozessor.

Und dann Robotron 300. Das sind 18 500 Transistoren. Ferritkernspeicher.

Mit so einem 32-Bit-Rechner schafftest Du, liebe Ursi, plus Lesegerät 300 Lochkarten in der Minute.

Ein Teufelsding.

5,5 Millionen Ostmark, das war der Preis für die Kiste.

Jetzt könnte ich mal überschlagen, was mein MacBook Air damals gekostet hätte. In meinem Gerät stecken 2 Gigabit, ich muss also die Millionen mit ein paar Tausendern multiplizieren. Wahnsinn.

Mein kleines leichtes MacBook Air vertritt, so gesehen, eine ganze Hochhausstadt, die Stadt Robotron. Allerdings alles um fünfzig Jahre zurückgedreht und -gerechnet, und zwar auf DM-Ost. Gebäude, Arbeit und Geld. Trotzdem: Wahnsinn.

Wie habt Ihr denn zum Schluss noch den Megabit-Chip gezaubert? Wo habt Ihr das Titansilizid und das Siliziumchloroform hergenommen? Und die Vacuummolekülpumpe? 1988, genau ein Jahr vor Ultimo.

Du, Flüchtlingskind aus Kninitz bei Ústí nad Labem, Mikron-Projekt-Aktivistin, siebzig! Gratulation.

Einmal ist es so weit. Siebzig, das biblische Alter in unserer knappen Zeit nach der Sintflut. Vorher waren die Leute mit siebzig fast noch Kinder, Methusalem zum Beispiel. Es sieht so aus, als würden wir jetzt nach der friedlichen Revolution wieder vorsintflutlichen Zeiten entgegengehen, mit siebzig ein verspieltes Kind, mit hundertfünfzig langsam erwachsen. Damit steht uns ein langes Rentnerdasein bevor, wir müssen nur noch tüchtig um den Ausgleich kämpfen, höhere Rentenbezüge für alle. Ine tov me, wie es beim armen Hiob in der Bibel heißt.

Siehe, alles ist schön.

Vogel Schnarch

Die Geschichte war noch nicht zu Ende. Nicht für Jakob, selbst ich hatte sie über anderen Geschichten etwas vergessen. Das war nicht schlimm, ich musste mich nur erinnern oder nachlesen, denn viele Geschichten kannte ich aus Büchern. Sie standen bei mir im Regal. Sie lebten mit uns, manchmal in einer anderen Stadt – Esel, Hahn usw. waren nach Bremen geraten, die schöne Wassilissa wohnte im Kaukasus. Die Geschichte war nicht zu Ende. Über den Tod hinaus, sagt Jakob. Ob ich die noch kenne, will er wissen. Wo die gestorbenen Leute über ein Bärenfell kriechen müssen, wenn sie in die Ewigkeit wollen?

Weißt du noch? Das Fell war so groß wie ein Fußballfeld.

Oder die Geschichte von Asiaq? Asiaq, Beherrscherin der Winde.

Asiaq, mit dem Wanderrucksack, der so tief wie eine Felsenschlucht war?

In dem Sack hatte Asiaq mal einen kleinen Jungen gefangen, den sie so lange fütterte, bis er groß genug geworden war. Sie brauchte nämlich einen tüchtigen Weggefährten, um noch einmal wie früher heimlich auf Reisen zu gehen.

In den Zeiten davor, in den großen Wanderzeiten, hatte Asiaq die ganze Welt mit gutem Wetter versorgt. Darum soll früher das Wetter längst nicht so unruhig und wechselnd gewesen sein wie in diesen Tagen. Heute stellt Asiaq alles auf den Kopf, buchstäblich alles.

Ich weiß, sagt Jakob. Wenn sie den Fellrucksack wäscht und auf die Stange hängt, regnet es 22 Tage.

Ich weiß, sage ich. Sie steht dann vor der Haustür. Sie ist traurig. Sie schämt sich.

Hast du sie schon mal getroffen?

Nie wirklich, nur wenn's stürmt, wenn's bei uns die Kiefer umhaut, dann denke ich, das ist sie. Das könnte wieder mal Asiaq gewesen sein.

Und Vogel Schnarch, hast du den schon mal gesehen?

Nein. Aber andere Leute haben den Vogel gesehen. Das habe ich dir doch mal erzählt. Sie haben den einzigen, den allerletzten Schnarch erschossen.

Ist das wahr?

Ja, das ist wahr, denn es ist eine Nonfiction-Geschichte, ein Tatsachenbericht. Ein Buch über die Expedition nach Celebes auf der Suche nach dem Vogel Schnarch. Die Grönland-Sagen von Asiaq, die sind auch wahr, aber anders.

Fiktion und Nonfiction, das muss man trennen, vielleicht erst einmal in meinem Bücheregal, der andere Unterschied erschließt sich beim Lesen.

Im Buch vom Schnarch wird von einem wirklichen Vogel berichtet, von einem sehr seltenen allerdings. Von einem Leben am Rand der Legende, einem Grenzfall vielleicht.

Es war lange her, dass einer den Schnarch in der Wildnis von Nord-Celebes gesehen hatte. Er konnte nicht fliegen, lebte versteckt auf dem Erdboden im Gebüsch, sein Ruf tönte seltsam, als würde jemand im Urwald schnarchen.

Das Abenteuer geht auf den Besuch von Dr. Sanford aus New York bei dem Ornithologen Erwin Stresemann zurück. Die Begegnung fand vor hundert Jahren im Naturkundemuseum in Berlin statt.

Die beiden Wissenschaftler hatten im Restaurant Ecke Chausseestraße zu Mittag gegessen, hinterher wahrscheinlich noch ein oder zwei anregende Schnäpse getrunken. Wieder im Arbeitszimmer des Museums, haben sie im »Meyer und Wiglesworth« geblättert, den zwei Bänden mit Abbildungen und Beschreibungen der »Birds of Celebes«. Als sie die Seite mit dem Vogel Schnarch aufschlugen, waren sie sich gleich einig. So ein Vogel, so eine seltene Ralle, eine Aramidopsis plateni, darf in unseren Sammlungen im Museum nicht fehlen, weder in New York noch in Berlin. You must get this bird.

Celebes liegt jenseits, auf der anderen Hälfte der Erdkugel. Eine Insel, viel Wald, Berge, Täler, neblige Buchten. Wer weiß, ob es den Vogel überhaupt noch gibt. Einer muss hin, und zwar bald.

Im Morgengrauen des 16. Mai 1930 nähert sich unser Dampfer dem celebesischen Hafen Makasser. Spiegelglatt ist die See …

So beginnt der Expeditionsleiter Gerd Heinrich seinen Bericht. Erst zwei Jahre später endete das Inselabenteuer: *Während ich dem Zelt zuwandere, die kostbarste Beute im Rucksack, die ich je erjagte und erjagen werde, beginne ich erst langsam zu begreifen, was geschehen ist.*

I've got the bird. Weltuntergangsstürme, Kälte und Tropenhitze, falsche Spuren, Hoffnung, schwindende Hoffnung, Hunger, Krankheiten, lauter Überlebensgeschichten vom Anfang bis zum Ende. Einmal Ferienstimmung, milde Sonne auf einer kleinen Insel, einem lieblichen Eiland in einem Süßwassersee, überraschend auf dieser rauen Insel im salzigen Ozean, Celebes, zwischen Australien und China. Doch auch hier hatte sich der Vogel nicht sehen lassen, nicht einmal hören. Neue Suche in den Sagosümpfen.

Resignation. Abbruch. Helfer werden entlassen. Nach zwei Jahren zieht die Expedition unverrichteter Dinge zum Hafen. Noch einmal vor dem Abschied ein letzter Versuch. Und dann:

I've got the bird!!!

Wirklichkeit und Ausgedachtes.

Erkennst du den Unterschied zwischen den Mythen der Grönländer und dem Bericht vom Rallenfang, von der Expedition in die Heimat des Vogels Schnarch? Ausgedachtes und Tatsachenberichte.

Na ja, sagt Jakob, ist doch klar. Manche Geschichten sind zum Wachbleiben und manche zum Einschlafen, die gibt es, damit die Nacht vergeht oder die Kälte.

Geschichten sind nicht gleich, sonst wären sie langweilig. Es gibt ja auch noch die Geschichten, die sich Leute in der Wüste erzählen, wenn sich die Karawane ausruht. Es sind Taggeschichten, denn sie rasten am Tage und reiten bei Nacht. Zum Beispiel die vom Kalif Storch.

Jakob erzählt. Er stellt mir die Kalamität vor, die ganze dicke Pampe, in die Kalif Chasid und Großwesir Mansor geraten waren. Ein schwarzes Pulver hatte die beiden in Störche verwandelt. Die Sache wäre ganz anders gelaufen, wenn sie das Erlösungswort nicht vergessen hätten.

Mutabor, sagt Jakob, das merkt man sich doch. Aber der Kalif und der Großwesir wussten das Wort Mutabor nicht mehr, denn sie haben dabei gelacht. Man darf nicht lachen, wenn es darauf ankommt. Niemals. Denn Lachen macht die Erlösung sehr kompliziert, beinahe unmöglich. Jedenfalls dauert das Warten sehr lange, so lange, bis eine Eule ins letzte Kapitel fliegt, die Eule bringt nicht nur Rettung, sondern obendrein Glück.

Jeden Nachmittag wird in der Wüste eine Geschichte erzählt. Als Nächster soll Achmet etwas zum Besten geben: eine Story aus seinem langen Leben, das wohl viele Abenteuer aufzuweisen hat, was Wahres oder ein hübsches Märchen.

Fiktion oder Nonfiction.

Achmet entschließt sich, etwas Wahres aus seinem Leben zu berichten, er sagt, es sei die Geschichte von einem Gespensterschiff.

Damit wird bewiesen, dass es Gespenster gibt und Reiter, die Erzählungen jeglicher Art an ein Ende führen.

Die beiden Seltenheiten, Vogel Schnarch und Kalif Storch, wohnen weit entfernt voneinander.

Die Expeditionsgeschichte erzählt vom schüchternen Schnarch, der in den feuchten Ausläufern des Mengkoka-Gebirges lebt, Kalif Storch lebt dagegen in der trockenen Wüste.

Die beiden Vögel sind in verschiedenen Sphären zu Hause. Doch manchmal öffnet sich die Welt und auch der Himmel. Manchmal fällt ein Stern in die Suppe. Oder ein Buchstabe.

Buchstabensuppe, sagt Jakob.

Wir erinnern uns an Waldwanderungen. Wie wir Fliegenpilze mit dem Handy fotografieren wollten, aber nie ein Bild draus wurde, die Fliegenpilze ließen sich einfach nicht fotografieren, und wie wir unzählige trockene Boviste zertrampelt haben. Pilze, groß wie Straußeneier, prall gefüllt mit schwarzem Pulver. Der Wald am Teltowkanal war voll davon. Wir haben ausgesehen wie Feuerrüpel oder wie Zauberschweine. Vielleicht kann man mit dem schwarzen Pilzpulver zaubern.

Es hat nur noch keiner versucht.

Weil Pilzzauberei in unseren Zeiten wahrscheinlich nicht zugelassen ist.

Und dann erinnern wir uns an die fiktive Asiaq, die verwirrte Alte, die mit dem großen Rucksack.

Es ist, weil der Klimagipfel ausfällt. Unser Wetterminister hatte sich umsonst auf den Weg gemacht. Die Überschwemmung auf den Inseln ist eine Folge unserer ewigen Sünden. Die Chefin der Winde war vor Scham irregeworden. So hieß es in den Sagen der Grönländer und nun auch bei uns. Man muss nur in der Tagesschau die Livebilder ansehen. Asiaq schäumt, sie schämt sich.

Ich will mich anmelden, ich suche im Internet die Seite des Naturkundemuseums. Dort finde ich schnell die Telefonnummer vom Besucherdienst.

Der Besucherdienst, kein Apparat, sondern ein richtiges Ohr und eine weibliche Stimme äußert Unmut. Was wollen Sie denn in unserer wissenschaftlichen Abteilung? Haben Sie denn schon die neu gestalteten Ausstellungsräume gesehen? Kennen Sie unsere Sonderführungen? Und die didaktischen Extravorträge?

Ich lasse mich nicht abwimmeln. Schon mehrfach sei ich im modern gestalteten Naturkundemuseum gewesen, allein oder zusammen mit meinem Enkel. Es ist die Wahrheit. Ich verschweige das Murren meines Google-geschulten Begleiters. Museum ist blöd, auch mein kritisches Staunen über manche Neuheit behalte ich für mich. Ich kann sagen, dass wir mit einer geführten Gruppe gegangen sind, danach haben wir mindestens eine Stunde auf dem Astrosofa langgelegen und unter dem Sternenhimmel die Planetenbahnen verfolgt. Wir haben an einem Tag nur die Vogelabteilung besucht, um die vielen eindrucksvoll gestalteten Habitate anzusehen. Wir sind meinem Anliegen nähergekommen, aber noch nicht nahe genug. Wir haben lange vor den Vitrinen mit den Rallenvögel verweilt. Also vor den Vögeln, die das Fliegen verlernt haben.

Verlernt, das kann man so nicht sagen. Der Besucherdienst lässt das nicht durchgehen.

Ich korrigiere schnell: Ich meine während der Evolution. Sie haben das Fliegen während der Evolution aus Anpassungsgründen verlernt.

Sie haben das Fliegen überhaupt nicht gelernt. So die Stimme des Besucherdienstes.

Der Tadel meint mich und vielleicht auch die faulen Vögel, doch ich bleibe nett: Das kann durchaus sein, da mögen Sie recht haben, das gestehe ich Ihnen sehr gerne zu. Ich kämpfe. Nun nicht nur für mein Anliegen, sondern jetzt auch noch für die Vögel: Ich gestehe Ihnen zu, die Rallen haben es gar nicht nötig, zu fliegen, die laufen viel lieber. Die sind sehr gerne zu Fuß unterwegs. Und damit überhaupt nicht faul oder träge.

Ich darf mich jetzt nicht abwimmeln lassen. Ich rede im Namen der Rallen, der Fußgänger. Im Namen der Natur, deren Schätze unnütz irgendwo liegen, im Namen aller Sachen, die vergessen werden. Ich möchte den Vogel Schnarch sehen.

Die Besucherdienststimme erklärt: Wir sind eine wissenschaftliche Forschungseinrichtung. Wenn Sie eine besondere Frage, also ein wissenschaftliches Anliegen haben, formulieren Sie das bitte zunächst schriftlich. Senden Sie die Anfrage an die Abteilung Ornithologie. Ich weiß nicht, ob die Kollegen dort Zeit übrighaben, ob sie ihre kostbaren Kapazitäten ausgerechnet den Fußgängervögeln opfern wollen. Notieren Sie sich bitte folgende Mail-Adresse.

Die Besucherdienststimme diktiert, sie wünscht zum Schluss einen schönen Tag und viel Erfolg.

Habe ich ein wissenschaftliches Anliegen?

Ich will ja nur wissen, ob die Jagdgeschichte vom Vogel Schnarch nach dem letzten Kapitel des Buches später im Leben eine Fortsetzung fand.

Sind die Kisten der Urwaldexpedition damals in Berlin gut angekommen?

Grade heraus, ich möchte gerne wissen, ob der Vogel Schnarch, jener allerletzte aus dem Unterholz von Celebes, bei Ihnen im Museum wirklich gelandet ist und wenn, dann möchte ich ihn gerne sehen. Ich möchte den Schnarch gern beschnarchen, wie wir zu Hause in Schlesien, Sachsen, in Preußen oder im ehemaligen Osten sagen.

In Erwartung eines günstigen Bescheides verbleibe ich mit freundlichen Grüßen.

Weil ich nicht als einfältige Leserin alter Schwarten vor der Vogelfachwelt dastehen möchte, schleiche ich mich mit Hilfe meines MacBook Air per Mausklick durch das Portal des Naturkundemuseums in die Abteilung Ornithologie.

Ich bin beeindruckt.

Mein Display zeigt in Wort und Bild, hier wird Forschung großgeschrieben. Die Berliner Vogelkundler sind weltweit ganz vorn engagiert. Exzellenzthema: Das Fußschuppenmuster. Evolution, Ontogenese und Morphoökologie.

Ich lese Zeitungsartikel und Essays, betrachte Formeln und Tabellen, am Ende weiß ich, es geht jetzt in Berlin hauptsächlich um den Vogelfuß. Man staunt, man wird sich bald wundern, was sich am Muster der Fußschuppen noch an Erkenntnissen gewinnen lässt. Ich denke an die Fingerabdrücke beim Menschen. Man erkennt den Dieb, man kann mit dem Finger Fahrkarten kaufen, Geld abheben, wahrscheinlich erkennt man am Fingerabdruck unterdes den ganzen Lebenslauf, Krankheiten, die Zukunft des Individuums – Fußschuppenmuster ermöglichen die Entschlüsselung des Charakters. Warum gibt es Treue und Untreue bei Vögeln, warum überhaupt in der Welt Verrat? Warum Missgunst? Warum Krieg? Von den Vogelarten steht jetzt grade der Hoatzin in der Forschung ganz vorn, weil die Hoatzin-Jungtiere ziemlich praktisch Krallen an den Flügeln haben. Sie gehen und klettern nicht mit den Füßen, sondern mit den Flügeln.

Der Schnarch war früher einmal attraktiv, warum, weil er sich rargemacht hatte und schnarchte? Jedenfalls scheint sich heute niemand mehr für ihn zu interessieren. Würde heute etwa einer seinetwegen nach Celebes fliegen und schießen?

Ich störe wahrscheinlich den Museumsbetrieb. Trotzdem bleibe ich dran.

Vor meinen Augen läuft die Szene im Chefzimmer des renommierten Museums. Es war einmal vor hundert Jahren …

Aufgeschlagen eine Seite im Buch »The Birds of Celebes«. Die Natur will erkannt, in Gattungen, Familien und Arten benannt und dann aber auch gesammelt werden.

Ich stelle mir die Szene in Schwarz-Weiß vor, nur der Vogel auf der Buchseite ist bunt ausgemalt, die Füße rot. Untertitel. Seine Seltenheit macht ihn schön.

Eines Tages finde ich eine Nachricht in meiner Mailbox.

… in der Tat haben wir einen »Vogel Schnarch« in der Sammlung, den Sie gern ansehen können. Wir sind Mo bis Fr 9 bis 15 Uhr im Museum anzutreffen. Machen Sie doch bitte einen Terminvorschlag, wann Sie herkommen wollen.

Achtung, stolpern Sie nicht, wir sind Baustelle. Wir müssen jetzt durch einen Tunnelschacht, anders kommen wir nicht in unseren Bereich. Es ist die Doktorin der Ornithologie, die mich am Seiteneingang empfängt. Wir haben korrespondiert. Wir sind verabredet.

Das Naturkundemuseum ist eindrucksvoll unterkellert, fast barock, mit Kreuz- und Tonnengewölben, dazu Hightech mit verschiedenfarbigen, parallel laufenden, aufwärts und abwärts führenden Rohren, Männer mit geschulterten Kabeln lassen uns durch. Die Doktorin geht voran, Kellergänge, ein Abzweig, eine frisch gemauerte Stiege, ein alter Schacht, dort öffnet sie das Gitter zu einem Fahrstuhl. Sie kennt sich mit dem Hebelarm und der Kurbel aus. Wir fahren hoch. Bis in die Dachetage. Hier sind wir über dem fertig modernisierten Museum in einer alten Mitte. Es riecht nach Heuboden, Holz, Stroh, Wachs.

Hier lagert in Einbauschränken das Sammelgut.

Es seien noch die alten, aus Fichtenholz getischlerten Schränke, entworfen von Erwin Stresemann, der früher hier mal der waltende Gott war.

Zwischen den Schränken eine Nische, ein Refugium. Fichtenholzregale, ein Bürotisch, Heizkörper, auf dem Fensterbrett Zimmerlinde, Aloe, Hibiskus. Das Gegenteil des renovierten öffentlichen Museums und der angestrebten Hightech im Keller.

Schön, sage ich.

Die Ornithologin nickt. Kann ich unterstreichen. Aber als Erstes möchte ich gern wissen, wie Sie auf den Vogel Schnarch gekommen sind.

Über ein Buch, erkläre ich ihr.

Der Schnarch lag zur Entsorgung bereits in einer Altpapierkiste. Das Haus eines vielseitigen Naturwissenschaftlers war nach dem Tod seiner Witwe zügig leer geräumt worden. Ich als Nachbewohnerin habe die meisten alten Bücher aus der Kiste in meine neuen Regale gestellt. »Grönlandsagen«, Otto Bürgers »Gemächliche Frühlings- und Sommerreise«, »Deutschlands koloniales Wirken«, »Fauna der Insel Rügen«, »Vogel Schnarch«.

Der komische Titel war mir als Kind in unserer Leihbücherei schon einmal begegnet. Ich schrieb mir manchmal Bücher auf, die ich, weil mich die Titel neugierig machten, ausleihen wollte. Den »Zauberberg« von einem Schriftsteller namens Thomas Mann zum Beispiel. Den »Zauberberg« hatte ich mir wohl anders vorgestellt, den Schnarch hatte die Kinderbibliothekarin von meiner Liste gestrichen.

An dem Buch aus der Altpapierkiste interessierte mich außer dem Vogel Schnarch auch der Tinteneintrag auf dem Vorsatzblatt. Da stand in Sütterlinschrift der Name Grotrian. Als Besucherin der Vorträge bei der Urania wusste ich, Grotrian war Astronom am Institut auf dem Babelsberg, sein Forschungsgebiet: die Korona der Sonne. Er hatte viel bewirkt und bewegt. Deswegen gibt es heute auf dem Mond einen Grotriankrater. Unten im Widmungseck fand ich in der gleichen Tintenschrift die Anmerkung: *Dieses Buch ist geschrieben von Walter Grotrians Flugzeugführer im Weltkrieg.*

Das sagte mir, der Potsdamer Himmelskundler Grotrian und Heinrich, der Vogelmensch, sind während der Kriegszeit in einem Flugzeug unterwegs gewesen. Beide gnadenlos zu früh geboren?

Der Vorbewohner meines Nestes, Besitzer der entsorgten Sachen in der Kiste, selbst Physikchemiker, Orchideen- und Schmetterlingskundler, führte ein gastliches Haus. Albert Einstein, Lise Meitner, bestimmt auch Grotrian, der Copilot, waren Max Volmers Gäste. Kann sein auch Gerd Heinrich, der Pilot, Vogelfänger und Memoirenschreiber.

Die Altpapierkiste.

Deswegen bin ich hier. Vogel Schnarch.

Wir sitzen übereck am Arbeitstisch.

Die Ornithologin dreht den Bildschirm. Ich sehe nummerierte Tabellen, lateinische Namen.

Eine erfreuliche Sache, sagt sie.

Die Heinrich-Sammlung befindet sich geschlossen bei uns in Berlin, und alles ist schon elektronisch gelistet. Daher konnte ich Ihnen gleich verbindlich Auskunft geben. Wir haben den Aramidopsis platени.

Sie lächelt, sie akzeptiert mein Anliegen, den altmodisch verschrobenen Wunsch, diesen Vogel zu sehen. Mit eigenen Augen. Heutzutage lässt man sich die Zelle einer Fußschuppe, die grade unter einem Elektronenmikroskop liegt, egal, ob in Duke / USA oder Peking oder Leipzig, per Skype oder Facebook bis ins Kleinste zeigen, und zwar hier, wo wir sitzen, hier auf dem Bildschirm.

Sie schließt die Aramidopsis-Datei.

Ich muss Sie nun allerdings noch belehren. Sie müssen Abstand halten. Ich nehme den Balg für Sie aus dem Kasten, aber Sie dürfen ihn nicht berühren.

Während wir das Büro verlassen, um den Saal mit den Rallenvögeln aufzusuchen, erklärt sie mir die Sicherheitsvorkehrungen. So was muss sein, aus hygienischen Gründen und als Schutz vor Diebstahl. Es gibt Vogelfederdiebe. Ganze Banden, hochraffinierte Raubexperten. Die Frechsten gehören zur Zunft der Fliegenfischer, die brauchen nämlich Federn, um ihre Posen zu markieren. Je exotischer, umso besser. Außerordentlich muss es sein. Wie das eben so ist bei Fanatikern, die denken nicht mehr, die fühlen nicht mehr, die schlagen zu, und das sogar am hellen Tage während unserer Dienststunden. Erst neulich wieder. Der Schrank mit den Fracknymphen wurde aufgebrochen. Und dann, zack, zack, alle Männchen gerupft. Zum Heulen. Fliegenfischer sind potenzielle Diebe. Aber so sehen Sie eigentlich nicht aus.

Danke, ich bedanke mich für das Vertrauen und bin froh, dass ich nicht aussehe wie ein Fliegenfischer.

Sie schließt einen Schrank auf, zieht einen Kasten heraus, unter vielen mit Steckschildern versehenen Kästen den richtigen, sie kann sich ihrer Sache sicher sein, weil es eine Ordnung gibt, nicht nur eine, sondern gleich zwei. Erstens eine Ordnung im genetischen System der Vogelarten und zweitens eine Hierarchie im Alphabet mit großen und kleinen Buchstaben, dazu römischen und arabischen Ziffern. So findet man Schränke und Kästen, so verwaltet man den Besitz.

Ein Griff genügt. 20 Zentimeter, rötlich braun. Hölzchenfeine, zierlich zerbrechliche Beine, messingfarbene Füße. Sie streicht mit den Fingerspitzen über das Köpfchen, streicht sacht über das mattseidene Gefieder.

Er ist sehr schön, sagt sie, eine hervorragende Arbeit, schauen Sie nur, wie fein die Federn liegen. Sie wiegt den präparierten Balg in der Hand. Sie hebt den Vogel ans Fenster. Der Schnabel zeigt spitz ins Licht. Ein Laufvogel, sagt sie. Ihr fachkundig zärtlicher Blick streift die Füße. Der war immer nur auf der Erde.

Ich bin versöhnt. Ich habe den Vogel Schnarch mit eigenen Augen gesehen. Ein hochgehaltenes Wesen.

Die junge tüchtige Doktorin der Vogelkunde wäscht sich unter dem Bürowasserhahn die Hände, gründlich, wie es die Dienstordnung will, sie wäscht, während ich mich beeile, ich ziehe meine Jacke an, lasse erkennen, dass ich ihr Zeitopfer zu schätzen weiß. Ich danke für die Stunde in den verschlossenen Kammern des umfangreichen Bälgearchivs, wünsche jede Menge Erkenntnisgewinn auf den aktuellen Forschungsfeldern, den Vogelfüßen, den Flügelkrallen beim Hoatzin, wünsche ihr plausible Erklärungen, warum diese Vögel im Erwachsenenalter die Flügelkrallen verlieren.

Toi, toi, toi.

Sie schenkt mir mit ihren reinen Händen zum Schluss noch ein Buch, der Sohn oder gar schon der Enkel des Rallenfängers hat es geschrieben, auch er ein Ornithologe. Ein Taschenbuch, aber nur auf Englisch. »Mind of the Raven« – na ja, auch wieder so eine Mode, der Rabe ist heute Trend, ein Medienvogel weltweit.

Ich freue mich, ich danke, Lesestoff und dazu Englisch, ein besonderer Genuss. Ich lebe gern in einer fremden Sprache, das heißt mehr oder weniger in Dämmerlicht. Ich erkenne die Umrisse, lese weiter, es webt sich ein eigenes Geflecht.

Rarely even dreamed to have existed in birds.

Das federführende Amt

Damit die Steuerbehörde meine Reisen nach Florenz als berufsbedingtes Unternehmen anerkennt, muss ich mir jetzt auf die Schliche kommen, ich muss mich selbst erforschen, muss erklären, mir und dem Sachbearbeiter, was es auf sich hat mit meiner Umtriebigkeit.

Warum Florenz?

Eigentlich sollte mir das nicht schwerfallen. Ich hatte von Jugend an einige Übung. Projektbeschreibung für einen Stempel im Reisepass. Eine vergleichbare Prozedur, ich wollte unbedingt bei der Wahrheit bleiben. Heute vielleicht etwas mehr als damals. Ähnlich war vor allen Dingen, dass ich die Wahrheit nicht kannte, bei der ich bleiben wollte. Eine Geschichte nahm ihren Lauf, es gab Anfangskapitel, handbeschriebene Seiten, Hefte, Arbeitsfassungen, Rohmaterial wie früher beim Film, neben dem Schneidetisch diese Galgen, behängt mit halbwegs sortierten Streifen.

Lieber Sachbearbeiter, so ist mein Kopf. Ich war froh darüber. Ich war frei, doch wahrscheinlich manchmal verwirrt oder sogar leer. Ich könnte mit dem norwegischen Maler Edvard Munch argumentieren, auch er musste manchmal Ämtern oder Kritikern seine Unrast erklären. *Ich kann die Arbeit erst vollenden, wenn ich Abstand von der Vision habe und Eindrücke sammeln kann.* Und beschrieb im nächsten Satz seinen Vorbehalt: *Die Natur verwirrt mich, wenn ich sie direkt vor mir habe.* Schnell nach Hause in die stille Stube. Von den Reiseeindrücken zurück zur Vision.

Ich könnte meine sowieso schon vom Leben ziemlich gebeutelte Schneiderin Anna aus dem stillen Minori an der Küste Kampaniens in die Weltstadt Florenz umsiedeln.

Da ich Anna in früheren Kapiteln als gut ausgebildete Schneiderin, sogar als Schöpferin von Festtagskleidern vorgestellt habe, könnte ich sie in Florenz glaubhaft zu einer kundigen Teppichrestauratorin machen.

Sie könnte eine geschickte Handwerkerin sein, dürfte manches Vorige vergessen, alte Träume zum Beispiel, verleugnen müsste sie nichts.

Ein Mitarbeiter der Steuerbehörde hatte meine Erklärungen, sogar ein Anna-Kapitel der Arbeitsfassung, zur Kenntnis genommen. Es genügte ihm nicht, er forderte Fahrkarten, Flugscheine, Reiseunterlagen, endlich mal eine wirklich überzeugende Darlegung der beträchtlichen Ausgaben im Steuerjahr.

Mit besten Grüßen.

Es war gut, dass ich die Mappe vom Teppich-Symposium in Florenz aufbewahrt, dass ich überhaupt an der Expertenveranstaltung teilgenommen hatte. Eigentlich hatte ich endlich die Uffizien besuchen, endlich die Originale meiner gehüteten Gemäldekalender ansehen wollen. Ich hatte in einem Kloster neben dem Ortsausgangsschild Firenze, drei Buslinien, also dreimal umsteigen, also weit vom Zentrum entfernt, für eine Woche Quartier gefunden.

Es war gut, dass ich Fotos vom Kloster und auch von den Uffizien besaß.

Lauter Beweise, Belege für den Handlungsverlauf.

Es war mein zweiter Versuch, ein Uffizien-Ticket zu erwischen.

Ich war diesmal früh gekommen, trotzdem stand ich in der Schlange ziemlich aussichtslos hinten.

Ich beobachtete von meiner traurigen Position aus einen

herumtänzelnden Angestellten, wie er zwischen Eifer und Langeweile einen Seiteneingang blockierte und zugleich die Tür für besondere Personen sperrangelweit aufhielt, ich beobachtete, erkannte Eile, säumige Nachzügler. Laptops und Folienmappen, ungehörig faule Bummelanten. Der Angestellte klatschte in die Hände. Er trieb. Ich sah, wie er so einer Person hinterrücks einen frech angedeuteten Tritt versetzte.

Affrettarsi, dalli, dalli.

Ich dachte, das ist meine Chance, durch diese Tür komme ich vielleicht noch heute, vielleicht gleich in die Ausstellungsräume zu Leonardo da Vinci, Raffael, Giorgione und so weiter. Endlich leibhaftig Botticellis »Primavera«.

Ich verließ meinen Platz, ich ging, eilte mit Weile, wie es heißt, ohne Lücke hinter zwei Männern mit Aktentaschen und Stockschirmen, mit gradem Blick und gemurmeltem Gruß vorbei an dem unberechenbar tänzelnden Wächter.

Schon stand ich mit den beiden Schirmherren im Lift.

Ich spazierte durch Korridore, an Infotischen und Personal vorbei, man hängte mir Kabel und Kopfhörer um. Ich ließ mir eine Plakette mit Tagungslogo an die Jacke schrauben. Ich ging richtig und wahrscheinlich jetzt falsch.

Hinter Fenstern konnte ich in einem Paralleltrakt Gemälde erkennen. Michelangelo? Botticelli? Touristen mit Guide.

Immer mit der Ruhe, dachte ich mir. Vielleicht gibt es einen Übergang.

Ich wurde im Trubel oft gegrüßt, von einer dunkelhäutigen Dame sogar umarmt. Nice to see you again. Man reichte mir Mappen, Papiere, Programm, Exkursionseinladungen, Rednerlisten, Termine.

Ein Ticket wies mich in einen prächtigen Vortragssaal. Ich, die Teilnehmerin des internationalen Teppich-Symposiums, fand meinen Platz in der Mitte der siebzehnten Reihe.

Vorn an der Wand das Motto *La Galleria degli arazzi – Epifanie di tessuti preziosi.* Zum Auftakt spielte die Lautenkumpanei auf alten Instrumenten alte Musik.

Ein Präsident begrüßte. Namen wurden genannt, Minister und Sponsoren. Referenten traten ans Pult. Experten lobten sich gegenseitig. Ich fühlte Blicke, ein Kopf schräg vor mir hatte sich schon zweimal umgedreht. War ich Politik oder Wirtschaft, gar ein quer einsteigender Konkurrent? Aus Napoli? Auf ein Lächeln meiner Nachbarin, die während des Vortrags Erklärungen, Grafiken, Zusatzinformationen auf ihrem MacBook verfolgte, versuchte ich mich zu outen. Ich bin ein Kuckucksei. Es passte ihr nicht. Sie sah in mir eine irgendwie Altvertraute, eine Anhängerin ihrer Textilkunstschule, einig im Urteil, der Referent sei immer schon eine taube Nuss gewesen und jetzt wieder: ein eitler Toro.

Nach der zweiten Kaffeepause zeigte sie mir auf ihrem Bildschirm einen vielfach vergrößerten Djufti-Knoten, vier gelbe Kettfäden. Rote Wolle. Ich war beeindruckt. Das war der Augenblick, der POINT OF NO RETURN. Ich war ehrlich interessiert.

Am Nachmittag ging es auf Teppichpirsch, erst in den Tapisseriensaal der Uffizien, dann per Autobus durch Florenz von Station zu Station in verschiedene Paläste und Kirchen. Ich fühlte mich beobachtet und integriert. Eine Expertin, die niemand mit Namen kannte.

Ich witterte eine Chance für Anna, die Schneiderin in Minori.

Mein Steuerbeamter tat ein Übriges.

Alles findet seinen Sinn.

Ich steckte die Papiere, einige Vorträge in italienischer und englischer Sprache, Fotos, Fahrkarten, Unterkunftsrechnung des Klosters, in einen DIN-A4-Umschlag. Es war ein dicker, hoffentlich zur Einsicht zwingender Brief geworden.

Hiermit bezeuge ich meine Teilnahme an einem Symposium über kundig restaurierte Renaissanceteppiche.

Ort: Florenz.

Wir haben Ihren Brief, in dem Sie den Besuch des Teppich-Symposiums in Florenz als berufsbedingte Exkursion deklarieren, zur Kenntnis genommen. Wir sind jedoch nicht in der Lage, die geschilderten Studien einem Beruf zuzuordnen. Handelt es sich bei dem unter der angegebenen Steuernummer angemeldeten Unternehmen um den An- und Verkauf von Teppichen in der Friedrich-Ebert-Straße?

Sehr geehrte Bearbeiter meiner Steuernummer,

es dreht sich jetzt um Anna. Ihr Schicksal muss endlich eine Fortsetzung finden.

Geehrte Herren, Ihre Einschränkungen, die Streichung meiner Italienreise von der Berufsbedingten-Liste kann ich nicht akzeptieren.

Steuererklärungen sind ein Verhängnis. Es gibt sie wohl seit der Antike. In mein Leben sind sie mit dem Einigungsvertrag gekommen. Sie stoppen einmal im Jahr für Tage, gar für Wochen meinen Lebenslauf. Arbeiten müssen unterbrochen werden. Ausflüge entfallen. Die Enkel bekommen kein warmes Essen. Manchmal reißt der rote Faden einer angefangenen Geschichte, bloß weil Rechnungen sortiert und Formulare ausgefüllt werden müssen.

Das Kapitel Anna tritt auf der Stelle.

Einsprüche, Briefe, die Rückfragen der Finanzamtsmitarbeiter blockieren das Leben.

Not, auch Erklärungsnot macht erfinderisch.

Ein erneuter Einspruch, das Amt fordert einen erkennbaren Bezug. Noch im vorigen Jahr habe diese Person Anna lt. Erklärung in der Nähe einer Kirche mit Blick auf Klingsors Garten gewohnt. Man habe meinen Aufenthalt steuerlich akzeptiert, man habe die Recherchegründe im Steuerjahr positiv nachvollzogen. Neuerdings geistere die Person überraschend in Florenz. Uns fällt auf, dass Anna immer dort auftaucht, wo es Ihnen grade in den Kram passt.

Mit besten Grüßen.

Richtig, aber Sie sind schuld, Sie binden mich. Sie haben Anteil am Fortgang der Handlung. Meine Florenzreise wäre ohne Ihr Insistieren ohne Bezug zu Anna geblieben.

Früher war es die Reisestempelstelle oder der Zensor, jetzt mischen jedes Mal Sie mit.

Beste Grüße.

Berufsbedingtheit einer Reise nach Florenz. 2. Kapitel.

Als Tagungsteilnehmerin hatte ich Einblicke in die Eitelkeiten und Sorgen der Tapisseriespezialisten gewonnen, die Restauratoren der verschiedenen Schulen waren sich selten mal einig. Man stritt. Auch während der Exkursion, ich langweilte mich, weil Richtungsstreit eigentlich überall gleich abläuft.

Sollte ich abhauen?

Ich blieb.

Das Motiv auf einem Wandteppich hatte mich irritiert. Ein falscher Blick. Die Augen einer Katze.

Es war in der Nähe des Arno in der recht grobklotzigen Eingangshalle eines Museums. Hier wurde unserer Gruppe an einer fensterlosen Wand ein Renaissanceteppich präsentiert. Das »Abendmahl«, eine Darstellung des Motivs, wie man es kennt von Leonardo da Vinci, die berühmte lange Tafel, Jesus in der Mitte, die Jünger in üblicher Sitzordnung in bekannter Haltung. Der Teppich sei leider recht schmutzig, an den Rändern reparaturbedürftig, kein Wunder bei diesem Aus und Ein, die Portale immer offen, das bleichende Sonnenlicht, der Straßenverkehr und mitten im Raum die Pennerbänke, Abfallbehälter, Verkaufsstände mit Coffee to go, Postkarten, Klimbim. Der Teppich sei nächstens an der Reihe, hieß es. Der müsse dringend in die Badewanne und dann in ein Sanatorio.

Ich hatte im Abendmahlsmotiv etwas entdeckt. Unter dem Tisch einen Zinnteller, davor eine grau getigerte Katze. Genau wie unser Kater Murr zu Hause. Der Katzenteller randlos, zinnfarben, die Katze mit scharfen grünen Jagdaugen, lauernd, giftig. Auf meine Nachfrage erklärte der referierende Professor, ausführlich und laut an alle gewandt, eine Katze unter dem Abendmahlstisch sei gewiss ein seltenes Motiv, aber beileibe nicht einmalig. Er verwies auf das Wandgemälde in San Marco und auf die Tapisserie in den Uffizien, wo eine Katze unter dem Tisch der speisenden Jünger friedlich schlafe.

Sie erinnern sich?

Ich erinnerte mich, aber hier stimmte etwas nicht. Ich war irritiert. Der Jagdblick der Katze passte nicht zum feinen Teller, der gewiss für leckere Speisen bereitstand.

Die Irritation nahm ich mit nach Hause. Sie machte mich schließlich erfinderisch, als ich dem Finanzamt in einer geforderten Zusatzerklärung meine Tour nach Florenz – bitte mit Auftragsbeleg! – als berufsbedingte Bildungsreise zum wiederholten Mal begründen sollte.

Sehr geehrte Sachbearbeiterinnen und Sachbearbeiter,

während des Teppich-Symposiums in Florenz habe ich eindrücklich manches über das Geschick alter Teppiche erfahren. Man hütet, man verändert, man fälscht. Die Zeit lässt geschehen. Zum Beispiel hat es wohl Gründe gegeben, die Taufszene im berühmten Greifswalder Croÿ-Teppich zu tilgen.

Ich bin unterdes überzeugt, besagter Teppich in Florenz hat einmal anders ausgesehen. Zwar nur in einem Detail, doch vermute ich darin eine Absicht. Die großäugige Katze hatte ursprünglich keinen sauber geschleckten Fressteller vor sich.

Anna, die inzwischen durch eine Reihe günstiger Umstände, vor allem durch ihr Interesse und ihr ausgeprägtes Gefühl für alte textile Bildwerke, in einer Restauratorenwerkstatt angestellt worden ist, wird das erkennen. Ich jedenfalls habe an dem lädierten Teppich in Florenz rote und weiße, auch schwarze Seidenfäden unter der zinnfarbenen Wolle des Tellers entdeckt.

Wird Anna die alte Version wiederherstellen?

Wie soll ich, wie soll Anna das entscheiden, wenn nicht einmal Expertenmeinungen bekannt sind.

Ich versichere noch einmal, dass ich keinen Teppichhandel betreibe.

Ich schicke einen Ausdruck der überarbeiteten Fassung.

Antwort: Annas Geschichte überzeugt nicht. Nirgends erkennbar die Notwendigkeit, den Teppich auszubessern. Wir fragen uns, wie und wo kann denn eine einfache Schneiderin zu solchen Fähigkeiten gelangt sein?

Siehe Kapitel Werkstatt in der Nachbarschaft der hl. Trofimena. Beachte: Anna war einstmals verliebt, unglücklich, so was macht erfinderisch und fördert die Talente. Und außerdem: siehe Symposium in den Uffizien, an dem ich, siehe beiliegende Belege, erkenntnisgewinnend teilgenommen habe.

Anna zieht nicht nach Florenz um. Sie wird ihre Schneiderstube in Minori nicht aufgeben. Anna wird Pendlerin, das ist glaubhaft und modern. Der Steuerbeamte mag in seinen Briefen Berechnungen anstellen, wie er will, eine Zweitwohnung betreffend. Den Steuervorteil bei Beglaubigung durch kommunale Ämter. Ich entschuldige mich, ich behaupte, man muss durch Irrtümer gehen, um vorwärtszukommen.

Meine Nachforschungen haben ergeben, dass es nur in Neapel, allein dort, eine für alte kostbare Teppiche taugliche Reinigungswerkstatt gibt. Aus ganz Europa kommen die verschmutzten diffizilen Textilwerke in diese besondere Wanne. Zu geschultem Personal.

Ein starkes Argument. Der Beamte überzeugt oder müde.

So gelangt der Teppich mit dem Abendmahlmotiv in besagte Anstalt. Das Nächste ist nur eine Folge des Geschicks, unter anderem ein Werk von Annas Nachbarin, der heiligen Trofimena.

Anna hatte sich umgehend bei Santa Trofimena für die glückliche Reise des Teppichs nach Neapel, überhaupt für alle Entscheidungshilfen sowie für ihren bisherigen Lebensweg ohne unfrommen Groll auch für die manchmal steinigen Strecken bedankt. Sie war in die Krypta hinuntergestiegen, wo die heiligen Gebeine irdische Ruhe gefunden haben. Anna hatte still fröstelnd ein Gebet gesprochen, dann hatte sie das Kirchenportal zugeschlossen, den Schlüssel in die Mauernische gelegt, wenige Schritte und Anna war zu Hause.

Dort hatte sie ihre Schwester aus Neapel vorgefunden, die immer noch fürchtete, Anna würde in die Toskana auswandern, nur weil sie als textilkundige Schneiderin einen kaputten Teppich reparieren sollte.

Was willst du denn im Norden, in diesem kalten, von Touristen verpissten Florenz, wo die Menschen nicht singen können und wahrscheinlich nicht lachen. Ganz zu schweigen vom dilettantischen Pizzabacken. In unserer Stadt, in unserem Napoli dagegen wird jetzt groß aufgeräumt.

Die Zentralregierung spendiert Gelder zur Bekämpfung der Camorra-Ganoven.

An die zugewanderten Oligarchen aus Russland werden keine Kirchen und Palazzi mehr verkauft. Fast alle Museen der Stadt haben auf einen Hieb ihre korrupten Direktoren gewechselt.

Es sei jetzt richtig comodo in Neapel.

All das hörte sich Anna gerne an. Sie wusste das meiste bereits. In Schneiderstuben ist man immer auf dem Laufenden. Besser als bei der Camorra. Sie berichtete der Schwester, dass Santa Trofimena längst die Sache gedeichselt habe. Nicht sie als Textilsachverständige würde der Arbeit entgegenziehen, die Arbeit käme vielmehr Richtung Süden bis zum Fuße des zart umwölkten Vesuvs.

Darauf einen vergnügten Limoncello.

Anna verbringt nun vier Tage in der Woche in Neapel, um dort ihr Kunsthandwerk an dem inzwischen gewaschenen Teppich zu vollziehen. Sie nimmt den Bus, der Punkt sechs in der Frühe vor der Tankstelle in Minori abfährt, die Strecke an der Küste entlang über Positano, die kürzere Holperstrecke über das Gebirge fährt sie nur zur Not.

Oft reist sie zusammen mit Ricarda. Man trifft sich, nimmt an der Tankstelle dem Kreislauf zuliebe noch gern Due Neri.

Ricarda hatte unterdes, während der stundenlangen Busfahrten, der häufigen Flüge zwischen den Universitäten Federico Secondo und Humboldt, auf ihrem silbernen Mac ihre Dissertation fertig getippt, also fortan Doktor phil. Ricarda Rapisarda.

Sie sprechen im Bus zwischen Minori und Neapel nicht mehr über die Liebe, auch nicht über Geld. Man denkt sich sein Teil. Die alten Sachen sind passé. Wie hieß er noch? Manfredo. Friede seiner Asche.

Anna sieht neben Ricarda recht klein und ein wenig verhuscht aus. Aber wenn sie allein durch den Ort geht, ist sie für jedermann größer geworden, und sie wächst immer noch. Sie ist ja erst etwas über fünfzig. Ihre Kleider sind wie eh und je schwarz, doch im guten Licht jetzt finster modern, sogar jugendlich. Ein rabenfederfeiner Seidenschal flattert um ihre Schultern. Zierliche Schuhe mit Designerabsatz.

Eine Schönheit mit Silberfäden im schwarzen Haar. Das ist Anna.

Der Teppich liegt auf einer Stellage, Böcke, Bretter, vier mal sieben Meter. Ein Podest mitten im Jagdsaal der Villa Romeo am Vicolo della Scala 3.

Die Villa war den städtischen Holz- und Textilrestauratoren erst vor wenigen Monaten als Arbeitsstätte zugesprochen worden. Von Rechts wegen befand sie sich im Besitz einer natürlichen Person, aber Besitz und Eigentum, darin lag ein Unterschied. Die natürliche Person war noch nie in Erscheinung getreten, man sagte, das wäre so, weil sie sich in einer anderen Weltgegend in Logis hinter Gittern befände. Die Stadt Neapel rette das Gebäude durch die Anmietung als kommunale Werkstatt vor dem Verfall.

Die Stellage war aus Sicherheitsgründen, Schutz vor Hochwasser, Erdbeben, Lavaströmen vom Vesuv, etwas über Tischhöhe aufgebockt worden. Der Renaissance-Wandteppich mit dem »Abendmahl«, Last Supper oder Ultima Cena, italienische Kunstzeitschriften hatten kurz über die Chancen der Wiederherstellung berichtet, lag nun horizontal, nur noch von oben von Gottes Auge oder von geflügelten Wesen zu bestaunen. In der Werkstatt herrschten dank eines Hydrologen vom Meteorologischen Dienst in Pompeji optimale Bedingungen. Ein Klimamessgerät überwachte Feuchtigkeit und Temperatur. Die Filmabteilung des Archäologischen Nationalmuseums hatte den Zustand des Teppichs mit Hilfe einer Drohne dokumentiert. Von diesen Aufnahmen wurden stark vergrößerte Detailanalysen angefertigt, die aber nichts als das schon bekannte, farbig geäderte Gefädel in der Mitte des Katzentellers an den Tag gebracht hatten.

Den freundlich interessierten Restauratoren nebenan aus der Holzwerkstatt war der Teppich auf dem Podest erst einmal nur ein schlichtes Arbeitsfeld für die auf Zeit angestellte neue Fachkraft.

Man hatte für die kleine Frau einen Sitz gebaut, der sich durch ein Raupengewinde aus Weißbuchenholz in der Höhe verstellen ließ.

Anna hatte den Hochsitz gern angenommen. Ich bin schwindelfrei, hatte sie den Männern resolut erklärt.

Mit sicherem Blick, ohne hinderliche Ehrfurcht erkannte sie, was zu tun war. Wichtig der Beutel mit wasserkakaofarbigem Stopftwist, etwa zweihundert Knäuel in Golfballgröße, Material aus dem Regal der eigenen Schneiderstube. Anna besaß solche Raritäten, weil Ricarda stets mit einer großen Tasche auf Reisen war. Ricarda hatte die Knäuel im Ostberlin der Nachwendezeit, nicht stück-, sondern pfundweise auf einem Trödelmarkt gekauft. Es handelte sich um Fünffadentwist aus reiner Marokkobaumwolle. So etwas konnte man seinerzeit im Osten finden wie auch Perlgarnzöpfe, Sternzwirn und Nadelbriefe aus Ichtershausen. Schneiderkreide. Jeweils für eine lumpige Westmark.

Anna hatte sich, als sie den lädierten Teppich zum ersten Mal vor sich liegen sah, an Ricardas Mitbringsel erinnert. Der ausgefranste Teppichrand hatte genau die Farbe des Stopftwistes. Ein Test unter Weißlicht zeigte es überzeugend: Die Flusen der Börtelwolle und die Baumwollfäden bildeten auf dem Handteller ein einheitliches wasserkakaofarbenes Nest.

Anna besaß eine Sammlung verschieden starker Stopf-, Näh- und Sticknadeln, grade und krumme Teppichnadeln,

Dreikantledernadeln, lang und kurz, Segelnadeln, Packnadeln für Körbe, Matratzennadeln.

Sie schob den Drehhocker an eine Ecke des Teppichs, fädelte einen Twistfaden in eine stumpfe, halbmondförmig gebogene Teppichnadel, rollte ein Knötchen, hob die Ellenbogen, neigte den Kopf zur rechten Seite, in der linken Hand hielt sie das leinenfeste Material. Sie arbeitete sehr akkurat, millimetergenau mit überwendlichem Faden, hielt gleichmäßigen Zug. Sie hatte sich für den einfachen Festonstich, einen Doppelschlingenstich, entschieden. Den Drehsitz musste sie erst nach zwei Stunden weiterrücken. Neu gefädelt hatte sie unterdes zweimal. Ihre kleine, einem Kranich nachgebildete Handarbeitsschere und den Twist führte sie griffbereit mit. Manchmal hob sie die Augen von der Nadel, sie ließ den Blick über die Ebene schweifen, weit wie zu Zeiten, als die Erde noch eine Scheibe gewesen war.

Der Teppich musste ringsherum neu gefasst werden. Die schlechten Stellen wie die guten. Anna führte den Teppich zurück an den Anfang. Zum Augenblick der Schöpfung.

Sie arbeitete geduldig, sie schielte nicht auf das Ende.

Mit dem ersten umsäumten Meter war sie zufrieden. An die Katze mit dem Katzenteller unter dem Abendmahlstisch würde sie später denken, vielleicht in einem Jahr.

Nach drei Monaten kam Besuch in den Jagdsaal. Zwei Spezialistinnen aus Florenz. Sie fuhren mit dem Zeigefinger an der Teppichkante entlang und zeigten sich beglückt. Das studierte Auge konnte keine fremde unsachgemäße Beifügung erkennen. Der wasserkakaofarbene Twist hielt den Renaissance-Teppich unauffällig in guter alter Form.

Anna wurde gelobt. Das hervorragende Material, das Handwerkszeug. Die Spezialistinnen bedauerten, dass Anna unter diesen primitiven Bedingungen ihr Werk verrichten musste. Das Licht, das Klima waren in Ordnung, aber der Holzstuhl, die Stellage, mittelalterlich! Eigentlich gehöre sich für eine solche Arbeit ein Tisch aus Plexiglas mit verschiebbaren Scheiben und teppichbreiten Rollen an den Längsseiten. In Wien habe man so einen Tisch in einer Werkstatt gesehen. Bei den Restauratoren im Neuen Palais in Potsdam sei in den Zeiten des Umbruchs eine Neuerung aufgestellt worden. Dort könne man die Platte sogar in alle Richtungen kippen. An so einem Gerät könnte man besser oder überhaupt erkennen, ob eine Tapisserie einmal von vorn oder von hinten gewirkt worden sei.

Bei einem Teppich sei die Rückseite sehr aufschlussreich. Man könnte von hinten ziemlich gut die verschiedenen Teppichmachertalente erkennen. Männerhände. Fachleute. Die sogenannten Kopfarbeiter machten die Gesichter der Figuren, manchmal auch die Hände, die Gewand- und Landschaftswirker schufen die Details. Geschirr. Möbel. Früchte. Blumen. Tiere. Kopfarbeiter wurden am besten bezahlt, solche Könner wurden gerne abgeworben. Weltweit.

Die beiden Spezialistinnen waren sich einig, es handelte sich hier um ein seltenes, vielleicht sogar einmaliges Kunstwerk. Renaissance. Das Abendmahl. Kettfäden aus Leinen, Schussfäden aus Wolle und Seide, dazwischen Gold- und Silberfäden. Basselisse-Machart, also Kettfäden waagerecht. Und vielleicht sei das ein Stück aus dem Wirkatelier von Pieter van Aelst oder von Pieter de Pannemaker.

Anna hatte verbindlich gelächelt, die Teppichnadel eingefädelt und weitergestichelt. Einen Fingerbreit am Rande der Erdscheibe.

Als es dann nach sieben Monaten so weit war, als Anna mit ihrer Meinung herausrückte, mussten schließlich andere Arbeitsbedingungen geschaffen werden. Doch erst einmal herrschte Aufregung.

Anna war wieder einmal in ihrer Neugier und Einsamkeit auf die Arbeitsfläche geklettert, wie stets behutsam in Strümpfen.

Sie hatte sich im Schneidersitz am Abendmahlstisch niedergelassen, in den Lücken zwischen Johannes und Jesus oder zwischen Philippus und Matthäus, diesmal genau über dem Katzenteller. Sie hatte mit einer feinen Häkelnadel die grauen Fädchen gelüftet und so bestätigt gefunden, dass die farbigen Garnspuren nicht lose im Gewebe steckten, sondern ziemlich fest mit den Kettfäden verknotet waren.

Anna schickte ihre Beobachtungen per E-Mail nach Florenz. Vorsichtig genug, denn sie wollte weder Vermutungen durchblicken lassen noch in Erklärungsnot geraten. Niemand sollte von ihren Ausflügen auf dem hinfälligen Teppich erfahren.

Ihre Nachricht lautete: Erkenne unter dem grauen Katzenteller ältere feste Farbspuren, die sich nicht einfach beseitigen lassen, was tun?

Diesmal erschienen vier Experten. Die beiden Textilrestauratorinnen, begleitet vom Tapisserie-Chef der Uffizien, ungebeten auch noch ein Redakteur der Zeitschrift ARTS.

Eine große Lupe wanderte von Hand zu Hand. Die Fotos der Drohne vom Beginn wurden herausgekramt. Der Zinnteller stand in Frage. Eine Korrektur? Eine Fälschung?

Vermutungen wurden angestellt. Eine heikle Situation. Auf alle Fälle kostete so eine Untersuchung des Zinntellers und dann vielleicht eine Operation am großen Abendmahl-Teppich viel mehr Geld. Und was würde dabei herauskommen? Ein Streit. Ein Zinntellerstreit. Wie weit würde der Streit gehen? Würde er in der breiten Öffentlichkeit Christenseelen verletzen? Glaubensstützen ins Wanken bringen. Alles nur Mutmaßungen. Hier in der stillen Werkstatt der Holz- und Textilrestauratoren in der Villa Romeo, Vicolo della Scala 3.

Wie, wenn wir den ringsherum von Anna ausgebesserten Teppich »Das letzte Abendmahl« mit dem alten guten, ein bisschen aufgefrischten Zinnteller einfach wieder an seinem Platz im Museum aufhängen würden, so als wäre nichts?

Man ging auseinander, um eine Nacht darüber zu schlafen, drei Nächte, solange wie möglich.

Schweigen.

Anna, wir haben uns verstanden, weiterarbeiten und Klappe halten.

Die Florentiner Experten waren nach dem Besuch der Werkstatt in Neapel trotz des Schweigeversprechens in Zugzwang geraten. Anfragen von der Presse, sogar vom Fernsehen und von Bunten Blättern, Artikel mit der Überschrift: »Zu Füßen der Jünger Jesu ein dunkles Geheimnis« hatten Unruhe gebracht. Erst einmal versuchten sie abzuwiegeln. Die Restaurierung des Teppichs sei einfach Werterhaltung, nichts Besonderes.

Die Kollegen aus den Nachbarräumen von Annas Werkstatt gaben bereitwillig Auskunft. Alter Schaden, teurer Pfusch. Es sei kein Verlass auf wertvolle Teppiche und berühmte Meinungen. Ihre Urteile bezogen sich jedoch nur auf auswärtiges Geschehen, hier im Haus herrschte urchristlicher Frieden. Die kleine Frau nebenan wurde hochgelobt. Die Männer zeigten ihre Jacken und Pullover, die heiklen Stellen an den Ellenbogen. Anna habe an ihren Hemden die Kragen erneuert, dafür hinten, wo niemand hinguckt, einen Stoffstreifen abgeschnitten und durch anderen Stoff ersetzt.

Anna war eine Perle.

Ricarda machte sich Sorgen. Nach dem Besuch aus Florenz, es war ein Freitag, also Heimfahrttag, hatte Anna von der Debatte in der Werkstatt erzählt. Fälschungen am Teppich.

Sie hatte die Katze und den Teller erwähnt, dazu ihre Vermutung, dass sich unter dem Teller etwas verberge. Der Besuch aus Florenz sei in Aufregung, sogar in Streit geraten. Kostspielig sei die Arbeit an dem Teller. Es ging um Tausende. Weil man die Ausstattung nicht habe, den besonderen Tisch. Der im Vatikan sei selbstverständlich immer besetzt und überdies viel zu klein.

Die Kosten seien das eine, das andere die Sensation über die Kunstwelt hinaus, die Kränkung der Gemüter, denn es sei anzunehmen, man müsse damit rechnen, dass sich vor der Katze mit den räuberischen grünen Augen nichts Frommes verberge.

Die Experten hatten, bevor sie die Teppichwerkstatt verließen, den Finger auf die Lippen gelegt.

Was sagt uns das?

Vielleicht haben sie damals für einen Schandfleck im Teppich nur zinngraues Garn gehabt, hatte Ricarda versucht zu beruhigen. Deswegen unter dem Tisch der graue Teller. Umstände wie heute mit dem Baumwolltwist aus einer abgewickelten Ostspinnerei.

Einfache Gegebenheiten, pfiffige Notlösungen. Erst später folgte in einer Nachrichtenflaute, durch einen Kulturredakteur angestiftet, Streit, zum Beispiel unter der Überschrift: »Ein leerer Fressteller als Symbol« oder »Wer bestimmt heute in den Uffizien«.

Ricarda und Anna im Nachmittagsbus auf dem Heimweg. Neapel als Weichbild, Sorrento im Rücken. Sie erwogen weitere Möglichkeiten. Zum Beispiel unter vier Augen die: An dem Teppich gab es seinerzeit nichts zu reparieren, als vielmehr was zuzudecken. Auf Anordnung. Von einem Typen wie Savonarola.

Oder zu verschönern.

Oder zu verstecken.

Nach dem Krieg sind in Deutschland viele Anstecknadeln mit Hakenkreuz aus Fotos herausgekratzt worden, aus einem

Altarteppich einer Dorfkirche sollte das Kreuz verschwinden, es handelte sich um ein verkehrtes Hakenkreuz, eine Swastika. Die Kirchgemeinde wollte das Zeichen trotzdem loswerden. Der alte Croÿ-Teppich der Greifswalder Universität war unter der Hand nach der Reformation ein bisschen verändert worden. Wer wollte, konnte Vermutungen anstellen.

Ricarda hatte in Berlin in ihren Germanistenkreisen von dem Abendmahl-Teppich, auf dem ein scheckiger Kater hockte, erzählt. Auch dass man einer Korrektur, vielleicht einer absichtlichen Veränderung, gar einer Fälschung auf der Spur sei. Nun aber leider zur Aufklärung die Mittel fehlten. Vielleicht auch der Sinn.

Sinnsuche irre dieser Tage nicht nur in dunklem Gelände, sondern auch auf offener Straße oder im Internet.

Von den Germanisten der Humboldt-Universität führte der Weg offline zur Akademie der Künste am Pariser Platz. Im Erdgeschoss gab es am Tresen und an runden Tischen guten Kaffee, Wein, Suppen, Salate. Ein Treffpunkt, ein Ort zum Reden und Zuhören. Auch Kunsthistoriker trafen sich dort. Ricarda erzählte einmal mehr vom Katzenteller. Man lachte nicht nur, man kam bald zur Sache. Ricarda schilderte Details, Schwierigkeiten bei der Analyse von mittelalterlichen Textilfarben und Färbetechniken.

Die Generaldirektion der Preußischen Schlösser und Gärten schickte ein verbindliches Angebot an die Galleria degli arazzi in Florenz.

Il Ponte – die Brücke, so nannte sich die Freundschaftsgesellschaft zwischen Italien und Potsdam – zeigte Interesse. Wir können alle durch gemeinsame Arbeit lernen. Koordinierte Nutzung der Ressourcen, effektiver Einsatz der Stiftungsmittel.

Ein verstellbarer Aerogel-Europlex-Teppichtisch mit Kantenbeleuchtung stehe derzeit ungenutzt im Potsdamer Neuen Palais.

Ein halbes Jahr später reiste die Tapisserie »Das letzte Abendmahl« nach Potsdam. Tischler hatten eine Transportkiste wie für einen Riesen gebaut. Eine Tannenholzkiste, fachmännisch trichterverzinkt. Die Vorschrift verlangte bei einem Transport über die Alpen ein Behältnis ohne Nägel und Schrauben.

Etwas später verschlug es Anna aus ihrer Schneiderstube in Minori über das bleigraue Alpengebirge ins Land Brandenburg.

Hinter ihr blieben die von der heiligen Trofimena und von der UNESCO geschützten Limonenhaine, der Duft der immer blühenden Büsche. Der Duft der geschälten Früchte und der Saftbottiche vor den Gewölben. Hinter ihr blieb der Ruhm. Bester Limoncello der Amalfiküste.

Alla sua salute.

Am Abend das Wimmern der Glockenbojen draußen auf See.

Sirenen. Die knopfäugigen Puppen im Fenster der Schneiderstube.

Weit hinter der Tüchtigen blieb nun auch Napoli, die geräumige Werkstatt am Fuß des zart umwölkten Vesuvs.

Zum ersten Mal war Anna in einem Flugzeug geflogen, hoch über den Wolken, stundenlang in einem beängstigend saubereren Blau.

Als sie unter sich einmal Land gewahrte, dachte sie an ein Hoffnungsgelände: Manfredo in Mannheim, ohne Echo, wie kann das sein?

Es war Winter, ihr Weg zum neuen Arbeitsplatz führte von der Gästewohnung am Luisenplatz quer durch den Park Sanssouci.

In der Nacht hatte es geschneit. Anna war fünfundfünfzig, sie hatte noch nie, außer auf Bildern und im Kino, Schnee gesehen. Sie war von der weißen Schönheit so erschrocken, dass sie in ihren italienischen Designersandalen und ihrem leichten schwarzen Mäntelchen das Frieren vergaß.

Ich laufe jeden Tag durch ein grünes Tor, schrieb sie an die Schwester, heute ist alles weiß, auch die Wege, wo ich gehe, alles puderweiß. Ich trete hinein wie in manches Unbekannte. Mein Arbeitsplatz ist im alten Neuen Palast, ich frage mich, ob ich noch in der Stadt oder schon draußen im Land Brandenburg bin. Der Schnee macht, dass die Menschen hier sehr zuverlässig und überraschend still sind.

Die Werkstatt der Textilrestauratoren befand sich im südlichen Seitenflügel, es führten breite elegante Marmorstufen, dann Seitentreppen hoch unter das Dach.

Der Abendmahl-Teppich hing im Zwielicht der verschneiten Glasdecke über der Europlex-Tischplatte. Wenn notwendig, wurden Taglichtstrahler ausgerichtet. Auf der Rückseite des Teppichs hinter dem Katzenteller hatte man deutlich einen naturfarbenen Leinenfleck erkannt. An diesem Stoff waren die jüngeren Woll- und Seidenfäden kunstvoll überknüpfend befestigt worden. Ein Teller aus mattgrauem, silberweiß schimmerndem Zinn. Kein billiger Fressteller, nobles Geschirr wie vom Tisch einer reichen Festlichkeit. Eine hervorragende Arbeit bis ins kleinste Detail und in befremdlichem Kontrast zur lauernden Katze. Nur etwa fünfzig Jahre später als das deutlich nach dem großen Vorbild Leonardo da Vinci geknüpfte Abendmahl. Man schätzte den Teppich auf 1550. Da gab es keinen Streit. Dass die charaktervollen Gesichter der Jünger wahrscheinlich von zwei oder drei erfahrenen Kopfarbeitern gefertigt worden waren, würde als ein Forschungsthema für später bleiben.

Jetzt ging es um den Teller.

Die Sachverständigen versammelten sich, sie bewunderten, mutmaßten und fotografierten. Was tun? Am Teller die Rasierklinge oder die Schere ansetzen, die silbernen Fäden ziehen? Eigentlich müssten das die Italiener entscheiden. Anna.

Anna war ja extra als Vertraute des Gegenstandes aus einer italienischen Werkstatt hergekommen. Eine Delegierte der berühmten Uffizien, eine Gesandte Italiens.

Sie hatte ihre vielen Nadeln und die spitze, einem Kranich nachgebildete Schere mitgebracht. Ein Säckchen Seifenkrautwurzeln steckte im Koffer. Falls eine Nachreinigung der freigelegten Stelle nötig werden sollte.

Anna hätte mit ihrer Schere schnell handeln können. Doch sie nahm sich unendlich viel Zeit. Jeder Faden wurde gezählt und gemessen, die silbernen und grauen Farbtöne nach Palette bestimmt, die Arbeitsschritte fotografiert und schriftlich dokumentiert.

Der tote Vogel, von der Art am ehesten ein Carduelis, also ein Distelfink, lag, farblich sehr gut erhalten, mit gespreizten Flügeln auf dem Rücken, die Krallen nach oben gestreckt. Anna stickte in die weiße Kehle etwas Blut, frisches Blut, sie fädelte knallroten 16-fachen matten, also nicht-merzerisierten Baumwolltwist in die halbrunde Nadel.

Sie verwahrte den melierten Fusselhaufen und die Fetzen des Leinenlappens, der den Teller von der Rückseite her gehalten hatte, die Substanz des bemerkenswerten Zinntellers, in einem Archivkarton. Wohin damit? Die Transportkiste für den Teppich stand bereit. Ab nach Florenz, erst einmal in die Uffizien.

Ich habe Anna leider nicht getroffen.

Während sie in Potsdam den Winter kennenlernte, spazierte ich in Gałkowo/Masuren über einen zugefrorenen See. Ich saß im Gasthaus am Kamin, plauderte mit einer jungen blonden Ärztin. Sie stammte aus Kassel, hatte in Dresden und Budapest studiert und arbeitete zurzeit in der Schweiz, genauer, als Psychologin am Berner Klinikum, Spezialgebiet Traumata der Kriegskindergeneration und das schwere Erbe, das, jetzt erst recht, deren Kinder und Enkel mit sich herumschleppen müssen. Ich, Flüchtlingskind aus Schlesien, die ich während der Bombennächte in Dresden genau in der Mitte des Feuersturms in einem Dresdener Luftschutzkeller kampiert hatte, danach als Halbwaise aufgewachsen war, denn die sterblichen Reste des leiblichen Vaters lagen irgendwo im Kessel von Stalingrad, ich war ein richtig guter fetter Braten. Ich tat ihr den Gefallen, erzählte ein bisschen von meiner Großmutter, von unserem langen Weg in die Kirche, immer barfuß quer über die schlesischen Stoppelfelder.

Göttlich, sagte sie.

Ich erzählte vom Lenchen aus der Mühle, wie wir an der Katzbach die Gänse gescheucht und Blumen gepflückt. Vergissmeinnicht und Ehrenpreis, Zeitlos und Akelei.

Ich erzählte, wie das Lenchen aus der Mühle an Typhus gestorben war und wie man das tote Lenchen beschuldigt hatte, es habe die Pralinen, die als eiserne Ration in der Kolonialwarenkiste unter dem Ehebett des Müllers und der Müllerin versteckt worden waren, aufgefressen. Die Kiste leer, die Pralinen vernascht.

Göttlich, sagte die Psychologin aus der Schweiz. Eine Pause entstand. Ich legte ein Holzscheit auf die Glut im Kamin.

Ich gab zu, dass ich in Psycho-Testsachen ungläubig bin. Warum? Weil ich mir kein Modell der menschlichen Seele vorstellen kann. Wir stritten uns freundlich. Längst war ihr ganz dringend nach einer Zigarette. Sie musste weg vom Kamin, raus in die Kälte. Zu den Rauchern und dem hiesigen besten Witzeerzähler. Dort witterte sie eine weitere Chance.

Hätte ich dieser jungen weltkundigen Person – mir zur Erleichterung, ihr als Bestätigung – gestehen sollen? Ich war es. Ich bin es gewesen. Ich habe die Süßigkeit aus der Kolonialwarenkiste geräubert, zu einer Zeit, da das Lenchen noch munter war, die Typhuskeime noch unter Lenchens Zunge schliefen, wir beide hatten die Kiste beim Spielen entdeckt. Lenchen hatte erschrocken zugeguckt, wie ich, sechs Jahre alt, die Raritäten fraß. Ein schwarzes Klötzla nach dem anderen. Unbekanntes honigfeines Zeug. Genannt Pra Line, wie ich später, viel später erfuhr. Ein Wort, das nach hinten losging, wie ein Blitz in den Zeiten der Gnade.

Seit der Schuldzuweisung, selbstredend an das tote Lenchen, wusste ich, dass die guten Menschen furchtbar irren, ihr Urteil, ihre Meinung, bedenklich tappend. Sie waren auf mich angewiesen.

Vielleicht war die junge Raucherin auf der richtigen Fährte, vielleicht war sie mir mit besonders ausgeklügelten Fragen auf die Schliche gekommen, Beobachtungen – wie ich beim Abendessen den Löffel in die Suppe tunkte oder das Brotmesser ansetzte, um mir eine Scheibe abzuschneiden.

Göttlich, damit hatte sie mich trickreich zum Reden gebracht. Sie wusste jetzt ganz genau, wie mich das Lenchen immer noch begleitet und dass ich nicht nur, aber bestimmt auch deswegen aus dem Chor ausgetreten bin und meinen Liebsten betrübt habe. Ich habe einfach gesagt, ich will jetzt woanders wohnen und wandern, ich will jetzt alleinstehend sein und dann lange auf dich warten. Ein Leben lang.

Schäferberg

Das neue Jahr im eilenden zweiten Jahrtausend soll ein gutes und buntes Jahr werden, denn es ist, wie ich durch den Nachrichtensprecher am Morgen des ersten Tages erfahre, ein Neumondjahr.

Die Luft ist mild. Sträucher und Bäume stecken, wie es sich gehört, in engen Winterkleidern, doch eigentlich möchten die Knospen springen. Unter der Herbstlaubdecke grünt Löwenzahn, die Wegwarte zeigt schon Frühlingsrosetten. Leichte Wanderschuhe sind angebracht, man braucht keinen Schal. Ich laufe ungefähr auf dem Weg, den die Kutschen zu Königszeiten genommen haben, um von einer in die andere Residenz zu gelangen, von Potsdam nach Berlin.

Es ist mein Start ins Neumondjahr.

Mausgrau spannt sich der Himmel über den Mischwaldhügeln. Wieder ein trüber Tag. Wie gestern, wie viele Tage im alten Jahr. Zu Hause kennt man die Himmelsrichtungen, schätzt ohne Uhr ziemlich gut, wie spät es ist, aber unterwegs ohne Sonne verlieren sich Halt und Orientierung. Man treibt ohne Zeit im offenen Plan.

Noch kenne ich mich aus. Über den dunklen Kiefern ragt die aufgesetzte rot-weiße Spitze des Schäferbergturmes. Der Turm selbst, ein dicker weißer Kegelstumpf, verschwindet im Wald. Ich kenne die Richtung. Ich wandere über ein asphaltiertes Plateau, die markierten Parkbuchten sind heute leer, vor dem verschlossenen Gartenlokal leuchtet die ewige Schultheiss-Laterne. Man hört die Geräusche der Autos, die auf dem früheren Kutschweg die Städte wechseln. Rechter Hand hinter den Bäumen ein Golfplatz. Im Sommer radle ich manchmal querdurch zum Colloquium am Wannsee. Die Kugeln knallen, es klingt wie Angriff und Verteidigung aus altmodischen Schießgewehren. Auch das Pfeifen klingt echt.

Ich spitze die Ohren. Heute kein Krieg. Ich quere die Straße.

Mit diesen Schritten bin ich bereits in Berlin, ich gehe voran oder vielleicht zurück. Kreuz und quer, von Schildern begleitet, aber nicht geleitet, denn es sind keine Wegweiser, es sind Schilder, auf denen mir das Bezirksamt erklärt, dass ich in diesem Bereich mit Bequemlichkeiten nicht rechnen dürfe. Grün gerahmt die schwarze Schrift: Kein Winterdienst. Denn es ist ein Unterschied, ob der Mensch im Kulturpark oder in der Berliner Wildnis wandert. Er soll wissen, dass er selbst schuld ist, wenn er im Wald auf die Nase fällt.

In diesem Jahr hat es noch nicht geschneit, es gab noch keinen Frost, nicht einmal Nachtfrost. Das Laub liegt in trockenen Schichten, die Wege wie mit Teppich belegt. Nur unter Eichen, da ist der Boden schwarz. Wildschweine. Ich kenne das. Neulich haben sie in den Gärten nach Krokusknollen und Tulpenzwiebeln gesucht. Wildschweine haben eine wilde Art, Wälder und Gärten aufzureißen. Sie pflügen nicht, sie ziehen keine Furchen, die ersten werfen die Schollen meterweit, die nächsten zerstampfen die Erde. Hier unter den Eichen muss eine starke Rotte zugange gewesen sein. Frischlinge, vielleicht mit Bache und Keiler.

Ich halte die Richtung, beherzt an den Eichen vorbei. Es bewegt sich nichts. Die Luft ist rein.

Auf der anderen Seite hinter dem Hügel liegt wahrscheinlich der Wannsee oder die Havel und weiter dann die Pfaueninsel, dahinter, in Stundenentfernung, vermute ich Sacrow, die Heilandskirche, das Schloss. Diesseits auf dem Berg liegt Nikolskoe, die Kirche Peter und Paul mit dem russischen Blockhaus, unten am Ufer der Havel das alte Forsthaus Moorlake. Ich weiß, dort entlang führt ein Radweg. Hier im Abseits suche ich einen Anhaltspunkt. Ich suche Himmelslicht oder wenigstens den Horizont, denn ich will eine Entscheidung treffen.

Schwarze Kleckse, verschwommene schwarze Streifen auf weißem Himmel. Ein unscharfes Bild im feuchten Nebel. Es sind Bäume, die immer noch wachsen. Es sind sibirische Birken, weiße Hemden, schwarze Jacken, ein zugewanderter Chor.

Ich bleibe auf freigeforstetem Weg. Es ist ein Hauptweg, er führt schnurgerade durch eine Senke.

Ich sehe in der Ferne ein helles Gebäude oder ein blechernes Havelgewässer oder einfach hinter Bäumen wieder nur den marmorweißen Himmel.

Der Schäferberg mit dem Schäferbergturm kann es nicht sein. Ich bin schon viel zu lange unterwegs, als dass der Turm in dieser Richtung auftauchen könnte. Der Schäferberg mit dem Turm liegt nicht weit von der Straße entfernt. Man sieht ihn als Wegzeichen an der Strecke, man kennt ihn als berüchtigtes Gebäude. Den Westmächten dienlich in Zeiten des Kalten Krieges, heute, wie es heißt, immer noch in heikler Funktion.

Ich wandere im Wald, ich bin irgendwo. Das Ende des Forstweges erweist sich als neue Mitte, als neue Kreuzung. Auch hier der Hinweis: Kein Winterdienst.

Es gibt Hauptwege und, manchmal kaum zu erkennen, spitzwinklig abzweigend ungenutzte Nebenwege. Ich habe die Straßengeräusche verloren. So viel ich auch gehe und abzweige und andere Richtungen einschlage, keine Menschenstimme. Manchmal hängt ein zerfetztes Papiertaschentuch im Gestrüpp.

Ich höre einen Specht, das Hämmern, die Resonanz des

hohlen Buchenstammes und gleich noch den Ruf eines Eichelhähers. Es wird gesagt, der Eichelhäher sei Wächter des Waldes. Er gibt dem Wald Bescheid, dass ich immer noch unterwegs bin.

Wahrscheinlich herrscht unter den Menschen ein neues Gebot, eine mir unbekannte Sitte, es schickt sich nicht, am ersten Tag des Jahres aus dem Haus zu gehen.

Das leere Gartenrestaurant, der nackte Parkplatz hätten mir zu denken geben müssen. Kein Knall, keine Abschläge im Golfgelände.

Es gibt schöne Gedichte für Wandersleute, die ausweglos unterwegs sind. Mahnungen. Warnungen. Doch die lasse ich für mich nicht gelten, noch nicht. Die Irrläufer in den Gedichten wandern in der Fremde, im Elbsandsteingebirge oder im Harz, nicht wie ich in den Grenzen einer Stadt. Ich bin in Berlin.

Unter einem hellgrauen Himmelszelt.

Vier Richtungen, also ein Kreuzweg, überall nichts als Bäume. Ich steige hügelan, einem weißen Fleck entgegen. Sieben Stunden bin ich nun schon unterwegs. Ich hatte an einen Spaziergang gedacht, höchstens an eine kleine Wanderung. Also habe ich weder Wasser noch Brot, weder meinen Teleskopstock noch das Handy bei mir. Ein Euro für den Einkaufswagen steckt in meiner Jackentasche.

Lindenknospen schmecken süßlich, eigentlich bitter, also bittersüß.

Wenn ich will, höre ich jetzt eine Stimme. Eine Frauenstimme oder eine gurrende Taube. Töne. Es ist die »Alt-Rhapsodie« von Johannes Brahms, es ist der Text der »Harzreise im Winter«, es sind die Zeilen aus dem Goethe-Gedicht. Das Orchester schweigt, die Bäume lauschen. Eine Frauenstimme, ein Männerchor.

Aber abseits wer ist's?
Ins Gebüsch verliert sich sein Pfad,
Hinter ihm schlagen
Die Sträuche zusammen,
Das Gras steht wieder auf,
Die Öde verschlingt ihn.

Je höher ich steige, umso mehr gewinnt der Himmel gegen das frühe Grün und das Laub. Meinen Weg habe ich unterdes verloren. Ich komme trotzdem voran. Quer durch Calluna vulgaris, knöchelhohes Heidekraut.

Der hellgraue Marmorhimmel ist dunkler geworden. Dazu die Stimme, die Bitte, dass man den Einsamen in Goldwolken hüllen, sein feuchtes Haar mit Wintergrün umgeben möge – bis die Rose wieder heranreift. Die »Alt-Rhapsodie« mit den Goethe-Worten, die ich trinke, anstelle von Wasser, und esse, anstelle von bittersüßen Lindenknospen.

Ich fürchte mich nicht. Ich falle nicht.

Mit einem Schlag bin ich im Bilde.

Es ist nicht die unendliche Farbe des Himmels, in die ich wandernd eingehe, es ist die harte Farbe des Schäferbergturms, gegen die ich im Bruchteil einer Sekunde krache. Die Stirn tut weh, die Nase blutet ein bisschen. Ja, muss man so ein Gebäude nicht schützen? Mindestens mit einem rot-weißen Band oder einem Zaun, besser mit einer Mauer, mit Schutzstreifen und Wachdienstfahrzeugen, kontrollierten Zufahrtswegen. Oder wenigstens mit einem Schild. Zutritt verboten, wenigstens mit dem Hinweis: Kein Winterdienst.

Nun weiß ich wieder, wo ich bin. Ich muss nur in gutem Abstand um den Turm herumgehen bis zum Hauptweg zur Straße.

Das Nasenbluten hat aufgehört. Ich drücke feuchtes Laub gegen das Hörnchen auf meiner Stirn. Ein Turm, der noch einen Meter vor deinen Augen unsichtbar ist, weil er so aussieht wie der Himmel, wo gibt's denn so was.

Man wird mich fragen. Ich werde die Beule auf der Stirn erklären müssen. Ich werde erzählen, dass ich auf dem Schäferberg war. Weil ich schon lange mal zum Schäferberg wandern wollte. Der Schäferbergturm galt mir bisher als zwielichtiges Terrain. Bewacht. Abgeriegelt. Mit Verlautbarungen. Spionage. Funksignalen. Störsender. Wahrscheinlich wurden Regierungen, vielleicht sogar Liebespaare mit Hilfe von Richtmikrophonen und Verstärkern vom Schäferbergturm aus abgehört. Kann sein, der Turm registriert die Telefongespräche, die ich mit meinem Enkel führe. Über Socken, die ich ihm stricken will. Über sein unbedingtes Nein, Socken brauche er nicht. Und wie ich trotzdem stricke, rechthaberisch, rechts, links, mit Patentferse.

Digitale Breitwanddienste, so heißt es offiziell in den heimatkundlichen Schäferberg-Broschüren, Bibel-TV, Deutschlandradio Kultur.

Doch jetzt offenbart meine Beule die ganze Raffinesse, die ganze Hinterlist eines dahintersteckenden Apparates.

Der Schäferbergturm tarnt sich im jeweiligen Licht, er verschwindet in der Farbe des Himmels. Mimikry, das ist das Wort.

Täuschung eines Signalempfängers.

Der Schäferbergturm will den Himmel nachmachen wie der erwachsene Grasfrosch (Rana temporaria) das Gras. Und ich bin darauf reingefallen.

Der Mausehaken vom Bahnhof Zoo

Es ist das sonnengelb gefliese Geschoss zwischen Untergrund, Ausgang und S-Bahn-Terrain. Bereich von Pizzabäckerei, Brot- und Kuchenkarussell, Kaffee- und Fahrkartenautomaten. Rechts die sanfte Rampe für Rollstuhlfahrer, ein Weg, der zwischen mosaikgeputzten Stützsäulen geradeaus zu den Aufzügen führt. Eine sonnige Atmosphäre, durch die man eilt. Vorbei an einer Blumenverkäuferin. Sie sitzt zwischen Fliederbündeln und Birkengrün. Frühlingsduft. Wer Zeit und Bargeld hat, kauft.

Im Bahnhof Zoo hat niemand Zeit.

Auf der Digitaluhr über der Treppe fallen die Minuten, manchmal bleiben die Tafeln ganz einfach schwarz.

Lautsprecher sind nicht leicht zu deuten. Umsteiger rennen. Erschöpfte Touristen stehen im Weg.

Es sind fünf Polizisten, drei Männer, zwei Frauen in Uniform. Sie tragen Westen und Waffen und was sonst noch dazugehört. Sie haben den Täter geschickt umstellt.

Der Junge vor der gelben Mosaikwand ist etwa neun Jahre alt.

Der Duft rüttelt an meinem Gedächtnis. Ein Kind, Flieder und freie Fahrt. Es ist die alte Schuld. Ich stehe immer noch in der Kreide.

Ich hätte den Jungen, den Ausreißer aus dem Kinderheim, nicht aus dem Auge verlieren dürfen, ich hätte ihn zurück in die Obhut der Pfleger, wenigstens unter die Aufsicht von zuständigen Beamten bringen müssen.

Der Zeitpfeil ruht spitz in der Fassung, eine schlummernde Kraft hält die vorwärtsstrebende Spiralfeder im Lauf zurück.

Spannung. Keine einfache Rückblende, sondern eine raffinierte Doppelbelichtung.

Fünf Polizisten. Ein Rotz und Wasser heulendes Kind. Irgendein brutaler unzeitiger Ernst des Lebens. Ich hätte dich begleiten und geleiten müssen. Ich hätte dich an der Hand nehmen, ich hätte mit dir zurückfahren müssen bis zum Bahnhof Griebnitzsee in das Heim mit den lila Fliederwolken, den pünktlich schlagenden Nachtigallen.

Ich habe in der überfüllten Regionalbahn einen Notsitz erwischt, es ist das Fahrradabteil und das Abteil mit der Toilette. Ich atme vorsichtig in Höhe der Einkaufstaschen. Ein Fliederbündel schwebt über mir. Und in meinen Gedanken eine frische Tat und ein altes Versäumnis. Zwei Kindergesichter, das eine zart, weich, mit schwachen Konturen. Vom anderen verfolgt mich der verzweifelte Schrei.

Ein pausbäckiger, rosig gesunder Kirchenengel in Cargohose, Turnschuhen und grünem Kapuzenpullover mit zuckenden Lippen, Tränen. Vor einer gelben Wand.

Es hätte mich beruhigen müssen, dass er heulte, dass er seinen Kummer und seine Feigheit in ein Handy schrie. Er rief: Papa, ich kann jetzt hier nicht weg. Papa, nein, ich kann jetzt nicht. Die lassen mich nicht. Du musst mich hier abholen. Du musst gleich herkommen. Jetzt gleich. Hole mich hier weg.

Drei Dinge, die anders waren. Heulen. Handy. Papa.

Bei Verstand musste ich zu den drei Dingen außerdem und vor allem die Zeit bedenken. Ich war einem Neunjährigen in einem turbulenten Nachwendefrühling in der S-Bahn begegnet. Einem beherzten Jungen, dem ich ein Abenteuer gönnen wollte. Nicht gleich wieder Tischdienst und Hintenanstellen. Ich hatte ihn am Alexanderplatz aus den Augen verloren. Unvergessen der Gipsverband, dreckig grau am linken Unterarm, ein Merkmal, auf das der Junge damals sehr stolz war. Statt Gips nun ein Handy. Ein Smartphone, das neueste, ein Gerät, das seinen Besitzer an der Papillarleiste auf der Unterseite der Fingerkuppe erkennt.

Ich sehe ein Kindergesicht.

Ein Sprössling. Schössling aus dem Geist der Zeit. Die Ähnlichkeit. Immer wieder gibt es eine Generation danach. Nach Revolutionen, Kriegen. Festgenommen von Polizisten am Bahnhof Zoo. Ein feiger Dieb. Ich bin schuld. Ich trage die Verantwortung. Ich bekenne. Ich bekenne die Jahre, die über mein Kreuz gekrochen sind. Die Mauer ist Geschichte geworden. Schon dreißig Jahre ist es her. Und wieder blüht Flieder. In diesem Jahr etwas früher als sonst. Die Nachtigallen wie einst im Mai. Ein Bube von neun Jahren macht seinem Vater Sorgen zum Gotterbarmen. Für die Bahnhofspolizei mag das Delikt zum Alltag gehören. Da reißt so ein Lümmel einer Oma am Fußgängerübergang in der Nähe der Commerzbank die Tasche aus der Hand. Ein schlechter Ort, ein günstiger Ort. Eine quirlige Zone. Videoüberwacht. Von Polizeipersonal durchsetzt, teils sogar in Zivil, als Taxifahrer oder als Paketdienstmann ausstaffiert. Der Neunjährige, pausbäckig, wach und sauber, er hat die 700 Euro aus der Tasche geklaut, danach die Tasche am Bahnhof Zoo im Revier als Fundsache abgegeben. Er hatte nicht damit gerechnet, dass die Oma zwar ohne Brille, doch trotz ihrer Kurzsichtigkeit nicht weltfremd war. Sie kannte die Zustände und damit auch die Zuständigkeiten, sie saß schon am Tresen der Polizeistation, als der puppig gelockte Junge die Tür aufmachte.

Das ist er. Der hat mein Geld geklaut, das ist meine Tasche.

Die Frau spinnt, das stimmt nicht, die Tasche habe ich auf der Straße am Kiosk gefunden.

Du mieser Lügner.

Die Tasche lag hinter dem Backfrisch-Kiosk. Jemand hat die

Tasche dort stehengelassen, die Tasche hat eine verkalkte Oma am Kiosk vergessen. Ich habe die Tasche gefunden.

Ich werde dir helfen von wegen verkalkt und vergessen. Du hast mich vor der Commerzbank gesehen, beobachtet hast du mich, wie ich rauskomme, du hast das Geld aus meiner Tasche gestohlen. Pfui Teufel, du böser Junge. Schäme dich was.

Die Polizei hatte inzwischen Aufnahmen von der Überwachungskamera eingesehen. Der Dieb war mit dem Überbringer der Tasche identisch. Auch noch lügen, auch noch den Engel spielen. Auf Finderlohn und Streicheleinheiten spekulieren. Ist dir die Tour schon mal gelungen?

Klar, immer. Die Augen glänzen stolz, spöttisch, bin ich ein Arsch, der so was verkackt? Doch diesmal muss er das Handtuch werfen, er schleudert die Tasche über den Tresen, macht einen kalkulierten Satz geradeaus und schlägt dann einen gekonnten, links angetäuschten, rechts gedrehten Haken. Clever eigentlich, aber chancenlos.

Statt Belohnung startet eine kurze Verfolgungsjagd. Fünf Häscher gegen einen Ausreißer.

Da klebt er wie der Rest vom Froschkönig in seinem grünen Pullover an der gelben Wand, umstellt von Polizei. Während Umsteiger eilen, während einer einen Fliederstrauß kauft und freundlich Wechselgeld spendet.

Während die ältere Frau, das Opfer, mit den stationären Beamten im Revier sitzt und schimpft. Mannomann, so ein verdorbenes Miststück.

Meine Tasche habe ich schon mal wieder. Ein Geschenk von meiner Freundin aus Schweden. An den Schafen mit den krummen Hörnern erkenne ich die Tasche sofort. Es sind Gotlandschafe. Hoffentlich hat er das Geld noch am Leibe, hoffentlich hat er das nicht schnell unter einem Busch versteckt oder einem Hehler in die Hand gedrückt, dem Halunken ist das zuzutrauen. Diesen Kindern. Manche stecken die geklauten Portemonnaies unter ihren Fahrradsattel. Was ist das für eine Welt. Haben Sie gehört, was jetzt wieder in Russland los ist. Vielleicht liegt das ganze traurige Theater an der Einheit, die wir nun haben, oder an der Freiheit in ganz Europa. Früher hätte es das nicht gegeben. Eine Sorte gültiges Geld bis zum Mittelmeer. Wahnsinn. Die Diebe hatten es einesteils leichter, andernteils: Es lohnte sich damals viel weniger, jemanden auszutricksen. Das Geld kostete ja nichts, jedenfalls bei uns die Ostmark, also klaute man zu meiner Zeit statt Geld viel lieber Kirschen in einer volkseigenen Plantage. Wer schlau war, lebte für umsonst in einer besetzten Bude. Jetzt hängt alles am Geld. Wehe, du hast nicht gelernt, den sogenannten Euro dreimal umzudrehen. Sein Papa hat es ihm wahrscheinlich nicht beigebracht. Ein verzogener Rüpel wie alle heutzutage. Bestimmt wird er zum Fußballspielen mit dem Auto gefahren. Und braucht Förderunterricht, weil er in den normalen Schulstunden schläft oder keinen Bock hat. Wünsche werden immer sofort erfüllt. Zum Geburtstag und zu Weihnachten gibt es Geld oder etwas extra Teures. Das Teure ist dann bald nicht mehr neu genug, außerdem sind schon bei Kindern Drogen im Spiel.

Da holt er sich was Flüssiges von mir. So einer ist das.

Ende mit Geheul. Bis der rettende Papa kommt.

Ich bin es.

Ich bin schuld.

Am Bahnhof Griebnitzsee blüht der Flieder.

Lässt sich mit Erinnerungen und Geständnissen ein Handel aufmachen?

Das Terrain der Kindheit ist größer geworden. Die Geschichten spielen nicht mehr auf traulichen Kontinenten oder gar hinter Mauern, sie spielen rings um den Globus herum. Sie erzählen von finsteren Türmen, durch die kleine Vögel von Fenster zu Fenster fliegen, denn das ist der Mensch, sagt der lustige Mönch Beda Venerabilis, ein Sperling auf kurzem Fluge vom Licht durchs Dunkle zum Licht.

Der Traum vom Land der Gerechten und von bedingungsloser Liebe ist noch nicht ausgeträumt, er geistert als höheres Prinzip im Menschen, darauf gründet sich die Neugier und zum Beispiel auch das Misstrauen und die große Zuversicht der Steuerbehörde beim Finanzamt.

Es handelt sich um einen Handel.

Siehe: Schicksalswendungen im Anna-Kapitel.

Ich hatte am Bahnhof Zoo im großen Buch- und Zeitschriftenshop eine Zeitung gekauft, weil ich mir wieder einmal Sudoku und eine spannende Schachaufgabe gönnen wollte.

Während der Bahnfahrt hatte ich schon mal umständlich die Rätselseite gesucht und entschieden: Ich wollte Schwarz sein. Als schwarzer Spieler besaß ich noch beide Türme, einen Springer und drei Bauern. Ich sah eine Chance, die schwarze Dame wieder ins Spiel zu holen.

Zu Hause las ich zuerst »Was sonst noch geschah«, neue und letzte Nachrichten: Es brauche viel Aufwand und Sachverstand, um ein Flugzeug wie das der Malaysia Airlines 370, eine Boeing 777-200ER, unbetankt etwa 150 Tonnen schwer, 60 Meter lang, mit 239 Menschen an Bord, aus dem Luftraum der Erde ganz und gar verschwinden zu lassen.

Siebeneinhalb Stunden nach seinem Start habe die vernetzte Welt aus dem Universum noch ein Echo der Triebwerke empfangen.

Ein letztes Ping.

Dieses Ping sagt, es lohnt sich nicht mehr, nach den Trümmern zu suchen, denn

die Trümmer sind zerfallen, sie können nichts mehr erzählen.

Helga Schütz
Von Gartenzimmern und Zaubergärten
199 Seiten. Gebunden mit Schutzumschlag
ISBN 978-3-351-03475-7
Auch als E-Book lieferbar

»Pflanzen sind der Atem des Lebens, die Verbindung zwischen Himmel und Erde ...« Helga Schütz ist Gärtnerin mit Leib und Seele. Das hat sie mit Schriftstellerinnen wie Vita Sackville-West oder Eva Demski gemeinsam, sie aber ist obendrein gelernte Gärtnerin und hat als Landschaftsgärtnerin gearbeitet, lange bevor sie zu schreiben begann. So erzählt sie mit der Souveränität einer Naturliebhaberin, die seit ihrer Jugend weiß, dass ein Garten nicht von Natur aus hübsch und anmutig, sondern stets auch anstrengend und fordernd ist. Zwischen Sommer und Sommer wird Gärtnerglück und -frust offenbar, vor allem aber, wie sehr ein Garten, der Meister der Überraschungen, die Augen für den Gang des Lebens öffnet. Ein Buch für alle, die das Draußen lieben -- mit zauberhaften Illustrationen von Nils Hoff.

Regelmäßige Informationen erhalten Sie über unseren Newsletter.
Jetzt anmelden unter: www.aufbau-verlage.de/newsletter

Helga Schütz
Die Kirschendiebin
Eine Erzählung
170 Seiten. Broschur
ISBN 978-3-7466-3468-5
Auch als E-Book lieferbar

»Es weiß sowieso niemand, was Liebe ist«. Eine leichte Melancholie liegt über dieser Geschichte, die von einem Abschiednehmen in den Zeiten der Teilung erzählt, den Wendungen des Schicksals und von der einzigen großen Liebe, für die es nie zu spät ist. »Diese magische Erinnerin erzählt Weltgeschichte, wie sie der Einzelne erfährt.« Christoph Dieckmann, Die Zeit. »Wie Helga Schütz das schreibt, hat man so noch nirgends gelesen: weise und verspielt zugleich – erfahrungssatt und neugierig.« Berliner Zeitung. Thomas Falkenhain ist in dem Alter, in dem man aufräumt und sich erinnert, selbst wenn man sich nicht erinnern will. Zum Beispiel an eine heimliche Studentenliebe in den 60ern, die abrupt endete, als Mela, seine »Kirschendiebin«, mit Mann und Sohn in den Westen fliehen musste. Erst aus den Stasi-Akten weiß er, dass sie ihm später Briefe geschrieben hat. Unerwartet erhält er ein Stipendium für eine römische Künstlervilla. Kaum dort eingetroffen, ertappt er eine Frau im Park, die eine Orange pflückt und sogleich isst: Mela. Als wären nicht Jahrzehnte vergangen, beginnt die Liebe von neuem. Es ist schön, schwach zu sein und bejahrt. Nur Mela müsste ihm endlich auch von Angst und Ohnmacht erzählen.

Regelmäßige Informationen erhalten Sie über unseren Newsletter.
Jetzt anmelden unter: www.aufbau-verlag.de/newsletter

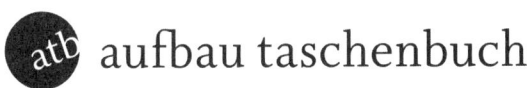 aufbau taschenbuch

Helga Schütz
Sepia
Roman
391 Seiten
ISBN 978-3-351-03505-1
Auch als E-Book lieferbar

Mit 17 wird es Zeit, auf eigenen Füßen zu stehen, findet Eli. Gelegenheit dazu bietet das Studium der Kinematographie in Potsdam. Man schreibt das Jahr 1958, und Eli, die gelernte Gärtnerin, wird unter all den Intellektuellen »die proletarische Perle in der goldenen Krawattennadel«. Nach und nach begreift sie, dass es außer um Filme auch um Haltungen geht in einer Welt, die sich immer schärfer in zwei Lager teilt. Selbst als genau vor der Hochschule die Mauer hochgezogen wird, löst Eli ihre Konflikte nicht nach ideologischen Vorgaben, sondern nach moralischem Gefühl und gesundem Menschenverstand – naiv, dickköpfig, listig. »Dass man Schweres mit leichter Hand aufschreiben kann, hat Helga Schütz mit all ihren Büchern bewiesen.« Sächsische Zeitung

Regelmäßige Informationen erhalten Sie über unseren Newsletter.
Jetzt anmelden unter: www.aufbau-verlage.de/newsletter